붉은 갈대

붉은 갈대

발행일	2020년 2월 15일
지은이	고옥귀
펴낸이	고옥귀
펴낸곳	방촌문학사
출판등록	2015. 9. 16(제419-2015-000015호)
주소	강원도 원주시 소초면 교항공산길 21-10
전화번호	033-732-2638
이메일	dhdpsm@hanmail.net

편집/디자인 (주)북랩 김민하
제작처 (주)북랩 www.book.co.kr

ISBN 979-11-89136-06-2 03810 (종이책) 979-11-89136-07-9 05810 (전자책)

이 도서의 국립중앙도서관 출판예정도서목록(CIP)은 서지정보유통지원시스템 홈페이지(http://seoji.nl.go.kr)와 국가자료공동목록시스템(http://www.nl.go.kr/kolisnet)에서 이용하실 수 있습니다.
(CIP제어번호 : CIP2020006081)

고 옥 귀
장편소설

붉은
갈대

방촌문학사

차 례

1.
나전칠기장 최근수

　1970~1980년대, 개발붐을 타고 통영에서도 개발이 한창이었다. 특히 명정동에서 서문고개까지. 서문고개에서 북신동까지 이어지는 개발이 대대적으로 추진되고 있을 무렵, 시는 난처한 일에 부딪치고 말았다. 서문고개에서 치고 올라온 곳에는 큰 공터가 있었는데, 공터 맞은편에 자리 잡고 있는 큰 한옥 한 채 때문이었다. 그 한옥을 헐거나 철거해야만 아파트 공사가 이루어지는데 소유자로부터 동의를 받아 내지 못하고 있었던 것이다. 소유자의 행방도 알 수 없었고, 소유자가 언제 돌아올지도 모르는 상황이었다.

　그 한옥의 원래 소유자는 통영에서 유명했던 나전칠기장 최근수였다. 집을 떠난 아들을 그리워하면서 가진 재산을 일찌감치 아들 명의로 바꾸어 놓은 최근수였지만, 세월이 흘러도 아들은 돌아오지 않았고 최근수는 험하게 죽음을 맞이했다. 그의 아내는 늙고 병들어 죽게 되었으며, 집은 관리인으로 일했던 정 씨 할아버지의 아들 내외가 정성으로 관리하고 있었다. 그 때문인지 주인 없는 집으로는 여겨지지 않았다. 비록 주인은 없었지만 관리를 잘하고 있는 정 씨 할아버지의 아들 내외가 그 집에서 살고 있기 때문에 빈집이라고도 할 수가 없었다.

소유자만 없을 뿐이지 집 상태는 너무나 양호했고 관리가 철저해서인지 어디 한 곳에 비가 새거나 무너진 데도 없었다. 소유자가 돌아오지 않고 있는 그 집을 너무나 정성스레 관리하고 있는 정 씨 할아버지의 아들 내외를 보면 한옥 소유자로 되어있는 최근수의 아들 문항의 사람됨이 어떠했는지 엿볼 수가 있을 것 같았다.

　나전칠기장 최근수의 아들 문항! 그는 왜 집을 떠났으며 아버지가 살아있을 때는 왜 집에 돌아오지 않았을까? 궁금증이 일었다. 떠도는 소문이 경악스럽기까지 했다.

　잠시 통영의 지형을 살펴보면 통영은 삼면이 바다인 항구 도시로, 외지에서 통영으로 들어오려면 여객선을 타고 들어오는 뱃길과 북신동에서 어문고개로 들어오거나 빠져나갈 수 있는 육로뿐이었다. 어문고개로 들어와서야 통영 시가지가 펼쳐진다. 북신동에서 중앙동으로, 중앙동에서 바다 쪽으로 뻗어 있는 항남동과 충렬사로 이어지는 서호동과 명정동으로 갈라지는데 명정동에는 충렬사보다 더 유명한 우물이 있었다. 쌍둥이 우물이었다. 여름이면 얼음처럼 차갑고 겨울에는 물에서 김이 모락모락 올라올 정도로 물이 따뜻했다. 그런데다 절대로 물이 마르지 않는 것으로 유명했다.

　그런 쌍둥이 우물 바로 옆에 빨래터가 있었다. 빨래터에도 물은 언제나 찰랑찰랑 넘치고 있었고, 우물물처럼 여름에는 얼음처럼 차갑고 시원했으며 겨울에는 따뜻했다. 이런 구조의 우물과 빨래터가 있으니 명정동 우물과 빨래터에는 사람이 끊이지를 않았다. 나전칠기장 최근수의 한옥은 사람의 발길이 끊어지지 않는 명정동 우물을 지나서 서문고개를 올라가야 하는 비탈길을 올라가야만 보였다. 서문고개를 올라서면 공터가 있었는데, 그 공터의 크기가 부잣집 마당

만큼 넓어서 딱히 장난감이 없었던 아이들에겐 놀이터나 마찬가지인 공터였다. 나전칠기장 최근수의 집은 그런 공터 바로 맞은편에 있었다. 말하자면 사람의 시선이 많이 쏠리는 곳을 지나야 집에 들어갈 수 있었다는 말이다. 나전칠기장 최근수에겐 귀찮고 싫은 곳이었다. 아니, 귀찮고 싫은 거리를 지나야 집이 있다는 게 불편했던 것이다. 그러나 그의 집은 대궐처럼 넓었고, 동네에서도 제일 큰 집인 데다가 목재까지 좋은 한옥이었다. 나전칠기장으로 유명해지면서 집도 넓어졌고, 재산도 불었고, 돈도 풍족해졌다.

문제는 최근수 자신이었다. 자신의 몰골이 문제였다. 사람의 시선을 피할 수 없는 자신의 몰골이 문제였던 것이다.

사람의 시선을 피해 다니기에는 자신의 몰골이 기이하다는 것을 최근수는 잘 알고 있었다. 기이하다 못해 흉측스럽기까지 했다. 키는 작달 만하고 등은 구부러졌다. 혹처럼 불거져 보이는 모습에 두 다리는 쩍 벌어져 있었다. 오른쪽 팔은 늘어져서 땅도 짚을 정도였고 다른 쪽 팔은 허리까지 닿아 있었다. 멀리서 걸어오는 모습을 보면 영락없는 원숭이 꼴이었다. 큰 머리통을 흔들며 걸어오는 최근수를 대수롭지 않게 보는 사람은 없다. 사람의 시선을 확 잡아끌 정도의 흉측한 모습이다. 그런 모습의 최근수를 앞에서 한 번 보고 뒤로 돌아가서 한 번 보고는 킥킥대며 웃는다.

"사람이냐? 원숭이냐?"

"글쎄다! 사람 같기도 하고, 원숭이 같기도 하고."

"예끼, 이 사람아! 사람이니까 동네 한가운데다 집 지어 놓고 살제!"

"허긴 밥 묵고 똥 싸니까 사람이제, 몰골은 저래도."

저희끼리 킥킥거리며 주고받는 말이다. 최근수의 몰골만 보고는 사람 취급을 할 수 없다는 건지? 주고받는 애매한 말투에 최근수의 신경은 날카로워진다. 생각 같아선 쥐구멍이라도 찾아 들어가 버리고 싶은 심정이다. 사람으로 태어나 사람들에게 멸시와 조롱을 받으면서 자랐으며 어른이 되었다. 어른이 되기까지, 아니 나전칠기장으로 소문이 나면서부터 남부럽잖게 살게 되었고 집도 남보란 듯 대궐처럼 지었다. 이만큼 살면 사람들로부터 멸시를 받거나 조롱받는 일은 없겠다 싶었다. 그러나 최근수의 모습은 그가 부자가 되었든 나전칠기장으로 이름을 떨쳤든 상관없이 기이했고 흉측스러웠다. 아니, 나전칠기장으로 이름을 떨치고 소문이 나자 오히려 사람들의 시선은 더 따가워졌다.

'아니, 저런 사람이 나전칠기장이야?'

'솜씨 좋다는 나전칠기장이 저 사람이란 말인가?'

사람들은 최근수를 가리키며 그렇게 쑥떡거렸고, 그럴 때마다 최근수는 중얼거렸다.

'염병할 것들.'

'나전칠기장이면 나전칠기만 잘하면 되지! 얼굴로 나전칠기를 하나? 몸뚱이로 나전칠기를 하나? 나전칠기를 잘하면 되지! 나전칠기장 인물을 보고, 모습을 보고 나전칠기장이라고 하나? 퉤!'

사람들이 쑥덕거릴 때마다 최근수는 그렇게 중얼거리곤 했다. 그러나 나전칠기장으로 소문이 나면서부터 최근수를 바라보는 시선은 더 따가워졌고, 시선이 따가운 만큼 말도 많았다. 비이냥거리는 소리도 더 높아지고 더 다양해졌다.

"나전칠기장으로 원체 소문이 났기에, 인물도 출중한 줄 알았지."

"저러다가 나전칠기장으로 문화재라도 되지 않나 생각했는데, 저런 몰골로 문화재가 되면 웃음거리가 되겠구먼."

염병할 것들! 누가 문화재 되게 해달라고 빌기라도 했단 말인가? 사람 모습을 보고 문화재 저울질이라도 한다 말인가?

사람들의 비아냥거림으로 조롱을 받던 최근수는 늘 혼잣말로 그렇게 중얼거리곤 했다. 최근수로서는 나전칠기장으로 소문나는 게 썩 달갑지가 않은 이유이기도 했다.

물론 나전칠기장으로 소문이 나면서부터 일거리가 밀려들고 돈도 많이 벌었지만, 사람들의 시선과 비아냥거림의 정도가 점점 높아지는 것이 싫었다. 솔직히 말해서 나전칠기장으로 소문이 나면서부터 사람들의 시선은 더 몰렸고, 비아냥대는 소리나 조롱하는 소리는 더 심해졌다. 최근수는 사람들의 시선이 더 몰릴까 싶어 무서웠다. 그러나 최근수는 나전칠기장으로 이미 유명해졌고, 사람들의 시선은 물론 사람들의 입방아에 쉬이 오르내리곤 했다.

길거리에 나서는 것도 겁이 났다. 사람들의 시선을 받는 것이 두려워 낮에도 마음대로 출입할 수가 없었다. 그러나 이 명정동을 지나야만 서문고개로 오를 수 있고, 서문고개를 올라야만 공터 맞은편의 집으로 갈 수 있었다. 그런데 명정동 우물가는 밤에 사람들이 더 꼬였다. 나전칠기장 최근수는 밤에도 명정동을 마음 놓고 걸을 수가 없었다. 아낙네들이나 처녀들이 모이는 우물이며 빨래터이다 보니, 한밤중에도 명정동 우물가는 조용하지가 않았다. 물 길러 오는 아가씨들을 보려고 몰려드는 총각들이 수두룩했다. 휘파람을 불거나 특이한 행동으로 아가씨를 꼬여 보려는 총각이 있는가 하면, 물동이를 이고 가는 아가씨 앞에 무릎을 꿇고 앉아 구애를 하는 총각도 있었다. 그런 것을 염두에 두고 구경 나오는 할머니들이며 아낙네들까지…. 밤이 되면 사람들이 더 모이는 이 명정동 거리를 지나가는 것이 최근수에겐 고역이었다.

나전칠기장 최근수는 몸을 바짝 웅크렸다. 사람들의 눈에 띄지 않으려고 몸을 낮출 대로 낮추었다. 그리고 쥐새끼보다 더 조심스럽게 걸음을 옮겼다. 명정동 우물 앞이다. 누구의 눈에 뜨일지 모르는 일이다. 몸은 될수록 더 낮추어야 하고, 숨소리도 죽여야 하고, 발소리도 낮추어야 했다. 그리고 빠르게 이 길을 지나야만 했다. 될 수 있으면 더 낮은 자세로 기듯이 재빠르게 지나쳐야 한다. 한 마리의 똥개가 지나가는 걸로 보이도록 그렇게 기어가야만 했다. 한 마리의 개가 지나가는 것으로 보이도록 그렇게 기어가더라도 사람들의 눈에는 뜨이지 않기를 바랐다. 어차피 그는 어깨를 펴고 키를 세우고 걸어도 사람의 몰골은 아니었으니까. 그저 사람의 눈만 피했으면 싶었다.

목을 있는 대로 뽑고 가슴을 펴도 굳어진 허리는 펴지지 않았다. 살점이라곤 없는 바짝 마른 체격에 키는 탱자나무만 했다. 다리는 쩍 벌어져서 배와 맞닿아 있으니 영락없이 벗겨놓은 원숭이 모습이다. 목은 한쪽으로 쏠려있어 왼쪽 어깨에 달린 혹 같았다. 이런 모습의 자신을 최근수는 얼마나 혐오하고 증오하며 살았는지 모른다. 최근수는 자신의 이런 모습을 혐오하고 증오하는 것만큼 사람들에게 호감을 가지지 않았고 호의를 베풀지도 않았다. 그런 데다 그는 부모가 누군지도 몰랐다. 그저 떠돌이 아이로 살아왔을 뿐이다. 젖먹이 때는 누군가에게 거두어졌지만, 성장할수록 사람 꼴이 아니라 원숭이를 닮아 갔으니 어느 누구도 키울 엄두를 내지 못하고 버린 게 틀림없을 것이다.

최근수는 성장하면서 자신의 이 기이한 모습에 회의와 절망을 느꼈다. 살아갈 의욕도 없었다. 그렇다고 죽을 수도 없었다. 죽는다는 것이 더 어렵다는 걸 절실히 느끼기도 했다. 죽고 싶은 생각이 강해질 때면 오히려 살고 싶다는 욕구가 치솟았다. 살고 싶다는 욕구가 뼈 마디마디를 뚫고 나오면서 일렁댔다. 살고 싶다는 욕구는 배를 채우는 것에서부터 일렁댔다. 배를 채우기 위해 집집마다 다니며 문을 두드리고 한 끼의 밥을 구걸했다. 최근수가 나전칠기와 인연을 맺게 된 것도 배고픔 때문이었다.

한 끼의 밥을 얻어먹기 위해 두드린 대문 안에서 강한 옻 냄새와 함께 수염이 허연 할아버지가 모습을 보였다.

"동냥하러 왔냐?"

"아니요! 밥 한 그릇 얻어먹으려고요!"

"이놈아! 그게 동냥이지! 동전 동냥이 아니라 밥 동냥!"

"배가 고프니까, 밥 동냥을 할랍니다!"

"이놈이 생긴 것은 원숭이 발싸개처럼 생겼어도 말하는 솜씨가 야무지군. 그래, 우리 집에서 밥 동냥을 해서 배를 채우고 나면 뭘 할 거냐?"

"또. 밥 동냥하러 다녀야지요. 끼니는 매일매일 이어져 있으니까요."

"그러지 말고 우리 집에서 기술 동냥이나 해라!"

"기술 동냥요?"

"그래, 기술 동냥! 기술 동냥을 잘하면 편히 앉아서 밥도 먹을 수 있고, 잘하면 돈도 벌고 부자도 될 수 있지!"

부자도 될 수 있다는 영감의 말에 최근수의 귀가 번쩍했다.

"부자가 될 수 있다니요?"

"나전칠기를 배우면!"

"나전칠기요?"

"암! 나전칠기! 나전칠기만 잘하면 그까짓 밥 동냥 안 해도 배곯는 일은 없을 게다. 나전칠기를 잘한다고 소문만 나면 돈도 벌고, 금방 부자도 될 수 있지!"

"나전칠기를 잘하면 돈도 벌고, 금방 부자도 될 수 있다고요?"

"그렇다니까. 나전칠기를 잘한다고 소문이 나면 금방 돈을 많이 벌 수 있어! 거기다가 자개를 잘 오려서 꽃도 만들고, 사슴도 그려 넣고, 나무도 세우고, 나비도 날아오르듯 만들어 붙이면 돈 있는 안방마님들이 서로 가지려고 돈을 내밀지! 나전칠기가 잘 된 자개장이면 부르는 게 값이란다. 그러니 배워 보겠느냐?"

"나전칠기를 잘해서 돈을 벌 수 있다면야, 아니 부자가 될 수 있다면야. 예! 배우겠습니다. 배워보렵니다!"

최근수는 나전칠기를 한다는 영감 앞에서 넙죽 절을 올렸다. 그날 이후 최근수는 영감의 제자가 되어 나전칠기를 배우는 데 전념을 쏟았다. 이것저것 여러 가지 심부름하는 것만으로도 허리 펼 시간이 없었지만, 나전칠기를 배우겠다는 일념으로 최근수는 열심히 일했고 틈틈이 나전칠기를 배웠다. 붓의 살이 다 빠지도록 칠기 연습을 했다. 그러다가 비싼 칠을 아무렇게나 사용한다고 야단맞은 적도 한두 번이 아니었다. 그러나 영감님은 악의가 없었고, 기이하고 흉측스럽게 생긴 최근수를 불쌍하게 생각하셨는지 선심을 다해 가르쳤다. 최근수를 칠기의 명장으로 키워 볼 심사였는지 붓을 잡는 것부터 칠을 더하는 순서까지 꼼꼼하게 가르치셨다. 최근수의 붓 솜씨가 놀랍다고 칭찬을 들었을 때는 최근수의 나이가 스물이 되었을 때였다. 당시 영감님은 팔순을 넘긴 상태였는데, 그만 병석에 눕고 말았다. 최근수를 불러 앉히고 나전칠기 대가가 되라고 유언을 하였으며, 도장과 통장 한 개를 최근수에게 건넸다.

"이게 뭡니까?"

"돈이 든 통장이다. 이 도장만 가져가면 언제든지 찾을 수 있는 돈이니, 찾아서 쓰고 싶은 곳에 쓰도록 해라."

"돈이 든 통장이라니요?"

최근수는 눈이 휘둥그레지면서 물었다. 십여 년을 먹여주고 입혀주고 기술까지 가르쳐 주셨는데 돈이라니? 최근수는 영감님의 깊은 배려에 잠시 어리둥절했다. 영감님은 최근수의 손을 꼭 잡으며 고개를 끄떡댔다.

"그동안 내 밑에서 잔심부름을 하면서 열심히 나전칠기를 배운 댓가다. 근수야! 그만하면 나전칠기로 밥술은 뜨겠다 싶다. 그러니 이 통장을 가지고 어디든 떠나거라."

"할아버지!"

"내가 눈을 감기 전에 떠나는 게 좋을 게다."

"할아버지가 나으시는 걸 보고 떠날게요."

"아니다! 내가 살아있을 때에 떠나야지! 나전칠기를 배워서 밥벌이 하겠다 싶어 보내는 거니 떠나는 모습을 내가 보도록 해주면 좋겠다."

"제가 어디로 갑니까?"

"통영으로 가거라. 거기는 나전칠기로도 유명한 곳이고, 자개장롱이며 자개장으로도 유명한 곳이다. 그곳에서 나전 칠기로 소문이 나면 밥 먹는 데는 지장이 없을 테고, 자개를 오려서 붙이는 작업까지 배우게 되면 금방 부자가 될 수 있을 끼다."

그때 최근수는 몰랐다. 나전칠기장 할아버지가 왜 그렇게도 근수에게 친절했는가를. 그러나 세월을 보내면서 최근수는 깨달았다. 사람들의 시선을 받으며 멸시당하고 조롱당해야 하는 최근수의 기이하고 흉측한 모습을 걱정하셨다는 것을. 근수가 그런 모습으로 세상을 살다가는 굶어 죽기 십상이라고 여겼던 나전칠기장 할아버지는 근수에게 나전칠기만이라도 바르게 배워 밥벌이라도 해서 먹고살게 해주고 싶어 했다는 것을. 그것을 최근수는 나중에서야 알게 되었다.

할아버지가 돌아가셨다는 소문을 듣고 그 집에 갔을 때 할아버지의 아들이 전한 말이었다. 할아버지의 아들은 멀쩡한 육신만으로도 벌어 먹고살 수 있지만, 몰골이 흉한 최근수에겐 나전칠기 기술이라도 배우게 하지 않으면 안 된다 싶어 그렇게 열심히 최근수에게 나전칠기를 가르쳤다는 것이다.

그것이 최근수가 세상에 태어나서 처음 받아본 사랑이었다. 그 할아버지에게서 받은 사랑이 최근수에겐 처음이었고 마지막이었다.

최근수는 그 할아버지의 말대로 통영이란 곳에 발을 들여놓았고, 할아버지가 준 돈을 몽땅 털어 집 한 채 사는 데 썼다. 오갈 데 없는 자신의 처지를 너무도 잘 알고 있던 최근수였다. 마당은 넓고 집은 허술했지만 최근수에겐 부잣집 부럽지 않은 집이었다. 그 집에서 옆집 밥상에 나전칠기를 해주었고, 차례용 상이며 낡은 장롱에도 나전칠기를 해주면서 밥벌이를 시작했다. 그리고 칠기를 잘한다는 소문이 나면서 제법 굵직굵직한 일거리가 들어왔다. 나전칠기뿐만 아니라 자개를 오려서 나비며, 꽃이며, 사슴 등을 만드는 연습을 게을리하지 않았다. 솜씨가 제법이었다. 거기다가 나전칠기도 뛰어난 솜씨였다. 할아버지의 말씀대로 부르는 게 값이었다. 돈이 모이기 시작했고, 부자가 되었다.

넓은 마당에 큰 한옥을 짓고 돌담도 튼튼하게 쌓아 올렸다. 부잣집 한옥 한 채가 최근수의 집이 되었다. 그때만 해도 서문고개 공터 맞은편에 자리 잡은 게 그리 후회스럽지는 않았다.

그런데 나전칠기장 최근수로 소문이 나면서부터 이곳에 집을 지은 게 후회가 되었다. 사람들이 최근수를 가리키면서 나전칠기의 대가니 어쩌니 하며 떠들어댔고, 길가는 최근수를 보면 가만히 있지 않았다. 처음에는 부러운 듯한 시선으로 보다가 이내 입을 삐쭉거렸고, 기이한 모습을 킥킥거리며 지켜보기도 했으며, 차차 멸시하거나 조롱하는 것 같은 시선으로 바뀌었다. 그 눈총이 너무 따가워서 몸을 움츠리다 보니 등은 더 구부러지고 목은 더 비틀려서 어깨에 달린 혹처럼 보이기까지 했다.

특히 명정동을 지나야만 집으로 와야 한다는 게 큰 부담이 되었다. 명정동에 우물이 없었다면, 명정동에 빨래터가 없었다면 아낙네들이 그렇게 모이지도 않을 것이며, 그 사람들 눈을 피해 개처럼 기어 다니지도 않았을 텐데.

최근수에겐 명정동에 우물이 있다는 게 원수를 겨드랑에 끼고 사는 듯한 그런 기분이었다. 나전칠기의 대가라는 명칭을 붙여 불러대기 시작하면서 최근수의 생활은 불편해졌다. 나전칠기의 대가라고 부르기 전에는 그냥 평범한 남자였고, 몰골이 기이하고 흉측스런 모습의 남자에 불과했다. 사람들의 시선을 받아도 무방했다. 으레 그래왔으니 그런 줄 알았고 팔자이거니 생각하기도 했다. 길을 걸을 때에도 으레 그러려니 하고 걸었는데, 나전칠기의 대가라고 불러대면서 바라보는 이들은 최근수를 꼭 서커스단의 광대 보듯 했다. 그리고 킥킥거리며 웃어댔다.

"저 사람이 나전칠기의 대가라는 최근수야?"

"나전칠기의 대가라고 소문이 자자하기에 굉장한 사람인 줄 알았네."

"굉장하긴 굉장하지! 저런 몰골을 한 사람이 어디 또 있을까?"

"누가 사람으로 보기나 하겠어?"

"사람은커녕 영락없는 원숭일세."

"핫핫하."

귓구멍에서 피가 솟구치는 듯한 모욕이었다. 그런 소리를 들을 때마다 속에서는 돌멩이보다 더 단단한 울화통이 생겼다. 저희끼리 주고받으며 비웃어대는 소리, 킥킥거리는 소리가 최근수의 등에 불처럼 뜨겁게 쏟아지곤 했다. 나전칠기의 대가라는 명칭이 최근수에겐 수모와 모멸감을 더하는 끈처럼 여겨졌다. 물론 나전칠기의 대가라는 소문 덕분에 빠르게 돈도 벌 수 있었고, 생각지도 않은 큰 부자가 될 수 있었다. 그러나 나전칠기의 대가라고 불릴 만큼 우뚝 서게 된 것은 최근수의 피나는 노력이 있었기 때문이다. 그 노력이 없었다면 이루어 낼 수 없는 명칭이었다. 나전칠기의 대가라는 이름으로 불리기까지 행한 최근수의 노력은 그야말로 뼈를 깎는 노력이었고 피를 말리는 정성이 있었던 것이다.

최근수는 애당초 정상적인 몸은 아니었다. 그러나 나전칠기를 하면서 그의 몸은 점점 이상한 형태로 변했다. 앉은 자세 때문에 다리는 더 벌어졌고, 한쪽 팔은 일에 이력이 붙으면서 더 길어졌으며 목은 한쪽으로 더 쏠렸다. 몸이 그렇게 변형되는 줄도 모른 채 나전칠기에 전념했고, 자개를 오려 붙이는 데에만 전력을 쏟았던 최근수였다. 왜소하고 볼품없었던 최근수의 몸은 날이 갈수록 달라졌다. 거울에 비친 자신의 모습을 보고도 깜짝 놀랄 만치 기이하게 변해버렸다. 자신이 보아도 사람의 몰골이 아니었다. 그야말로 원숭이의 형상이었다. 이 모습을 보고 킥킥거리는 사람들을 탓할 수도 없었다. 그러나 최근수는 되도록 사람의 눈을 피하고 싶었고 사람의 눈에 띄지 않고 싶었다.

그러나 밤이 깊은 데도 명정동 우물 근처는 사람들로 북적거리고 있었다. 신작로까지 나와 서 있는 사람들도 많았다. 이 길을 사람들 눈에 뜨이지 않고 걷는다는 건 어림도 없는 일이었다. 그런데 달은 왜 이렇게 밝은지 그림자 똥구멍까지 밝힐 듯했다. 최근수는 허리를 있는 대로 낮추고, 가슴이 땅바닥에 닿도록 엎드렸다. 걷는 게 아니라 기어가기로 작정한 모습이었다. 몸을 바짝 낮추고 기었다. 똥개가 돌멩이에 맞지 않으려고 달아나듯 엎드려서 기어갔다. 온몸을 꿈틀거리며 기었다.

"아이구, 이게 누구십니까? 나전칠기의 대가이신 최근수 어른 아닙니까!"

통성명도 하지 않았던 웬 할망구가 아는 체를 했다.

"뭘 잃어버렸습니까?"

할망구는 기듯이 엎드려 있는 최근수에게 다가오면서 쓸데없는 말까지 붙였다. 최근수는 벌떡 몸을 일으켰다. 사방을 두리번거려 보았다. 화살처럼 꽂히는 눈빛은 그 할망구의 눈빛뿐만이 아니었다. 우물터에 있는 처녀총각이며, 수다스런 아낙네들이며, 남의 이야기에 흥미 많은 늙은 할머니들이며…. 셀 수 없이 많은 눈빛이 최근수를 향해 쏠리고 있었다. 최근수는 몸을 일으키고는 그들을 쳐다보았다.

"왜? 무슨 일이 있었소?"

최근수의 말에 한 늙은 여자가 말했다.

"아닙니다! 저희는 그저 나전칠기장 최근수 님을 보았을 뿐입니다."

능청스런 대답이다. 기이한 모습의 최근수를 보고 있었다는 말이다.

"나는 집으로 가는 길이었소!"

최근수의 대답에 갑자기 사방에서 웃음이 터져 나왔다.

"하하하! 나전칠기장 최근수 님은 걸어서 집으로 가시는 게 아니라 기어서 집에 갑니까?"

"개는 아니신데."

"원숭이에 가깝지요."

사람들은 그렇게 잔인했다. 최근수를 앞에다 세워놓고 노골적으로 조롱한다. 최근수는 그들의 말을 받아 답했다.

"원숭이는 원래 기어 다니지 않습니까? 기어 다니는 건 개도 원숭이도 똑같더이다. 그런데 내가 원숭이면… 그쪽은 개들인가?"

최근수는 씹어 뱉는 듯한 소리로 외치면서 발걸음을 옮겼다. 개나 원숭이가 기어 다니는 건 마찬가지니까…. 개나 원숭이나 똑같다면 당신들은 개가 틀림없다는 말이다.

때는 여름이다. 더위를 피해 신작로로 나온 사람들. 우물물을 길러 나온 사람들. 수다스런 늙은이들. 모여 있던 사람들은 할 말을 잃은 채 저만치 걸어가는 최근수를 멍하니 바라보았다. 서문고개를 향하는 비탈길에는 돌멩이도 많고 돌도 많았다. 우물물을 길어 물동이에 담아 이고 오는 아낙네들은 큰 돌부리에 걸려 넘어지거나 작은 돌멩이를 밟아 미끄러지기 일쑤였다. 선거 때만 되면 서문고개를 올라가는 비탈길을 평지로 만들어주겠다는 정치인이 많았지만, 정작 실천하는 사람은 아무도 없었다. 대통령 후보, 국회의원 후보다 쓸데없었다. 선거 때에는 무엇이든 다 해줄 것처럼 떠들어대다가도 막상 대통령이 되고, 국회의원이 되고, 시장님이 되고 나면 늘어놓았던 공약을 까맣게 잊어버리는 모양이었다. 서문고개로 올라오는 길은 여전히 비탈졌고… 비포장인 데다 돌부리가 들쑥날쑥한 길일 뿐이다. 물을 이고 오다가 돌부리에 넘어지거나 작은 돌멩이를 밟아 미끄러지는 것도 정치인들에겐 상관없는 일이었던 모양이다. 최근수는 이 서문고개를 올라올 때마다 혼자 중얼거리곤 했다.

"염병할 것들…. 투표 전에는 금방이라도 길을 닦아줄 것처럼 떠들어 대면서 당선만 되면 콧구멍 후비다 마는 듯하니. 이 최근수가 국회의원이 되어 볼까? 내가 국회의원이라도 된다면 명정동 우물부터 파 버릴 거고, 빨래터도 메워 버릴 텐데… 그 우물과 빨래터에 모이는 사람들 때문에 마음대로 집을 오르내릴 수가 없으니… 아, 참. 얼마나 더 돈을 벌어야 떵떵거리며 국회의원이 되겠다고 나설 수 있는지?"

서문고개로 오르는 비탈길을 걸으면서 최근수는 긁적거리는 소리로 중얼댔다. 돈이 좀 붙었다고 위세를 부리는 중얼거림이었다. 그나저나 오늘 아침에 아내가 몇 번씩이나 통증을 호소했다. 산기가 있다고 빨리 오라는 부탁까지 하면서. 최근수는 그 생각에 정신이 번쩍 든 듯이 걸음을 재촉했다.

서문고개에만 올라오면 최근수의 집은 대궐처럼 눈에 띄었다. 훌륭했던 목수의 솜씨도 솜씨거니와 비싼 목재 값을 톡톡히 하듯 한옥의 위세가 대단해 보였다. 지붕은 잿빛이 선명한 기와였으며 대문은 번쩍번쩍 빛나는 황금색이다. 집 둘레는 돌담으로 야무지게 쌓았고 어른의 키를 훌쩍 넘긴 높이여서 길 가던 사람들도 집안을 들여다보기 어려웠다. 바깥에서는 집안이 보이지 않게 담이 높았고, 담의 길이는 집 둘레를 빈틈없이 채워 놓을 만치 길고 튼튼했다.

"저게 나전칠기장 최근수의 집이래!"

한옥 앞에서 떠들어대는 사람은 있어도 한 번이라도 들어와 본 적은 없는 사람들이다. 최근수가 나전칠기를 하는 작업장은 황금색 대문에서는 한참 떨어진 거리에 일자 모양의 집이었다. 지붕은 안채 지

봉처럼 짙은 재색 기와로 덮여 있었지만, 안채와는 달리 사면의 벽은 콘크리트로 지어졌고 건물도 나지막해서 밖에서는 안에 다른 건물이 또 한 채 있다는 게 보이지 않았다. 말하자면 안채와 작업장을 분명하게 분리해 놓은 것이다. 사람의 시선을 피하고 싶고 사람들로부터 관심의 대상이 되는 게 싫은 최근수의 마음이 그대로 표출된 집 구조였다.

그런데 한 가지 최근수의 기분을 상하는 게 있었다. 황금색 대문과는 거리가 멀고 집 담벼락 끝이긴 했지만, 담벼락 끝부분에 있는 낡은 양철 지붕의 집 한 채 때문이었다. 쭉 늘어진 담벼락 밑도 최근수의 집터에 속해 있는데, 그 낡은 양철 지붕의 집이 자신의 집터인 담벼락 끝에 있다는 게 영 마음에 걸렸던 최근수였다. 엄연히 최근수의 집터였지만, 그 낡은 양철 지붕의 집은 벌써 수십 년 동안 그 자리에서 꼼짝을 않고 있었다. 그렇다고 땅세를 내는 것도 아니고. 최근수 역시 굳이 땅세를 받으려고 하지 않았다. 가끔 눈에 거슬리긴 했지만, 담벼락 밑에 있는 집이라 크게 불편을 겪지 않았고 무엇보다 목재 한옥을 가리고 있는 것도 아니어서 애써 참으며 내버려두고 있었다.

양철 지붕 집에는 땜장이를 한다는 남자와 가족이 산다고 했지만, 최근수와 얼굴을 맞대어 본 적은 없었다. 얼굴도 모르고 가족이 누구인지도 몰랐다. 한마디로 최근수는 그 집과 그 집에 사는 사람들을 아예 무시하고 있었던 것이다. 명정동 우물 앞에서 아낙네들에게 조롱을 받으며 서문고개를 올라온 최근수는 얼굴을 찡그리며 노골적으로 불편한 기색을 보였다.

"저 양철 지붕 집을 헐거나 철거를 해야 할 텐데. 언제까지 남의 담벼락에 붙어살겠다는 건지. 쯔! 쯔! 염병할. 으흠, 염병할!"

최근수는 턱을 쳐올리며 불편한 심사를 내비쳤다. 그리곤 황금색 대문을 북 치듯이 두드려댔다.

쾅! 쾅! 쾅!

"예! 나갑니다. 예! 예!"

안에서 정 씨 할아버지의 신발 끄는 소리가 선명하게 들렸다. 대문 두드리는 소리만 듣고도 집주인 최근수임을 알아차리는 정 씨 할아버지였다.

쾅! 쾅! 쾅!

대문 두드리는 소리가 벼락을 치듯 했다. 집 앞에 서서야 사람들의 눈총을 피했다는 안도감이 들었던지 최근수는 언제나 그렇게 대문을 두드려댔다. 최근수의 그런 두드림에 익숙해져 있는 정 씨 영감은 재빠르게 대문을 열어젖혔다.

"늦어졌습니다. 마님께서 많이 기다리셨는데."

"어찌 되었는가?"

"아직 산통을 겪고 계십니다."

정 씨 영감은 조심스럽게 말하곤 최근수의 등 뒤로 걸음을 옮겼다. 주인을 앞장세우고 뒤따라 걷는 버릇 때문이었다. 최근수는 안채로 향하는 마당을 질러서 걷는가 했더니 갑자기 고개를 뒤로 젖히고 정 씨 영감을 향해 볼멘소리로 외쳤다.

"달빛이 너무 밝지 않은가?"

"예! 예!"

정 씨 영감은 무슨 뜻인지 영문을 몰라 시원치 않은 대답만 했다. 최근수는 긴 팔을 들어 달을 가리키며 말했다.

"영감님! 재주껏 저 달 좀 가려봐! 쓸데없이 달빛이 너무 밝아!"

저 달만 떠있지 않아도 명정동 신작로를 쉽게 지나쳐 오지 않앉을까 싶어 최근수는 밝은 달빛을 원망하면서 정 씨 영감에게 그렇게 명령했다. 정 씨 영감은 영문도 모르면서 얼른 대답부터 한다.

"예! 예! 그러지요, 나으리!"

정 씨 영감은 최근수가 그보다 더 한 것을 명령해도 쉽게 대답할 사람으로 보였다. 최근수가 안채로 향해 두어 걸음을 옮겼을 때였다.

"응애! 응애!"

안방에서 갓난아이의 울음소리가 터졌다. 안방문이 벌컥 열리면서 산모를 돕고 있던 재순네가 뛰어나왔다.

"나으리! 아드님이십니다!"

"……."

"아주 건강한 아드님이십니다!"

재순네의 목소리에 최근수는 정신이 번쩍 들듯 안채를 향해 노루 뛰듯 뛰어 올라갔다.

"내가 들어가도 되겠는가?"

"예! 나으리!"

안방에서 허락하는 소리가 들렸다. 최근수는 안방으로 뛰어 들어 갔다. 그리곤 엷은 보자기에 싸인 아이를 들추어 보았다.

눈코입이 두툼해 보이는 건강한 얼굴이었다. 무엇보다도 팔과 다리가 길쭉길쭉했다. 첫눈에 보아도 곰배팔이 아니었고, 다리도 벌어지지 않았으며 짧지도 않았다. 이제 막 태어난 아이의 건강을 확인한 최근수는 팔을 들어 올리며 소리쳤다.

"내 아들이 태어났다! 나전칠기장 최근수의 아들이다! 여느 아이처럼 건강한 아들이다!"

최근수는 기쁨에 찬 목소로로 외쳤다.

'아들이라니? 자신을 닮지 않은 건강한 아들이라니? 이제 세상에서 겁날 게 없다. 원숭이 같다고 놀림을 받더라도 부끄러워할 게 없다. 비록 최근수 자신은 원숭이 같은 몰골이지만, 아들은 여느 집 아이들처럼 신체가 좋은 건강한 모습이니 말이다.'

최근수는 아들의 이름을 문항이라고 지었다. 문항이가 태어난 것은 1955년 6.25전쟁이 끝나고 있을 때였다.

최근수의 아들 사랑은 대단했다. 상상을 초월한 부성애였다. 문항은 아버지의 신체를 닮지 않았다는 것만으로 아버지 최근수의 사랑을 독차지할 수 있었고, 아버지로부터 얻을 수 있는 모든 것을 가질 수 있었다. 최근수와 아내 송 씨는 문항이를 바라보는 것만으로 행복했으니 문항이가 집안에서 사랑받으며 살고 있다는 것은 입소문으로 퍼져 통영 사람들이 모두 알 정도였다.

그러나 최근수와 그의 아내 송 씨가 모르고 있는 일이 있었으니, 그들이 아들 문항이를 바라보며 행복해하고 있을 무렵 담벼락 끝자락에 자리 잡고 있는 낡은 양철 지붕의 집안에서도 행복에 넘친 웃음이 흘러나오고 있었다는 것이다.

땜장이 노 씨 집에서는 예쁜 딸이 태어났다. 천구백오십오 년 여름이었다. 문항이가 태어나던 그해 칠월 문항이가 태어난 날로부터 꼭 일주일이 지난 후였다. 땜장이 노 씨의 딸 이름은 민제였다.

문항이는 최근수에게 단순한 아들이 아니었다. 문항이는 아버지 최근수의 짓밟힌 자존심을 세워준 존재가 되었고, 원숭이라고 놀림받았던 아버지를 사람으로 여기게 해준 존재이기도 했다. 최근수는 겉모양이 원숭이 같을지 몰라도 아들 문항이가 좋은 신체로 건강하게 태어남으로 인해서 아버지 최근수 역시 정상적인 남자였다는 것을 입증해 준 꼴이 되었으니까. 덕분에 최근수는 이제 어디를 가든 당당했다.

"염병할! 홍! 사람의 겉모양이 삐뚤어졌다 해서 속까지 비뚤어진
건 아니니까… 어떤 연놈이든 날더러 원숭이 같다고 손가락질만 해
봐라. 내가 그런 연놈의 껍질까지 벗겨 속은 멀쩡한지 살펴줄 테니
말이다!"

나전칠기장 최근수는 아들 문항이가 태어나면서부터 기고만장해
졌다. 세상에 무서운 게 없다는 듯 거들먹거리며 살았다. 밤에는 아
내 송 씨와 마주 앉아 문항이의 장래를 염려하면서 어떻게 키울까,
어떤 사람으로 키울까 논의했다. 걱정과 의견이 분분했다. 최근수는
아내에게 입버릇처럼 말했다.

"나는 우리 문항이를 대통령으로 만들까 싶소!"

최근수는 아들 문항이가 대통령이 된다면 당장에 명정동 우물을
파서 없애거나 흙으로 덮어 묻어버리기를 바랐다. 대통령이 된다면
무엇이든 다 할 수 있다는 선입견이 강하게 뿌리 박혀 있는, 무식한
최근수였다. 그래서 아들 문항이를 대통령으로 만들어 보겠다는 꿈
에 젖어 있는 최근수였지만, 아내 송 씨는 단호했다. 아들을 대통령
으로 만들고 싶다는 최근수에게 단호하게 싫은 내색을 했다.

"안 됩니다! 대통령은."

"왜?"

"대통령 하겠다고 선거 때마다 나서는 후보자들을 못 보셨습니까?
목이 쉬도록 마이크를 잡고 떠드는 것 안 보셨습니까? 나는 우리 문
항이가 그렇게 사는 것 싫습니다."

"대통령이 되면… 세상 것이 다 내 것인데 그런 게 싫다고 대통령
을 포기해?"

"어쨌든 나는 싫습니다. 우리 문항이를 정치인으로 만들고 싶지는
않습니다."

아내 송 씨의 생각은 이렇게 단호했다. 그럴 때마다 나전 칠기장 최근수의 입에서는 "염병할! 염병할!" 하며 언짢게 들리는 콧소리 같은 중얼거림이 계속 이어지곤 했다.

"그럼 우리 아들 문항이가 어떤 사람이 되었으면 좋겠소?"

아들을 낳고 나서부터 기세가 등등해진 아내의 눈치를 보면서 한 톤 낮아진 목소리로 묻는 최근수에게 송 씨는 속마음을 털어놓는다.

"나는 우리 문항이가 어떤 사람으로 살아가든 상관없이 그저 행복했으면 좋겠소! 아들, 딸 낳고 내외끼리 오손도손 사는 그런 집 가장으로 살았으면 딱 좋겠고… 다른 욕심 없이…"

"허허허. 이러니 아낙네이지! 아낙네 속은 다 이렇게 좁은가? 남자로 태어났으면 사회의 한 모퉁이에서나마 큰소리 한번 쳐가면서 살아야지…! 대통령이 안 되면 부통령이라도. 부통령이 아니면 국회의장이라도, 국회의장이 안 되면 그때는 정치권을 포기하고, 판·검사라도 되든지 그래야지! 그래야 남자로 태어난 보람이 있는 게지."

나전칠기장 최근수는 겉모양과는 달리 속에서 품고 있는 꿈이 꽤 컸던 모양이었다. 자신이 이뤄내지 못했던 사회적 지위까지 아들 문항이에게 걸었고, 또 그 기대가 만만치 않았다. 이렇게 문항이에게 큰 기대를 걸고 있는 최근수였으니, 문항이에 대한 사랑과 부성애가 남다를 수밖에 없었다. 그렇게 아버지의 관심과 기대 속에서 자라고 있는 문항이는 건강했고 신체도 훌륭했다. 게다가 영리했고 똑똑하기까지 했다. 문항이가 여덟 살이 되던 해 입학통지서가 나왔다.

"아이구… 우리 문항이가 드디어 학교에 가게 되는구나!"

기뻐서 어쩔 줄 몰라 하는 최근수였다. 그때만 해도 부잣집 아들, 딸만 메고 다닌다는 토끼 무늬의 가죽가방을 사고, 비도 오지 않는데 노란 비옷도 사고, 남자아이들의 우상이라고 해도 과언이 아닐

만큼 인기였던 축구공도 사고, 연필이나 공책도 무더기로 사서 재워 놓곤 했다.

드디어 입학하는 날이 되었다. 최근수는 문항이 어깨에 토끼 그림이 있는 가방을 척 메어주었다.

"문항아! 이 가방은 부산에서도 유행한다는 책가방이야! 부잣집이 아니면 절대로 살 수 없는 가방이기도 하고…."

아버지의 위세를 은근히 내비치는 최근수의 얼굴엔 웃음이 퍼진다. 그저 행복해 보이는 웃음이었다.

"문항아… 가방을 메고 있다가… 아부지가 가자고 그러면 차에 오르도록 해라. 오늘은 입학 날이니까 아버지가 학교까지 데려다줄게. 아니, 아니. 이 아부지가 매일매일 학교까지 데려다 줄게."

"그라모… 오늘은 나 혼자 학교 갈게요. 내일부터는 아버지가 매일매일 데려다주세요!"

문항이는 영리했다. 특별히 총명한 데도 있었다. 아버지가 매일매일 학교에 데려다주겠다는 말꼬리를 놓지 않고 입학식 날에는 혼자 가고 싶다는 의사를 표현한 것이다. 최근수가 귀를 의심한 듯 얼굴을 찡그렸다.

"응? 아비가 학교에 데려다주는 게 싫으냐?"

순간적으로 불쾌함을 느낀 최근수였다. 애비의 몰골이 이러니 아들놈이 벌써 애비를 귀찮아하나 싶었던 것이다.

그러나 문항이는 방실방실 웃으며 고개를 저었다.

"아버지가 학교에 데려다주는 게 왜 싫어? 좋기만 하지…. 그렇지만 오늘은 입학 날이니까… 다른 친구들과 어울려서 가고 싶어!"

"아! 그런 것이었어? 그래… 그라모 오늘은 문항이 니 혼자 가봐라! 학교에 가서 새 친구들도 사귀고…."

"예! 아버지!"

아버지로부터 허락을 받은 문항이는 토끼 무늬의 빈 가방을 멘 채 방에서 뛰어나갔다.

2.
꽃이고 나비처럼

안채에서 대문까지 걸어가려면 아이 걸음으로 백 보, 이백 보까지 세면서 걸어야 하는 거리였다. 그런 거리를 총알처럼 뛰어가는 문항이를 지켜보면서 최근수와 그의 아내 송 씨는 똑같이 소리를 질렀다.

"넘어질라! 조심해라!"

"넘어질라! 조심해라!"

아들 걱정하는 마음이 내외가 일치한 모양이다. 문항이든 뒤돌아서서 부모에게 손을 흔들어 보이며 다시 뛰었다. 대문 앞에는 정 씨 할아버지가 문을 활짝 열어놓고 서 있었다.

"도련님! 축하합니다!"

"할아버지! 고맙습니다!"

문항이는 관리인 정 씨 할아버지에게도 깍듯이 인사를 올리고 대문을 나섰다. 처음으로 혼자 걸어서 대문 밖으로 나오는 순간이었다.

"도련님! 잘 다녀오십시오. 입학 진심으로 축하드리고요."

정 씨 할아버지는 큰 대문을 다시 닫으면서 문항이의 등 뒤에서 조심스럽게 말을 던지고 있었다. 대문 밖으로 나온 문항이는 길게

기지개를 켜며 소리쳤다.

"야! 입학 날이다! 이제부터 학교에 다니는 거다! 야, 신난다!"

학교라는 세계가 머릿속에서 활짝 펼쳐지고 있었다. 집이 아니라 학교라는 새로운 세계. 새로운 울타리. 거기에서 만나는 친구들…. 그리고 여러 가지 접할 수 있는 새로운 것. 생각만 해도 신나는 일이었다. 토끼 무늬 가방을 메고 신나 하는 문항이의 표정은 세상 것을 다 얻은 아이처럼 밝고 명랑했다.

그러던 순간 문항은 자신의 집 돌담 끝자락에 있는 낡은 양철 지붕의 집을 발견했다. 놀랍게도 거기서 한 여자아이가 토끼처럼 껑충거리며 나왔다. 가슴에는 흰 손수건을 달고 노란 리본도 달고 있었다. 그 여자아이는 철거덕거리는 양철 문을 밀고 나와서는 문항이의 집 담을 손바닥으로 타닥타닥 치면서 이쪽으로 걸어오고 있었다. 문항이와 눈이 마주친 순간이다.

여자아이가 먼저 웃었다. 웃음을 참으려고 했는지 입 밖으로는 "풋" 하는 소리만 나왔다. 여자아이는 웃음을 거두지 않고 눈을 문항이의 등에 쏟았다.

"너도 오늘 입학하나?"

"응."

"엉."

여자아이의 예기치 않은 질문에 문항이는 어설픈 대답을 했다. 여자아이는 눈으로 문항이의 등을 가리키며 웃었다.

"너? 학교에서 책 받았나?"

"아니!"

"그런데 책가방은 왜 메고 나왔어?"

"엉?"

"책가방은 학교에서 책을 받아야 책을 넣고 들고 다니는 거지! 책
도 없는 책가방은 왜 메고 나왔어?"

"엉?"

"오늘은 입학 날이야! 입학을 하고도 며칠이 있어야 책이 나온다고
하셨어! 우리 어므이가…."

"그럼 오늘은 책가방 매고 가는 게 아니야?"

"그럼. 책가방 가져갈 필요 없어!"

여자아이의 야무진 대답에 문항이는 잠시 얼굴이 빨개졌다.

"그럼… 나… 책가방 집에 두고 나올게!"

문항이는 여자아이에게 그렇게 말하곤 황금색 대문을 바쁘게 두
드려 댔다.

"할아버지! 대문 열어주세요!"

문항이의 다급한 소리에 정 씨 할아버지가 놀란 모양이다. 대문이
급하게 열렸다. 정 씨 할아버지가 뭐라고 말을 건네기도 전에 문항
이는 어깨에 멘 가방을 풀어 대문 안으로 던져 넣으면서 소리쳤다.

"할아버지! 입학식 날에는 가방을 가지고 가는 게 아니래!"

어머니, 아버지도 몰랐던 것을 알았다는 듯 문항이의 소리는 우렁
찼다. 학교를 향해 달려가는 발걸음도 빨랐다. 그 여자아이는 벌써
저만치 걸어가고 있었다. 검정 무명치마에 회색 무명저고리를 입을
그 여자아이는 짧은 단발머리를 나풀대며 빠르게 걸어가고 있었다.
뭐가 그리 좋은지 이따금씩 껑충껑충 뛰기까지 했다. 그럴 때마다
짧은 단발머리는 바람에 실린 듯 휘익휘익 날렸다. 그 모습이 여덟
살의 문항이에게는 너무나 예뻐 보였다. 그날 입학식 날은 문항이에
겐 잊히지 않는 날이 되었다. 입고 있는 복장들은 달랐지만 가슴에
는 하얀 가제 손수건과 노란 이름표가 달려 있었다. 이름표를 보면

서 친구들 이름을 외우고, 그리고 부르면서 친숙해지는 게 여간 재미있는 일이 아니었다.

다행히 대문 앞에서 만났던 단발머리 여자아이도 문항이의 반에 섞여 있었다. 문항이에겐 가슴이 콩닥거릴 만큼 반가운 일이었다. 문항이는 씩씩하게 그 단발머리 여자아이에게 다가갔다. 그리고 노란 명찰 위에 또박또박 박혀 있는 검은 글씨의 이름을 재빠르게 읽었다.

"노민제! 니 이름이 민제야?"

문항이가 명찰에 적힌 이름을 읽어내자 단발머리 여자아이는 눈이 동그랗게 커지면서 소리치듯 말했다.

"너는 벌써 한글을 다 읽어?"

"다는 아니지만… 조금….

문항이의 대답이 채 끝나지도 전에 단발머리 여자아이는 선생님을 향해 큰소리로 말했다.

"선생님! 야는 벌써 한글을 읽을 줄 안데요!"

단발머리 여자아이는 참 씩씩한 모양이었다. 수줍어하지도 않고 선생님에게 당차게 소리치는 걸 보면…. 그 바람에 아이들의 시선이 일제히 문항이에게 쏠렸다. 병아리 같은 아이들의 까만 눈동자가 문항이에게 쏠리면서 선생님도 기특한 듯이 고개를 끄덕거렸다.

"그래? 그러고 보니… 우리 반에는 천재가 있나 부네…. 이리 와 봐!"

여자 선생님은 상냥한 말투로 문항이를 천재라고까지 말했다. 허기사 생활에 쪼들리고 바쁜 부모들이 아이들을 옆에 끼고 앉아서 '가갸거겨'도 제대로 가르칠 수 없는 시대였다. 그런 시대에 문항이는 일찌감치 한글을 익히고 입학을 하게 되었던 것이다. 아들을 대통령으로 만들고 싶다는 최근수의 아들 사랑 때문이었다.

　나전칠기상 최근수는 아들 문항이를 이 나라에서 제일 높은 사람으로 만들고 싶었다. 때문에 아들 문항이를 대통령으로 만들 수만 있다면 원숭이가 아니라 더 흉측스런 모습의 장애인이 되더라도 감수할 작정이었다. 그런 각오로 아들 문항이를 키우고 있는 최근수이니만큼, 최근수가 문항이에게 거는 기대는 굉장했다. 최근수에겐 아들 문항이는 세상 그 어느 것과도 바꿀 수 없는 보물이었고 보석이었다. 원숭이 몰골의 애비를 사람 취급받게 해준 보물이었고 보석이었다. 보물 같고 보석 같은 아들을 이 나라 최고 어른인 대통령으로 만들고 싶다는 최근수의 욕심은 남자로서 가져보는 욕망 같은 것이기도 했다.

　태어날 때부터 원숭이 몰골과 비슷했던 자신의 신체에 대한 자격지심과 소외감, 모멸감으로 가득했던 최근수는 아들 문항이를 이 나라의 대통령으로 만드는 것으로 보상 받고 싶어 하는 욕심을 키우고 있었던 것이다. 무식한 최근수는 문항이가 공부만 잘하면 얼마든지 대통령으로 가는 길이 열리리라 믿었다. 그와 더불어 아들을 대통령으로 만들기 위해서는 애비가 피나는 노력으로 뒷바라지를 해야 한다는 것은 충분히 알고 있었다. 허나 아들 문항이를 대통령으로 만들 수만 있다면 그 모든 것을 감수할 것이라 여기는 최근수였다.

　아버지 최근수의 그런 열망 때문에 일찌감치 한글을 익히게 된 문항이를 선생님은 천재라고까지 치켜 올려주었다. 그리고 무엇보다도 다행했던 것은, 그 여자아이의 말대로 책가방을 메고 온 아이는 아무도 없었다는 것이다. 괜히 혼자 책가방을 메고 왔다가 큰 창피를 당했을 뻔했다. 문항이는 그 여자아이에게 고마운 생각이 들었다.

아니… 민제에게 고마운 마음이 많이 들었다.

담벼락 끝자락에 있는 낡은 양철 지붕 집이 민제의 집이라는 걸 알게 된 순간부터 문항이의 가슴에는 행복이라는 게 싹트기 시작했다. 얼마나 다행한 일인지 몰랐다. 민제의 집이 바로 문항이의 집 담 끝에 있다는 게…. 게다가 문항이를 더욱 행복스럽게 했던 건, 문항이의 방에서 창문만 열면 민제의 집과 그 집의 작은 마당이 훤히 보인다는 사실이었다. 문항이는 민제가 어떻게 하고 있나 궁금하기만 하면 창문을 활짝 열어젖히고 민제의 집을 살펴보곤 했다.

민제는 작은 마당에서 혼자 노는 날이 많았다. 혼자서 비석치기를 한다든가, 고무줄을 마루 끝에 있는 기둥과 마당에 세워진 빨래 대에 묶어놓고 혼자 고무줄놀이를 한다든가, 작은 마당에 세워진 굴뚝 뒤에서 혼자 숨바꼭질을 한다든가 하면서 재미있게 놀곤 했다. 민제의 그런 모습을 바라보는 게 재미있고 행복한 문항이었다.

어느 가을날.

도로변에 즐비하게 늘어선 은행나무에서 노오랗게 물든 은행잎이 우수수 떨어지면서 민제의 집 작은 마당에도 수북이 쌓인 날이었다.

"민제야! 마당에 있는 은행잎 좀 쓸어내라!"

민제 어머니의 소리였다.

"야!"

민제는 대답만 했지 한참 동안 머뭇거렸다.

"은행잎 쓸어내라고."

"어므이요… 은행잎이 마당에 쌓여있으니까 부자가 된 것 같은 기분인데 와 쓸어버리라고 합니까?"

"은행잎이 마당에 쌓였다고 부자 되는 것이 아니다! 말라서 부서지 기라도 하면 마당만 지저분해지고 치우기도 더 어렵다!"

"아!"

민제는 대답과 함께 몸을 움직거렸다. 빗자루를 찾는 모양이었다.

문항이는 이층 자기 방에서 창문을 닫고는 얼른 아래층으로 내려 갔다.

"어머니! 빗자루 어디 있어요?"

"빗자루라니?"

"우리 집 담 밑에 은행잎이 너무 많이 쌓였어요. 제가 그걸 쓸어버 리려고요."

"바깥에 있는 은행잎을 쓸겠다고?"

"예! 은행잎은 마르면 부서지고… 부서진 게 날려서 길거리가 지저 분해지거든요."

노민제의 어머니가 했던 말을 그대로 인용하면서 갑자기 빗자루를 찾는 문항이를 보면서 어머니 송 씨는 문항이에게 말했다.

"그럼… 정 씨 영감님에게 쓸어내라고 하면 되겠구나."

"아니에요. 제가 쓸어낼 겁니다. 빗자루 어디 있어요?"

"광에 있을 게다…. 화장실 옆에 있는 작은 광에…."

어머니의 말이 떨어졌다. 빗자루가 작은 광에 있다는 말이 떨어지 자마자 뛰어나왔다. 빗자루를 들고나온 문항이는 긴 담벼락을 타고 걷기 시작했다. 낡은 양철 지붕 집까지는 한참을 걸어야 했다. 문항 이는 담벼락 옆에 수북이 쌓여 있는 은행잎을 쓸어 모으면서 민제의 집까지 가고 있었다. 그리고 낡은 양철 지붕 집 문 앞에 가서 섰다. 대문도 양철이었다. 낡고 녹이 슨 양철 대문은 구멍이 숭숭 나 있어 서 눈만 대면 안이 훤히 보였다. 문항이는 구멍이 난 양철 대문에 얼굴을 대고 두 눈을 구멍 속에 집어넣을 듯이 안을 살폈다. 민제는 빗자루를 들고 장난삼아 은행잎을 쓸어내고 있었다.

"민제야!"

조심스럽게 부르는 문항이의 부름에 민제는 얼른 알아들었다.

"누고? 문항이냐?"

"응, 나야. 나도 은행잎 쓸어내려고 나왔어! 근데 바깥에는 노란 은행잎이 엄청 많아! 우리 같이 쓸자!"

"엉?"

"울 둘이서 같이 쓸자고."

"그래, 알았어! 웅! 나갈게"

민제는 수숫대로 만든 키 작은 빗자루를 들고나왔다. 문항이는 자루가 긴 빗자루를 들고 섰다가 민제를 보고는 배시시 웃었다. 민제와 함께 은행잎을 쓸겠다고 생각하니 행복해서였다.

그날 둘은 나란히 은행잎을 쓸었다. 은행잎을 쓸어 무더기를 만들어 놓고 또 쓸어내고… 그들은 열심히 은행잎을 쓸어냈지만 은행잎은 조그마한 바람에도 뚝뚝 떨어졌다. 무더기로 모아두었던 은행잎까지 휘익휘익 날려서 그들 앞으로 날아오곤 했다. 마치 노란 엽서 같았다. 민제가 먼저 손뼉을 치며 좋아라 했다.

"노란 은행잎이 엽서처럼 날리네…."

"맞다! 민제 니 말이 맞다. 노란 은행잎이 엽서 같다. 내년 가을에는 은행잎에 편지를 써 너한테 보낼 게. 그러면 민제 니는 꼭 답을 해줘야 한다."

"알았어! 나도 은행잎에다가 답을 써서 보낼게!"

민제의 대답에 문항이는 흥이 났다. 어깨를 으쓱거리면서 빙긋빙긋 웃어 댄다. 노란 은행잎이 휘날리는 바람 속에서 민제도 해맑게 웃었다. 노란 은행잎은 하늘에서도 떨어졌고 발등에서도 떨어졌다.

　노란 은행잎 하나하나가 한 장의 엽서가 되어 어린 그들의 마음에 연모의 약속을 전하는 듯했다.

3.
길은 달라도

그러나 1974년도에 접어들면서 문항이와 민제의 생활은 판이하게 달라졌다. 아들을 대통령으로 만들겠다는 최근수의 욕망은 점점 깊어지고 커졌다. 문항이는 아버지 최근수의 욕망을 충족시켜주듯 모든 일에 성실했고, 학업에도 열중해 전교에서 일 이등을 할 정도로 공부를 잘했다. 최근수로서는 더 바랄 게 없는 아들이었다. 그때는 문항이가 고등학교 이학년 때였다. 대학을 정해 놓고 그 목적지까지 가기 위해 신중을 다해 공부할 무렵이었다.

문항이는 이렇게 대학을 가기 위해 공부에 열중하고 있었지만, 민제의 처지는 문항이와는 사뭇 달랐다. 겨우 초등학교를 졸업한 민제는 어른들과 섞여 굴발이 일을 했다. 생굴을 잡아 올리거나 양식장에서 키워 낸 생굴을 까 주는 일을 굴발이라고 했다. 그 시절에 민제가 할 수 있는 것은 굴발이라도 해서 돈을 버는 일이었다.

작업장은 수시로 달라졌다. 가까운 선창이 작업장이 될 수도 있었고 멀리는 섬으로 가서 굴발이 작업을 할 때도 있었다. 섬으로 가야 할 때는 동이 트기 전에 선창까지 나가야 했다. 작게는 대여섯 명의 아주머니였지만, 사람이 많을 때에는 열서너 명이나 되었다. 사람이 모이면 선박에 탈 인원이 넘어도 상관없이 모두 배에 오르곤 했다.

하루 품삯을 벌기 위해서 나온 아주머니들은 사람들에게 밀리지 않으려고 악착같이 배에 올랐다. 한사람이라도 더 태워 일손을 늘리려고 하는 작업장 감독들이나 선주들도 애써 모르는 척하면서 사람들을 태웠기에, 작은 통통배는 기웃대면서 섬으로 향하곤 했다. 섬으로 가야 하는 작업장은 어린 민제에겐 너무나 무서웠다. 배를 타는 것도 무서운 일이었지만, 어머니 아버지를 떠나서 간다는 것도 쉬운 일이 아니었다.

그러나 어쩔 수 없었다. 아버지가 집에서 하고 있는 땜질 일은 날이 갈수록 줄어들었다. 구멍 난 냄비를 들고 오는 사람도 없었고, 대야나 양푼이가 구멍 났다고 땜질을 해서 사용하는 사람도 없었다. 그런데도 아버지 노 씨는 땜질 일을 놓지 못했고, 하루 종일을 땜질 일거리를 기다리며 살기만 했다. 어므이는 그나마 판장에서 일 할 수 있게 된 것을 다행으로 여기며 판장을 다니기도 했다. 생선 배를 가르는 일이나 그늘진 곳에서 생선을 말리는 일, 생선 궤짝을 씻어 내는 등 그런 잡다한 일로 일당을 받아 오는 어머니의 수입이 전부인 민제네였다.

민제는 그런 집안 형편 때문에 일찌감치 학교를 포기하고 굴발이 일을 했지만, 문항이를 생각하는 마음은 날이 갈수록 애틋하기만 했다. 어쩌면 민제에겐 문항이를 생각할 수 있는 그것이야말로 희망이었고 살아가는 보람이었는지 모른다.

그것은 민제의 마음뿐만은 아니었다. 문항이는 틈나는 대로 민제를 찾아와 희망을 던졌다.

"민제야, 조금만 참아! 내가 대학에만 합격하면 아버지에게 니 얘기를 할 거야! 그때까지만 기다려 주면 돼!"

문항이의 말은 진지했다. 결코 헛된 소리가 아니라는 걸 민제도 잘 알고 있었다. 비록 문항이와 그녀는 빈부의 차이가 컸지만, 그것이 두 사람을 갈라놓을 일이 아니라는 걸 그들은 알고 있었다. 문항이는 민제와의 약속을 지키기 위해 열심히 공부했다. 아버지가 원하는 대학에 입학하는 게 목적이었다. 아버지 최근수는 학벌도 짧고 외모도 반듯하지 못했지만 남자로서의 욕망은 컸던 사람이었다. 욕망이 있었기에 오늘날 나전칠기의 대가라는 명칭까지 얻게 되었는지도 모른다. 일자무식이었던 아버지가 나전칠기장으로 소문이 날 정도였다면 나전칠기에 대한 집념이 어느 정도였는지 짐작할 만했고, 나전칠기의 대가로 불릴 만큼 칠기에 뛰어난 솜씨를 뽐내기까지 얼마나 노력했을지 짐작이 갔다. 그런 최근수가 아들을 대통령으로 만들겠다고 팔을 걷어붙였으니 최근수가 아들에 대한 희망과 기대가 어느 정도였는지 가히 짐작할 만했다.

문항이는 누구보다도 아버지 최근수의 그런 마음을 잘 알고 있었다. 그렇다고 아버지의 욕망대로 대통령이 되고 싶은 생각은 추호도 없었다. 명문대학을 졸업하더라도 정치에 입문할 생각은 더욱이나 없었다. 다만 아버지가 원하는 일류 대학. 명문대에 입학하는 것으로 아들로서의 도리를 다 할 작정이었던 문항이었다. 문항이는 아버지가 원하는 명문대학에 합격만 하면 민제를 소개할 생각이었고, 아버지의 허락을 받아 결혼도 할 생각이었다. 삼대독자인 아들의 말을 아버지가 무시하리라고는 생각지도 않았던 문항이었다. 그래서 문항이는 민제에게 자신 있게 말했다. 대학에 합격할 때까지만 기다려 달라고….

그들은 은행나무의 은행잎이 노랗게 물들어 가는 계절을 바쁘게 기다렸고 바쁘게 보내곤 했다. 학교에서 돌아오면 이층으로 뛰어 올라가 큰 창문을 열어젖히고 민제의 집 앞마당으로 바라보면서 민제를 기다리는 게 하루의 일과처럼 되어버린 문항이었다. 문항이의 집 이층 방에서 민제의 집 앞마당을 내려다보노라면 민제의 집은 아득히 아래쪽이었다. 그만큼 나전칠기장 최근수의 한옥은 높았고, 지형도 높은 곳이었다. 그래서 이층 문항이의 방에서 내려다보는 민제의 집은 정말로 아득히 먼 아래쪽이었다. 그래도 민제를 보기 위해서한 시간이고 두 시간이고 창문을 열어 놓은 채 민제가 마당에 나타나 주기만을 기다리는 문항이었다.

민제 역시 굴발이 일을 마치고 돌아오면 마당에 서서 으레 고개를 들어 담 너머에 있는 문항이의 집을 올려다보곤 했다. 문항이는 창문을 열어젖히고 서 있었다. 언제나처럼 오래 기다렸다는 표정이었다. 민제를 보면 반기는 표정이 역력한 얼굴이기도 했다.

"민제야!"

마당을 향해 민제를 불러 대는 문항이의 소리는 힘차고 우렁찼다.

그러나 서로의 이름을 부르면서 바라만 보기에는 그들의 마음이 너무나 절실했다. 마주 서서 보고 싶었고, 마주 서서 손도 잡아보고 싶었고, 눈도 마주치면서 이야기도 하고 싶었다. 민제는 문항이가 부르는 소리만 들어도 행복했다. 힘들게 작업장에서 일하고 돌아왔다는 것도 잊어버리고 대문 밖으로 뛰쳐나왔으며, 민제가 마당에서 뛰어나가는 모습을 지켜본 문항이는 살금살금 발소리를 죽여 이층 계단을 내려서곤 했다. 안방과 안채 마루만 지나면 된다. 발소리도 들리지 않게 살금살금 걸었다. 안방 앞을 지나고 큰 대청마루를 지나 축담 위에 놓인 신발만 신으면 된다. 문항이에겐 거기까지가 힘든 일이었다. 축담 위에 있는 신발만 신으면 거기서부턴 자유로웠다.

정 씨 할아버지가 문을 열어줄 겨를도 없이 대문을 열고 뛰쳐나온 문항이는 담벼락 끝에 있는 낡은 양철 지붕 집을 향해 줄달음을 쳤다. 양철 대문 앞에서 기다리고 있던 민제가 손을 내밀었고, 문항이는 민제의 손을 덥석 잡았다. 그리고 그들은 뛰었다. 세병관을 향해서 뛰었고, 재판소 가는 길을 걷기도 했다. 통영초등학교 뒷산도 올라갔다. 둘만이 있을 수 있다는 행복 이외는 아무것도 느껴지지 않았다. 두려움도 없이 그들은 마냥 걸었고, 웃었고, 행복해했다.

문항이의 손을 잡고 통영 시가지를 한 바퀴만 돌아도 세계를 여행한 듯한 행복감에 민제는 가슴을 다독거렸다. 행복하다고 느끼는 순간마다 가슴에서는 방망이질을 했다. 설렘으로 쿵쿵. 떨림으로 쾅쾅. 그리고 기쁨으로 후들거리는 가슴을 애써 다독이며 침착하려 했던 민제였다. 이 짧은 순간을 위해 민제는 궁핍하고 가난했던 삶을 이겨내고 있었던 것이다. 어른들도 하기 힘든 굴발이 일이었다. 그래도 민제는 힘들다 하지 않고 말없이 견디어 냈다. 문항이와 함께 할수 있는 이 순간 때문이다.

땜질 일로 밥 먹기 힘든 줄 알면서도 그게 배운 기술이라고 놓지 못하는 아버지를 원망할 수는 없었다. 아버지는 가끔 구두통 같은 땜통을 메고 나가서서 땜질하라고 소리치기도 했지만 매번 허탕으로 돌아오셨다. 판장 일에 지친 모습으로 돌아오는 어머니는 늘 배추 잎처럼 힘이 없어 보였지면 굴발이 작업장에서 온 힘을 쏟고 돌아온 민제는 적어도 문항이 앞에서는 힘든 내색을 하지 않았다.

그러나 민제가 힘들게 살고 있는 걸 모를 문항이가 아니었다. 민제가 굴발이 일을 해야 식구들 끼니 걱정을 덜 수 있는 민제의 집안 형편을 문항이는 꿰뚫어 보듯 알고 있었다. 문항이는 민제의 그런 집안 형편을 뻔히 알면서도 도와주지 못하는 게 안타까울 뿐이었다. 다만 그가 목적하는 대학에 입학하는 것만이 희망이었고, 그것이 민제를 위한 최선의 길임을 뼈저리게 느낄 뿐이었다. 문항이는 민제를 만날 때마다 그 약속을 상기시켰다.

"내가 대학에만 합격하면…."

"그때는?"

"그때는 아버지께 니 이야기를 하고….."

"어떻게 이야기할 건데?"

"결혼할 거라고."

서슴지 않고 말하는 문항이를 보면서 민제는 배시시 웃었다. 민제의 그 웃음은 그것이 쉽지 않다는 뜻을 내포한 것일 수도 있고, 문항이가 약속하는 뜨거운 진심에 대한 고마움이 담긴 것일 수도 있다. 민제는 웃음기를 거두지 않은 얼굴을 문항이 앞으로 살짝 내밀며 말했다.

"너그 아버지가 허락하실까?"

"염려 마! 그 약속만은 내가 반드시 받아내고 말 테니까."

"소문에는 너그 아버지가 너를 대통령으로 만들어 보겠다는 야망으로 문항이 너를 공부시키고 있다던데… 그런 너그 아버지가 나 같은 여식아를 며느리로 삼으려고 하시겠어?"

"난… 대통령이 되고 싶은 게 아니야…. 나를 대통령으로 만들고 싶어 하는 건 아버지의 야망이지 내 희망은 아니야! 나는 민제 너랑 결혼해서 아들, 딸 낳고 다붓한 가정을 꾸려가며 살고 싶어! 그게 내 꿈이고, 욕심이야. 그러니까 민제 너는 내 꿈이고… 내 희망이며 내가 욕심내는 모든 것이야! 민제야! 너는 내 꿈으로, 희망으로, 욕심내고 싶은 여자로 내 앞에 서 있어 주기만 하면 되는 거야…. 언젠가는 네가 우리 아버지의 며느리가 되고 내 아내가 되어 저 황금색 대문 안으로 당당하게 들어오게 할 테니까…."

문항이의 그 진심 어린 말투에는 정성이 들어가지 않은 게 없었고, 진심을 느끼지 않을 수 없는 진실함이 깊이 배어 있었다. '더 이상 무슨 말을 기대할까?' 할 만큼 완벽한 고백이었다. 민제는 빙긋 웃었다. 그리고 말했다.

"문항아! 나는 지금 너가 한 말 한마디도 빠뜨리지 않고 가슴에 새겨 놓고 살 거야! 나는 문항이의 꿈이며, 희망이며, 욕심내고 싶어 하는 여자라는 말 명심하면서 살게!"

"암! 그래야지! 당연히 그래야지!"

서녘 하늘에 기울어가는 노을이 그 둘의 뜨거운 가슴만큼 붉게 물들어지고 있었다.

그때였다. 통영초등학교 뒤편 산길에서 민제를 부르는 소리가 메아리와 함께 들렸다.

"민제야! 민제야!"

아버지 노 씨가 부르는 소리도 아니었다. 어머니가 부르는 소리도 아니었다. 그러나 황급히 불러 대는 소리가 예사롭지가 않았다.

"나 여기 있는데… 누구예요!"

민제가 풀섶에서 일어나며 외쳤다.

"너그 어므이가 판장에서 미끄러져서 많이 다쳤다. 내가 업어서 너그 집에 모셨으니까 따뜻한 물로 다리 찜질이라도 해드려라!"

민제를 찾아 나선 사람은 새터시장 입구에서 구두도 닦고 땜장이 일도 하는 배종구였다. 배종구는 서른이 가까운 나이인데도 장가도 안 가고 혼자 사는 총각이었다. 민제 아버지 노 씨에게서 땜질하는 기술을 배우느라 노 씨 집을 석 달 동안이나 드나들었던 사람이고… 노 씨 집안의 어지간한 일은 다 알고 있는 사람이었다.

"아저씨 고마워요."

민제가 당황스러워하며 일어섰다.

"민제야! 나… 아저씨 아니야! 그냥 오빠라고 불러주라!"

민제에게 오빠라고 불러 달라고 아이처럼 조르는 아저씨였다. 그 배종구 아저씨가 다친 어머니를 업어다가 집에 모신 모양이다. 민제는 새파랗게 질린 얼굴로 소리쳤다.

"우리 어므이가 다쳤다니? 울메나 다쳤는데요?"

"다리를 삐셨나 봐… 어서… 가봐…."

배종구 아저씨의 말투에도 걱정이 한 가득이다. 문항이는 어느새 민제의 앞을 가로막으며 민제의 손을 꼭 잡았다.

"민제야! 내 손을 꼭 잡고 뛰어! 뒷산 길이 험하고 미끄러우니까…."

문항이는 민제의 손을 잡고 앞장섰다. 민제는 헐떡거리며 뛰었다. 다치신 어머니 걱정으로 머릿속이 무거웠다.

민제의 어머니는 다리를 많이 다쳤고 발을 땅에 짚을 수도 없게 되었다. 그런 모습으로 당분간 지내야 했으니 판장에 가는 것도 자연스레 중단된 것이다. 민제는 그날부터 더 힘들어졌다. 단 하루도 마음 놓고 쉴 수 없을 만큼 집안 형편이 어려워졌다. 민제는 새벽에 섬으로 가는 작업장도 마다하지 않았고 늦게까지 굴밭이 일을 하는 것도 마다하지 않았다. 열여덟 살 민제에겐 너무나 힘든 삶이었다. 날이 갈수록 깊어 가는 가난의 굴레. 날이 바뀌고 달이 바뀌어도 집안 형편은 나아지는 게 없었다. 열여덟 살 민제가 감당하기에는 너무도 힘든 생활이었다. 그러나 민제는 굳건했고, 당찼고, 무엇보다 세상을 이겨내려는 의지로 똘똘 뭉쳐 있었다. 민제가 그 힘든 가정 형편 속에서도 기 꺾이지 않고 당당하게 살아갈 수 있었던 건 문항이가 있었기 때문이었다. 문항이는 민제에게 꿈이며, 희망이었으며,

미래였던 것이다.

　그해 십일월 중순. 문항이가 고등학교 3학년에 올라갈 때였다. 졸업반이었던 문항이는 공부에 전념했고, 학교에서도 야간수업까지 했다. 삼학년 진급을 앞두고 학교에서 야간수업까지 했다. 그 당시만 해도 대학에 간다는 학생은 몇 되지 않았지만, 대학시험을 보기 전에 예비고사를 반드시 치러야 했기에 대학에 진학하겠다고 하는 학생들의 공부에 대한 열의는 대단했다. 대학에 갈 수 있다는 것만으로도 특혜를 받은 학생인 듯 느껴졌다. 특혜를 받은 듯한 기분으로 공부에 열중해야 했으니 친구도 경쟁자가 될 수 있었고 친구의 성적보다 앞서야 한다는 경쟁의식도 두드러졌다. 그런 경쟁의식을 가지고 공부를 해야 했으니 자율학습 시간의 침묵은 고요하고 무거웠으며 책장 넘기는 소리만 교실을 채우고 있었다.

　해가 지면서 하늘에는 시커먼 구름이 덮이기 시작했고 낮게 뜬 구름이 하늘에서 파도처럼 일렁거렸다. 학생들은 공부에 집중하느라고 한 번씩 으르렁거리는 천둥, 번개소리도 듣지 못하는 듯했다. 정말 그랬다. 해가 지고 있다는 것도 잊고 있는 듯했고 하늘에는 시커먼 구름들이 파도처럼 일렁거리고 있다는 걸 모르고 있는 듯했다. 적어도 문항이는 그렇게 공부에만 집중하고 있었다. 다만 집에서 문항이를 생각하고 있는 민제의 머릿속은 혼란스러웠다.

4.
마음을 담아

해가 지면서 구름이 낮게 뜨고 회색빛으로 내려앉더니 시커멓게 뭉치면서 늑대 무리처럼 하늘을 건너뛰고 있었다. 금방이라도 소낙비를 내릴 것 같은 하늘이었다.

아니 벌써 빗방울은 하나둘 떨어지기 시작했다. 떨어지는 빗방울은 손가락 굵기만큼 컸다. 소낙비가 쏟아졌다. 하늘이 캄캄해지면서 빗방울은 거세게 떨어졌다. 소낙비였다. 폭우라도 쏟아질 기세였다.

그런데 참 이상했다. 높은 한옥에서는 아무런 기척이 없었다. 번쩍거리는 황금색 대문도 열리지 않았고, 대문 옆에 달린 차고 셔터도 올라가지 않았다. 소낙비가 쏟아지고 폭우가 몰아치는데 나전칠기장 최근수의 한옥 대문은 열리는 기척도 없었고 아무일 없다는 듯 평온한 분위기였다. 아들 문항이가 아직 학교에서 돌아오지 않았다는 것을 알고 있을 사람들이 꿈쩍도 않고 있는 듯했다.

민제는 초조했다. 밤은 깊어 가고 소낙비는 쏟아지고 굵은 빗방울은 폭우처럼 퍼붓는데 나전칠기장 최근수의 집은 조용하기만 했다. 여느 때 같으면 작은 이슬비만 뿌려도 아들 문항이 배웅 간다고 떠들썩한 집안이다. 최근수가 앞장서고 정 씨 할아버지는 차고 셔터를 올리고 야단법석인데… 그날 저녁엔 최근수의 집은 쥐 죽은 듯 조용했다. 뭔 일인가 싶었지만 망설일 수가 없었다. 민제는 우산을 찾아 들고 대문 밖으로 나왔다. 최근수의 집 긴 담장을 따라 뛰었다. 민제가 우산을 받쳐 들고 최근수의 집 황금색 대문 앞을 지날 때에도 최근수의 집에서는 아무런 동요가 없었다. 비가 이렇게 쏟아지는데 아들 문항이의 배웅을 가지 않고 있다는 게 이상스럽게 여겨졌지만 민제는 마음이 바빠졌다.

문항이가 야간수업을 한다 해도 수업은 파했을 테고, 문항이도 슬슬 돌아올 시간이다. 정말로 최근수의 집에서 문항이 배웅을 가지 않고 있는 거라면 지금쯤 문항이가 비를 흠뻑 맞고 뛰어오고 있을지도 모른다는 생각에 민제는 마음이 바빠졌고 걸음도 바빠졌다.

"비가 이렇게 억수같이 오는데… 정말로 최근수 집에서는 아들 배웅을 안 갔을까? 아니… 일찌감치… 가서… 서 있는지도 모르지…. 문항이가 나올 때까지 차 안에서 기다리고 있을지 몰라. 아니야! 아니야! 차고 셔터는 열려 있지 않았어! 내가 분명히 봤는 걸…."

민제는 똑똑히 보았다. 최근수의 집 대문은 굳게 닫혀 있었고 차고의 셔터도 올라가 있지 않았다는 것을…. 그런 것을 감안해보면 최근수의 집에서는 문항이를 마중하러 가지 않은 게 틀림없었다. 문회동에 있는 최근수의 집에서 학교까지는 어른 걸음걸이로 사오십 분은 족히 걸어야 할 거리였다. 서문고개를 내려와서 명정동 신작로를 지나야 했고, 서호동 시계탑에서 해저 터널 쪽으로 한참이나 가야 했다. 그렇게 먼 거리의 학교를 문항이는 날마다 지프차를 타고 다녔고 보통 아이들은 버스로 통학하거나 자전거를 이용하여 통학을 했다.

민제는 서문고개를 내려섰다. 비가 오면 서문고개 비탈길은 더 위험했다. 작은 돌멩이들은 패이고 큰 돌들은 삐쭉삐쭉 드러나 있어서 잘못하다간 돌부리에 받혀 넘어질 수도 있었고, 패인 돌멩이를 밟다가 미끄러질 수도 있었다. 그 서문고개 내리막길을 걸어가는 민제의 마음은 초조하고 바빴다. 비를 맞고 뛰어오는 문항이를 만날 수 있을지도 모른다는 설렘도 있었고, 반대로 괜한 짓을 하고 있는 건 아닌가 하고 쑥스럽고 부끄럽기도 했다.

서문고개 비탈길 양쪽에는 아직 빈 밭이 있었다. 서문고개 비탈진 길이 너무 험했는지 아직 집은 들어서지 않았고, 밭을 일구어 작물을 키워 먹는 농토였다. 한여름에 큰 키를 자랑하며 꾸벅거리던 옥수수들은 누렇게 바랜 몸체를 흔들며 빈 밭에 허수아비들처럼 우뚝우뚝 서 있었다.

십일월 늦가을. 바람은 세차고, 폭우 같은 비는 쉴 새 없이 쏟아졌다. 들고 있는 우산은 몇 번이나 지붕을 웅크렸다가 펼쳐지면서 간신히 우산 형태를 갖추고 있었지만, 민제는 그 비바람 속에서도 우산을 놓지 않고 꿋꿋이 움켜쥐고는 서문고개를 내려가고 있었다.

그때였다. 서문고개를 향해 뛰어오는 발자국소리가 들렸다. 민제는 우산 속에서 고개를 내밀었다. 문항이었다. 교복 차림에 책가방을 옆구리에 낀 채 교모를 푹 눌러쓰고 있었지만 비를 흠뻑 맞은 모습이었다.

"문항아!"

민제는 우산을 받쳐 들고 문항이 앞으로 뛰어나갔다.

"민제야!"

우산을 들고 있는 민제가 구세주처럼 반가웠던 문항이었다. 문항이는 민제가 들고 있는 우산을 함께 받쳐 들었다. 민제는 우산 속에서 문항이를 바라본다. 반가움이 앞섰다. 비에 흠뻑 젖은 문항이의 모습이 측은하기보다 웃음이 나왔다. 만나게 되어서 반갑다는 기쁨의 웃음이기도 했다.

"비를 맞으면 사람도 생쥐 꼴이 된다더니…"

민제는 문항이의 위아래를 훑어보며 깔깔 웃었다. 그 순간 문항이는 민제를 와락 껴안았다. 옆구리에 붙어 있던 책가방이 떨어졌다. 비에 흠뻑 젖은 문항이의 가슴으로 민제는 빨려가듯 안겼다. 두 사람의 옷은 흠뻑 젖었고, 비에 젖어 달라붙은 옷은 가슴에서 터질 듯이 튀어나오는 열기로 뜨거웠다. 열여덟 살 소년과 소녀가 품고 있었던 열정과 그리움이 비에 젖은 옷을 뚫고 터져 나오고 있었다. 누가 먼저랄 것도 없었다. 누가 안았는지도 모를 일이다. 어느새 두 아이는 한 덩어리로 엉키고 있었고, 비바람 속에서 늙은 옥수숫대들이 바삭거리며 흔들리고 있었다.

문항이는 민제의 손을 잡고 서문고개 양쪽에 펼쳐져 있는 옥수수밭으로 뛰어 들어갔다. 옥수수 밭 가에 낡은 농막이 있었다. 민제는 문항이가 이끄는 대로 끌려갔다. 아니… 이미 둘은 손과 발이 한 덩어리로 엉켜 있었고 손과 발이 엉키면서 몸도 한 몸처럼 밀착하고 있었다. 늙은 옥수숫대의 바삭거림. 폭우처럼 사나운 빗소리. 그리고 사방을 흔들어 대며 불어오는 바람 소리. 그 어느 것도 두 사람의 거친 숨결을 막지 못했다. 몸살 앓듯 아팠든 그리움이 서로의 몸에서 불을 토해내듯 터져 나왔다. 잔잔했던 연민이 불꽃처럼 뜨거운 그리움으로 달구어지면서 열여덟 살 소년과 소녀는 부끄러움을 잊었고 시간을 뛰어넘었으며 남녀의 경계를 무너뜨렸다. 사랑이란 이름으로 그리움이란 울타리 속으로 빨려 들어가고 있었다. 그것이 얼마나 무모한 일이었는지를 그들은 그때는 몰랐다.

"문항아!"

저쪽에서 귀에 익은 목소리가 들려왔다. 나전칠기장 최근수의 목소리였다. 겁에 질린 듯한 떨림으로 울렸다. 분노로 터지는 듯한 고함소리로 울렸다. 아버지 최근수의 목소리에는 떨림과 분노가 뒤섞여 있었다. 그 순간 문항이는 본능적으로 민제를 가슴으로 끌어안았다.

"아버지야! 그렇지만 겁내지 마!"

의외로 문항이는 침착했다. 마치 아버지 최근수와 마주 서서 대결이라도 할 듯한 모습이다. 민제는 무서웠다. 그리고 전신에 불을 끼얹는 듯한 부끄러움이 그제야 느껴졌다. 두렵고 불안한 시선으로 문항이를 바라보는 민제의 눈에는 눈물이 글썽거리고 있었다. 민제는 숨 멎는 듯한 작은 소리로 말했다.

"무서워! 난… 너그 아버지가 무서워!"

"넌… 민제… 넌… 내 옆에만 붙어있으면 돼! 내가 있으니까… 내가 있으니까 무서워할 것 없어!"

그러나 문항이는 더 이상 말을 잇지 못했다. 그들 앞에 서 있는 최근수는 독 오른 독사 같았고 배신당한 분노의 화신 같은 얼굴을 하고 있었다. 아들 문항이에 대한 실망, 그리고 아들을 유혹한 것으로 보이는 여자아이에 대한 분노. 최근수는 잠깐 온몸을 부르르 떨었다.

열여덟 살. 소년과 소녀는 아직 채 몸을 가리지도 못하고 있었다. 상체가 벗겨진 아들, 아랫도리만 겨우 가리고 있는 어느 여식 아이. 최근수의 눈에 비친 그 여식 아이는 착하고 성실한 아들을 유혹한 버러지 같은 년으로만 보였다. 최근수는 숨을 길게 몰아쉬는 듯하더니 갑자기 몸을 날렸다. 원숭이가 나무를 타듯 몸을 날린 최근수는 민제의 머리채를 잡고는 땅바닥에 두세 번 내동댕이쳤다. 민제의 머리채를 움켜쥔 채 민제의 몸을 내동댕이치고 있었다. 민제는 머리채가 잡힌 채 몸뚱이는 밭 한가운데에서 빙빙 돌려졌다.

"아, 앗!"

민제의 비명 소리. 울음이 터진 듯한 신음 소리. 문항이는 소리쳤다.

"아버지!"

그러나 민제의 머리채를 잡고 팽이 치듯 돌리고 있는 아버지에게 달려갈 수는 없었다. 어느새 문항이의 두 팔을 잡고 있는 정 씨 할아버지의 팔을 뿌리칠 수가 없었던 것이다. 최근수는 정 씨 할아버지를 향해 소리쳤다.

"영감은 문항이 그놈을 집으로 끌고 가게!"

"예! 예! 어르신!"

정씨 할아버지는 나이가 한참 아래였던 최근수에게 어르신이라 칭하면서 허리까지 굽실거렸다. 정 씨 할아버지는 문항이의 몸을 옭아매듯이 움켜잡았다. 정 씨 할아버지의 몸에서 나오는 힘은 바윗덩어리 같았고 쇳덩어리 같은 무게를 지니고 있었다. 문항이는 꼼짝할 수가 없었다. 눈앞에서 민제의 몸이 팽이 돌리듯 했는데도 그것을 만류할 수가 없었다. 아버지 최근수는 민제의 머리채를 움켜쥐고는 민제의 몸을 팽이 돌리듯 하고 있었다. 제대로 옷도 입지 못한 채 그렇게 팽이질을 장하고 있는 민제를 보면서 정 씨 할아버지에게 끌려가야 했던 문항이었다.

"아버지! 아버지! 그 여자아이에게 그렇게 해서는 안 됩니다!"

정 씨 할아버지에게 끌려가면서 문항이는 그렇게 외쳤다. 처절했다. 절박했다.

그러나 부르짖듯이 외치는 문항이의 그 소리가 최근수의 분노를 더 자극했다는 것을 문항이는 몰랐다. 정 씨 할아버지에게 끌려가면서 소리치는 문항이를 최근수는 비웃듯이 노려보았다.

"저… 저… 처… 죽일 놈! 제 앞길을 가로막는 줄 모르고… 여식아 역성이라니?"

최근수의 머릿속에는 아들 문항이가 대통령이 될 거라는 꿈이 와르르 무너지는 순간이었다. 오늘 밤 이 일이 세상 사람들에게 알려지면 대통령 후보로서의 인격은 무너질 게 뻔했던 것이다. 아들을 대통령으로 만들고 싶다는 꿈이 무너진 순간 최근수의 분노는 걷잡을 수 없이 깊어져 갔다.

그날 밤, 최근수와 민제 사이에서 어떤 일이 일어났는지는 아무도 몰랐다. 다만 명백했던 것은 어이없게도 최근수의 집에서는 누가 주문이라도 외운 것처럼 식구 모두가 잠들어 있었다는 사실이다. 해가 지면서 날씨가 사나워지고 구름이 시커멓게 하늘을 떠돌고 있을 무렵 아무도 비가 오리라고 예상하지 못했던 것도 이상했고, 천둥과 벼락을 치면서 비가 쏟아졌음에도 잠에서 깨어난 사람이 없었던 것이다. 최근수 내외는 안방에서 정신없이 잠을 자고 있었고, 그 부지런한 정 씨 할아버지마저 아래채 빈방에서 잠을 자고 있었다. 최근수가 부르지 않았고 집안일도 대충 정리해 놓은 뒤라서 별다른 걱정 없이 잠을 청했다가 깊이 잠이 든 것이다.

잠에서 제일 먼저 일어난 사람은 문항이의 어머니 송 씨였다. 빗소리에 놀라 대청마루로 나왔다. 사방이 캄캄한 깊은 밤이었다. 밖에서는 폭우가 쏟아지고 하늘에서는 천둥소리가 요란스러웠다.

"아이고 우짜꼬!. 이게 웬 날벼락이고? 무슨 날씨가 이렇게 험하노? 여보, 좀 일어나 보이소! 문항이가 학교에서 돌아올 시간이 지났다 아입니까?"

황급히 최근수를 깨웠다. 최근수는 문항이가 집에 돌아올 시간이

지났다는 말에 놀란 듯 눈을 번쩍 떴다.

"뭐? 문항이가 아직 집에 안 왔다고?"

잠이 후다닥 달아난 듯 벌떡 일어난 최근수는 이층을 향해 소리쳤다.

"문항아! 문항아!"

대답이 없다. 집에 안 온 게 틀림없었다. 아니, 정 씨 할아버지가 혼자서라도 문항이 학교에 갔을지도 모른다는 생각에 대청으로 나가면서 정 씨 할아버지를 불러댔다.

"정 씨 영감! 정 씨 영감!"

최근수의 목소리라면 십리 밖에서도 알아들을 것 같은 정 씨 영감이었다. 아래채에서 튀어나오는 정 씨 영감을 보자 최근수는 발을 동동거렸다.

"날이 이렇게 험한데…. 문항이 학교에 안 갔어?"

"어르신이 부르지 않으시기에…."

"무슨 소리야? 그럼 정 씨 영감도 학교에 안 갔다는 거야? 우리 문항이가 아직 집에 안 왔단 말이야!"

"예! 예! 제가 잘못했습니다! 시방이라도 얼른 가보겠습니다."

"차! 대기시켜!"

최근수를 태운 지프차는 재판소로 향하는 길을 돌아 중앙동에서 해저 터널까지 달렸다. 그러나 문항이가 다니는 고등학교는 이미 교문까지 잠겨 있었다. 학교 안에 학생이 없다는 증거였다.

지프차를 타고 되돌아오는 길에 지프차를 명정동 신작로에 세웠다. 최근수는 왜소한 체격과 달리 매우 영악한 사람이었다. 지프차를 타지 않았다면 문항이도 서문고개를 통해서 집으로 올 게 뻔했다. 정 씨 할아버지를 뒤따르게 하고 최근수는 앞서서 걸었다. 아들의 마중을 못했다는 미안함으로 서문고개를 향해 터벅터벅 걷던 최근수의 발부리에 걸린 게 있었다. 손전등으로 밝혔다. 뜻밖에도 책가방이었다. 그것도 문항이의 것이다. 무슨 일인가 싶어 덜컥 겁이 났다. 문항이가 나쁜 사람으로부터 잘못된 건 아닌가 싶은 걱정이었다.

5.
운명

　최근수가 걱정하던 그때, 옥수수 빈 밭 가에서 바람 소리처럼 낮게 일렁거리는 소리가 들려왔다. 문항이의 숨소리도 재고 있는 최근수다. 아들의 목소리를 모를 리 없었다. 처음에는 자신의 귀를 의심했다. 그러나 나직나직하게 들린 소리는 아들 문항이의 소리임에 틀림없었다. 그리고 낮은 여자아이의 목소리. 속삭이는 듯 나직나직했다.

　문항이가? 내 아들 문항이가?

　최근수는 제 귀를 의심했고, 눈앞에 전개되고 있는 사실조차 의심했다. 최근수는 신음하듯 아들의 이름을 불렀다. 거기에 있는 소년이 아들이 아니기를 바라면서 아들의 이름을 불렀다. "아버지."라고 말하며 부스스 일어나는 아들. 그리고 그 옆에 있는 거의 반라의 여식아. 최근수의 눈은 뒤집혀 졌다. 대통령이 될 내 아들 앞에 장애물이 생긴 것을 보고 분노를 주체하지 못한 최근수는 민제에게 달려들었다. 그 모습은 마치 이성을 잃어버린 사람 같았다.

　"아버지! 민제에게 그래서는 안 됩니다!"

　아들 문항이의 그 말이 오히려 분노를 더해 주었다. 최근수는 이성을 잃은 사람처럼, 아니 완전히 이성을 잃어버린 모습으로 민제의 머리채를 끌고 어디론가 저벅저벅 걸어가고 있었다.

　그러나 그때 최근수는 몰랐을 것이다. 그날 밤 최근수의 잔인한 행동 하나하나가 악몽 같은 운명을 만들어가고 있다는 것을…. 운명이란 결코 우연히 이어지는 것은 아니었다. 만남과 헤어짐에도 순리가 있듯이 운명이라는 건 방향을 잡아가는 사람의 뜻에 따라 곧게, 아니면 엉뚱하게 흘러간다는 것을 신이 아닌 최근수가 어찌 알았을까?

　아버지가 민제의 머리채를 잡고 팽이처럼 빙빙 돌리고 있었다. 비명을 지르는 민제의 처절한 목소리가 문항이의 귓전에서 맴돌며 살을 파고드는 듯했다. 머리채를 잡힌 채 땅바닥에 내팽개쳐진 민제. 민제의 머리카락 한 오라기도 다치게 하고 싶지 않았던 문항이에게 민제의 비명은 살을 찢는 듯한 고통스러움이었다. 열여덟 살 소년이 처음으로 겪는 뼈 마디마디를 잘라내는 듯한 고통이었고 처절했던 아픔이었다. 문항이 자신이 겪는 고통이라면 이렇게까지 아프지는 않을 것이다.

　정 씨 할아버지에게 끌려가면서 문항이는 버둥거렸다. 정 씨 할아버지에게서 벗어나려고 있는 힘을 다해 버둥거렸지만, 정 씨 할아버지의 손아귀는 튼튼한 그물 같았고, 힘이 모인 팔뚝은 깰 수 없는 바윗덩어리 같았다. 문항이를 놓치지 않으려는 마음이 강해서였는지, 아니면 그냥 힘이 강해서였는지 정 씨 할아버지의 몸에 들어가 있는 힘을 문항이는 감당할 수 없었다. 정 씨 할아버지에게서 벗어나려고 하면 할수록 문항이의 몸은 정 씨 할아버지에게 더 얽매이고 더 조여졌다.

　문항이는 소리쳤다. 눈에는 눈물이 고였고 민제에게 달려가고 싶은 그 절박함이 눈물 속에서 번들거리고 있었다.

"할아버지! 저를 놓아주십시오! 지금 저를 놓아주시면 이 은혜 절대 잊지 않겠습니다! 할아버지! 민제, 저렇게 두었다가는 죽습니다! 아버지 손에 민제 죽습니다! 제발! 제발! 저 좀 놓아주십시오!"

문항이의 눈에서 눈물이 철철 흐르고 있었다. 가려운데 한 곳 없이, 아픈데 한 곳 없이 귀하게 자란 문항이다. 문항이가 어떻게 자라고, 어떻게 성장했는지를 누구보다도 잘 알고 있는 정 씨 할아버지였다. 눈물을 철철 흘리며 놓아달라는 문항이의 소리를 외면해야 하는 정 씨 할아버지의 마음도 고통스럽고 아팠다. 그러나 최근수 어르신의 명령이다. 최근수는 정 씨 할아버지가 결코 거부할 수 없는 사람이었다. 무슨 명령을 내리더라도 최근수의 명령이라면 해야 했다. 최근수도 정 씨 할아버지가 그런 사람인 줄 알기에 무슨 명령이든 할 수 있었다. 정 씨 할아버지가 할 수 없는 일인 줄을 뻔히 알면서도 명령을 내려보는 최근수이기도 했고…. 어디서부턴가 마음속 저 깊은 곳까지 엮인 것 같은 두 사람의 관계였다.

달빛이 너무 밝다고 달을 가려보라고 명령했던 최근수였고, 든든하고 신체 좋은 사내아이를 훔쳐 오라고까지 했던 최근수였다. 사실 최근수는 자기 아들이 태어나는 것을 굉장히 두려워하고 있었던 것이다. 행여나 자신을 닮은 아이가 태어날까 봐 불안하고 겁이 났던 것이다. 원숭이 같다고 손가락질받는 것은 최근수의 자신만으로 충분했다. 전생에 죄가 많아 이렇게 태어난 거라면, 자신의 이 모습만으로 죗값은 충분히 치른 것이라 여긴 최근수였다. 어릴 적부터 얼마나 많은 사람으로부터 조롱을 받았으며, 얼마나 많은 멸시를 받고 모욕감을 느끼며 살아왔던가. 사람들의 눈요기가 되고 웃음거리가 되고…. 수모를 당하며 살았던 그 많은 세월을 생각하면 자식을 낳고 싶지 않았던 최근수였다. 그랬는데도 하늘은 그에게 자식을 점지

해 주셨고, 운명은 그에게 신체 건강하고 잘생긴 아들을 낳게 해주었다. 건강하고 신체 좋은 아들을 낳아준 아내 송 씨에 대한 고마움도 컸다. 만약 아내가 신체 좋고 건강한 아들을 낳아주지 않았다면, 최근수는 시도 때도 없이 정 씨 할아버지에게 보챘을 것이다. 누구의 자식이든 불문하고 신체 좋고 건강한 남자아이를 훔쳐 오라고 말이다.

그렇게 멀쩡한 아들을 열망했던 최근수에게 아들 문항이가 어떤 의미이며 어떤 존재였겠는가? 그 아들을 이 나라 대통령으로 만들고 싶었던 최근수였다. 대통령으로 키우고 싶었던 문항이에게 최근수가 쏟는 부성애와 열정과 기대감은 또한 얼마나 컸을까?

그것을 누구보다도 정 씨 할아버지가 잘 알고 있었다. 최근수가 가지고 있는 문항이에 대한 기대감과 포부와 희망을 아내 송 씨보다도 더 자세히 정 씨 할아버지에게 털어놓았고, 문항이의 장래를 이야기할 때는 행복해져서 절로 웃었던 최근수였다.

그랬던 아버지에게 오늘 밤 문항이가 한 행동은 정 씨 할아버지도 노하게 했다. 대학 시험을 얼마 남기지 않은 이 시점, 오늘 밤 문항이의 행동은 경솔했고, 어이없다는 말로도 표현할 수 없었다.

여자아이와 사귀고 있었다는 것도 이해할 수 없는데, 사랑이라는 이름으로 남녀가 넘어서는 안 되는 선을 넘었다는 게 정 씨 할아버지를 분노케 했다. 여자아이가 좋으면 그냥 평범하게 만나고, 이야기하고… 그것이면 족하지 않았을까?

정 씨 할아버지는 눈물을 철철 흘리며 애걸하는 문항이를 오히려 나무랐다.

"대체, 어쩌자고 그러셨습니까?"

"그냥 좋았어! 다 갖고 싶었어! 민제의 모든 것을 다 갖고 싶었어!"

"다 갖고 싶어서입니까? 정말로 사랑했던 거 아니었습니까?"

"정말로 사랑하고 있었어! 내 나이 여덟 살부터 줄곧… 줄곧 사랑하고 있었어! 십 년 동안을 줄곧… 줄곧…! 그렇게 사랑하고 있었다고! 갖고 싶은 건 당연하지…!"

문항이는 속에 있는 말을 남김없이 쏟아냈다. 울부짖듯 쏟아냈다. 정 씨 할아버지에게나마 자신의 속마음을 털어놓지 않고는 배겨낼 수가 없을 것 같았다.

2층 자신의 방에서 십 년 동안 지켜보았던 민제다. 민제가 그에게 책가방을 가져가는 게 아니라고 말했던 입학식 날부터 줄곧 민제에 대한 생각뿐이었고, 민제를 생각하면 행복했고, 즐거웠고, 신바람이 났다. 민제가 마당에서 껑충거리며 뛰어노는 모습, 혼자서 고무줄뛰기 하는 모습, 흙더미로 쌓아 올린 마당 앞 굴뚝을 빙빙 돌면서 혼자 숨바꼭질도 하고 술래잡기도 하면서 놀던 민제의 모습. 그 모습 하나하나가 문항이의 가슴에는 그림처럼 새겨져 있었고, 그들만이 주고받았던 이야기는 동화처럼 남아 있었다. 그런 민제를 사랑했고, 갖고 싶어 하는 건 당연한 일이 아닌가!

이게 무슨 죄악이라고 아버지는 민제의 머리채를 잡고 팽이처럼 돌리고, 문항이는 정 씨 할아버지에게 붙들려 꼼짝할 수 없단 말인가?

문항이는 눈물을 글썽대고 눈물도 흘려보았지만 소용없다는 걸 알았다. 정 씨 할아버지의 완강한 힘보다 더 무서운 아버지의 명령을 정 씨 할아버지가 거역할 리 없었다. 그러나 문항이는 있는 힘을 다해 애걸하였다. 정 씨 할아버지에게 도와달라고 애절하게 빌었다.

"할아버지! 할아버지가 지금 저를 놓아주시지 않으면 평생 후회하실 일이 생길지도 모릅니다! 제발… 저를 놓아주십시오! 아버지를 위해서라도 저를 놓아주십시오! 그래야만 아버지도 구하고… 민제도 구할 수 있습니다!"

그러나 정 씨 할아버지는 문항이의 그 말을 귀담아듣지 않았다. 정 씨 할아버지에겐 문항이의 절박한 애절함보다 문항이를 집에 데려가고 지키라는 최근수의 명령이 더 중요했기 때문이다.

정 씨 할아버지는 문항이를 끝내 놓아주지 않았고 끌다시피 해서 문항이를 집으로 데리고 왔다. 그리고 황금색 대문을 철저하게 잠가 버렸다. 문항이는 자신의 방에 갇혀 있다시피 했다. 최근수는 문항이의 방문까지 잠가 버렸던 것이다.

"네가 마음잡고 다시 학교에 다니겠다고 하면 이 문을 열어줄 테다. 이 방문이 다시 열릴 수 있고. 네가 다시 공부에 열중하겠다고 약속하면 이 애비도 너를 옛날처럼 자유롭게 놓아줄 게다. 그런 줄 알아라!"

"아버지! 민제는요? 민제는 어떻게 되었습니까? 민제의 소식만이라도 알려주십시오!"

"이놈아! 계집아이가 아무리 탐이 난다 해도 하필이면 땜장이 집 딸이냐? 그것도 땅 한 평 없이 우리 집 담벼락을 의지하며 양철집을 지어 살고 있는 그런 집의 딸을."

"양철집이면 어떻고, 땜장이 딸이면 어떻습니까! 내가 좋아하는데요! 아버지의 아들이 좋아한다는데요!"

"이놈이! 아직도 정신을 못 차리고 있군. 밥은 방 안으로 들여줄 테니까 밥 잘 챙겨 먹고, 정신 똑바로 차려! 학교 가겠다고 약속하고! 예전처럼 공부 열심히 하겠다고 약속하고!"

최근수는 아들에게 으름장을 놓듯이 말하곤 방에서 나갔다. 방문 걸리는 소리가 났다. 그리고 최근수는 말했다.

"너가 대학 시험 칠 날이 얼마 남지 않았어! 그때까지만 참아라! 그때까지 참지 못하면 네놈의 인생은 끝이야! 끝이라고!"

분을 참지 못하고 소리치는 최근수였지만, 문항이에겐 이미 아버지의 그런 말이 무섭게 들리지 않았다.

그날 밤. 민제가 아버지에게 머리채를 잡힌 채 팽이질을 당했는데, 그 모습을 문항이가 두 눈으로 똑똑히 보고 목격했는데, 아버지 최근수는 끝내 민제에 대해서 한 마디도 꺼내지 않았다. 아버지의 그 침묵이, 그 침묵의 이유가 무서운 생각으로 문항이를 조이고 있었다. 불안하고 두려웠다.

그리고 며칠이 지났을까? 아직 동도 트기 전 이른 새벽이었다. 십일월도 막바지로 접어들면서 찬바람이 겨울을 재촉하고 있었을 때였다. 집 밖에서 굴삭기 소리가 요란스럽게 났다. 철거덕거리는 소리에 문항이는 눈을 떴다.

처음에는 집 밖에서 나는 소리인 줄 알았다. 그런데 아니었다. 굴삭기 소리는 바로 문항이의 방 아래에서 들렸다. 문항이는 자리에서 벌떡 일어났다. 그리고 창문을 열었다. 민제를 지켜보던 창문이었다. 그러나 그 창문 아래로 경악할 만한 일이 벌어지고 있었다.

6.
떠나는 아들

　민제의 모습은 보이지 않았고, 민제뿐 아니라 민제네 식구 중 누구의 모습도 보이지 않았다. 민제 아버지 노 씨도, 다리를 다쳤다는 민제 어머니도 보이지 않았다. 그리고 노 씨의 낡은 양철 지붕 집은 어느새 철거되어 그 형체도 남아 있지 않았다. 양철 지붕 집은 헐렸고, 그 자리를 평탄 작업을 하고 있는 굴삭기의 바가지만 오르락내리락하고 있었다. 그리고 굴삭기 옆에서 아버지 최근수는 뭔가를 열심히 지시하고 있었다. 문항이는 미친 듯이 방문을 두드려댔다.

　"문 열어줘요! 방문 열어줘요!"

　문항이의 절박한 소리는 온 집안을 메웠다. 어머니 송 씨가 뛰어올라왔고, 정 씨 할아버지도 올라왔다. 문항이는 방문을 부수듯 두드려 댔다.

　"문 열어줘요! 엄마, 문 열어줘요! 나가야 해요. 나! 날! 나가게 해줘요!"

　방문을 두드려대며 소리치는 아들을 외면할 수 없었던 송 씨였다. 아직 자세한 내막은 알 수 없었지만, 문항이가 뭔가를 잘못한 게 있는 건 확실했다. 그로 인해 최근수의 분노가 이만저만이 아니라는 걸 알았지만 밖으로 나가겠다고 몸부림치는 아들을 외면할 수 없었던 송 씨는 정 씨 할아버지에게 말했다.

"할아버지 방문 열어주세요. 저러다가 내 아들 죽이겠어요!"

"예! 예!"

정 씨 할아버지는 허리를 굽히듯 하고는 방문을 열었다. 방문을 연 순간 문항이는 돌진하듯 밖으로 뛰쳐나왔다. 황금색 대문을 두 팔로 힘껏 열어젖힌 문항이는 그대로 민제의 집터를 향해 달렸다. 아니 집터를 고르고 있는 굴삭기를 향해 달려들었다.

"여기, 이집 식구들은 다 어디 갔어요? 이집 식구들은 어딜 가고, 집은 왜 부서뜨려요?"

눈에 핏발이 선 문항이의 모습에 놀랐는지 굴삭기 기사가 땅으로 내려섰다.

"에이, 못해 먹겠군. 이게 어디 사람이 할 짓인가? 멀쩡하게 잘 살고 있는 사람 내쫓더니 집까지 헐어버리다니. 일당이나 주시오. 더 이상 못하겠으니. 어르신은 아들 마음이나 잘 추스르게 하소."

굴삭기 기사는 최근수에게 바짝 붙어서 일당을 요구했고, 최근수는 이제 됐다 싶었는지 두말 않고 일당을 굴삭기 기사에게 건넸다. 굴삭기 기사가 굴삭기를 운전하여 저만치 사라졌을 때에야 최근수는 문항이의 멱살을 움켜잡았다.

"방구석에 처박혀 있으랬더니 기어 나와서 이게 무슨 행패냐? 애비가 하는 일을 가로막고. 애비가 일 시킨 사람에게 대들기나 하고. 어디서 이런 못된 버릇을 배웠어? 당장 집으로 들어가지 못해?"

"아버지! 민제는요? 민제는 어디 있어요? 민제 식구들은요?"

"이놈아! 니 앞일이나 걱정해라! 쓸데없는 소리 지껄이지 말고!"

"민제 어디 있느냐고요!"

"아니, 이놈이!"

언성을 높이는 문항이를 더 이상 내버려 둘 수 없다고 냉각했는지 최근수는 키 큰 아들에게 매달리듯 붙들고는 손바닥으로 아들의 뺨을 후려쳤다. 성난 짐승처럼 식식거리며 연거푸 아들의 뺨을 후려쳤다. 최근수의 눈에도 핏발이 엉켰다.

얼마나 귀하게 태어난 내 아들인가? 얼마나 소중하게 키웠던 아들인가? 아들에 대한 기대가 컸다. 이 나라 대통령으로 만들어 보겠다는 욕심으로 키운 아들이었다. 아버지의 외형을 닮지 않은 아들이었기에 마치 최근수 자신이 아들인 양 착각하면서 아들을 사랑했다. 그렇게 사랑하고 아낀 아들 문항이가 계집 하나에 홀려서 이성을 잃어가고 있다는 게 최근수로서는 미칠 지경이었다.

땜쟁이 딸, 그 하잘것없는 계집애 때문에 내 아들 문항이가 이성을 잃어간다고 생각하니 부아가 나서 견딜 수가 없었다. 애비의 이런 마음을 몰라주고 그 계집아이를 찾아대는 문항이를 질근질근 밟아 주고 싶은 심정이었다. 그러나 그것은 분노 때문에 지나가는 일시적인 감정일 뿐이었다. 어떻게 하든 문항이를 달래야 했고, 미친 듯이 흥분하고 있는 저 마음을 가라앉혀야 했다.

최근수는 목소리를 낮추었다.

"문항아!"

"민제 어디 있느냐고요? 민제가 어디 있는지 그것만 말해줘요!"

"너가 학교에 열심히 다니겠다고 약속해주면. 그리고 예전처럼 공부에만 전념하고, 목표하고 있는 대학에 반드시 입학할 거라고 약속해준다면 그때는 민제 있는 곳을 알려주마. 그러면 되겠지."

"민제가 어디 있는데요! 어디 있는지 알아야 마음잡고 학교에도 갈 수 있고 공부도 할 수 있잖아요! 민제, 어디 있습니까?"

문항이는 이미 아버지 최근수의 말을 믿지 않았다. 민제가 어디에 있는지 그걸 알고 싶어 하는 문항이에게 최근수는 대답하지 못했다. 그날 밤 민제의 머리채를 잡고 팽이 돌리듯 했던 최근수는 대체 민제에게 무슨 짓을 했던 것일까? 그리고 민제는 어디에 있으며 민제의 가족들은 어찌 된 걸까?

아버지 최근수와 민제만이 알려줄 수 있을 것 같은 그날 밤의 의문을 문항이는 풀 수가 없었다. 아버지는 침묵했고, 문항이에게 학교에 잘 다니고 공부 잘하는 모범생이 되라고 강요하는 아버지에게 알아낼 방법은 없었다.

문항이는 아버지와 담판을 짓고 싶었다.

"내일이라도 학교에 가겠다고 약속하면, 민제가 어디 있는지 알려주시겠습니까?"

"암!"

아들의 마음이 조금 수그러졌다 싶었는지 최근수의 대답에 힘이 있었다.

"그럼 내일부터 학교에 가겠습니다. 책가방을 들고 대문에 나서는 순간, 아버지는 제게 민제가 어디 있는지 말씀해주셔야 합니다!"

"암!"

"민제가 가족들과 함께 있는 건 맞지요?"

"그건… 네가 학교에 가겠다고 대문을 나설 때 말해주마!"

문항이는 아버지의 그 말을 철썩 같이 믿었다.

문항이가 집으로 들어오게 한 것까지는 성공적이었다. 학교에 잘 다니겠다는 약속도 받았다. 그러나 최근수는 털컥 겁이 났다. 문항이가 결코 만만한 아이가 아니라는 건 최근수 자신이 너무 잘 알고 있었다. 문항이가 학교에 가겠다고 약속만 하면 민제가 어디 있는지 알려준다고 했다. 아들과의 약속이었다. 그러나 최근수는 민제가 어디 있는지 알지 못했다. 민제의 아버지 노 씨는 이미 사망했고 장례까지 치렀다. 민제 어머니 배 씨는 어디로 갔는지 모른다. 그들을 내쫓았고, 그 일가가 흩어졌을 거라는 것을 최근수는 분명 알고 있었지만, 흩어진 그들이 어디로 갔는지 최근수도 모른다.

최근수는 고민이었다. 최근수는 고개를 들고 턱을 꺽죽거리면서 중얼거렸다.

"그 거지 같은 가족이 어디로 갔는지 내가 알 게 뭐람! 어디든 멀리 떠나기만 해라. 제발 통영에서 떨어진 곳으로 멀리멀리 떠나버리기나 해라."

노 씨 가족이 통영에서 떨어진 곳, 먼 곳으로만 떠나가 주기를 바랐다.

'흥! 내 아들 문항이는 내가 잘 알어! 저놈이 지금은 계집에게 미쳐서 저러고 있지만, 저러는 것도 며칠 가지 않을 거다! 학교에 가면 친구들과 어울릴 테고, 친구들과 어울리다 보면 그까짓 계집애는 금방 잊을 게 뻔해! 그리고 아무 일 없었던 것처럼 열심히 공부도 하겠지!'

최근수는 집으로 돌아와 회심의 미소를 지었다. 그러나 최근수도 사람의 마음이 한 귀퉁이라도 있었던지 그날 밤에는 쉽게 잠을 이루지 못했다.

그날 밤 최근수가 민제에게 무슨 짓을 했는지는 최근수와 민제만이 아는 일이었다.

최근수는 그래도 분이 풀리지 않았는지 낡은 양철 지붕 집 문을 두드렸다. 녹슨 양철 대문이 털컹대도록 두드려 댔다. 밖에서는 비가 억수같이 쏟아지고 있었지만, 그때까지 민제가 집을 나갔다는 걸

모르고 있던 노 씨와 민제 어머니 배 씨였다. 그런데 낡은 양철 대문
이 털컥거리며 요란스럽게 흔들거리고 있었다.

"누구요?"

민제 어머니 배 씨가 절룩거리며 밖으로 나왔다. 양철 대문을 열
자 나전칠기장 최근수가 비를 흠뻑 맞은 채 서 있었다. 두 눈에 살기
가 느껴질 정도의 광채가 천둥 번개처럼 번쩍거렸다.

"아이구머니나! 나으리께서 누추한 저희 집을…. 무슨 일이십니
까?"

놀라서 말까지 더듬거렸던 배 씨였지만 최근수는 그런 배 씨를 무
시하고는 집 안으로 성큼성큼 걸어 들어갔다. 그리곤 신발 신은 채
툇마루로 올라서더니 방문을 벌컥 열어젖혔다. 땜장이 노 씨는 자리
에서 일어서려고 몸을 웅크렸고, 최근수는 그런 노 씨의 멱살을 사
정없이 움켜쥐었다. 그리곤 벼락 치는 듯한 소리로 외쳤다.

"땜질만 하는 놈이! 땜질 감이 없으면 선창에서 지게벌이라도 해야
지, 딸년을 창녀로 만들어 배를 채울 작정이었어?"

"딸년을 창녀로 만들다니요? 이게 무슨 해괴한 소리이십니까?"

"딸년을 불러봐! 딸년이 집에 있는지 없는지도 모르면서 방구석에
들어앉아서 딸년이 가져오는 돈을 기다린 것 아니냐는 말이다! 이
버러지만도 못한 놈!"

"내가 아무리 가난뱅이로 살지만 내 딸 아이를 그렇게 팔아먹을
놈은 아닙니다! 나으리께서 잘못 보고 오셨습니다! 여보, 민제 데리
고 와요. 제 방에 있을 테니 민제 데리고 와요!"

그러나 툇마루 앞에 서 있던 배 씨는 고개를 살래살래 흔들었다.
비를 흠뻑 맞은 채 서 있는 배 씨의 얼굴은 백지장처럼 하얘졌다. 분
명 제방에 있어야 할 민제가 없다는 걸 확인했기 때문이다. 날마다

굴발이 일하러 간다고 나가던 민제였다. 돌아오면 판장에서 일을 마친 어머니보다도 더 피곤해하는 민제를 볼 때마다 마음 아파했고, 애처롭게 여겼다. 남들이 다 가는 학교도 못 보내는 게 언제나 마음에 걸렸던 배 씨였다. 그렇지만 내 귀한 딸을 창녀 취급이라니?

"나으리 너무하시는 것 아닙니까? 어떻게 제 귀한 딸에게 그런 험한 말씀을 하십니까? 제 딸년이 창녀 짓을 하는 걸 보셨습니까?"

"봤지! 암! 봤지! 내 이 두 눈으로 똑똑히 봤지!"

"예? 뭐라고요? 말씀 삼가하이소!"

"말을 삼가라니? 내 두 눈으로 본 것을 말해주는데 말씀 삼가리니? 그럼 나한테 끌려가서 니년 딸년이 창녀 짓을 하는 걸 눈으로 보게 해줘?"

지금쯤이면 장정 서너 명이 그년을 작살내고 있을 것이다. 최근수에게 돈도 받고 재미도 본 장정 몇 놈이 그 계집년 하나를 덮치고 있을 것이다. 최근수는 히죽거리며 배 씨를 노려봤다.

"딸년이 창녀 짓을 하는 걸 꼭 봐야겠다면 나를 따라오든지!"

"어른들 입에서 나올 소리는 아닌 듯합니다. 못 들은 걸로 하겠습니다."

"그것은 니년이 결정할 일이고. 내가 이 집에 온 것은 자네들이 지금 당장 보따리를 싸서 이 집에서 나가라고 경고하기 위해서네. 이 밤에 당장 나가지 않으면 딸년 때문에 더러운 수모를 당하게 될 거야!"

최근수의 엄포는 엄포로 끝낼 일이 아니라는 걸 배 씨 아주머니는 잘 알고 있었다.

기묘한 형태로 기어 다니다시피 하는 최근수를 누구도 사람 취급하지 않았다. 원숭이 취급을 받으며 온갖 수모와 멸시를 당해 온 최근수였다. 그런 최근수가 사람에게 복수하려 들면 무슨 일을 못할까 싶었다. 더군다나 나전칠기의 인기로 눈만 뜨면 돈이 들어온다는 최근수였다. 거기다 아들까지 낳아서 기고만장해진 최근수인데 무슨 짓을 못할까 생각하니 덜컥 겁이 난 배 씨 아주머니였다. 무엇보다 지금 민제가 집에 없다는 게 마음에 걸렸다.

오늘 같은 일이 아니더라도 평소에 최근수에게 죄를 짓고 사는 듯한 기분이었던 노 씨와 배 씨 아주머니였다. 나전칠기장 최근수의 집터에 양철집을 짓고 사는 게 늘 마음에 걸렸던 그들이었다. 말하자면 남의 땅에 주인 허락도 없이 집을 짓고 사는 꼴이었으니 마음 편할 리는 없었다. 그래서 언제나 조마조마했고 최근수에게 무슨 말이 떨어지나 해서 불안한 마음으로 살았던 그들이었다.

그들의 걱정이 오늘 저녁에 불똥처럼 떨어진 것이다. 당장 나가라니? 보따리를 싸서 지금 나가라니? 그야말로 청천 벼락같은 소리였다.

손을 비비고 무릎을 꿇어도 최근수의 입에서 나온 말이 거두어지기는 어려웠다. 땅세를 주고 있었던 것도 아니고, 집을 짓겠다고 허락받은 일도 없었다. 땅 주인이 나가라고 하면 나가야 할 판이다. 그동안 살았던 땅세를 내놓으라고 하면 내놓아야 할 판이기도 했다. 배 씨 아주머니는 질퍽거리는 마당에 무릎을 꿇고 앉았다.

"나으리. 이 밤에 어딜 갑니까? 갑자기 어디로 가라는 겁니까?"

"그럼 내일 아침 날이 밝으면 당신네 딸이 밤마다 창녀 짓을 해서 먹고산다고 떠들어줄까? 그렇게 망신을 당하고 싶은 게야?"

최근수의 협박이었다. 아니, 아들 문항이를 홀린 노 씨의 딸년에 대한 보복이었다.

최근수가 돌아간 뒤, 배 씨 아주머니는 절뚝거리며 짐을 싸기 시작했다. 노 씨는 짐을 싸고 있는 아내를 느긋이 바라보며 힘없는 어조로 말했다.

"이 밤에 어딜 가겠다고 짐을 싸! 더군다나 이렇게 비가 쏟아지는데!"

"최근수 말 못 들었수? 이 밤에 떠나지 않으려 딸년이 창녀 짓으로 밥 먹고 산다고., 그렇게 떠벌린다고 하지 않으오?"

"그놈이 우리 민제가 창녀 짓을 한 걸 봤다는 거요? 내 고놈을, 고 원숭이 같은 놈의 모가지를 비틀어 버리고 말지!"

노 씨의 눈에서는 불꽃이 튀었다. 당장이라도 최근수에게 달려들 자세였다.

"그만둬요! 그동안 땅세 한 번 못 주고 살아왔던 우리 아닙니까? 땅세 내놓으라고 하지 않은 것만으로도 다행으로 여겨야지요."

"이놈의 여편네가 돌았군. 지금 땅세 못 낸 것 걱정할 판국이야? 그놈이 우리 민제더러 창녀 짓을 하고 돌아다닌다고 하지 않소? 그런 놈을 가만히 두란 말이오?"

노 씨의 말이 채 끝나기도 전이었다. 방문이 벌컥 열리면서 최근수가 뒤뚱거리며 모습을 드러냈다. 집으로 돌아간 줄 알았더니 안 간 모양이다. 민제의 부모가 떠나는 것을 지켜보겠다는 속셈이었던 모양이다. 이 밤에 그들을 아주 쫓아낼 작정이었던 것 같다.

"이 땜장이 놈아! 니깟 놈이 나를 가만히 두고 있지 않으면 어쩔 건데! 그래, 이놈아! 이 집에서 한 번 버티어 봐! 내가 너희 연놈들에게 어떤 망신을 주어서 쫓아낼지 어디 당해봐!"

아들의 앞길을 막아버린 화냥년의 부모라는 생각에 최근수는 분노를 참지 못했고, 정말이지 이 연놈들을 죽여버려도 시원치 않을 기분이었다. 눈에 살기를 띠고 버럭버럭 소리를 질러대는 최근수를 보니 오늘 밤에 무슨 일이든 저지르고 말 것 같았다. 민제의 어머니 배 씨는 무릎을 꿇은 채 손바닥이 닳도록 빌었다.

"예! 나가겠습니다. 지금 당장 나가지요."

"나가긴 어딜 나가! 아직 민제도 들어오지 않고 있는데! 대체 얘는 어딜 간 거요? 민제는 어딜 갔냐고!"

노 씨는 애꿎은 아내만 다그쳤다. 사정을 잘 모르는 노 씨 부부였다. 이렇게 비가 쏟아지는 밤에 민제가 집에 돌아오지 않는 것만으로도 불안한 부모의 심정이었다.

그런 노 씨 부부에게 최근수는 끈덕지게 비아냥거렸다.

"딸 간수 잘해야지! 굴밭이 일을 하러 가니 하면서 섬으로, 작업장으로 돌아다니는 년이 무슨 짓을 못할까? 없이 살면 마음과 몸이라도 단정해야지. 어린 년이 헤프기가 이를 데 없다니까. 그러니까 야밤에 돌아다니면서 창녀 짓이나 하는 거지!"

최근수는 영리한 사람이었다. 문항이와 민제에게 있었던 일은 한마디도 입에 담지 않았다. 아들 문항이에게 피해가 갈 소리는 쏙 빼고 민제만 그렇게 몰아가고 있었다.

"딸년에게 창녀 짓이나 시키면서 생명을 부지하는 부끄러운 연놈들이야! 우리 같으면 접시 물에라도 코 박고 죽겠네!"

무슨 짓을 해서든 노 씨 부부를 쫓아내야 하는 최근수였다. 최근수가 쏟아내는 더러운 이야기의 진상을 알 수 없었던 노 씨는 최근수의 말이 떨어질 때마다 화를 참지 못하고 벌컥벌컥 숨을 몰아쉬면서 비틀거렸다.

그날 밤 노 씨는 분에 못 이겨 온몸을 떨었다. 딸년이 창녀 짓을 해서 끼니를 이어간다는 최근수의 말이 부끄럽기 이를 데 없었다. 수치스러운 일이었다. 그게 사실이든 아니든, 최근수의 입에서 그런 말이 나왔다는 건 노 씨의 자존심을 건드린 말이었다. 가난해서 배

곪아가며 살아왔지만 나름대로 부끄럽지 않게 살아왔다고 자부했던 노 씨의 자존심을 최근수는 무명천 찢어내듯 찢고 있었다.

아내가 짐을 싸는 사이 민제 방으로 들어간 노 씨는 허리에 차고 있던 허리띠를 풀었다. 바지 입을 때에 해야 하는 혁대조차 못 사는 형편이다. 천 조각인 허리띠를 푼 노 씨의 손이 부들부들 떨리고 있었다.

짐을 싸고 있던 민제 어머니가 이상한 소리를 들은 건 그때였다. 민제 어머니 배 씨는 넋 나간 사람처럼 일어나 민제 방으로 건너갔다. 잠깐 사이, 그 짧은 사이 노 씨는 허리끈으로 목을 매달았다. 방 안에 있는 나무 기둥에 목을 매달고 만 것이다. 분노와 찢어진 자존심을 참지 못했던 노 씨가 선택한 건 그것이었다.

"여보!"

민제 어머니가 경악하며 소리쳤을 때, 최근수는 민제 방문 앞에서 묘한 웃음을 지었다. 손대지 않고 귀찮은 존재를 처리했다는 회심의 웃음 같은, 그런 것이었다.

노 씨는 그렇게 죽었다. 그런데 노 씨의 죽음은 의외로 조용했고, 장례식도 조용히 치러졌다. 남편의 시신 앞에서 흐느끼는 민제 어머니의 등 뒤에서 최근수는 헛바닥을 날름댔다.

"딸년이 창녀 짓으로 먹고 살았던 게 부끄럽긴 했나 부네. 아주머니도 저런 꼴 당하지 말고 조용히 내 땅에서 떠나! 남편 장례식까지는 기다려 줄 테니까."

노 씨가 자살을 했다는 말이 퍼졌다. 자살한 이유는 궁핍했던 살림살이를 비관했기 때문이라고 했다. 동네 사람들이 수긍하기 좋은 이유였다. 노 씨의 장례식에 참석 한 사람들에게 민제의 이야기는 하지 않겠다는 최근수의 말을 받아들인 민제 어머니였다. 비록 이

집에서 쫓겨나고, 남편이 그렇게 죽었어도 딸 민제가 창녀 짓을 했다는 소문을 퍼트리게 할 수는 없었던 것이다. 최근수가 그것만은 약속하겠다고 해서 받아들인 일이었다. 그래야만 죽은 남편을 욕보이지 않겠다 싶었던 민제 어머니였다.

가난한 살림살이라 장례식을 사흘, 나흘 끌 수도 없었다. 노 씨는 이틀 만에 화장을 했고, 민제 어머니가 양철 지붕 집에서 떠난 새벽녘에 최근수가 발 빠르게 굴삭기를 불러 작업을 한 것이다. 낡은 양철 지붕 집 헐어내는 것 정도는 굴삭기 몇 번만 들썩거리며 금방이다.

민제 아버지 노 씨가 그렇게 죽었고, 민제 어머니는 민제의 행방도 모른 채 그 집에서 떠났다. 아니, 최근수의 독촉에 쫓겨나듯 떠났다. 문항이와 민제가 그런 일을 벌이고 며칠 만에 그 모든 것은 이루어졌고, 그래서 민제의 행방을 몰라 시름에 빠졌던 문항이는 민제의 집안이 그렇게 깨지고 가족들이 흩어진 것을 까맣게 몰랐다. 그저 새벽녘에 굴삭기 찍어대는 소리에 놀랐을 뿐이고, 민제의 집이 감쪽같이 헐리고 민제의 식구들이 보이지 않게 되었던 것이다. 아버지 최근수의 말로는 민제 아버지의 그런 죽음 때문에 더 이상 그 집에서 살 수 없다 하고 민제 어머니가 떠났다는 것이다. 영악하고 교활한 최근수였다. 끝내는 아들 문항이까지 속였다.

학교에 간다고 약속만 해주면 민제가 어디 있는지 알려주겠다는 아버지의 말을 철석같이 믿었던 문항이는, 이튿날 아침 책가방을 들고 대문 밖으로 나왔다. 문항이를 학교까지 태워주겠다고 지프차까지 대기시킨 아버지 앞으로 문항이는 성큼성큼 걸어갔다.

"민제, 어디 있습니까?"

"......"

"학교에 간다고 약속하면 알려 주신다 하지 않으셨습니까!"

"민제가 어디 있는지 묻는 게 급한 게 아니야! 문항이 네가 학교에 잘 다니면서 공부 잘하는 게 시급한 일이지."

"나한테는 민제의 행방을 알아내는 게 더 시급한 일입니다! 어디 있습니까? 민제!"

며칠 동안 제대로 먹지도 못하고, 잠도 잘 수 없었던 문항이는 핼쑥해진 얼굴로 최근수에게 소리쳤다. 학교에 간다고 약속만 하면 민제의 행방을 알려 주겠다는 최근수의 약속을 철석같이 믿었던 문항이는 최근수에게 다그쳤다. 눈앞에서 민제의 머리채를 잡고 민제를 빙빙 돌려댔던 아버지였다. 민제를 땅바닥에 팽이 치듯 돌려대던 아버지 최근수의 잔인했던 짓을 지켜보면서도 말리지 못했던 아픔이 아버지 최근수에 대한 절망과 증오가 되어버린 문항이에게 있어 최선은 민제의 행방만이라도 알아내는 것이었다.

그날 밤, 정 씨 할아버지에게 끌려갈 수밖에 없었던 문항이는 아버지만이 민제의 행방을 알 수 있을 거라고 생각했다. 민제를 그렇게 끌고 간 아버지만이 민제의 행방을 알 것이다. 아니면 민제를 어떻게 했거나. 어쨌든 그건 최근수에게 들어야 답을 들어야 하는 것이었다. 아버지에게 학교에 가겠다는 약속을 했으니, 이제는 아버지가 민제는 어디 있는지 말해줄 차례다.

책가방을 들고 아버지 앞에 선 문항이의 기세는 만만치 않았다. 약속대로 민제가 어디 있는지를 다그쳐 묻는 문항이의 태도는 쉽게 바뀔 것이 아니었다. 문항이의 그런 태도를 보면서도 치밀어 오르는 화를 참아야 했던 최근수는 애써 마음을 추슬렀다. 어떻게든 문항이를 학교에 보내고, 문항이가 아무 일 없었던 것처럼 학교에 다니면서 공부에 전념하도록 하겠다는 생각뿐이었다.

"아버지가 약속하지 않았느냐! 네가 학교에 잘 다니기만 하면 알려준다고! 어떻게 수소문을 해서라도 찾아준다고!"

"그럼 아버지도 민제가 어디 있는지 모른다는 말씀이군요. 민제를 끌고 가는 걸 내가 두 눈으로 똑똑히 보았고, 민제의 아버지는 갑자기 자살하셨고, 민제 어머니는 아버지가 쫓아내셨고, 민제의 집은 아버지가 철거해버렸고…. 아버지는 민제에게, 민제 가족에게 무슨 짓을 하셨는지 떠올리며, 평생 후회하며 사셔야 할 겁니다! 그리고 나는, 아버지의 그 죄를 속죄하면서 살아야 할 거고요!"

"그게 무슨 말이냐?"

"아버지는 민제의 행방을 모르시는 것 같으니 제가 민제를 찾으러 떠나야겠습니다!"

"문항아!"

최근수가 소리쳤지만 대문 앞에 책가방을 떨어트린 문항이는 몸을 날리듯이 뛰기 시작했다.

"문항아!"

서묘고개를 향해 바람처럼 사라지고 있는 아들 문항이를 최근수는 끝내 잡지 못했다.

그 후, 통영에서 문항이를 봤다는 사람은 아무도 없었다.

2부

1.
돌무라는 아이

1990년, 강원도의 어느 산기슭. 산등성이 가파르고 높은 산이었다. 오지에 가까운 그런 곳에 작은 움막 한 채가 있었다. 여름이면 움막 앞까지 풀이 무성해서 움막이 나무와 풀 속에 숨어있는 것 같았다.

돌무는 애비와 함께 그 움막에 살고 있는 열 살쯤 되어 보이는 사내아이었다. 애비는 숯을 구워 도시에 내다 파는 숯장이었고, 돌무는 애비를 도와 집안일이나 자질구레한 일, 아버지의 심부름을 하며 살고 있었다. 학교에 갈 나이였지만 아직 학교가 뭐하는 곳인지도 모른다. 학교를 본 적도 없었고, 학교에 다니는 아이들을 본 적도 없는 돌무였다. 무엇보다 이 산속에서 벗어나 본 적도 없었고, 움막을 떠나 다른 곳에 가본 적도 없었다. 태어나서 줄곧 이 움막에서만 살았고, 산 아래에는 무엇이 있는지도 몰랐다. 돌무가 볼 수 있는 건 하늘 높은 줄 모르고 쑥쑥 자라는 잣나무와 사시사철 푸른 소나무, 떡갈나무, 박달나무, 옻나무 등이었다.

이른 봄이면 옻진을 내리는 사람들이 한두 명 오긴 했지만, 워낙 산이 높고 산새가 험해서인지 한번 올라왔던 옻진 내리는 사람들은 두 번 다시 이 산을 오르지 않았다. 옻진을 내리려고 올라오는 아저씨들을 보는 것도 그리 흔하지 않아, 애비가 아니고는 다른 사람을 보는 것도 어려운 산속이었다.

그러나 유달리 옻나무가 많은 산이고 옻진이 좋다는 것을 알고 있는 옻진 아저씨 한 분이 있었다. 그 옻진 아저씨는 해마다 이 산에 올라왔고, 산에 오를 때마다 움막을 찾아오곤 했다. 애비와 그 옻진 아저씨가 언제부터 알게 된 사이였는지는 모르지만, 돌무는 걸음마를 떼기 시작했을 때부터 그 옻진 아저씨를 보았다.

해마다 이 움막을 찾아오는 그 옻진 아저씨는 특별한 사람이었고, 무엇보다 애비 허달만과는 너무도 다른 사람이었다. 성격이 괴팍하고 버럭버럭 소리를 질러대는 애비 허달만과 달리 조용한 성격에 자상한 데가 있었다. 허달만처럼 무엇이든 대충대충 넘기는 일이 없었고, 움막에서 머무는 짧은 시간에도 움막을 살펴보고는 고칠 것은 고쳐주기도 하고, 널려 있는 자질구레한 삽이며, 호미, 도끼도 들어서 비를 맞지 않는 곳에다 잘 보관해 주시곤 했다.

돌무가 철이 들고 한 살, 두 살 나이가 들어 말귀를 알아들을 때쯤 되자 돌무를 돌아보며 싱긋 웃어 주기도 했다.

"돌무야! 삽은 움막 처마 밑에 있고 도끼는 뒷마루 밑에 넣어 두었다. 너그 아버지가 찾으면 말씀드려라!"

"예!"

돌무는 초롱초롱한 눈빛으로 옻진 아저씨를 바라보며 조그마한 소리로 대답하곤 했다.

애비는 돌무의 목소리를 듣거나 어디에 있는지 알기만 하면 돌무를 가만히 두질 않았다. 할 일 없이 가만히 있다가도 돌무를 불러들여 무슨 일이든 시켰다. 마당에 신발을 벗어 던지고는 주워 오라고 소리 지르기도 하고, 동작이 늦다고 투덜대며 돌무에게 달려들기도 했다. 손바닥으로 뺨을 때리기도 하고, 주먹으로 머리통을 쥐어박기도 했다. 애비의 그런 동작은 돌무를 교육시키기 위하는 것도 아니고, 돌무의 버릇을 고쳐주겠다는 이유가 있는 것도 아니었다. 그냥, 그야말로 그냥 돌무를 괴롭히는 행동에 불과했다. 처음 걸음마를 옮길 때도 뒤뚱거린다고 머리를 쥐어박았고, 머리를 맞고 주저앉으면 주저앉는다고 때렸다. 머리를 쥐어박히고, 뺨을 맞아서 울어대면 운다고 때리는 애비였다. 돌무는 나이가 들면서 애비가 무서워지기 시작했고, 이 산이 싫어지기도 했다.

그럴 때마다 돌무는 옻진 아저씨를 떠올렸다. 일 년에 꼭 한 번 이 움막에 들리시는 옻진 아저씨를 기다리며, 애비의 괴팍하고 난폭한 성격을 참으며 살았다. 일 년에 꼭 한 번 만나게 되는 옻진 아저씨만이 돌무에겐 희망이었고, 돌무가 만날 수 있는 사람이었다.

옻진 아저씨는 애비처럼 물건을 아무렇게나 던지거나 언성을 높이는 일이 없었다. 애비 허달만은 숯을 굽기 위해 장작을 패더라도 입에서 거친 욕이 나왔고, 장작을 다 패고 나면 도끼를 아무렇게나 팽개쳐 버리곤 했다. 그러면서 다음에 장작을 패려고 마당에 서는 순간 도끼를 찾느라 허둥거렸고, 애꿎은 어린 돌무 탓을 하곤 했다.

"이놈아! 애비가 던져 놓은 도끼를 어디다 숨겼어?"

애비의 그 소리만 들어도 돌무는 무서워서 벌벌 떨었다. 그리고 포개진 장작을 하나하나 들어내며 도끼를 찾곤 했다. 도끼를 빨리 찾지 못하면 애비의 역정이 이만저만이 아니다.

"이놈아! 도끼가 발이 달려서 도망간 게 아니라면 네놈이 어디다 숨겨놓고 애비를 골탕 먹이려 하는 거 아니가!"

애비는 말 같지 않은 말을 해대며 돌무에게 달려든다. 도끼질로 우악해진 팔과 거친 손바닥으로 돌무를 무차별적으로 때린다. 머리며, 뺨이며, 등허리며… 애비가 날리는 손바닥은 돌무의 몸 어디든 꽂힌다. 그러나 돌무는 애비의 손바닥으로 맞는 아픔보다도, 애비에게서 물씬물씬 풍기는 동물 썩은 듯한 냄새가 더 무서웠다. 숨을 쉴 수 없을 만큼 지독한 냄새가 애비에게서는 언제나 풍겼다. 그 냄새는 돌무를 질식시킬 것 같은 독한 악취였다. 그러나 코를 찡그릴 수도 없었고, 코를 막을 수도 없었고, 싫은 내색조차 할 수가 없었다. 돌무의 표정에서 조금이라도 그런 내색이 엿보이면 애비는 사나운 표범처럼 돌무에게 달려들었다.

"이놈아! 애비한테서 냄새가 나는 건 니놈이 애비 말을 안 듣고 속을 썩였기 때문이란 말이야! 그런데 애비한테서 나는 냄새가 싫다고 코를 막아? 얼굴을 찡그려? 이놈이 버르장머리 없기는! 한 번만 더 코를 찡그리거나 코를 막거나 해봐라, 아주 죽을 만큼 매질을 할 테니까!"

그러면서 돌무를 향해 팔을 들고 손바닥을 펴서 때리곤 했다. 애비가 성질을 부리며 펄쩍 뛸 때마다 악취는 더 심해졌다. 돌무는 그럴 때마다 숨을 들이쉬고는 한참 동안 참아야 했다. 옻진 아저씨는 그런 허달만의 모습을 여러 번 목격했고, 그럴 때마다 돌무 앞을 막아서며 돌무의 역성을 들어주곤 했다.

"이 사람아, 그건 돌무의 잘못이 아니야! 자네 몸에서 나오는 악취는 그만큼 독하고 강렬하네. 어린 돌무를 나무랄 게 아니라 자네가 조심을 해야지!"

"개울물에 씻어 보기도 하고 겨울에는 눈 속에서 몸을 비벼 보기도 했는데 사라지지 않는 이 냄새를 날더러 어쩌라는 거야?"

"어쩌라는 게 아니라, 돌무를 그리 때리면 안 된다는 거지."

"돌무 애비는 나야! 나! 이 허달만이가 돌무의 애비란 말이야! 내가 돌무를 때리든! 욕을 하든! 자네가 무슨 상관이야!"

미친 듯이 골을 내며 소리를 지르는 허달만을 옻진 아저씨는 가만히 지켜보았다. 그리곤 한참 동안 그러고 앉았다가 나직한 소리로 허달만을 타이르듯 말했다.

"자네의 그 억센 손으로 때리면 아이가 아프니까. 자네 몸에서 나오는 냄새 때문에 그 어린 돌무가 왜 맞아야 하나?"

"이놈이 끝까지 내 몸에서 나오는 냄새를 탓하네? 이놈아! 누구는 몸에서 나오는 이 악취가 좋아서 품고 사냐? 태어날 때부터 이 꼴로 태어난 건데 나더러 어쩌라고!"

"몸에서 악취가 나면 마음이라도 바르게 가져야지!"

옻진 아저씨는 그 말을 하고는 입을 다물어 버렸다. 숯장이 허달만은 식식거렸다. 생각 같아선 옻진 아저씨에게 달려들어 죽기 살기로 싸우고 싶겠지만, 괴팍하고 난폭한 허달만도 옻진 아저씨만큼은 함부로 하지 못했다. 돌무는 그 이유를 잘 알고 있었다. 옻진 아저씨가 옻진을 내리러 이 산에 올 때마다 왜 이 움막에 꼭 들리는지 그 이유는 모르지만, 옻진 아저씨는 이 움막에 들릴 때마다 푸짐하게 식료품을 가져오셨다. 도시에서도 귀하다는 쌀이며, 보리 몇 되, 설탕이며 소금까지 꼼꼼하게 챙겨서 가져오는 옻진 아저씨였다.

막걸리 냄새만 맡아도 허리띠부터 풀어버릴 만큼 술을 좋아하는 허달만을 위해 막걸리며 술까지 챙겨 오는 옻진 아저씨를 숯장이 허달만은 절대로 함부로 할 수 없었다. 그러나 은연중에 돌무를 감싸는 말투를 하는 옻진 아저씨가 눈엣가시 같은 존재로 여길 때가 있었다. 그러면서도 함부로 할 수 없는 건, 옻진 아저씨가 숯장이 허달만에게 베푸는 것이 한두 가지가 아니었던 것이다.

꼭 식료품만이 아니다. 산속에서는 구경도 못하는 비누며 치약, 칫

솔, 심지어는 다칠 때 바르라고 연고도 사 오고, 배탈 났을 때 먹으라고 물약까지 챙겨오는 옻진 아저씨였다. 숯쟁이 허달만과는 달라도 너무나 달라 보이는 옻진 아저씨가 이렇듯 허달만을 챙겨주는 이유를 어린 돌무는 알 수가 없었다. 아니, 허달만 자신도 옻진 아저씨의 속내를 알 수가 없었다. 원래 돈이 많아서 남을 돕는 게 버릇처럼 된 사람인지, 아니면 산속에서 살고 있는 허달만을 불쌍하게 여겨서인지는 알 수 없지만, 아무튼 숯쟁이 허달만에겐 옻진 아저씨가 구세주 같은 존재임은 틀림없었다.

돌무를 감싸는 듯한 말투며, 돌무를 역성드는 듯한 말을 할 때는 허달만의 입에서도 거침없이 이놈 저놈하고 욕이 나왔지만, 그래도 차마 옻진 아저씨에게 달려들 수 있는 처지는 아니었던 것이다.

숯쟁이 허달만은 옻진을 내리는 계절이 아니더라도 은근히 옻진 아저씨를 기다리곤 했다. 특히 긴 겨울철에는 님 그리는 여편네의 심정으로 옻진 아저씨를 기다렸다. 옻진 아저씨를 기다린다기보다는 옻진 아저씨가 짊어지고 올 식료품이며, 약품이며, 여러 가지 공산품… 아니, 목구멍을 축일 술을 학수고대하는 허달만이었다.

2.
옻진 아저씨

작년 겨울에도 옻진 아저씨가 구세주처럼 움막으로 올라왔다. 유
달리 눈이 많이 내렸고 추위가 심해서 바깥출입이 어려운 날씨였다.
그런데 옻진 아저씨는 높게 쌓인 눈을 헤치고 산에 올라왔으며, 움
막에까지 들렀다. 움막에 들리기 위해 온 것 같기도 했지만, 옻진 아
저씨는 그런 내색을 하지 않았다. 두툼한 잠바에도, 숱이 무성한 머
리에도 눈발이 쌓인 모습으로 움막에 나타난 옻진 아저씨! 옻진 아
저씨를 본 순간 숯장이 허달만은 감격스러워하기까지 했다.

"아니, 자네가 웬일인가? 이런 험한 날씨를 마다하고 예까지 오다
니? 설마 날 보러 온 건 아니겠지?"

"왜 아니겠나? 추위가 여느 해보다도 심하다는데 산속에서 갇혀
있지 않나? 걱정도 되고, 먹을 것 넉넉한가 싶기도 하고."

"아이구, 고맙네! 정말 고맙네! 자네야말로 내 진정한 친구일세!"

"정말 나를 친구라고 생각하는가?"

옻진 아저씨는 국방색 군용 가방에서 무언가를 열심히 꺼내면서
허달만을 힐끔 쳐다본다. 허달만은 목에 추를 달아 놓은 듯이 고개
를 까닥거리며 히죽거렸다.

"이 사람아! 그런 서운한 말은 하지 말게. 내가 세상에 태어나 살

면서 정 붙이고 사귀는 건 자네뿐이야! 친구로 생각하는 것도 자네뿐이고."

말은 그렇게 하면서 눈은 옻진 아저씨의 손끝에서 떨어지지를 않았다. 옻진 아저씨의 손이 국방색 군용 가방에 들어갔다 나올 때마다 별별 신기한 것이 잡혀 나왔다. 쌀 봉지는 물론이고 보리쌀이 들어있는 비닐봉지, 깡통이라고 불리는 통조림도 있었다. 생선 통조림이라고 했던가? 바라보는 허달만의 두 눈은 뒤집힐 만큼 휘둥그레졌다.

"아니, 뭘 이렇게 많은 것을…."

"배는 곯지 말아야지. 그래야 숯도 굽고, 숯을 팔 수 있지 않은가?"

"고마워! 고마워! 정말 고마워!

허달만은 옻진 아저씨를 끌어안을 듯이 다가서며 감격했다. 국방색 군용 가방 속에서 별의별 게 다 나왔다. 여러 가지 식료품은 물론이요, 오래오래 두고 먹어도 되는 통조림도 있었고 막걸리 통도 나왔다. 막걸리가 가방에서 나오자 허달만은 신음을 내듯 헉헉거렸다.

"아니, 술까지…! 그런데 이 많은 것을 자네 혼자 들고 왔단 말인가?"

허달만은 신기해하면서 침까지 삼켰다. 그리곤 옻진 아저씨를 칭찬하기에 바쁘다.

"허허, 이 사람아. 자네는 꼭 신기루 같은 사람일세. 보기에는 꼭 샌님 같은데, 하는 것을 보면 장군감처럼 호탕하고 멋있어 보여!"

"자네의 그 칭찬도 막걸리 통에서 나온 거라 여기겠네."

"핫하하! 역시 자네는."

허달만은 말도 잇지 못하고 껄껄거렸다. 막걸리 통을 보는 순간 그 괴팍한 허달만의 입에서도 너털웃음이 터져 나왔다. 그러나 그 웃음도 잠깐이었다.

허달만은 마당 저만치에 서 있는 돌무를 못마땅하듯이 바라보더니 돌무를 불렀다.

"돌무야!"

"예, 아버지."

"너는 움막 뒤쪽에 가서 장작이나 잘 쌓아라. 쌓아놓은 장작이 떨어지지는 않나 잘 살피고. 떨어진 장작은 다시 쌓아놓고."

"예, 아버지."

옻진 아저씨를 바라보며 잠깐이라도 행복해하던 돌무에게 허달만은 그렇게 찬바람을 일으켰다. 옻진 아저씨가 가져온 물건을 돌무모르는 곳에 숨겨 놓을 작정이었던 것이다. 옻진 아저씨는 허달만의 속셈을 알고 일부러 돌무를 불렀다.

"돌무야! 너도 이리 오너라. 너그 아버지가 혼자서 갖다 놓기에는 물건이 너무 많구나. 너도 와서 아버지와 함께 어디든 잘 갖다 놓아라. 그래야 너그 아버지가 찾을 때 찾아줄 수가 있지."

"예!"

돌무는 옻진 아저씨의 말을 따랐다. 옻진 아저씨가 가져온 식료품이며, 비누, 치약 등을 만져보기라도 했으면 싶었던 것이다. 오래오래 두고 먹어도 된다는 생선 통조림도 만져 보고 싶었다. 옻진 아저씨는 어쩌면 그렇게 돌무의 마음을 잘 아는지, 통조림 몇 개를 돌무의 가슴 위에 얹어주었다. 돌무는 두 팔을 접어 통조림을 받쳐 들었다. 생선 그림이 그려진 통조림은 보기만 해도 먹음직스러웠다. 허달만은 쌀과 보리를 양손으로 거머쥐고 움막에 있는 유일한 방으로 들어서면서 뒤따라오는 돌무를 노려보았다.

"니놈은 거기에 서 있고 통조림만 방바닥에 놓거라!"

"예."

"아니, 거기에 서 있을 필요도 없다. 가서 옻진 아저씨더러 다른 것도 달라고 해서 가져오너라. 아버지가 잘 간수할 테니까."

"예."

물건을 어디에 두는지 돌무에게 보이지 않으려는 허달만의 수작이었다. 돌무가 돌아서자 허달만은 돌무의 등에 대고 소리쳤다.

"아까 언뜻 보았는데, 반짝거리는 봉투가 아마 라면인 모양이더라. 아저씨더러 라면도 달라고 해라!"

"예."

돌무는 느린 걸음으로 옻진 아저씨에게로 다가갔다. 옻진 아저씨는 모르는 게 없었다. 돌무를 바라보며 싱긋 웃었다. 참 따뜻한 웃음이었다.

"너그 아버지가 라면도 가져오라고 하드나?"

"예."

"그래, 알았다. 자, 이것 너그 아버지 갖다줘라. 잘 숨겨놓으라고. 하하!"

옻진 아저씨의 그 소리에 돌무는 싱긋 웃었다. 말하지 않아도 옻진 아저씨는 아버지의 마음까지 꿰뚫어 보고 있는 듯했다. 옻진 아저씨는 라면 서너 개를 돌무의 가슴에 올려주면서 다른 손으로는 돌무의 붉은 윗도리 호주머니에 뭔가를 넣어주었다.

"도시에서 아이들이 잘 먹는 사탕이다. 울컥할 때, 심심할 때, 배고플 때 하나씩 꺼내 먹어라. 이건 너그 아버지가 못 볼 거다."

옻진 아저씨는 사탕뿐 아니라 비스킷이라는 과자도 돌무의 손에 쥐여주었다. 동그랗게 생긴 단팥빵도 건네주었다. 옻진 아저씨가 가져온 물건들을 돌무가 모르는 곳에 숨기느라 여념이 없을 허달만이다. 그 틈을 이용하여 돌무에게 빵이라도 먹이려는 옻진 아저씨의 마음이었다. 돌무는 옻진 아저씨의 그 마음에 감동했다. 고맙고 친절한 옻진 아저씨의 마음을 결코 잊을 수 없을 것 같았다. 그때 옻진 아저씨가 건네준 팥빵은 너무 맛있었으며, 그 맛을 돌무는 평생 잊을 수 없는 신비의 맛이라고 여겼다.

지난 겨울에 그렇게 왔다 가셨던 옻진 아저씨였다. 돌무는 돌아올 봄을 얼마나 기다렸는지 모른다. 옻진을 내릴 수 있는 봄이 되면 틀림없이 이 산에 오실 옻진 아저씨였고, 이 산에 오를 때마다 움막을 지나치지 않는 옻진 아저씨였다. 봄을 기다리는 돌무의 마음은 설레기까지 했다. 그런데 3월도 중순이 넘었는데 옻진 아저씨가 오지 않았다. 옻순이 돋기 전에 옻진을 내리는데, 옻진 아저씨가 그 시기를 놓칠 리 없었다. 옻진을 내리기 위해 산에 오르실 게 뻔한데 움막에는 안 오신 거 아닌가 여겼다.

돌무는 이른 봄부터 옻진 아저씨를 기다리느라 하루에도 몇 번씩 움막 밖을 기웃거리며 살피곤 했다. 돌무가 이렇게 옻진 아저씨를 기다리듯, 숯장이 허달만도 옻진 아저씨를 기다리는 게 틀림없었다. 하루에도 몇 번씩 움막 밖으로 나가 한참 만에 돌아오곤 했다. 아직 겨울이 끝나지 않은 듯한 추위였다. 바람도 차가웠다. 살갗을 뚫고 들어오는 바람이 여간 춥지 않을 텐데도 움막을 들락거리는 허달만의 초조한 기색으로 보아 옻진 아저씨를 기다리느라 그러는 게 틀림없었다.

하지만 옻진 아저씨는 움막에 나타나지 않았다. 옻진 아저씨를 기다리다 초조해진 허달만은 공연히 돌무를 노려보며 심술궂게 중얼거렸다.

"여느 때 같으면 옻진 아저씨가 산에 오를 때가 지났지?"

"예."

"그런데 왜 안 오지? 그놈 마음이 변했나? 옻진만 내리고 그냥 내 뺀 건 아닐까?"

"옻진 아저씨는 그럴 사람이 아니시잖아요."

"뭐?"

"……."

"아니, 돌무 니놈이 옻진 아저씨 그놈을 어떻게 그리 잘 알아서 역성을 드냐? 지난겨울에 왔다 가면서 니놈에게 그렇게 말했냐? 돌아오는 봄에는 안 올지도 모른다고?"

"아, 아네요."

"아니긴 뭐가 아니야! 이 엉큼한 놈. 벌써부터 애비를 속이려 들다니!"

공연한 시비였다. 옻진 아저씨가 오지 않아서 돌무에게 분풀이라도 할 심사인 모양이다.

허달만은 식식거리며 돌무에게 달려들었다. 악취 같은 노린내를 풍기면서. 돌무는 질식할 것 같은 그 냄새에 질려 한 발자국 뒤로 물러섰고, 무의식적으로 손바닥으로 코를 막았다. 돌무의 그런 동작을 본 허달만은 눈을 까뒤집으며 소리쳤다.

"이놈이 벌써 애비를 피해 달아날 궁리를 해? 이놈아! 니놈이 이 산속에서 한 발자국이라도 떠날 성싶으냐? 어림없는 소리지. 돌무 니놈은 죽을 때까지 이 애비 곁을 떠날 수 없어! 이 애비 곁에 머물면서 애비를 돌봐주어야 하고, 애비가 늙으면 부양해야 한다고. 니놈 운명은 그렇게 정해져 있단 말이야! 그런데 애비 몸에서 냄새가 난다고 코를 막고! 얼굴을 찡그리고! 흥! 맨날 그래 봐라! 니놈은 평생 내 곁에서 그 냄새를 맡으며 살아야 할 팔자야! 니놈의 팔자는 그게 전부야!"

듣기만 해도 끔찍한 일이었다.

평생 이 산에서 살아야 한다니? 아버지의 저 지독한 냄새를 맡으면서? 그게 내 팔자라니? 그게 내 운명이라니?

돌무는 눈앞이 캄캄해지는 느낌이었다. 숯장이 허달만이가 아버지만 아니었다면 벌써 이 산에서 달아나고도 남았을 돌무였다. 그러나 아버지만 산에 두고 떠날 수 없다는 게 돌무의 마음이었다. 숯장이 허달만이가 괴팍하고 난폭하긴 해도 일단 아버지니까, 내 아버지이니까 하고 참으면서 살아온 돌무였다. 더군다나 허달만은 어린 돌무에게 엄청난 죄책감을 심어주었다. 돌무가 말귀를 알아듣기 시작하면서 허달만이 방송하듯 떠들어댄 것이다.

"돌무 니놈에게 왜 어미가 없는지 알아? 니놈이 니 어미를 죽인 게야! 니놈은 니 어미를 죽이고 태어난 거야! 니놈을 낳고, 하혈을 너무 많이 흘려서 죽은 게야. 그러니까 니놈은 니 어미를 죽이고 태어난 거란 말이야! 어미까지 죽이고 태어난 놈이니까 이 애비한테는 잘해야지! 암! 잘해야지!"

어렸을 때부터 귀가 따갑도록 들은 이야기였다. 어미를 죽이고 태어났다는 허달만의 그 말을 들을 때마다 어린 돌무는 무서운 생각이 들었고, 자라면서 그 무서운 생각은 죄책감이 되어 몸집을 불리면서 돌무를 짓누르곤 했다.

아니나 다를까? 허달만의 입에서 그 말이 또 터져 나오고 있었다.

"더군다나 니놈은 태어나면서 어미까지 죽인 놈이라고! 그 죗값을 치르려면 이 애비한테 잘해야 한다 이 말이야! 알았어? 알아들었느냐고!"

허달만의 역정 섞인 소리에 돌무는 고개만 떨어뜨렸다.

"이놈아! 왜 대답을 안 해!"

허달만은 그 두꺼운 팔을 들어 올렸다. 날마다 장작을 도끼로 패느라 다져진 손바닥 힘이 돌무의 머리로, 얼굴로 사정없이 가해지고 있었다. 돌무는 비명도 지르지 않았다. 아프다고 소리도 지르지 않았다. 비명을 질러도 들을 사람이 없는 산속이다. 아프다고 소리를 질러도 달려와 말려줄 사람 없는 산속이다. 허달만을 피해 달아나면 금방 잡힐 게 뻔했고, 잡혔을 때 돌아오는 건 매타작뿐이다. 매타작만이 아니라 코로 숨을 쉴 수 없을 만큼 내뿜는 지독한 악취가 허달만이 화를 내며 펄쩍거릴 때마다 더 지독하고 강렬하게 흘러나와 정말로 질식할 것만 같았다.

결국 매를 맞으면서 이 모든 것을 참는 수밖에 없었다. 허달만이 화를 누그러뜨리고 매질을 끝날 때까지 기다릴 수밖에 없었다. 돌무는 그렇게 단정했고, 그때마다 참았고, 참는 것에 이력이 난 아이로 커가고 있었던 것이다.

"애비한테 잘하란 말이야! 애비의 말이라면 무조건 복종하고! 그래야 니놈이 한 번이라도 덜 맞는 거야!"

"……"

돌무는 대답하지 않았다. 그러겠다고 대답하느니 차라리 매를 맞는 게 났겠다 싶었다.

"이놈아! 왜 대답을 안 해?"

"……"

"왜 대답을 않느냐고!"

허달만은 발을 들었다. 그리고 돌무의 허벅지를 사정없이 찼다. 돌무는 허리를 굽혀 허벅지를 움켜쥐면서도 대답하지 않았다.

무조건 복종이라니? 아무리 아버지지만 타당하지 않은 말에 복종

할 수는 없는 법 아닌가? 아버지의 말이라도 정당하지 않으면 듣지 않는 게 옳은 일이다. 그런데 복종까지 하라니?

돌무는 어렸지만 옳고 그름은 가릴 줄 알았던 것이다. 비록 글자 한 자 배우지 못하고 이 산에서 살고 있지만, 정신이 곧고 옳고 그름을 판단할 줄 아는 아이로 자라고 있었던 것이다. 그러나 돌무의 그런 정신, 그런 내면을 파악하지 못하는 허달만은 입에 거품을 물며 돌무를 짓밟기 시작했다.

"이놈이 벌써부터 반항을 하네? 애비의 말에 대답도 않고⋯."

말이 떨어지기가 무섭게 돌무의 종아리를 걷어찼다. 돌무는 쓰러진 채 종아리를 거머쥐었다. 아프고, 서럽고, 억울한 생각이 들었다. 세상의 모든 아버지가 이러는가 싶었다. 자식을 이렇게 함부로 대하고, 기분이 나쁘면 이유 없이 자식을 때리는가 싶었다.

돌무는 종아리를 거머쥐고 허리를 굽혔다. 아픈 것을 참으려고. 서러운 것을 잊으려고. 억울한 마음을 가라앉히려고 허리를 굽힌 채 한참을 그렇게 앉아 있었다. 이번에는 등짝으로 허달만의 발바닥이 떡 치듯이 날아왔다. 너무 아파서 이대로 죽는 건 아닌가 싶었다.

"이놈이! 그래도 대답을 않네!"

허달만의 발바닥이 돌무의 등짝을 또 한 번 내려치는 순간이었다.

"달만이, 이게 무슨 짓인가?"

귀에 익은 목소리였다. 옻진 아저씨였다. 그렇게 기다리던 옻진 아저씨였다. 돌무를 짓밟으며 입에 거품을 물어대던 허달만도 어지간히 놀란 모양이다. 쳐들었던 발을 땅바닥에 놓으며 고개를 든 허달만의 입가에는 야비하고 교활한 웃음이 번지고 있었다.

"아이구, 이게 누군가? 옻진 아저씨 자네가 오다니? 자네가 이제서 나타나다니? 내가 얼마나 기다렸는데. 난 자네에게 무슨 일이 생겼나 하고 걱정만 했을 뿐이네."

돌무를 짓밟으며 매질하던 것을 깡그리 잊어버린 사람처럼 능청을 떠는 허달만을 옻진 아저씨는 매섭게 노려봤다.

"난 자네가 이런 사람인 줄 몰랐네."

옻진 아저씨의 말투는 냉정했고 찬바람을 일으키는 듯 싸늘했다. 치밀어 오르는 화를 억누르고 있는 듯한 옻진 아저씨의 목소리에 돌무는 눈물을 흘리고 말았다.

옻진 아저씨는 숯장이 허달만에게 바짝 다가가서 어른이 아이에게 호통을 치듯 큰 소리로 말했다.

"저 어린 것이 뭘 얼마나 잘못하고 있다고?"

"아, 저놈이 벌써부터 애비의 말을 거역하려 드니 참을 수가 있어야지! 그래서 버릇을 좀 고쳐주려고 한 것뿐이네."

"말을 해서 타일러도 될 것을 꼭 그렇게 때려야 해? 열 살배기 아이의 등을 짓밟고 허벅지며 종아리를 걷어차고…. 그게 어른이 할 짓이야?"

"난 저놈의 애비야! 자네가 무슨 상관이야!"

"어떻게 자네가 저 아이의 애비인가?"

"뭐, 뭐라고?"

허달만은 턱을 덜덜 떨며 말까지 더듬거렸다. 그러나 옻진 아저씨는 침착했다. 아니, 부아가 나서 견딜 수 없다는 듯 한참 동안 침묵한 채 서 있었다. 허달만은 그 짧은 순간을 참지 못하고 물고기가 아스팔트 위에서 파닥거리는 것처럼 펄쩍펄쩍 뛰며 소리쳤다.

"뭐? 뭐라고? 내가 저놈의 애비가 아니라고?"

"아니지! 암! 아니고말고!"

"이놈이…! 이 최가 놈이…!"

허달만의 입에서 옻진 아저씨를 향해 '최가 놈'이라는 욕설이 나왔다.

그때, 옻진 아저씨가 웃었다. 그리곤 아주 침착한 목소리로 허달만을 훈계하듯 또박또박하게 말했다.

"하늘이 알고 땅이 아는 일이지. 자네가 돌무의 생부가 아니라는 건."

"아니, 저놈, 저놈! 저 최가 놈이!"

눈을 까뒤집고 거품을 물며 떠들어대는 허달만과는 달리 옻진 아저씨는 여전히 침착했고 조용했으며, 그 목소리도 나직했다.

"자네가 돌무를 잘 키워주고 있다면 나도 이런 말을 하지 않았을 거네. 난 허달만 자네가 돌무를 안고 있는 모습을 보고 생각했지. 숯장이로 살고 있는 허달만에게 복 들어온 거라고. 숯장이 허달만에겐 저 아이가 복이다 하고 여겼지. 그런데 자네는 그걸 모르고 돌무를 너무 함부로 대한 거야. 말하자면 복을 발로 차버리고 있었고, 들어 온 보석을 입으로 깨고 발길질을 해서 깨고, 매질을 해서 깨고 있었던 게야. 복을 차버리고, 보석을 깨버리는 행동만 하고 있었어."

옻진 아저씨의 소리는 나직하고 침착했다. 그러나 그 말속에는 숯장이 허달만의 자존심을 찔러대는 가시가 박혀 있었다.

허달만이가 사람 같았으면 옻진 아저씨의 말 한마디, 한마디가 단순한 가시가 아니라 좋은 훈계이며 조언이라는 것을 깨달았을 것이다. 그러나 숯장이 허달만은 옻진 아저씨의 말을 이해하려고도 하지 않았고, 그 의미를 알려고도 하지 않았다. 당장에 기분 나쁜 것, 자존심 상한 것만 생각하고 입에 거품을 물었다. 옻진 아저씨에게 도움을 받았던 것도 깡그리 무시하며 성질을 부려댔다. 할 소리, 안 할 소리 가리지 않고 꾸역꾸역 쏟아내는 허달만의 말은 유치하기까지 했다.

"옻진이나 내리며 다니는 놈이 못하는 소리가 없구먼. 뭐가 어째? 돌무 놈이 복이고 보석이라고? 니놈 보기에 돌무가 복덩이로 보이고 보석으로 보였는지 모르겠지만 나한테는 짐짝 같은 놈이야! 귀찮은 짐짝 같은 놈이라고! 그래도 내색하지 않고 이만큼이나 키웠어! 돌무를 키운 건 나야!"

"자네가 사람인 줄 알고 좋은 말을 해주는데도 영 말귀를 알아듣지 못하는구먼."

"이놈이 정말 못하는 소리가 없구먼. 한 번씩 갖다주는 양식이며 생필품이 고마워서 참아주고 있으니까 아주 제멋대로 떠들어 대는구먼!"

"정말인가? 단순히 내가 갖다주는 양식이며 생필품 때문에 나를 반겨했던 게야? 자네 마음이 정 그랬다면 나도 마음을 달리 먹어야겠군. 그래, 좋네. 잘 있게. 난 이대로 떠나겠네. 다시는 이 움막에 올 일도 없을 걸세!"

옻진 아저씨의 말투는 단호했다. 표정도 진지했다. 돌무는 덜컥 겁이 났다. 옻진 아저씨가 이대로 돌아서버린다면? 정말로 다시는 이 움막에 오지 않을 각오라면? 돌무는 가슴이 떨렸고, 무엇에 놀란 듯 가슴이 철렁철렁 내려앉는 것 같았다.

옻진 아저씨는 몸을 돌렸다. 등을 보이며 움막 싸리문을 향해 두어 걸음 옮겼다. 그때,

"정말 이대로 헤어지겠다는 게야!"

조금 누그러진 듯한 허달만의 목소리였다. 어쩌면 이대로 옻진 아저씨가 안 올지도 모른다는 생각 때문에 가슴이 철렁 내려앉은 돌무처럼, 숯장이 허달만도 덜컥 겁이 났는지도 모른다. 옻진 아저씨가

정말로 움막에 들리지 않는다면? 그 불안한 마음은 숯장이 허달만에게도 작용했다. 아니, 숯장이 허달만은 곧바로 자신의 말을 후회했다. 옻진 아저씨 저놈이 정말로 이대로 돌아서는 건 아닌가 하고 걱정되었기 때문이다. 생각해보면 옻진 아저씨가 이 움막을 들릴 때마다 갖다 나른 양식이며 생필품이 예사롭지는 않았다. 눈이 덮여 앞을 가늠할 수 없는 긴 겨울 동안 끼니 걱정을 하지 않게 해준 것도 옻진 아저씨였다. 그것이 어디 한두 해였던가. 자그마치 십 년의 세월이었다. 그러니까 돌무를 데리고 왔던 그해부터인가 싶다. 십 년 동안 숯장이 허달만을 먹여 살렸다 해도 과언이 아니었다.

그런데 만약 옻진 아저씨 저놈이 이대로 돌아서 버린다면, 다시는 이 움막에 나타나지 않는다면, 양식이며 생필품을 어떻게 조달하겠는가? 더군다나 요즘은 숯을 사려는 사람이 부쩍 줄어들고 있었다. 집집마다 전기가 들어오고 부엌마다 곤로가 들어오고 있는 시대라, 숯을 사서 불을 피우려는 사람이 날이 갈수록 줄어들고 있다. 숯을 구워 도시로 나간다 해도 숯이 팔릴 가능성은 없다. 그런 처지에 옻진 아저씨 저놈까지 움막에 발을 들여놓지 않는다면…. 양식이며 생필품이 떨어질 경우 어디서 어떻게 조달하느냔 말이다.

마음이 급해진 허달만이었다. 옻진 아저씨를 잡아보겠다는 의도로 성질을 누그러뜨리며 조금은 야비하게, 조금은 비아냥거리듯 말을 던졌지만 옻진 아저씨는 등을 돌렸고 움막 싸리문을 향해 성큼성큼 걸어갈 뿐이었다.

옻진 아저씨가 싸리문 앞에 다다를 때였다. 밖으로 한걸음 발을 떼어 놓으려는 순간이었다.

"최문항!"

숯장이 허달만의 입에서 최문항이라는 이름이 튀어나왔다. 옻진 아저씨는 걸음을 멈추었고, 숯장이 허달만은 옻진 아저씨의 등을 향해 소리쳤다.

"……."

"정말 이대로 끝장을 내겠다는 거야!"

숯장이 허달만의 입에서 최문항이라는 이름 석 자가 터져나왔다. 최문항이라고 소리친 허달만도, 최문항이라는 이름을 들은 옻진 아저씨도 잠시 경직된 것처럼 꼼짝하지 않았다.

옻진 아저씨는 싸리문 앞에서 돌이 된 것마냥 서 있었다. 그러나 옻진 아저씨는 등에 칼이라도 꽂힌 듯한 표정으로 얼굴을 일그러뜨렸다. 등짝에 칼이라도 꽂힌 듯 고통스러워하는 옻진 아저씨!

그랬다. 여태까지 옻진 아저씨로 불렸던 사람은 문항임이 틀림없었다. 통영에서 자취를 감추어버린 나전칠기장 최근수의 아들 문항이었다.

통영을 떠난 문항은 옻진 장사로 살아가고 있었던 것이다.

3.
만남

　숯장이 허달만과 옻진 아저씨 문항이가 만나게 된 동기는 이러했다.

　통영을 빠져나온 열여덟 살 최문항은 민제를 찾기 위해서는 무엇부터 해야 하는지 몰라 막막했다. 아버지를 떠나 집을 뛰쳐나왔지만 갈 곳이 없었다. 머릿속에는 온통 민제 생각뿐이었다. 머리채를 잡힌 채 땅바닥에 질질 끌려다니던 민제가 아니던가. 아프다는 비명도 제대로 지르지 못하고 끌려가던 민제의 처참했던 모습을 지워버릴 수가 없었다.

　아버지는 대체 민제를 어디로 끌고 간 것인가? 아버지가 입을 열지 않는 한 민제가 어디로 갔는지는 아무도 모르는 일이었다. 그러나 아버지의 입에서 민제의 행방을 알아내는 건 불가능한 일이라는 것을 문항이는 잘 알고 있었다. 민제의 가족을 쫓아내고 민제의 집을 헐어버린 아버지가 민제의 행방을 알려줄 리가 없다. 민제의 행방은 아버지만이 알 수 있는 일이라고 여겼지만, 민제의 행방을 알기 위해 아버지 앞에서 떼를 쓰고 고집을 부려봐야 소용없을 것이다. 오히려 학교에 잘 다니라는 말만 하실 테고, 공부 열심히 하라는 말만 반복하실 게 뻔했다. 민제의 행방을 알려주겠다는 핑계로 아들을 붙들어 놓을 아버지라는 걸 너무도 잘 알기에 문항이는 집을 뛰쳐나왔다. 집안에 갇혀 아버지 최근수의 자비만 기다리자니, 민제가 아버지에게 당한 수모는 그야말로 처참할 정도였다. 그때 아버지에게 붙들려 팽이질을 당하던 민제를 구하지 못했다는 죄책감과 민제에 대한 그리움이 한 덩어리가 되어 열여덟 살 문항의 가슴을 조였고, 슬퍼하게 했고, 방황하게 했다.

민제를 찾는 것은 문항 자신의 몫이라는 생각도 강하게 작용했다. 통영을 떠나서 민제를 찾겠다는 결심을 한 것도, 민제가 통영에 머물러 있을 것 같지 않아서였다. 나전칠기장 최근수가 무서워 통영에 있을 엄두도 내지 않았을 것이다. 나전칠기장 최근수의 아들을 사랑했다는 그 이유만으로 팽이질을 당해야만 했던 민제가 통영에 그대로 머물러 있지 않을 거라는 사실은 너무나도 뻔한 일이었다.

문항은 그렇게 해서 대책 없이 통영을 떠났고, 열여덟 살 나이에 방랑자 아닌 방랑자가 되었다.

어디로 가아할지도 몰랐고 무엇을 해야 할지도 몰랐다. 모든 것이 원활하게 돌아갔던 집과 달리 집밖은 너무도 살벌했다. 먹을 것, 입을 것, 잠 잘 것을 스스로 해결한다는 것이 이렇게 어려운 줄 미처 몰랐다. 며칠을 고민하고 방황하던 문항은 우선 교복부터 벗어던졌다. 교복을 건네주고 작업복 한 벌을 얻어 입었다. 그렇게 뛰어든 것이 일용직 건축일이었다. 통영을 떠나 부산으로 도착한 문항이가 제일 처음 시작한 일이었다. 부산으로 목적지를 정한 이유는 부산이 통영에서 가장 가깝고 가장 큰 도시였기 때문이었다. 민제도 큰 도시를 염두에 두고 부산으로 갔을지 모른다는 어림짐작이 작용한 것도 사실이다.

문항은 일용직 건축일이지만 정말 열심히 했다. 열여덟 살 소년인 문항의 체격은 건장한 청년의 체격과 다를 바가 없었다. 무슨 일이든 시키는 대로 척척 해내는 문항이를 일꾼들은 필요로 했고 또 좋아라했다.

일꾼들은 사회 초년생답게 꾀를 부리지도 않고, 힘도 좋아서 막히는 것 없이 일을 하는 문항이의 시원스런 모습을 입이 닳도록 칭찬도 했다. 그러나 문항이가 열여덟 살이 될 때까지 보고 자랐던 게 나전칠기장인 아버지가 나전칠기 하는 모습이었다. 나전칠기를 할 때 없어서는 안 될 것이 옻진이었고, 옻진이 얼마나 좋은가에 따라서 옻칠이 얼마나 잘 되는지 판가름이 났다. 나전칠기에 있어서 제일 중요한 게 옻진이라는 것을 애초에 알고 있던 문항은 옻진에 대해 눈을 뜨기 시작했다. 일용직으로 모아두었던 돈을 움켜쥐고 과감히 일터에서 떠났다.

"눈썰미가 있어서 일도 금방 배웠는데, 아예 건축 일을 배우지 그래?"

"힘이 좋아서 일도 곧잘 잘하더니만."

"아니야! 지금이라도 하고자 하는 일을 찾아서 해야지! 노가다 판에 익숙해지면 노가다 판에서 헤어나지 못한단 말이야!"

"암! 일찌감치 좋은 일자리 찾아가야제!"

그동안 한 몸처럼 엉켜서 일했던 어른들이 떠나는 문항에게 한마디씩 한 말이었다.

문항은 전국의 산을 오르기 시작했다. 옻나무가 많은 산을 탐색했고, 옻나무가 많아도 옻진이 별로 좋지 않은 산은 배제하면서 전국의 산을 두루두루 살폈다. 부산에는 옻나무가 많은 산이 별로 없었다. 있다 해도 옻진이 썩 좋지 않았다. 경남 일대를 돌아다니며 산을 오르기 시작했고, 옻나무를 찾아 어느 산이든 이 잡듯이 뒤졌다. 옻나무가 많고 옻진도 좋은 산도 발견했다. 옻진을 내리는 솜씨도 늘었다. 나전칠기장들을 찾아다니며 옻진을 팔았다. 생각보다 짭짤한 수입을 얻었다. 수입이 늘어나면서 욕심도 생겼다.

전국적으로 산을 헤매다 보니 쓸데없이 임야를 보유한 사람이 많았고, 아무짝에도 쓸모없는 넓은 임야를 가진 사람도 있었다. 그들은 옻진을 내리는 문항에게 그런 임야를 사줬으면 하고 권유하기도 했다. 문항은 옻나무가 잘 자랄 수 있고 옻나무가 많다면 싫어하는 내색 없이 사들였다. 남들에게는 필요 없는 임야지만 문항에겐 필요한 임야가 많았다. 임야 값을 과하게 부르지 않는 한, 문항은 무조건 사들였다. 어떤 해에는 운 좋게도 한해 옻진 판돈으로 임야 값이 충당되기도 했다. 그렇게 몇 해가 지나자 문항은 그야말로 땅 부자가 되어 있었다. 임야뿐만이 아니라 자투리땅도 매입하고, 자투리땅을 매입하다 보니 그 땅이 임야로 향한 길이 되어주기도 했다. 그러나 문항은 거기서 안주하지 않았다. 임야를 늘리고 수입이 많아져도 본연의 길을 잃지는 않았던 것이다.

문항의 가장 큰 포부는 민제를 찾는 일이다. 민제를 찾는 일만이 문항의 포부이며, 꿈이며, 희망이었다. 하지만 부산에서도 민제를 찾아내지 못했다. 전국적으로 퍼져 있는 산만 오르내렸던 게 아니라 도시의 상가와 시장을 들락거리며 민제를 찾아 헤맸다. 그러나 어디에서도 민제를 찾아내지 못했다. 심지어 다방이며, 술집이며, 젊은이들이 많이 꼬인다는 클럽까지 기웃거렸지만 민제는 없었다.

조명이 호화찬란한 클럽의 분위기는 놀라웠다. 조명뿐만 아니라 여자들의 옷차림도 조명 못지않게 화려했고 대담했다. 클럽의 그런 분위기를 보면서 문항이는 혼잣말처럼 중얼거렸다.

"민제가 이런 데까지 올 리 없지."

혼자 쓴웃음을 지으며 클럽에서 나온 것도 한두 번이었다. 클럽뿐만이 아니라 부둣가 선술집에도 기웃거렸고, 여관까지 들락거리면서 여관에서 일하는 여종업원을 살펴보기도 했다.

'겨우 초등학교를 졸업한 민제가 어디서 일을 할 수 있을까?'

이 질문에 대한 답을 골똘히 생각해보기도 했다. 그러나 마땅하게 떠오르는 데가 없었다. 겨우 초등학교를 졸업한 민제가 들어가서 할 만한 일이 뭔가 생각해 보아도, 떠오르는 게 없어 답답하기만 했다. 공장마다 기웃거려보았지만 거기에도 민제는 없었다.

그러나 문항이 해야 할 일은 민제를 찾는 일이었다. 평생을 걸고서라도. 그렇게 민제를 찾아다니며 산을 헤매고, 도시를 헤매며 살아온 십여 년. 열여덟 살 문항이가 서른이 되던 해였다.

서른이 되던 해, 문항은 강원도까지 왔다. 강원도의 산은 높고 산세가 험했다. 산등성이를 타고 오르는 것도 만만치 않은 게 강원도의 산이었다. 그런데 강원도의 산에는 의외로 옻나무가 많았다. 옻진도 의외로 좋았다. 문항이가 생각하기에 이보다 옻나무가 많은 산도 없을 성싶었고, 옻진 역시 상품 가치가 높은 질 좋은 옻진이었다. 사실 강원도는 옻나무의 노다지였다. 어느 산을 가든 옻나무가 무성했고, 옻진은 최고급품이었다. 뿌리에서 뻗어난 옻나무가 다음 해에는 무럭무럭 자라서 큰 옻나무가 되어 있었고, 큰 옻나무에서 질 좋은 옻진이 반짝거리며 흘러내렸다. 옻나무의 노다지. 그 노다지에서 나는 옻진은 보석이었다.

그해 봄, 강원도 산에서 옻진을 내릴 때의 일이었다. 문항은 해가 지는 줄도 모르고 옻진을 내렸다. 고개를 들어 사방을 돌아보았을 때 벌써 사방이 어둑어둑해져 있었다. 산에서는 해가 일찍 저물어 버린다는 걸 순간 깜빡 잊어버렸던 것이다. 문항은 옻진 내리던 손을 멈추고 사방을 살폈으나, 아래로 내려가는 산길은 찾을 수가 없었다. 키 큰 잣나무며 떡갈나무가 우거진 산이었다.

무성하게 자란 풀과 키 작은 나무로 둘러싸인 산속에서 길을 잃었다고 생각하니 겁이 났다. 십여 년 동안 산속을 제집 드나들듯이 했던 문항이지만, 깊은 산에서 길을 잃었다는 생각이 든 순간만큼은 당황하지 않을 수가 없었다. 사방을 두리번거렸지만 방향조차 잡을 수가 없었다. 어디가 어딘지 몰라 산속에 갇힌 느낌이었다.

당황한 마음에 이리저리 헤매고 다녔지만 돌아서면 제자리였고, 아래로 내려가는 길을 찾아내지 못했다. 벌써 주위는 깜깜했다. 멀리서 부엉이도 울어댔다. 알 수 없는 짐승 소리도 가까이서 들리는 듯했다. 옻진을 내리느라 어지간히 산은 다 헤매고 다녔던 문항이지만, 산세가 높은 강원도의 산속에서는 쉽게 길을 찾지 못했다. 평소에는 여간 침착하지 않는 문항이었지만, 산속에서 길을 잃었다고 생각하자 두려움이 와락 덤벼들었다. 사방을 살피며 걷다가 넘어지기도 하고, 미끄러지기도 했다. 무성한 나무들과 엉성하게 자란 풀, 작은 나무들 사이를 이리저리 헤매야 했던 문항이에게 그날 밤의 산은 너무나 무서웠다. 들고 있는 옻진 통을 내버려 둔 채 어디로든 뛰쳐나가고 싶을 만큼 무섭고 당황스러운 순간이었다.

그때였다. 저만치에서 이상한 불빛이 새어 나오고 있었다. 이 깊은 산중에 전깃불이 있을 리 없기에 처음에는 그 불빛의 정체를 알 수 없었다. 그러나 사람이 불을 지피고 있다는 것만큼은 확실했다. 연기가 오르고 있었고, 이따금 불꽃이 튀기도 했다. 불빛은 그리 먼 곳에서 비치는 것 같지 않았다. 문항이는 목격한 불빛과의 거리를 어림잡아서 그곳의 위치를 잡았고, 불빛을 향해 걸음을 옮겨갔다. 산속을 더듬거리며 걷는 걸음이었지만 몸은 재빠르게 움직였다. 두려움에 쫓기듯이 걸었다. 다행히 사람의 인기척까지 느껴졌다. 그리고 믿기지 않은 일이 벌어졌다. 깜깜한 어둠 속에서 작은 움막이 나타났다. 거기에 불을 지피고 있는 사람이 있었다. 도저히 믿기지 않는 일이었다.

이 깊은 산에 움막이라니? 사람이 살고 있다니? 그러나 움막 뒤편에서 한 번씩 불꽃이 튀고 있었고, 사람이 불을 지피고 있다는 것을 금방 알 수 있었다. 문항은 몸을 바짝 웅크리고 움막 뒤로 걸어갔다. 움막 뒤쪽에는 흙으로 부뚜막을 만든 아궁이가 있었고, 누군가가 그 앞에서 불을 지피고 있었다.

아궁이 속으로 큰 장작을 연신 집어넣고 있던 그 사람 역시 인기척을 느꼈는지 등을 돌렸다. 그 순간 문항이는 코를 파고드는 지독한 악취에 자신도 모르게 코를 틀어막으며 그 자리에 우뚝 서버리고 말았다. '저 아궁이 앞에서 불을 지피는 사람이 정녕 사람이 아니었던 것인가?' 하고 의심할 정도로 역한 노린내를 풍기고 있었던 것이다. 마치 짐승들에게서나 날 법한 냄새였다. 노린내는 역했고 거의 악취에 가까웠다.

코를 막고 그 자리에 멈춰 버린 문항이 앞으로 다가온 건 아궁이 앞에서 불을 지피던 사람이었다. 남자였다. 머리는 엉성하게 길었다. 거의 어깨에 닿을 정도로 긴 머리였고, 긴 머리카락이 까치집처럼 엉성하게 얽혀 있는 것으로 보아 자신의 몸을 단정하게 꾸밀 줄 모르는 사람 같았다. 아니, 솔직히 말해서 눈, 코, 입이 사람의 형상으로 달려 있지 않았다면 영락없는 짐승의 몰골이었다. 거기다가 지독한 노린내까지 풍기고 있었다. 산에서 길을 잃고 두려움을 느꼈던 문항이었지만, 이 짐승 같은 남자 앞에서는 그보다 더 큰 두려움을 느껴야만 했다. 돌아서서 이대로 달아날까 하는 생각까지 들었다.

그러나 남자는 이미 문항이 앞으로 성큼성큼, 아니 어슬렁거리며 다가오고 있었다.

"산에서 길을 잃은 모양이오?"

"그렇습니다."

"산에는 뭣 하러 왔을꼬?"

문항이를 아래위로 훑어보며 혼잣말처럼 중얼거리는 말투가 느끼하고 음흉했다. 문항이는 정말로 뒤돌아서 달아나고 싶었다. 산에서 길 잃을 때보다 더한 두려움이 느껴지는 남자였던 것이다. 남자는 어느새 문항이의 앞으로 바짝 다가서고 있었다. 그리곤 문항이를 훑어보며 또 한 번 그 느끼하고 음흉한 목소리로 중얼거렸다.

"보아하니 옻진을 내리러 온 게로군!"

"그렇습니다요."

"옻진… 하긴 이곳보다 더 좋은 옻진은 없지! 옻나무도 많고."

"……"

"그런데 옻진을 내리러 왔다고 하면서 간 사람치고 두 번 다시 온 사람이 없지. 옻나무가 많고 옻진이 좋으면 뭐 하나? 워낙 산세가 험해서 목숨까지 잃을까 염려가 되는지 두 번을 올라온 사람이 없어! 그런 산속에서 길을 잃었다니? 어지간히 급했겠군. 무섭기도 했을 테고…"

마치 문항이의 처지를 꿰뚫어 보고 있는 듯한 소리였다. 느끼하고 음흉한 목소리이긴 했지만, 사람을 해칠 남자는 아니겠다 싶었다. 산속에서 오랫동안 산 사람 같았고, 이 남자 역시 사람을 그리워하는 남자라는 게 말 몇 마디에서 느껴졌다. 문항은 우선 허리를 굽혀 정중히 인사를 했다. 얼핏 보아도 남자의 나이는 문항 자신과 비슷한 또래로 보였고, 가족도 없이 혼자 살고 있는 남자라는 생각도 들었다.

하룻밤 신세를 져야 하는 처지였던 문항이는 그렇게 첫인사를 했다. 문항이의 그런 인사가 싫지 않았던지 남자는 좀 더 친절해졌다.

"옻진을 내리다가 길을 잃은 사람 중 이 움막에서 하룻밤 신세 지고 간 사람은 많지. 허나 아무도 두 번 다시 오지 않았어! 아까도 말했지만 목숨이 아까웠던 게야. 아무리 옻나무가 많고 옻진이 좋아도, 산세가 험하고 비탈진 곳에서는 작업을 할 수 없었던 게지."

"그렇긴 했지요. 허나, 옻나무가 이렇게 많고 옻진이 이렇게 좋은 산은 없을 겁니다. 옻진을 내리는 사람이 좋은 옻진이 있는 줄 알면서 어찌 다른 산으로 가서 헤매겠습니까? 올봄에는 여기서 옻진을 내려야겠습니다. 어려울 때 많이 도와주십시오."

말이 통한다 싶어 문항이도 속내를 내비쳤다.

"흐흐흐. 제대로 된 사람이구먼. 그렇지! 옻진을 내리는 게 직업이라면 옻진을 내리고, 좋은 옻진을 찾아내는 게 옻진 내리는 사람이 가져야 할 직업정신이지, 흐흐. 당신은 그 정신이 좋군요. 직업정신 말이오."

"어쨌든 하룻밤 신세를 지게 되었습니다. 옻진을 내리는 최문항이라는 사람입니다."

"나는 숯을 구워 파는 숯장이 허달만이라는 사람입니다."

"만나 뵙게 되어 반갑습니다."

문항은 숯장이 허달만에게 깍듯이 인사도 했고 통성명을 하면서 하룻밤 신세 지기로 결심했다.

문항과 숯장이 허달만의 만남은 그렇게 이루어졌다.

4.
짧은 실수, 긴 후회

　그때까지만 해도 문항은 숯장이 허달만의 정체를 몰랐다. 그냥 숯을 구워 파는 숯장이라고만 알았고, 산에서 숯을 구워 파는 숯장이라는 이미지 때문에 순박하고 인심 좋은 사람이라 여겼다. 그런데 문항과 통성명을 하고 인사가 오고 간 뒤, 숯장이 허달만의 태도가 달라졌다. 문항에게 다가가서면서 히죽 웃었다.

　"시장하실 텐데?"

　허달만의 그 물음에 갑자기 시장기가 몰려왔다. 아침에 먹고 나온 것 이외는 먹은 게 없었다. 그만큼 옻진을 내리는 데에만 집중했던 것이다. 숯장이 허달만은 느끼한 눈으로 최문항을 바라보았다. 그리고 최문항이라는 이 옻진 아저씨가 어지간히 배가 고플 거라는 걸 간파하고 있었다. 숯장이 허달만은 슬슬 본색을 드러냈다.

　"사실, 산중에서 살림을 하고 있다지만 먹을 게 변변하지 않아서…."

　"그렇겠군요."

　"여기서 조금 내려가면 옛날 주막 같은 술집 하나가 있습니다."

　"산속에 술집이라니요?"

　"술집이라기보다, 옛날 주막처럼 뚝배기 국물에 밥 한 그릇 내어놓는 그런 수준의 술집이지요."

"……"

"집에는 대접할 게 없으니 그리로 가서 요기하시면 어떨지?"

숯장이 허달만의 은근한 어조였다. 최문항은 고개를 끄덕거렸다. 이런 깊은 산 중에 주막이라니? 뚝배기 국에 밥 한 그릇 먹을 수 있다니? 마다 할 이유는 없었다. 시장기를 면할 수 있다니 반가운 소리임에 틀림없었다. 하지만 이런 깊은 산중에 주막이 있다는 건 금시초문이며, 어떤 의미로는 이해가 되지 않았다. 이런 깊은 산중에서 무슨 장사가 된다고 주막이고 술집인가? 의외이기는 의외였다.

문항의 동의를 얻은 숯장이 허달만은 신바람이 난 모습이다. 어떤 의미로는 아이들보다 더 단순해 보였다. 느끼하고 음흉한 목소리 끝에 힘이 들어가 있었다.

"늙은 주모지만 음식 솜씨가 좋아요. 뚝배기 국물 맛도 꽤 감칠맛이 있고 밥도 푸짐하게 주는 편이니 한 끼 요기로는 넉넉할 겁니다. 암. 넉넉하지요."

"이런 깊은 산에 주막이라니, 놀랍군요."

"더 놀랄 일은, 주막에 있는 젊은 년입니다. 나이는 얼마 안 돼 보이는데 얼굴은 화상 흉터로 일그러져 있으며 사지가 제대로 붙어 있지를 않아요. 다리는 찢긴 것처럼 벌어진 데다 두 팔은 뼈가 부서진 것처럼 짧아서 곰배팔이라 보기만 해도 흉측스러운 년이지요. 물론 여자구실도 못하는 완전 병신인데, 그래도 설거지며 빨래는 하는 것 같습니다. 늙은 주모가 그년의 빚을 끌어안고 데리고 온 것을 보면."

숯장이 허달만은 이런 소리 저런 소리 지껄여댔다. 주막에 간다는 것과 거기서 마실 술 생각에 아주 들떠 보였다.

숯장이 허달만은 침을 한 번 꼴깍 삼키더니 주막 이야기를 신나게 늘어놓았다.

"늙은 주모와 병신 같은 년 둘이 아쉽긴 아쉬웠는지 밤낮을 가리지 않고 장사를 하니, 지금 이 시간에도 호롱불은 켜져 있을 거요."

"다행이군요."

시장기를 느낀 문항이도 반가운 듯 말했다. 산 아래로 한참을 내려가다 보니 슬레이트 지붕의 조그마한 집이 보였고, 처마 끝에는 불이 켜진 호롱불 하나가 달려 있었다. 숯장이 허달만은 허리춤을 치켜올리며 문항이를 돌아보았다.

"내 말이 맞지요? 이 주막은 시도 때도 없이 손님을 받는다니까요. 깊은 밤에도 올 수 있고. 새벽녘에도 올 수 있고."

뭣 때문인지 숯장이 허달만은 매우 기분이 좋아 보였다.

"주모! 주모!"

유리가 달린 여닫이문을 허달만은 쾅쾅 두드려 댔다. 조심성 없는 태도라기보다, 배려하는 마음 같은 것이 손톱만큼도 없는 행동이었다. 숯장이 허달만의 그런 행동이 못마땅해서 문항은 잠시 얼굴을 찡그렸다.

"아무리 주막이라지만 주무시고 계실지도 모르는데…"

안에서 자고 있을 사람을 배려해서 하는 문항이의 말이 거슬렸는지 숯장이 허달만은 고개를 짤짤 흔들었다.

"자고 있으면 어떻고, 깊이 잠이 들었으면 어떻습니까? 우리는 손님인데. 부리나케 일어나서 손님을 받아야지요."

"……."

쾅! 쾅!

허달만은 말을 하면서도 연신 유리문을 두드려댔다. 얼마나 그렇게 두드렸을까? 안에서 기척이 났다.

"누구시오?"

"아직 초저녁인데 벌써 자면 어쩝니까? 손님 오셨으니 어서 문이나 여시우!"

"말투로 보아 산에 사는 숯장이구만? 외상술 줄 것 없으니 돌아가시우! 허구한 날 외상질이야. 돈 한 푼 갚지 않으면서!"

안에서 들리는 소리를 보아하니 손님을 맞이할 기분이 아닌 듯했다. 아니, 주모가 던지는 말투로 보아 숯장이 허달만이가 귀찮은 모양이다. 손님 대접받기는 틀린 사람인가 보다. 그러나 숯장이 허달만은 물러설 기세가 아니었다. 입맛을 쩍쩍 다시면서 목에 힘까지 주었다.

"내가 먹자는 게 아니라 손님을 모시고 왔다니까! 외상으로 먹을 사람이 아닌듯하니 어서 문이나 여쇼!"

그제야 안에 있는 사람이 못 이기는 척 문을 열었다. 칠십도 훨씬 넘어 보이는 늙은 주모가 얼굴을 내밀었다. 여닫이문 앞에 서 있는 숯장이를 한참이나 노려보더니 문항이에게로 시선을 돌렸다.

"댁이 손님이오?"

"예. 시장하던 차에 여기 주막이 있다기에…."

"외상은 안 돼요!"

"외상이라니요? 돈 걱정은 마십시오."

"저 숯장이는 손님이 내미는 돈까지 낚아채서 제 호주머니에 쑤셔 놓고는 손님이 먹은 밥값이며 술값을 외상으로 달아 놓고 달아나고는 해서 믿을 수가 없지요. 자, 어서 들어오시오."

늙은 주모는 숯장이를 길게 노려보았다. 못마땅한 듯 노려보다가 앞장서는 주모를 따라 안으로 들어섰다. 주막은 허름했지만 주위는 의외로 깨끗했다.

"말년아! 손님 오셨다!"

주모는 부엌 쪽을 향해 소리치더니 뒤돌아서서 문항이를 힐끔 쳐다본다.

"손님은 국밥 잡수실 거지요?"

"예."

"술도 올릴까요?"

"아, 아닙니다. 전, 원래 술은 못 마십니다."

"손님은 술을 못 마신다 쳐도, 저 숯장이 때문에 술은 올려야 될 겁니다. 술이 없어도 환장할 사람이고, 술이 있으면 더 환장할 사람이 저 사람이니 말입니다."

"그럼 저 사람이 마시게 술을 올려 주시지요."

문항이는 오늘 밤 신세를 져야 할 숯장이 허달만을 위해 술도 청했다. 주모는 부엌 쪽을 향해 또 소리쳤다.

"말년아! 밥상 올릴 때 술도 놓아드려라."

"야아!"

주모의 청에 부엌 쪽에서 긴 대답이 들렸다. 말년이라고 불리는 여자의 대답인 모양이다.

"저쪽 마루에 앉아 기다리시오. 우리 말년이가 밥상을 올려 드릴 테니. 나는 들어가서 잠이나 더 잘랍니다. 늙을수록 잠이 없어진다는데, 나는 오히려 잠이 늘었나 봅니다. 참, 이왕 주실 것 밥값이며 술값 지금 셈해주시오. 저 숯장이에게 뺏기기 전에 손님한테서 받을랍니다."

"예. 그러지요."

문항은 넉넉하게 몇만 원을 주모에게 건넸다.

주모의 눈이 휘둥그레졌다.

"웬 돈을 이렇게 많이 준다요?"

"이 밤에 밥상 차려주시는 게 고마워서요. 그리고 저 숯장이 허달만에게도 넉넉하게 술을 주십시오. 오늘 저녁만큼은 저 사람이 내 은인입니다."

"아이구, 손님! 마음씨가 복 받으실 마음입니다, 고맙습니다."

주모는 문항이가 건네준 지폐를 받아 쥐고는 치마를 걷어 올렸다. 허리춤에 매달려 있는 주머니가 흔들리고 있었다. 주모는 얼른 돈을 주머니에 집어넣고는 치마로 덮어버렸다. 그리곤 마루를 지나 방으로 들어갔다. 마루 끝에 앉은 숯장이 허달만은 연신 침을 삼켜대면서 낄낄 웃었다.

"초면에 술대접을 받게 되었소이다."

"하룻밤을 신세 지는 처지인데 술대접을 못하겠습니까? 넉넉히 드십시오."

"역시 멋진 분입니다!"

엄지까지 치켜올리며 문항이를 향해 최고라는 시늉도 했다. 문항이는 목례로 대답했다. 문항이에게 넉넉하게 마시라는 말을 들은 숯장이 허달만은 더 이상 기다릴 수 없다는 듯 부엌 쪽으로 소리쳤다.

"말년아, 어서 술상 올려! 밥상도 어서 올려야지!"

말년이라는 여자를 향해 큰소리를 쳤지만 부엌에서는 대답이 없다.

"아니, 저 병신이 사람 봐가면서 대답을 하네? 이년아! 술상 빨리 올리라고!"

서슬이 퍼렇게 재촉하는 허달만은 마치 자신이 돈이라도 내는 것처럼 기세가 등등했다. 그런데 술상을 들고 온 여자를 보았을 때 문항이는 기절할 것처럼 놀랐다. 숯장이 허달만이가 시부렁거렸던 소리로 짐작은 했지만, 술상을 들고 온 여자는 그야말로 사람의 모습이 아니었다. 치마를 입고 있었기에 여자라 여길 수 있었지만, 여자라고 보기에는 너무나 흉측스런운 모습이었다. 숯장이 허달만이가 떠들어대던 말처럼 두 다리는 찢어 놓은 듯이 벌어져 있었고, 배와 사타구니가 붙어있는 듯한 몸이 꼭 아버지 최근수의 몰골과 비슷했다.

'세상에는 아버지 같은 몰골의 사람이 또 있군!'

문항이는 중얼거렸다. 혼잣말처럼 중얼거렸다. 여자의 몰골은 영락없는 원숭이 형상이었고, 그 모습이 아버지 최근수의 몰골과 거의 비슷했다. 거기다 얼굴에 화상을 입었는지 양쪽 볼이 두툼하게 일그러져 있었고, 흉터 자국이 섬뜩하게 번쩍거리기까지 했다. 말년이라고 불리는 그 여자의 모습이 너무 끔찍해서 문항이는 눈도 마주치지 않으려고 얼른 고개를 돌려버렸다.

그러나 말년이라고 불리는 그 여자는 두 손바닥으로 얼굴을 가리면서 손가락 사이로 눈을 내놓고 문항이를 살피는 것이다. 처음에는 제 눈을 의심하는 듯 놀란 표정이더니, 이어서 문항의 모습을 눈여겨보고 있었다.

그러고는 점점 표정이 굳어지고 두 눈을 연신 껌뻑거렸다.

"문항이다…!"

말년의 입속에서 떨림처럼 새어 나온 한마디였다. 말년은 민제였던 것이다. 문항이는 민제를 알아보지 못했지만, 민제는 한눈에 문항이를 알아보았다. 고등학교 교복 차림이 아니라 두툼한 작업복 차림이긴 했지만, 분명 문항이었다. 초등학교 입학식 날부터 익혀 왔던 문항이의 모습이다. 옷이 바뀌었다고 모를 리 없었으며, 어른으로 성장했다 해서 모를 리 없다. 어린 시절부터 청소년으로 성장할 때까지 지켜보면서 연모해왔던 문항이다. 민제의 눈동자 속에 새겨져 있는 사람이다. 그런 문항이를 몰라볼 민제가 아니었다. 문항이의 동작 하나하나까지 기억하는 민제였다. 문항을 못 알아볼 리 없다. 문항이가 어떤 모습으로 변해 있던, 민제는 한눈에 알아볼 수 있었다. 문항이를 못 알아볼 리가 없었다.

민제는 두 눈에 문항이의 모습을 새겨 놓듯이 바라보았다. 눈에는 벌써 눈물이 그렁그렁 고였다. 몸을 무너뜨리고 앉아 통곡이라도 하고 싶은 심정이었다. 아니, "문항아!" 하고 외치면서 달려가고 싶은 심정이었다. 포근했던 가슴. 따뜻했던 체온. 그리고 그녀의 온몸을 녹일 듯한 부드러운 입김. 천벌 같은 고통을 당하면서도 잊지 않았던 문항의 포근했던 가슴이었다. 문항의 부드러운 입김이었다. 그 그립던 문항이가 눈앞에 있다. 저 가슴속으로 뛰어들고 싶은 마음에 민제는 울었다. 그리 할 수 없어서 울었다.

그런데 문항이는 그녀를 알아보지 못했다. 알아보기는커녕 얼른 눈을 피했고, 얼굴까지 돌려버렸다. 문항이도 차마 민제라고 여길 수 없었던 것이리라. 하지만 문항이까지도 자신을 알아보지 못한다는 절망감이 한순간 민제의 가슴을 치며 지나갔다.

'날, 못 알아보는구나.'

민제는 부르르 떨며 중얼거렸다. 다리가 떨려서 걸음도 옮길 수 없었다. 술 중독자라고 해도 과언이 아닐 만큼 술에 인생을 걸고 희망을 건 듯한 숯장이 허달만이가 소리쳤다.

"말년아, 술병 안 가져오고 뭐해? 어서 술병부터 가져오라고!"

밥상보다 술이 다급한 숯장이 허달만의 목소리가 쩌렁쩌렁했다. 방안에서 주모도 한마디 거들었다.

"말년아! 좀 조용히 자게 술병이나 어서 갖다줘라!"

주모의 말을 듣고서야 말년은, 아니 민제는 비틀거리듯 하면서 부엌으로 들어갔다. 술병을 들고나온 민제는 밥상 앞에 앉아 있는 문항이를 확인하듯 쳐다보았다. 어린 시절의 모습은 아니었지만, 고교 시절의 앳된 모습의 얼굴도 아닌 문항이었지만, 그 눈과 입술, 이마와 눈동자는 여전히 밝고 순박했던 문항이의 모습 그대로였다.

"이년아! 술병을 가져왔으면 밥상 위에 올려놓고 어서 부엌으로 기어들어 가! 니년 몰골을 보면 삼 년 전에 마셨던 술도 토악질로 나올 것 같으니."

숯장이 허달만은 민제의 손에 잡혀 있던 술병을 우악스럽게 빼앗아 들며 그대로 병 아가리를 입에 갖다 대었다.

꿀꺽. 꿀꺽. 꿀꺽.

목구멍으로 술 넘어가는 소리가 하수구로 흘러 들어가는 구정물 소리 같았다. 술병을 건네고 나서도 한참 동안이나 문항이 앞에 서 있었으나, 문항이는 끝내 민제를 알아보지 못했다. 흉측스럽게 생긴 민제를 알아보지 못했다. 흉측스럽게 생긴 여자라 여겼는지 민제를 향해 얼굴도 돌리지 않았다. 변해버린 모습에서 어떻게 민제를 떠올릴 수 있었을까? 그러나 흉측하게 변해있던 민제를 알아보지 못하는 것은 그럴 수 있다 싶지만, 흉측스러운 모습을 더 이상 보지 않겠다는 듯 얼굴까지 외면해버리는 문항이의 모습이 슬펐다. 휘청거리는 걸음으로 부엌으로 들어서는 민제의 등 뒤에서 낄낄거리는 숯장이 허달만의 소리가 들린다.

"어휴, 저런 년도 여자라고 어떤 놈이 건드린 모양이다. 어떤 놈의 씨인지 배가 아주 만삭이구먼!"

허달만의 중얼거림이 크게 들렸는지 방안에서 주모가 혀를 끌끌 찼다.

"이놈아! 짐승 노린내 같은 냄새를 풍기는 네놈보다는 우리 말년이가 깨끗해! 얼마나 깨끗한지 알어? 암, 깨끗하고말고!"

"할망구는 자빠져 자기나 하지 웬 참견이야!"

"내 참견 듣기 싫으면 어서 처 마시고 올라가! 이놈아!"

주모는 숯장이 허달만을 사람 취급도 안 하는 모양이다.

"이 할망구야. 날 그렇게 구박했다가는 후회할 걸? 손님을 한 사람이나 데리고 오나 봐라."

"이놈아! 손님 데리고 올 생각 말고 니놈이나 오지 말았으면 좋겠다. 니놈한테서 나는 냄새 때문에 숨이 막혀 죽을 지경이다! 이놈아!"

주모의 입에서는 연신 '놈'이라는 말이 터져 나왔다. 문항은 픽 웃으며 자리에서 일어섰다.

이미 술에 취한 숯장이 허달만은 비틀대면서도 산길을 잘 오르고 있었다. 수시로 오르내려서인지 올라가고 내려오는 산길을 훤히 꿰뚫어 보고 있는 듯한 허달만이었다. 허달만은 목구녕을 적셔준 술기운에 몹시 기분이 좋아진 듯했다.

"옻진 아저씨도, 아까 그년 봤지? 말년이라는 그년 말이야. 그게 어디 사람 꼴이야? 사람 꼴도 아니고, 짐승 꼴도 아니지. 그래도 치마 입은 여자라고 어떤 놈이 건드린 모양인데, 호호호. 참. 임신까지 해서 배 불룩이란 말이야. 벌써 만삭의 몸이야. 곧 아이도 태어나겠지만, 빚에 떠밀려 온 년이 무슨 돈이 있어 아이를 키울까? 호호호. 내 일은 아니지만 걱정이 되네."

"그래도 아이 아버지는 있을 게 아닌가? 아이 아버지에게 맡기겠지."

"흥! 제대로 된 아버지겠어? 저런 년도 여자라고 건드린 사내였으니, 제대로 된 놈은 아니겠지! 아무튼 빚에 떠밀려 다니는 년이니 어서 다른 곳으로 갔으면 싶네. 술 한잔 마시고 싶어도 저 년의 흉측스런 모습에 술맛이 확 달아난단 말일세."

술에 취한 허달만의 잔소리를 들어가며 숯장이 허달만의 집까지 올라온 문항이는 그날 밤 왠지 모를 불안함과 허전함으로 잠을 이룰 수가 없었다. 나중에야 깨달은 일이지만, 그 여자의 모습이 아무리 흉측스럽기로서니 사람임에는 틀림없는데 왜 그렇게 쌀쌀맞게 얼굴까지 돌렸을까 싶어 후회하는 마음이 든 것이다.

그 여자의 모습이 아무리 흉측스럽기로서니 얼굴까지 돌려버린 건 경솔한 행동이었다고 여겼다. 그 여자에게 큰 실수를 한 기분이었다. 성치 않은 그 몸으로 살아가는 것도 고달픈 일일 텐데 임신을 하고, 더구나 만삭의 몸으로 주막집 잡일을 한다는 게 쉽지 않을 텐데. 그런 여자의 힘든 삶을 동정해주지는 못할망정 짐승 피하듯 얼굴까지 돌려버렸으니…. 자신답지 않게 경솔했다는 생각이 문항이를 괴롭히기까지 했다. 돌아누우면 큰 벽에 그 여자의 모습이 그림처럼 선하게 떠오르기까지 했다. 비록 몸은 흉측스럽지만 그를 그윽이 바라보는 눈매는 선하고 예뻤다. 어쩌면 그 여자에게 성한 곳이 있다면 그 눈동자뿐이 아닐까 하는 생각도 들었다.

'내가 왜 이러지? 그 여자에게 무슨 잘못을 했나? 왜 이렇게 가슴이 떨리지? …그래! 잘못했어! 확실히 잘못했어! 그 여자의 모습이 아무리 흉측스럽다고 해도 눈 마주치기를 피하고 얼굴까지 돌려 버렸으니…. 정말 경솔한 짓을 했어! 그런데 그 여자는 왜 그렇게 나를 바라보았을까? 그래, 한참 동안 날 바라보고 있었어! 선한 눈빛으로. 아주 선한 눈빛으로. 내게 무슨 할 말이라도 있었던 것이었을까? 아니면, 내게 무슨 도움이라도 청하려 했을까?'

문항은 벽에 그려지는 여자의 모습을 지우지 못하고 혼자서 그렇게 생각하고 중얼거렸다. 자꾸만 자신의 경솔한 행동이 후회되었고, 그 여자가 뭔가 도움을 청하려 했던 것 같아 마음이 무겁기까지 했다.

'그래. 그 여자는 내게 뭔가를 도움을 청하려 했던 것 같아.'

문항은 자리를 박차고 벌떡 일어났다.

산 아래 그 주막집으로 달려갈 생각이었다. 눈이 마주치기도 꺼렸고 다시 바라보는 것도 께름칙해서 얼굴까지 돌려버린 자신의 경솔한 행동을 사과한 뒤 용서를 받고, 그 후에 여자가 도움을 청한다면 도와주어야겠다는 생각에 자리를 박차고 일어난 문항이었다.

숯장이 허달만은 곤드레가 되어 있었다. 오래간만에 얻어 마시는 술이라 여겼는지 막걸리 두 통을 쉴 새 없이 마셔대더니, 산을 오를 때는 몸을 가누지 못할 만큼 휘청거리고 비틀댔다. 그 결과 방에 들어오기가 무섭게 곯아떨어졌다. 코 고는 소리와 짐승 같은 노린내를 온몸에서 풍기며 깊이 잠들어 있는 허달만을 잠시 지켜보던 문항이는 움막에서 나왔다.

갈 곳도 없고, 사람도 없다고 느꼈던 산속에서 길을 잃었을 때와는 달리, 두려움이 상당히 가신 상태였다. 아니, 어쩌면 그 여자 앞에서 너무 경솔하게 행동했다는 자책감과 그 여자가 무언가 도움을 청할지도 모른다는 생각이 문항의 마음속에 있던 두려움마저 떨쳐내고 있었는지도 모를 일이었다.

움막에서 나온 문항이는 산에서 내려오기 시작했다. 주막이 있었던 곳은 숯장이 허달만의 움막에서는 한참이나 먼 거리였다. 그러나 산을 걷는 게 익숙한 문항은 처음 간 길이었음에도 쉽게 길을 찾아 걸었다.

사월 끝 무렵, 바람은 아직 겨울 끝자락에서 불어오는 모양이다. 차가웠다. 얼굴을 스치는 바람이 칼날처럼 서늘했다. 그 바람을 맞으면서 문항이는 천천히 산 아래쪽으로 내려가고 있었다. 보름이 가까운지 달이 밝았다. 달빛으로도 길을 찾을 수 있을 것 같았다. 문항이는 하늘을 한번 쳐다보면서 혼잣말로 중얼거렸다.

'달이 늦게 뜨는 모양이군.'

숯장이 허달만을 만나기 전에는 사방이 어두웠고 달도 떠오르지 않았던 것이다.

얼마를 걸었을까? 산 아래에서 위로 올라오는 발자국 소리가 들렸다. 숲을 헤치고 오는 듯한 조심스런 발자국 소리였다. 문항은 걸음을 멈추었다. 아래쪽에서 올라오던 이도 인기척을 느꼈는지 걸음을 멈추고 있었다. 문항은 걸음을 멈추고 목소리에 힘을 주며 말해다.

"누구시오?"

이 깊은 밤에 산으로 올라오는 사람이라니? 발자국 소리로 봤을 땐 여자임에 틀림없는데…. 여자가 이 깊은 밤에 혼자서 산을 오르고 있다니?

그때 문항의 머릿속을 번개같이 지나가는 게 있었다. 주막집에서 보았던 말년이라는 여자. 그 여자가 아닐까?

문항은 걸음을 멈추며 말했다.

"주막집에서 보았던 분? 말년이라는 분인가요?"

문항의 조심스런 질문이었다. 언제나 그렇듯 따뜻한 목소리였다. 적의를 품지 않은 나직한 목소리. 문항에게서만 들을 수 있는 특이한 목소리였다. 민제는 대답하지 않았지만 숨을 길게 들이쉬었다. 하늘의 도움이었을까? 운명의 끈이 아직도 그들 두 사람을 묶어두고 있었던 것일까? 민제는 숨을 숙이고 귀를 기울였다. 문항의 목소리를 듣고 있다. 이런 순간이 그녀에게 다시 오고 있다고 생각하니 가슴이 뛰었다. 열여덟 살 그날 밤처럼 심장이 그네 뛰듯 뛰었다.

부끄러웠지만 설렘이 더 컸던 그날 밤. 그리움이 불덩어리처럼 뜨거워졌던 그날 밤. 사랑은 그리움이었고, 그리움은 불덩어리처럼 뜨거워진다는 것을 체험하게 해준 그날 밤. 숲속에서 나직하게 들려오는 것 같은 문항의 목소리를 들으면서 민제는 가만히 눈을 감았다. 자신이 아무 말 하지 않아도 문항이가 그녀를 알아봐 주기를 바라면서. 주막집 말년이라는 여자가 아니라, 양철 지붕 집 딸 민제라는 걸 알아봐 주기를 바라면서 민제는 가만히 눈을 감고 있었다. 다리는 떨리고, 가슴은 뛰었다. 문항이의 목소리가 또 들려왔다.

"아까는 미안했소! 내가 참 경솔했었소!"

무척 미안해하는 목소리였다. 문항이다운 말이었다. 엉겁결에 보았던 여자의 흉측한 모습에 고개를 돌려버렸던 것을 후회하고 경솔했다고 사과하는 저 목소리야말로 문항이다운 마음에서 우러나온 소리임이 틀림없었다. 아버지 최근수와는 달리 마음이 따뜻했던 문항이다. 문항은 나이가 들었음에도 따뜻한 마음을 잃지 않고 있었다. 스물을 넘기고 서른을 넘긴 나이였지만 어렸을 때의 따뜻한 마음과 착한 마음을 잃지 않고 있음이 분명했다. 비록 그녀가 민제임을 깨닫지는 못했지만, 흉측스런 모습이라고 외면해버린 자신의 경솔함을 뉘우치고 있었다. 어쩌면 그녀를 찾아와 자신의 행동을 미안해하고 사과하고 용서를 받고자 하는 마음으로 산을 내려왔을지도 모른다.

민제는 걸음을 멈춘 그 자리에서 돌아섰다. 구태여 대답할 필요도 없었다. 아니, 말을 아끼고 싶은 민제였다. 민제의 모습은 너무 흉측스러워서 알아보지 못한다 해도, 목소리까지 잊어버리지는 않았을 거라는 생각에서 민제는 말을 아꼈다. 대답도 하지 않았고, 말도 한마디 하지 않았다. 목소리까지 숨기고 싶었다. 그것이 문항이를 위하는 길이었다. 그래야만 했다. 누가 보아도 사람 몰골로 볼 수 없는 이 모습으로 문항이를 만날 수도 없었고, 만나겠다고 나설 처지도 아니었다. 문항이와 그녀의 인연은 그날 밤 끊어진 것이라 여겨야 했다.

민제는 돌아서서 천천히 걸었다. 주막을 향해 한 걸음, 한 걸음 옮겨 걸었다. 등 뒤에서 문항이의 목소리가 들린다. 나직했지만, 미안해하는 마음이 물씬 풍기는 듯했다.

"아까는 미안했소! 정말 미안했소!"

보통 사람들이라면 흘려버려야 할 자그마한 경솔함도 허용치 않으려는 문항의 깊은 마음이 그의 말 한마디 한마디에 다 스며 있었다.

5.
비상구가 되어

이상한 일이었다. 숲을 헤치고 올라오는 듯한 작은 여자의 발자국 소리. 그 발자국 소리를 들은 문항은 왜 그 발자국 소리의 주인이 주막집 여자 말년이라고 판단했을까? 말년이라고 왜 그렇게도 확신했던 것일까? 보름달은 떴지만 나무들이 벽처럼 사방을 두르고 있던 그 숲속에서 작은 발자국 소리만 듣고 그 발자국 소리의 주인이 말년이라는 여자라고 어떻게 단정할 수 있었을까?

문항이 자신도 이해할 수 없는 일이었지만, 그 여자가 말년이라는 여자임에는 틀림없었다. 그 여자는 분명 숯장이 허달만의 움막 쪽으로 올라오고 있었고, 그녀 역시 산 아래로 내려오는 문항의 발자국 소리를 들은 것이다. 그래서 산으로 올라오던 걸음을 멈추고 섰으며, 문항은 여자의 발자국 소리가 멈추는 것을 확인하고 그 발자국 소리의 주인이 주막집 말년이라는 것을 단정했다. 그리고 진심을 다해 말했다. 경솔한 행동을 사과하듯 조심스레 말했다. 진심을 담아, 용서받으려는 마음으로 말했다.

"미안했어요! 아까는 내가 참 미안했어요! 경솔한 짓을 했소!"

문항이의 그 말을 못 들었을 리 없다. 그 여자는 분명 문항이의 목소리를 들었다. 미안해하고, 사과하는 문항이의 목소리를. 그러면서도 대답은 하지 않았다. 그 여자가 주막집 말년이가 아니었다면 '무슨 소리요? 그게 무슨 소리입니까? 당신이 내게 뭘 잘못했다는 거요?'라고 한 번쯤 말했을 텐데, 그 여자는 따지지도 않았고 그렇다고 괜찮다고 답하지도 않았다. 오로지 침묵할 뿐이었다. 그러고 보니 주막에서도 그랬다. 이렇다 저렇다 말이 없었다. 숯장이 허달만이가 투덜거리며 욕을 해도 대꾸 한마디 없었다. 재수가 없으니, 몇 년 전에 처먹은 술을 토악질하겠다는 둥 그렇게 험한 소리를 늘어놓아도 대꾸하지 않았고 앙칼지게 소리치지도 않았다.

빚에 떠밀려 주막집을 전전하며 살아간다더니, 사내들의 험한 욕설에 이력이 난 모양이다. 아무튼 대답도, 대꾸도 하지 않던 여자. 문항은 점점 그 여자에게 뭔가를 잘못했다는 생각에 빠져들었다. 그 여자가 여느 여자처럼 평범했고, 사내들의 욕설이나 증오 섞인 말을 들을 때마다 같이 욕도 해주고 죽일 듯이 달려들며 입씨름이라도 할 여자로 보였더라면 문항이도 이렇게까지 미안해하지는 않았을 것이다. 한밤중에 손님이 찾아와도 마다하지 않고 일어나야 하는 처지의 그 여자! 얼굴이나 모습이 여느 여자처럼 평범해서 사내들의 눈요기라도 될 수 있는 여자였더라면 그 여자를 외면한 게 이렇게 미안하지는 않았을 것이다. 자신의 행동이 너무 경솔했다고 자책할 이유도 없었을 것이다.

그러나 아무리 생각해도 잘못은 잘못이었다. 사람과 눈이 마주쳤는데 눈을 피했고, 그 얼굴을 두 번 다시 볼 수 없을 것 같아 매몰차게 외면한 건 올바른 모습이 아니었다. 그 여자에게 너무 큰 상처로 남았을 게 틀림없었다. 자신을 바라보던 사람들의 시선, 그 시선은 흉측한 것을 보고 놀라 피하고 싶은 본능적인 시선이었으리라. 외면하고 싶은 얼굴, 두 번 다시 마주치고 싶지 않은 모습, 그런 것 하나

하나가 상처가 되어, 사람 앞에 나설 수 있는 자신감을 낱낱이 갈라 놓고 쪼개버린 꼴이 되었으니 문항이가 그 여자에게 미안해하는 건 당연할지도 모른다. 문항의 따뜻하고 착한 본성이 자신을 그렇게 평가했는지 모르지만, 문항은 그 여자에 대한 미안함을 쉽게 가라앉힐 수가 없었다. 문항에겐 그 점이 문제였다.

그해 옻진을 내리고 옻나무에는 새순이 돌고 잎이 커지기 시작했다. 옻진 내리는 작업도 마무리 단계에 들어선 때였다. 문항은 강원도를 새로운 작업장으로 정했다. 옻나무가 많고 옻진이 일품이라는 이유 때문이었다. 다음 해를 기약할 수 있는 곳이기도 했다. 그렇게 마음을 먹고 나자 숯장이 허달만이라는 사람이 떠올랐다. 산속에서 숯을 구워 파는 숯장이 허달만은 야비하고 교활하긴 했지만, 그래도 친절은 베풀 줄 아는 사람이라 여겼다. 길 잃은 사람에게 방을 제공하고 하룻밤 쉬게 해주는 것도 엄밀히 말해서 그리 쉬운 일은 아니다. 물론 하룻밤 재워준다는 핑계로 주막으로 데리고 가 술을 사게 하거나 공짜 밥을 얻어먹으려는 짓은 얌체 같고 비도덕적이긴 했지만, 숯장이 허달만의 입장이 이해가 안 가는 건 아니었다. 요즘 같은 세상에 숯이 많이 팔리지 않을 건 뻔하고, 숯장이가 숯을 팔지 못하면 궁색해지는 건 당연한 일이다. 길 잃은 사람들의 호주머니라도 털고 싶을 정도였을 것이다.

그날 밤 숯장이 허달만에게 신세를 지고 돌아온 문항은 숯을 팔지 못하고 끙끙거리고 있을 허달만을 생각했다. 강원도 산을 헤매고 돌아다니다가 허달만의 움막이 있는 그 산을 안 간다고 단언할 수도 없는 일이다. 문항은 언젠가 그때와 같은 상황이 벌어질 수 있을 거라고 생각했다.

그때를 생각해서라도 숯장이 허달만을 한번쯤 찾아가는 게 나쁠

건 없다고 생각했다. 옻진이 좋아서 최고급 상품으로 팔렸고, 생각보다 많은 수입도 얻었다. 지금은 아무 산이나 올라 산재하고 있는 옻나무에서 옻진을 내릴 수 있지만, 언젠가 산 주인도 옻나무를 귀하게 여길 때가 있을 것이고, 옻진을 내릴 때 그 값을 치러야 할 시기가 반드시 올 것이라 생각했다. 문항은 그때를 대비해 임야를 사들였고 자투리땅도 사들였다. 조상에게서 물려받은 임야를 자손들은 낱낱이 갈라붙였고, 성질 급한 사람은 거저 생긴 것이라 생각하며 임야를 헐값에 내놓기도 했다. 문항은 그런 땅을 주저하지 않고 사들였다. 어디든 임야 나 땅이 나왔다면 무조건 사들였다. 거기에다 옻나무를 심었고, 크게 자란 옻나무에서 옻진을 내리려는 야망도 가지게 되었다. 민제를 찾아 나선 방황의 길이 옻진을 내리겠다는 결심으로 이어졌고, 옻진을 내리다 보니 옻나무를 심어야겠다는 생각에까지 이르렀다. 그리고 그 착안을 현실화하기 위해서는 옻나무를 심을 수 있는 땅이 필수라는 것도 깨달았다.

문항은 그렇게 자신의 야망을 키워 갔고 집 떠난 지 몇 년 만에 땅을 많이 매입한 땅 부자로 손꼽힐 정도가 되었다. 하나에서 열까지 허술한 데가 없었던 문항이다. 옻나무와 옻진, 그리고 옻나무를 키울 산과 토지. 그게 문항이 품은 야망이었지만, 문항의 가슴 밑바닥에는 여전히 민제를 찾겠다는 신념만이 깔려 있었다. 어쩌면 그 신념 때문에 야망이라는 것이 생겼는지도 모른다. 큰 것을 이루기 위해 작은 것을 소홀하게 하지 않는 문항의 그 작은 생각이 야망의 밑거름이 되어갔는지도 모른다. 강원도에서 한동안 옻진을 내릴 각오를 했다면 숯장이 허달만 같은 사람을 소홀히 해서는 안 된다는 것이 문항의 세상을 사는 처세술이었다.

문항은 봄이 가고 초여름이 채 오기 전에 숯장이 허달만이의 움막을 찾기로 했다. 사실 그 주막집 상황도 궁금했고, 말년이라는 여자에 대해서도 궁금했다. 그날 밤 그 여자는 왜 움막을 향해 올라오고 있었을까? 문항은 그런 것이 궁금했던 것이다. 그날 밤 만삭이던 그 여자는 어찌하고 있을까?

문항의 그런 깊은 속내를 모르는 정 씨는 차에 여러 가지 물건을 올리며 투덜댔다.

"또 그 숯장이에게 갖다주시려고요?"

"……."

"그놈의 몸에서 나는 냄새 때문에 잠깐도 옆에 서 있을 수가 없던데, 사장님은 뭣 하러 그런 사람들에게까지 자선을 베풉니까?"

정 씨는 문항이가 숯장이 허달만에게 간다고 할 때마다 그렇게 투덜거렸다.

정 씨는 문항이보다 나이가 많다. 나이가 몇 살 위인 정 씨를 문항이는 언제나 든든하게 여겼다. 정 씨는 산 지리를 잘 알기도 했지만, 옻나무가 잘 자라는 토양과 옻나무가 많은 산이 어디에 있는지도 훤히 아는 사람이었다. 문항에게 큰 도움이 되는 사람이었다. 그러면서도 자기 욕심은 부리지 않았다. 옻나무가 잘 자랄 수 있는 토양에 대한 지식과 옻나무가 많은 산이 어디에 있는지 잘 알면서도 옻진에 대한 욕심이 없는 사람이었다. 옻나무와 옻진은 오로지 문항의 영역이라고 못을 박아놓는 사람이었다. 자신은 문항에게 월급을 받고 사는 사람. 월급쟁이로 만족해했고 그런 까닭에서인지 문항을 자신의 몸처럼 아끼고 챙겼다. 어떤 의미로는 아버지 최근수에게 충견 같았던 정 씨 할아버지 같은 사람이었다. 그래서인지 문항에겐 더할 수 없이 든든했고, 객지에서 만난 친형 같았다.

숯장이 허달만에게 자선을 베푼다는 정 씨의 말에 문항은 잔잔히 웃었다.

"자선?"

"……."

"자선이라 하셨습니까?"

"그럼 자선이 아니고 뭡니까?"

정 씨는 투덜거렸다. 정 씨의 투덜거림에도 문항의 표정은 여전했고 잔잔한 웃음은 걷히지 않았다.

"예! 자선이지요. 하지만 나를 위한 자선입니다. 숯장이 허달만이에게서 짐승 같은 고약한 냄새가 나긴 합니다만, 그래도 사람이지 않습니까? 사람이 먹을 것을 먹지 못하고 살다 보면 자신도 모르게 안 좋은 짓을 할 수도 있습니다. 나는 그것을 막고 싶지요. 그래서이 자선은 나를 위한 자선입니다. 오로지 숯장이 허달만을 위한 자선은 아니다, 그 말이지요."

"무슨 말씀인지 통 이해가 안 갑니다!"

"내가 산속에서 길을 잃었을 때 그 사람에게 신세 진 걸 생각해 보십시오. 그런 사람에게 또 신세 질 일이 없을 거라고 누가 단정하겠습니까? 그럴 때를 대비해서 베푸는 거니, 정 형은 그런 줄로만 알고 계십시오."

"그렇다 치고, 지금은 옻진 내릴 때도 아닌데 뭣 하러 그 높은 산을 찾아가려 하시는 겁니까?"

"잘 계시는지 안부도 궁금하고… 이 보릿고개에 양식은 떨어지지 않았나 걱정도 되고…."

"사장님 마음이 그러시다는 데 누가 말리겠습니까? 예! 갑시다. 이것저것 잘 챙겨 올렸으니 떠나가기만 하면 됩니다!"

정 씨가 운전석에 앉았다. 문항은 조수석에 깊이 몸을 묻고 앉았다. 차가 달리기 시작했다. 차창 너머로 언뜻언뜻 지나가는 시가지를 보면서도 문항의 머릿속은 주막집 여자의 모습으로 가득 차 있었다. 만삭이던 그 여자가 아직도 그 주막에 있을까 하는 궁금증과 함께 남아 있었으면 하는 바람이 문항의 머릿속에 가득했다. 사람을 보자마자 얼굴을 돌리고 외면했던 그 실수가 언제나 마음에 걸렸고 편치 않았던 문항은, 이번에 그 여자를 만나면 그때는 정말 미안했다는 말과 함께 뭔가 도울 게 없느냐고 물어볼 참이었다. 그 어떤 방식으로든 여자를 도와줄 수 있다면 도와주고 싶었다. 그래야 마음이 편할 것 같아서였다.

숯장이 허달만이가 살고 있는 산 근처에 왔을 때 정 씨는 산 아래 신작로에다 차를 세웠다. 언제나처럼 산 아래 작은 길이 트인 신작로에 차를 세운 정 씨는 가지고 온 물건을 하나둘 내려놓기 시작했다. 숯장이 허달만에게 줄 양식이며 생필품이다. 문항은 거기서부터 그 물건들을 손수 들고 산을 오르기 시작했다. 정 씨의 손도 빌리지 않았다. 늘 손수 양손에 물건을 들고 힘들게 산을 오르는 문항이었다.

문항은 숯장이 허달만에게 자신을 철저히 숨겼다. 옻진을 내리는 옻진 아저씨로만 여겨 주기를 바랐고, 그렇게 여겨 주기를 바라는 마음 때문에 자동차를 끌고 다닌다는 것도 숨겼으며, 전국을 다니면서 임야며 토지며 자투리땅을 샀다는 것도 철저하게 숨겼다. 정은 베풀면서 신변에 대해서는 철저하게 숨긴 것이다. 자신의 신분을 완전히 노출하면 곤란한 자신의 처지 때문이었지만, 철저하게 신변을 속이는 또 하나의 이유는 숯장이 허달만처럼 처지가 어렵고 궁핍한 사람들에게 뭔가 있는 척하는 사람으로 보이지 않기 위해서였다. 궁핍하고 가난한 사람 앞에서 있는 척하는 것은 허세이며 죄를 범하는 일이라 여기는 문항이었다. 가진 것 없는 사람 앞에서 있는 척하는 죄! 그보다 더 야비한 죄는 없다고 여기는 문항이었다.

옻진을 내리는 철도 아닌데 옻진 아저씨가 숯장이 허달만의 움막으로 왔다. 옻진을 내리는 사람이며 이름을 문항이라고만 알려준 옻진 아저씨였지만, 옻진 아저씨가 움막에 들어서면 숯장이 허달만의 표정은 밝아진다. 반기는 모습이 지나칠 정도로 강했다.

"아이구! 이 사람, 이 움막까지는 웬일이야!"

방에서 툇마루로 튀어나오는 허달만, 마치 몸이 튕겨지는 듯 문항에게 뛰어왔다. 그런데 놀랍게도 허달만의 품에 갓난아이가 안겨 있는 게 아닌가? 숯장이 허달만이가 아이를 품에 안고 있다니. 아이를 품에 안고는 있지만, 썩 기분 좋은 표정은 아니었다. 오히려 심술궂고 귀찮아하는 기색이 역력했다.

문항은 총알처럼 튀어나오는 허달만의 반가움은 예사로 하고 허달만의 품에 안긴 아이에게 시선을 고정시켰다. 아이는 흰 무명보자기에 싸여 있었다.

"자네가 아이를 안고 있다니? 그 아이는 어떻게 된 거야?

"자네도 보지 않았나? 저 아래 주막집에서 봤던 병신 같은 년! 왜, 말년이라고 불리던 그 여자 말이야!"

"그 여자가 왜?"

"그년이 빚에 떠밀려 급하게 떠나게 되었다면서 제 새끼를 나한테 맡긴 채 떠나지 않겠나? 그년 때문에 팔자에도 없는 애새끼를 키우게 되었다니까?"

투덜거리듯 하는 허달만의 말이 채 끝나기도 전에 문항은 가슴이 철렁해짐을 느꼈다. '아뿔싸! 한발 늦은 게구나.' 싶었다. 그 여자가 주막집에서 떠났다니. 빚에 떠밀려 간 거라면 어디로 갔는지도 알 수 없을 테고, 또 어디로 가게 될지도 모르지 않는가? 그 사이에 아이를 낳았고, 그 아이를 키울 수도 없는 곳으로 떠났단 말인가? 핏덩어리 아이와 생이별하듯 떠나야 했을 그 여자의 처지가 안타까웠다.

아이는 허달만의 품에서 칭얼거리고 있었고, 허달만은 벌써부터 아이에게 짜증을 내고 있었다.

"이놈아! 니 어미는 달아났어!"

허달만의 그 한마디는 아이의 장래가 얼마나 험난할지를 강하게 암시했다. 문항은 슬픈 눈으로 아이를 바라보았다. 그 아이가 지금의 돌무였다. 숯장이 허달만에게서 훈련받듯이 독하게 살아가는 돌무를 문항은 십 년 동안 지켜보고 있었다. 물론 숯장이 허달만과 함께 살면서 돌무를 지켜볼 수는 없었지만, 일 년에 서너 번은 반드시 이 움막을 들러왔던 문항이다. 돌무라는 사내아이가 주막집에서 만났던 그 여자의 아이라서 그랬는지, 문항은 그 갓난아이를 무심하게 볼 수 없었다. 허달만에게 양식과 생필품을 건네준다는 핑계로 이 움막을 들릴 때마다 갓난아이에게 필요한 것을 사 오는 것도 잊지 않았다. 아이의 기저귀며 우유며 옷까지. 어머니 없이 남의 손에 키워져야 하는 아이가 불쌍하기도 했고, 괴팍스런 허달만의 손에서 아이가 언제까지 보호받을 수 있을까 싶어 불안했던 것이다.

아니나 다를까? 허달만의 학대와 구박은 아이가 나이를 먹어가면 갈수록 더 심해졌다. 아이가 걸음마를 배우기 시작할 때부터 마당으로 데리고 나와 장작을 쥐게 했고, 작은 장작도 쥐지 못한다고 아이의 머리를 쥐어박으면서 낄낄 웃어대던 허달만이었다. 그러면서 아이를 키우는 게 얼마나 힘든 일인 줄 모른다며 욕지거리를 해댔고, 갓 난 놈이 많이 처먹는다고 쥐어박았다.

비록 허달만과 함께 살면서 돌무를 지켜주는 일은 하지 못했지만, 이따금씩 산에 오를 때마다 허달만의 만행을 목격한 문항은 결심했다. 돌무를 허달만에게서 탈출시켜야겠다는 결심이었다. 문항은 자신을 돌무를 위한 비상구가 되어야겠다고 결심했다. 그리고 자신의 판단이 옳은 것이라고 믿었다.

6.
자유를 찾아서

돌무를 허달만에게서 빼내는 것이 옳은 일이라고 판단한 문항은 조심스러웠다. 조심스럽게 진행해야 했고, 그만큼 치밀한 계획이 필요했다.

먼저 돌무가 허달만에게서 달아나고 싶은 의지가 있는지를 알아야 했다. 비록 문항이가 보기에는 돌무가 구박받고 있는 것 같지만, 정작 돌무가 허달만에게서 떠날 마음이 없다면 문항이의 계획은 소용없는 것이 되어버린다.

다음으로 돌무가 생부로 여기고 있는 숯장이 허달만이가 실은 생부가 아니라는 사실도 돌무에게 알려야 했다. 돌무를 낳다가 어미가 죽었다는 허달만의 그 이야기는 새빨간 거짓말이라는 것도 돌무가 알아야 했다. 돌무를 키워서 수족처럼 부리려 한다는 것을 돌무가 깨달아야 했다. 떠날지 말지는 그 모든 걸 알고 나서 돌무가 판단할 일이었다. 그렇기 때문에 지금부터 그런 사실을 돌무에게 하나하나 인지시켜야 했다. 그리고 허달만에게서 달아날 결심을 하게끔 만들어야만 한다. 돌무가 허달만에게서 달아나야겠다는 결심이 필요한 것이다. 돌무의 결심이 서면, 그 후에 자신이 돌무를 도와주면 되는 일이었다.

결국 일을 시작하기 위해선 돌무의 의지가 필요했다. 모든 것은 돌무가 선택해야 했고, 돌무가 결심해야만 할 일이다. 돌무를 그런 쪽으로 도와주기 위해서는 숯장이 허달만이가 생부가 아니라는 걸 돌무에게 알려야 하는데, 생부가 아니라는 사실도 숯장이 허달만의 입을 통해 나와야 했다.

그렇게 돌무를 허달만으로부터 구하기 위한 작업이 시작되었다. 문항은 그 작업을 완수하려면 허달만과의 관계를 두부 자르듯 하면 안 된다는 걸 알고 있었다. 이대로 그냥 돌아설 일은 아니었다.

허달만이 역시 이대로 옻진 아저씨를 보낼 수는 없었다. 언제나 옻진 아저씨라고 속없이 불러대던 허달만이가 '문항'이라는 그의 이름을 부른 것도 옻진 아저씨가 움막에서 이대로 돌아서면 옻진 아저씨, 문항과의 관계가 끝날지도 모른다는 불안감 때문이다. 옻진 아저씨를 잡고 싶은 강한 의지가 작용하고 있음을 문항이가 모를 리가 없다. 문항은 허달만의 성난 외침에 못 이기는 척 발걸음을 멈추었다.

허달만은 거품을 물고 외쳤다.

"문항! 정말 이대로 떠날 건가? 정말 이러기냐고!"

"자네가 그러지 않았나? 내가 자네에게 필요 없는 사람인 것처럼."

문항의 말 한마디 한마디에는 의미가 담겨 있었다. 돌아선 게 문항 자신의 잘못이 아니라는 것. 문항을 돌아서게 한 건 바로 허달만의 뜻이 아니었느냐는 뜻이 강하게 묻어 있었다. 허달만은 펄쩍 뛰었다. 고개를 절레절레 흔들었다.

"아니네! 그럴 리 없네! 내가 자네를 얼마나 좋아하고, 또 얼마나 기다리며 살고 있는지 자네가 가장 잘 알고 있지 않은가? 우리가 서로 알게 된 지가 벌써 십 년도 넘었는데…. 이까짓 놈, 돌무라는 놈 때문에 마음 상해할 필요는 없잖은가?"

"돌무가 자네에게서 이깟 놈은 아니지. 그렇지 않나?"

문항의 날카로운 한마디에 허달만은 벌컥 화를 냈다.

"이깟 놈이지! 이깟 놈일 수밖에! 낯짝도 모르는 어떤 놈의 새끼를 키워야 하는 내 입장에서는 돌무 놈이 이깟 놈이지! 별다른 의미는 없어! 솔직히 말해서 귀찮기만 하거든!"

문항이가 이대로 돌아서지 않을까 덜컥 겁이 난 허달만이었지만, 돌무는 여전히 허달만에겐 귀찮은 존재인 모양이다. 양식과 식료품을 가져다주는 옻진 아저씨를 놓치지 않으려고 돌무 따위는 아무것도 아니라는 걸 강조하고 있는 허달만의 행동을 지켜보던 문항은 한 가지 더 짚어보려는 듯 힘을 주며 말했다.

"그런가? 돌무가 자네에게는 첫째로 가는 보물인 줄 알았는데, 그게 아니었던 모양이네?"

"두 번, 세 번을 말해도 나한테는 자네가 최고지. 문항이 자네 없는 허달만이가 있을 수 없고, 허달만 없는 문항은 있을 수 없지. 우리는 그런 사이가 아닌가?"

"자네가 나를 그렇게까지 생각할 줄은 몰랐네."

"돌무 놈이 내 아들이 아니라는 것은 자네가 더 잘 알지 않나?"

"그렇지! 자네가 돌무의 애비는 아니지!"

숯장이 허달만의 입에서 자신이 돌무의 애비가 아니라는 말이 자연스럽게 터져 나왔다. 문항의 유도에 숯장이 허달만이 걸려든 것이다. 마당에 서서 숯장이 허달만의 말을 한마디도 놓지 않고 듣고 있던 돌무는 주먹을 불끈 쥐었다. 여느 아이였으면 울음을 터트릴 만했다.

여태 허달만을 아버지라고 부르며 아버지인 줄 알고 살았던 돌무다. 기억하건데, 걸음마를 시작했을 때부터 마당에 패놓은 장작을 옮기게 했던 애비였다. 이제 돌을 지난 아이에게 장작을 거머쥐게 하면서 그걸 제대로 들지 못한다고 머리를 쥐어박고, 돌무가 쓰러지면 그걸 보면서 낄낄 웃어대던 허달만이었다. 그런 허달만이었지만, 아버지라는 이유로 참고 견디었던 돌무였다. 그런데 아버지가 아니었다니? 생부가 아니었다니? 아버지라고 여겼던 숯장이 허달만의 입에서 돌무가 자식이 아니라는 말이 터져 나왔다.

숯장이 허달만은 돌무를 구박하며 학대하는 것을 재미로 여겼던 사람임이 틀림없었다. 돌무는 숯장이 허달만에게 사랑받는 아이도 아니었고, 피붙이도 아니었던 것이다. 허달만의 말대로 낯짝도 모르는 놈의 씨에 불과한 돌무였다.

그렇다면 어미를 죽이고 태어났다는 그 말은 무슨 뜻인가? 숯장이 허달만이가 내 어머니를 알고 있다는 말인가? 그리고 어머니는 정말로 나를 낳다가 죽었단 말인가?

돌무는 어렸지만 그 의문과 의구심을 깊게 생각했다. 반드시 짚고 넘겨야 할 일이었고 사실을 밝혀내고 싶었다. 아직 철도 들지 않은 돌무에게 어미를 죽이고 태어난 놈이라고 얼마나 떠들었던 허달만인가. 그 소리를 들을 때마다 돌무는 무서웠다. 어미를 죽이고 태어났다는 그 말 자체가 무서웠다. 그리고 한 살, 한 살 나이를 먹어가면서 그 말에 죄책감을 느끼기 시작했다. 어미를 죽이고 태어난 그 죗값을 무엇으로 치러야 하는지 고민했고, 그럴 때마다 무서웠고 죄책감에 시달렸다. 고민의 결과 아버지에게 잘해야겠다는 생각을 하게 됐고, 아버지가 괴팍스럽게 화를 내거나 때리더라도 참아야 한다고 여겼다. 그것이 어미를 죽이고 태어난 자식으로써의 도리라고 여겼다.

그런데 숯장이 허달만은 생부가 아니었다. 그 사실을 허달만은 눈썹 하나 까딱하지 않고 말하고 있었다. 돌무가 그런 소리를 들든 말든. 생부가 아니라는 것을 알아도 그만, 몰라도 그만이라는 뜻이다. 숯장이 허달만에겐 그만큼 돌무가 하잘것없는 존재였던 것이다. 돌무를 이 산에 가두어두고 수족처럼 부려먹자는 수작이었다. 어차피 산에서 도망치지도 못할 놈이라고 여겼을 테고, 도망을 쳐봤자 허달만 자신의 손바닥 안이라는 것을 허달만은 잘 알고 있었던 것이다. 나무가 울창하고 풀이 무성한 이 산과 움막은 돌무에게 있어서 감옥 같은 곳이라는 걸 허달만은 애초부터 알았고, 돌무가 성장해도 이 산을 빠져나가지는 못할 거라고 여겨왔던 허달만이다. 그러니 돌무를 아무렇게 대해도 돌무에겐 돌파구가 없다고 단정했다. 거기다 어미를 죽이고 태어난 놈이라 말하며 죄책감이 들게 못을 박아놓았으니 꼼짝없이 애비한테 잘할 거라고 여겼다. 돌무가 그렇게 되기를 바라면서 돌무를 지키고 있었던 것이다. 돌무를 보호하고 키우는 것이 아니라 감시하면서 지켜왔다고나 할까? 겨우 입치레하면서 목숨만 영위할 수 있도록 그렇게 돌무를 감시했던 것이다.

돌무는 주먹을 불끈 쥐었다. 그리고 허달만을 향해 외쳤다.

"그라믄 우리 어머니는 뭡니까? 나를 낳다가 죽었다는 어머니의 이야기는 새빨간 거짓말이었습니까?"

열 살배기 사내아이치고는 영특한 질문이었다. 숯장이 허달만은 이미 취해 있었다. 돌무를 허달만에게서 빼내려고 작정하고 나선 문항의 깊은 속셈을 허달만이가 알 까닭이 없었다. 권하는 대로 마셨다. 술 좋아하는 허달만이가 아닌가? 권하는 대로 마시고, 호탕하게 떠들어 대는 허달만의 입에서 문항이가 노리는 말이 술술 터져 나오고 있었다.

숯장이 허달만은 거침없이 자신이 돌무의 친 애비가 아니라는 걸

밝혔다. 돌무가 귀찮아져서 밝힌 것이기도 했고, 돌무의 애비가 아닌데도 돌무를 키웠다는 생색을 내기 위해서이기도 했다. 그런데 자신이 생부가 아니라는 걸 알고 돌무가 그런 질문을 하리라고는 생각지 못했던 허달만은 손끝이 덜덜 떨리는 손으로 술 대접을 들고는 문항을 바라본다. 그리고 술에 충혈된 눈으로 물었다.

"아니, 저놈이 뭐라는 거야?"

허달만의 물음에 문항은 대답했다.

"돌무가 제 어머니에 대해서 묻는 것 같군."

"……."

"자네가 돌무에게 늘 말하지 않았나? 돌무가 태어나면서 어미를 죽였다고. 그래서 제 어머니에 대해서 묻는 것 같군."

숯장이 허달만의 입에서 무슨 말이 나오나 싶어 문항은 허달만을 바라보았고, 허달만은 술 대접을 들고 있는 손을 부들부들 떨면서 갑자기 통쾌하게 웃어댔다.

"핫! 하하! 그 얘기? 돌무 저놈이 태어나면서 제 어미를 죽였다는 그 얘기? 핫하하. 내가 알 게 뭐야. 그년이 핏덩어리를 나한테 맡기고 어디론가 떠났으니 죽지는 않았을 테지. 암! 뒈지지는 않았어! 도망을 쳤지!"

"……."

"갓 낳은 새끼를 나한테 맡기고 떠났으니 뒈진 거나 마찬가지지! 떠난 거나 뒈진 거나 같지 뭐! 그러니까 자식새끼가 열 살이 되도록 한 번도 안 찾아오는 게지. 암! 그년은 뒈졌을 거야! 죽었을 거라고!"

"그래서 돌무에겐 돌무 어미가 저를 낳다가 죽었다고 했나? 왜 그런 쓸데없는 이야기를 했어?"

"그야 뻔하지. 그런 말을 해두어야만 돌무 놈이 죄책감이 들어서 내게서 떠나지 못할 거고, 내가 늙더라도 도망치지 않고 수족 노릇을 해줄 테니까!"

"허달만!"

문항의 입에서 분노가 쏟아졌고, 마당에서는 돌무가 외쳤다.

"그럼, 내 어머니가 나를 낳다가 죽었다는 건 거짓말이고, 우리 어머니는 죽지 않고 어딘가 살아있다는 말이군요?"

열 살배기 돌무였지만, 허달만에게 하는 질문 한마디, 한마디가 야무졌다. 그 안에는 분노도 섞여 있었다. 용서할 수 없었다. 결국 어머니가 자신을 낳다가 죽은 게 아니라는 것을 허달만의 입으로 듣고 만 것이다. 허달만은 새빨간 거짓말로 어린 돌무에게 죄책감을 느끼게 했다. 그 죄책감이 돌무에겐 얼마나 무거웠는가? 그런데 그게 거짓말이었다니? 그런 거짓말로 어린 돌무에게 죄책감을 느끼게 했으면, 숯장이 허달만은 양심의 가책도 느끼지 않는다는 듯 말을 늘어놓았다.

허달만은 들고 있던 술 대접을 입에 갖다 대면서 중얼거렸다.

"이놈아! 니 어미가 살아 있었으면 왜 핏덩어리로 맡긴 네 놈을 한 번도 안 찾아왔겠냐? 니놈 어미는 죽은 게 틀림없어!"

허달만의 목구멍으로 막걸리 넘어가는 소리가 하수구에 구정물 내리는 소리 같았다.

"우리 어므이가 죽었다는 것, 눈으로 보지 않았다면 죽었다고 말하지 말아요! 당신은 거짓말쟁이고 나쁜 사람이고!"

돌무는 분을 참지 못하고 외쳤다. 이 순간, 숯장이 허달만은 돌무를 키워준 고마운 사람이 아니었다. 생부가 아니라는 것도 밝혀졌다 해도 열 살이 되도록 키워준 고마움은 잊지 않으려 했지만, 십 년 동안 돌무에게 행했던 횡포로 인해 그 고마움까지 사그라지고 말았다.

생부가 아니라는 사실이 밝혀졌다. 돌무는 태어나면서 어머니를 죽게 한 것도 아니다. 모든 게 허달만의 새빨간 거짓말이라는 것도 허달만의 입에서 밝혀졌다.

"아니, 저놈이 지금 뭐라고 떠들어 대는 거야?"

막걸리를 목구멍으로 넘기면서 중얼거린 허달만이었지만, 허달만은 더 이상 의식을 유지할 수 없었다. 하수구에 구정물 퍼붓듯 퍼마신 술에 몸은 녹초가 된 듯 늘어졌고 의식조차 잃어갔다. 방바닥에 슬며시 몸을 눕히는가 하더니 그대로 코를 골기 시작했다.

허달만의 코 고는 소리가 천정에 구멍 내듯 드르렁거렸다. 문항은 마당으로 내려섰다. 마당에 서서 주먹을 불끈 쥐고 있는 돌무의 눈에서는 진득한 눈물이 고였다. 어린 것이 눈물을 흘리지 않으려고 작정을 했는지 눈물을 머금기만 한 채 문항을 바라보았다. 도와달라는 절박함이 깊숙이 배어 있는 눈빛이었다.

돌무는 나직하게 외쳤다.

"도와주세요!"

"어떻게 말이냐?"

돌무의 의사를 물었다. 문항의 질문은 신중했고, 돌무는 절박한 듯 말했다.

"도망치고 싶어요. 이 산에서."

"이 산에서 도망친다 해도 멀리 가지 못할 텐데. 숯장이 허달만이가 잠에서 깨어나면 바로 돌무 너를 찾을 테고, 네가 없는 줄 알면 너를 찾으러 쫓아갈 거다. 그러면 넌 곧 잡히고 말 텐데.

"아버지는 술에 취해 잠들면 쉽게 깨지 않아요. 지금 잠들었다 해도 내일 아침 동이 훤히 터야 깨어날 거예요"

돌무는 숯장이 허달만의 습성을 잘 알고 있었다. 지금부터 달아난 다면 내일 아침 동트기 전에 이 산에서 빠져나갈 수 있다는 돌무의 자신 있는 말에 문항은 고개를 끄덕였다.

"돌무 네 결심이 그렇다면 아저씨가 망설일 이유가 없지."

돌무가 떠나기를 결심했다는 것을 확인한 문항은 더 이상 망설이지 않았다. 돌무의 손을 잡은 뒤 움막집 싸리문을 나섰다. 그리고 돌무에게 설명했다. 산 아래까지 내려가려면 돌무가 뜀박질하더라도 두어 시간은 걸릴 것이란 사실도 일러주었다. 돌무에게 지형과 거리를 익히게 해주려는 계산에서였다.

"산 아래로 내려가면 신작로가 있다. 차도 다니고 사람도 다니는 그 신작로에서 기다리고 있으며 버스가 온다. 시골 변두리로 다니는 버스지만 역 앞에도 서니까 역 앞이라고 차장 누나가 외치면 무조건 내리는 거다. 그리고 역으로 가서 기차를 타도록 해라. 부산으로 간다는 기차를 타야 한다. 다른 곳에 가는 기차를 타면 이 아저씨를 만날 수 없게 돼! 꼭 부산으로 가는 기차를 타야 한다!"

"예!"

돌무는 겁먹은 목소리로 자그맣게 대답을 했다. 부산이라는 곳! 어딘지도 모르는 생소한 곳인데 거길 가면…? 그래서 겁이 났던 것이다. 옻진 아저씨는 돌무의 그런 마음을 뚫어 보고 있는 듯했다.

"아저씨는 여기서 할 일이 있어! 할 일을 끝내면 부산으로 가니까, 아저씨에게 전화를 하거라!"

"전화요?"

전화라는 말도 돌무에겐 생소했다.

"사람을 만나지는 않아도 목소리를 들을 수 있는 작은 기계란다!"

"목소리를 들어요? 사람을 만나지도 않았는데?"

의아해하는 돌무의 표정이 순진하다. 글을 읽히고 세상을 알아가야 할 열 살배기 소년이 전화기도 모른다는 게 서글프고 안타까웠다. 이대로 돌무가 허달만의 움막에 갇혀 살았다면 돌무는 무엇이 됐을까? 이대로라면 어떤 아이로 크게 될까 싶었다.

　이 아이는 불쌍한 여자의 아들이다. 어미의 불쌍한 모습을 모르는 돌무지만, 그 여자에겐 돌무가 희망이며 살아가는 이유가 될 수 있을 것이다. 비록 급한 마음에 갓난아이를 허달만에게 맡기긴 했지만, 아들이 잘 자라주기를 바라는 어머니의 마음이 그 여자에게도 있을 것이다. 어떤 의미로는 그 어떤 어머니보다도 강렬하게 아들이 잘 자라주기를 바라고 있을 것이다. 문항은 그 불쌍한 여자의 아들인 돌무의 비상구가 되고 싶었고, 지켜주고 싶었고, 또 어떤 식으로든지 잘 되어주기를 바라는 마음이었다.

　문항은 돌무의 그 티 없는 표정을 바라보며 어깨를 다독거려주었다.

　"도시에 가면, 아니 부산이라는 도시에 가면 신기한 것도 많고, 처음 보는 것도 많을 거야 도시는 산속과 달리 사람도 많을 거고."

　"사람이 많으면 밥도 주나요?"

　"아무도 너한테 밥을 주지는 않아. 밥을 먹기 위해선 돌무 네가 노력을 해야 해. 일을 해야 하고, 일한 만큼 돈을 받고, 그 돈으로 밥을 사 먹어야 하고, 잠잘 곳도 마련해야 하고…. 그리고 중요한 건, 저금을 해야 한다는 거야."

　"저금요?"

　"은행에 돈을 맡기는 걸 저금이라고 하는데, 저금을 많이 해야 부자가 되거든?"

　"저는 부자보다는 나쁜 사람을 잡는 그런 사람이 되고 싶어요!"

　"그래, 좋다! 그런 목표가 있다면 너는 부산 어디에서도 살 수 있을 거야! 자! 그러면 이제부터 돌무 너에게는 나쁜 사람을 잡는 사람이 되겠다는 목표가 생긴 거야!"

"예!"

"사내는 자신이 하고 싶은 목표가 생기면 못할 게 없는 거야. 용기도 생기고, 힘도 솟아나고, 그리고 무엇보다 겁이 없어지지. 돌무야. 그렇게 살 수 있겠지? 도시에서 어떤 식으로든지 잘 살 수 있겠지?"

"예! 아저씨!"

"그럼 됐다! 그러면 지금부터는 이 옻진 아저씨도 돌무의 곁에 없어! 그러니까 돌무 너 혼자 살아가야 해! 용감하게, 씩씩하게 말이야!"

"예! 아저씨!"

"자, 이건 한동안 도시에서 살아갈 수 있는 얼마간의 돈이야. 이 돈으로 밥도 사 먹고, 잠잘 곳도 찾고…."

문항은 지폐를 넣은 흰 봉투를 돌무의 상의 윗주머니에 넣어주었다.

"이 돈이 떨어지기 전에 아저씨를 만날 수 있어야 하는데…. 그 봉투 안에는 네가 당분간 쓸 돈과 아저씨 전화번호가 적혀 있는 쪽지가 있다. 1, 2, 3 숫자를 익히고 전화 거는 법을 배워서 전화를 하면 아저씨를 만날 수 있으니까, 겁내지 말고 씩씩하게 살아야 한다?"

옻진 아저씨 문항은 움막 앞 싸리문에 서서 돌무를 가르쳤다. 돌무가 도시에서 당황하지 않도록 가르쳤고, 사람이 어떻게 살아야 하는가를 가르쳤다. 사람 사는 기본이 먹고사는 일, 그 먹고 사는 일을 위해서는 본인의 노력이 필수라는 것을 열 살배기 돌무에게 가르쳤다. 비록 돌무가 글을 깨우치지 못했고 학교도 다닐 수 없는 처지지만, 사람이 어떻게 살아야 한다는 것만은 가르치고 싶었던 것이다. 가르친 것을 명심해서 살아간다면 돌무가 반드시 성실한 남자로 성장할 수 있다는 확신을 가지고 문항은 진심을 다해 가르쳤다. 싸리문 앞에서의 이 가르침을 돌무가 평생 간직하면서 살아가기를 바라는 마음에서였다.

"자! 가라!"

"……."

"어서!"

"아저씨!"

"뒤도 돌아보지 말고 곧장 뛰어가거라!"

"……."

"그 하얀 봉투 속에 있는 돈만 가지면 기차도 탈 수 있고, 밥도 사먹을 수 있다. 굶지 말고 열심히 살아야 한다!"

"아저씨!"

"어서 뛰어가! 노루처럼 뛰고 토끼처럼 조심스럽게…"

"아저씨!"

"노루처럼 뛰고 토끼처럼 조심스러워야 허달만에게 잡히지 않는다! 알았지!"

"예!"

돌무는 힘찬 어조로 대답하곤 몸을 날렸다. 그야말로 노루처럼 뛰고 토끼처럼 조심스럽게. 그렇게 뛰어야만 동이 트기 전에 이 산을 벗어날 수 있을 것 같았고, 옻진 아저씨가 말하는 기차도 탈 수 있을 것 같았다.

"돌무야! 너는 이제 자유다! 자유를 찾아가는 거다. 무엇이든 네 마음대로 결정할 수 있고. 무엇이든 내키는 대로 선택할 수 있고. 그렇게 사는 게 자유롭게 사는 거다!"

노루처럼 빠르게 뛰어가는 돌무의 등 뒤에서 문항은 큰소리로 외쳤다. 이십여 년 전 그가 통영을 떠날 때처럼 돌무라는 한 사내아이가 자유를 찾아 떠나고 있는 것이다.

문항, 그는 민제라는 여자를 찾겠다 결심하고 고향을 등졌다. 부모도 버린 채 도시로 뛰어들었다. 그러나 불쌍한 여자의 아들 돌무는 자유를 찾아 도시로 뛰어가는 것이다. 저 아이가 자유롭게 살아가면서 오늘 산속에서 떠났을 때를 기억하며 살아갈 수 있기를 바랐다. 무엇보다 행복해 주기를 바라면서 문항은 팔을 들어 크게 손짓을 했다.

3부

1.
생존의 길

　모든 것이 옻진 아저씨의 말 대로였다. 부산이라는 도시는 사람도 많았고 신기한 것도 많았다. 자동차도 많았고 하늘 높은 줄 모르고 솟아있는 건물도 많았다. 돌무가 부산에 당도한 시간은 이튿날 이른 아침이었다.

　기차에서 내렸다. 사방을 두리번거리며 사람들 속에 섞여 출구로 나왔다. 돌무는 제 눈을 의심했다. 눈이 휘둥그레질 정도로 많은 사람이 분주하게 오고 갔다. 무엇이 그렇게 바쁜지 팔을 휘저으며 바쁘게 걸었다. 사람들을 지켜보느라 넋을 빼앗길 정도였다.

　자동차가 질주하는 큰 거리를 피해 얼마를 걸었을까. 난생처음 맡아보는 냄새에 코를 찡긋대며 사방을 두리번거렸다. 꿈에도 보지 못했던 바다가 퍼렇게 펼쳐져 있었다. 허옇게 부서지며 바윗돌을 치고 달아나는 파도도 보았다. 비릿한 냄새가 코를 찔렀다. 그러나 그 비릿한 냄새는 결코 혐오스럽지 않았다. 왠지 경쾌하고 정겨움을 주는 냄새였다. 훗날에 알게 되었지만, 그 냄새는 바닷가에서만 맡을 수 있는 특유의 냄새였고 사람들은 갯 냄새라고 했다. 숯장이 허달만에 게서 풍겼던 역겹고 토악질이 나올 것 같은 냄새가 아니라서 얼마나 다행인지 몰랐다.

돌무는 그 갯 냄새에서 산뜻함을 느꼈다. 소금기를 느끼긴 했지만 그 갯 냄새는 산뜻했고, 또 친밀감마저 느끼게 했다. 돌무는 갯 냄새를 맡으며 천천히 걸었다. 그곳은 선창이었다. 선창에는 여러 척의 어선이 있었고 큰 여객선도 지나가고 있었다.

신기했다. 보고 있는 모든 것이 신기했다. 바다도. 여객선도. 작은 어선도. 그리고 분주하게 오가는 사람들도. 오가는 사람들은 모두 분주해 보였다. 무슨 일 때문에 저리도 바쁠까 싶었다. 옻진 아저씨의 말대로라면, 저 사람들은 밥벌이를 하기 위해서 저렇게 분주하게 오가는 것일지도 모른다.

그러고 보니 배가 고팠다. 기차 안에서 김밥 도시락을 사 먹은 것밖에 없지만, 생전 처음 맛보는 것이었고 또 너무 맛있었다. 그 맛을 잊지 않으려고 다른 것은 사 먹지도 않았다. 옻진 아저씨가 흰 봉투에 넣어준 지폐 한 장 한 장의 효력은 굉장했다. 그것으로 기차표도 끊었고, 김밥 도시락도 사 먹었고 버스도 탔다. 어디에서든 지폐만 주면 모든 것이 통했다. 그야말로 원하는 모든 것을 얻을 수 있는 요술 방망이 같은 것이라 여겼다. 돈이라는 것이 옻진 아저씨는 그래서 저금을 하라고 말씀하신 게구나 싶었다. 밥을 사 먹고, 잠잘 곳을 마련하고, 그리고는 다른 것은 하지 말고 저금을 하라고 말씀하신 건 돈의 소중함을 일깨워 주시려는 의도임에 틀림없었다. 돌무는 중얼거렸다.

'밥만 사 먹어야지! 아저씨를 만날 때까지 돈이 떨어지면 안 되니까.'

돌무는 벌써부터 돈의 가치를 알아버린 듯했다. 옻진 아저씨는 움막 싸리문 앞에서 그 짧은 시간에 많은 것을 가르쳐주었고, 살아가는데 가장 중요한 것을 가르쳐 주신 것이다. 숯장이 허달만이가 가르쳐 주지 않았던 것을 짧은 시간에 가르쳐주셨다.

사람은 일을 해야 한다는 것, 그것이 밥벌이를 하는 것이고 돈을 버는다는 것이다. 그리고 돈은 밥만 사 먹는 것이며 나머지는 저금을 해야 한다는 것, 그것이 세상을 사는 법을 깨우치는 것이며 이치라는 것. 돌무는 옻진 아저씨로부터 그렇게 세상을 사는 법과 세상에서 살아갈 때 필요한 소중한 것을 옻진 아저씨 문항으로부터 배우게 된 것이다.

한참을 걸었다. 얼마를 걸었을까. 생선 굽는 냄새가 코를 찔렀다. 입안에서 군침이 돌았다. 뱃속에서는 갑자기 아우성이다. 배가 너무 고팠다. 주위에는 밥집이라는 팻말이 여러 곳에 걸려 있었다. 밥을 파는 집이 많았다. 그 집 앞에서 한 남자가 생선을 굽고 있었다. 석쇠에 올려놓고 굽는 생선 냄새에 뱃속은 뒤집힌 듯했다.

"밥 먹을라꼬?"

생선 굽는 것을 바라보고 서 있는 돌무를 향해 남자가 소리쳤다. 밥집 앞에서 생선을 굽는 남자였다. 돌무의 행색을 노려보듯이 훑어보면서. 돌무는 짧게 대답했다.

"예!"

그러자 남자는 아까보다 더 날카로운 시선으로 돌무를 훑어보며 냉소 섞인 소리로 물었다.

"돈은 있냐?"

"예! 있어요!"

돌무는 상의 호주머니에서 흰 봉투를 꺼내 보였다. 생선 굽는 남자의 표정이 갑자기 일그러지더니 이내 멋쩍게 웃었다. 그리곤 밥집 안쪽으로 고개를 돌리며 소리치는 것이다.

"여보! 손님 안으로 모셔라!"

생선 굽는 남자의 목소리가 떨어지자 안에서 웬 여자가 뛰어나왔다. 생선구이 화로 옆에 서 있는 돌무를 보더니 고개를 남자에게 돌렸다.

"이 아이 말이오?"

"그렇다니까. 어서 안으로 모셔! 꼬마 손님이 무척 시장하신 것 같은데."

남자는 돌무를 향해 눈짓을 했다. 그리고는 친절을 베풀 듯 부드러운 목소리로 말했다.

"아주머니 따라서 들어가 봐라. 맛있는 밥을 차려 주실 거다!"

아저씨가 갑자기 친절해졌다.

"어서 들어와! 배고플 텐데."

아주머니도 친절해 보였다. 돌무는 아주머니의 뒤를 따라갔다. 밥집 안에는 사람들이 많았다. 큰 나무 테이블에 밥이며 국이며 놓인 채였고 사람들은 떠들어대며 밥을 먹고 있었다. 돌무는 아주머니가 권한 자리에 앉았다.

"밥 주세요!"

자리에 앉으면서 돌무가 아주머니에게 말한 순간이었다. 생선을 굽던 남자가 갑자기 밥집 안으로 뛰어들면서 소리쳤다. 밥집 안을 쩌렁쩌렁 울리는 목소리였다.

"여보! 그놈 꼭 잡아! 그놈이 우리 돈을 훔친 것 같아!"

남자는 소리치면서 돌무의 멱살을 움켜쥐었다. 그리곤 한 손으로 돌무의 상의 호주머니를 뒤적이며 옷진 아저씨가 주신 흰 봉투를 꺼내서 번쩍 들어 올렸다. 그리곤 밥집 안에 있는 사람들을 향해 소리치는 것이다.

"여기 보십시오! 이 어린놈이 우리 서랍에서 돈 봉투를 훔쳤습니다! 상가 가게에 세를 주려고 모아두었던 돈인데 이놈이 아까부터 가게 앞에서 어정거리더니 이 봉투를 훔쳤답니다!"

생선을 굽던 그 남자는 한 손으로는 돌무의 멱살을 잡았고 다른 한 손으로는 흰 봉투를 들고 흔들어댔다.

"세상 말세로군."

"대가리에 피도 안 마른 놈이 도둑질이라니?"

"그런 놈은 일찌감치 경찰서에 처넣어야지! 바늘 도둑이 소도둑 된다고! 벌써부터 도둑질이라니? 그놈 나중에는 강도 짓도 하겠구먼."

속사정 모르는 사람들이 여기저기서 소리쳤다. 돌무를 완전히 도둑 취급하듯 했다. 돌무는 멱살을 잡힌 채 소리쳤다.

"아니에요! 난 도둑이 아니에요! 도둑질하지 않았어요!"

돌무의 그 소리에 사람들은 더 웅성거리기 시작했다.

"아이구. 저놈 봐라. 어린놈이 부끄러운 줄도 모르고 어른들한테 바락바락 엉겨 붙는군. 저것 좀 봐. 아주 발뺌을 하는군."

"그놈의 자식. 돌아다니면서 도둑질하는 것에 이력이 났구먼."

"아주 봉투째 훔쳤어. 봉투를 송두리째 말이야."

돌무를 향해 손가락질을 해가며 웅성거리는 소리에 생선구이 남자는 더 큰 소리로 떠들어댔다.

"이런 놈은 경찰에 처넣어서 일찌감치 버르장머리를 고쳐 놔야지! 안 그러면 아주 큰 도둑놈이 되고 말걸요!"

생선구이 남자는 돌무의 멱살을 잡고 흔들며 떠들어댔다. 돌무는 컥컥대면서도 외쳤다.

"아니에요! 난 도둑질한 게 아니에요! 저 아저씨가 내 돈을 빼앗는 거예요!"

"어이구. 저놈 봐라. 어린놈이 수단이 보통이 아닌걸?"

웅성거리는 사람들은 이미 돌무의 편이 아니었다. 돌무를 완전히 도둑으로 취급했다. 거기다가 남자를 역성들기까지 했다.

"어른한테 덮어씌우려고까지 하네."

"어서 경찰에 신고해요."

"신고하라니까!"

사람들이 떠들어대자 생선구이 남자는 여유까지 부리며 말했다.

"다행히 돈을 찾았으니 뭐 그렇게까지 할 건 없고. 이놈 버릇이나 좀 고쳐주자는 의미로 정신 차리게 매타작이나 해서 보냅시다."

생선구이 남자는 큰 인심이나 쓰는 듯이 그렇게 말하면서 돌무에게 팔을 휘둘렀다. 여기저기서 주먹이 날아왔다. 아무도 돌무의 처지를 이해하거나 돌무의 말을 믿으려고 하지 않았다. 낡고 허름한 옷차림에 땟자국이 주르륵 흐르고 있는 돌무를 도둑으로 몰아붙일 뿐, 돈을 가진 아이로 보지 않았던 것이다. 생선구이 남자의 기묘한 함정에 빠져버린 돌무는 그날 얼마나 맞았는지 모른다. 그리고 어디에 내버렸는지 얼마 후 정신을 차렸을 때는 하루해가 꼬박 져버린 뒤였다.

숯장이 허달만에게서 이력이 나도록 맞고 살았는데도 매타작에는 면역이 없는 거 같았다. 팔다리를 움직일 수 없을 정도로 몸이 뻣뻣했다. 등허리는 아직도 사람들의 주먹질이 쏟아지고 있는 듯 뻐근하고 아팠다. 그리고 무엇보다 배가 고팠다.

돌무는 배를 움켜쥐며 몸을 일으켰다. 밥벌이를 해야 한다는 옻진 아저씨의 말이 머리 위에서 별처럼 툭툭 떨어지는 것 같았다. 어쩌면 옻진 아저씨의 말은 별처럼 반짝거리는 가르침이었는지도 모른다. 부모 형제도 없이 혈혈단신으로 도시에서 살아가야 할 돌무에게 그보다 더 적절한 가르침은 없었을 것이다. 숯장이 허달만 몰래 도망치게 하려던 그 순간에도 돌무를 위한 가르침을 잊지 않았던 아저씨였다.

"밥벌이를 해야 한다."

그것이야말로 돌무가 이 도시에서 살아갈 수 있는 원동력 같은 깨우침이었고 한시도 잊어서는 안 되는 철학이었다. 돌무는 몸을 일으켰다. 절룩거리듯 걸으며 여기저기를 살폈다.

무엇인가 해야 한다. 밥벌이를 해야 한다.. 가진 것도 없고 믿을 사람도 없다. 배고팠고 밥을 먹어야 했다. 밥을 먹기 위해 밥벌이를 해야 한다는 옻진 아저씨의 그 가르침은 머릿속에서 떨쳐낼 수 없는 가르침이라, 돌무는 그 말을 명심하고 또 명심하면서 걸음을 옮겼다.

돌무는 허기진 배를 움켜쥐고 걸으면서 밥벌이를 하기 위한 생각에 사로잡혔다. 무엇을 할까? 무엇을 어떻게 해야 밥벌이가 될까? 돌무는 여기저기 헤매기 시작했다. 밤이 되었다. 도시 전체가 등불로 반짝이고 있었다.

밤이 되었지만 밤 같지 않은 세상이 펼쳐져 있었다. 상가에 불이 켜지고 울긋불긋한 불빛이 도시 전체를 밝히고 있었다. 상가의 큰 유리판 앞에는 옷을 진열해 놓은 곳도 있었고, 번쩍번쩍 윤이 나는 구두를 진열해 놓은 곳도 있었다. 빵이며 과자며 떡이며 먹는 것만 잔뜩 진열해놓은 상가도 있었다. 구경만 해도 배가 부르다는 말은 적절하지 않은 것 같았다. 보기에도 먹음직스러운 빵이며, 떡이며, 과자였지만 입에 넣지 않고는 절대로 배가 부르지는 않았다. 오히려 배고픔을 자극했고, 갈증보다 더한 허기를 느끼게 했다. 그러나 돌무는 한참 동안을 떡 진열장 앞에 서 있었으며, 빵과 과자의 진열장을 내려다보며 서 있었다. 저것들을 먹을 수 있으려면 밥벌이를 해야 한다는 생각이 뇌리에서 못 박히듯이 박혔다.

'밥벌이! 밥벌이를 해야지!'

열 살배기 사내아이 돌무는 어른처럼 중얼거렸다. 그리곤 떡과 과자, 빵 가게 앞에서 홀쩍 몸을 돌렸다. 옻진 아저씨가 주었던 요술 같은 돈은 이제 돌무에게 없었다. 요술 같은 돈이 밥을 사 먹게 한다는 이치를 이미 깨달은 돌무였다. 돌무는 밥벌이를 위한 돈을 벌기 위해 무엇이든 해야 한다고 생각했다. 그리고 보니 상가의 불빛도, 진열장의 곱고 화려한 것들도, 사람들이 분주하게 오라고 떠들어대거나 상가를 지키고 있는 것도 전부 돈을 벌기 위한 수단이었다. 돌무는 허기진 배를 움켜쥐고 사방을 두리번거리며 걸었다.

그때였다. 그 화려한 길에 자동차도 아닌 것이 돌무의 곁을 지나가고 있었다. 손수레였다. 바퀴가 2개 달린 손수레였다. 돌무보다 몇 살이나 위로 보이는 소년이 손수레를 끌며 불빛이 훤한 그 거리를 거침없이 걸어가고 있었다. 손수레 위에는 종이박스며, 빈 병이며, 깡통이 수두룩하게 쌓여 있었다. 언뜻 보기에는 쓰레기 같았는데 소년은 그것을 소중하게 다루었고, 손수레를 끌고 가면서도 연신 양쪽 거리를 살폈다. 그리곤 버려진 박스며 빈 병을 주워다가 손수레 위에 놓곤 했다. 보기에는 쓰레기 같은 그것들이 그 소년에겐 매우 소중한 듯 보였다.

돌무는 손수레 옆으로 다가가듯 서서 걸었다. 손수레가 끌리는 속도에 맞추어 걸음을 옮기면서. 그리고 돌무는 눈에 띄는 빈 박스가 보이면 빠르게 주워 손수레 위에 올려주었다. 손수레를 끌던 소년이 의심쩍은 눈으로 돌무를 노려보았다.

"인마! 너 뭐 하는 거야?"

"그냥 도와주는 거예요. 어차피 저는 할 일이 없으니까요."

돌무는 형뻘 되는 소년을 쳐다보며 씩 웃었다. 꾸밈없는 돌무의 웃음은 순진하고 소박했다. 소년도 돌무의 표정에서 경계심이 없음을 느꼈는지 한결 누그러진 목소리로 말했다.

"정말이야?"

"예!"

"어디서 왔는데?"

소년의 목소리에도 악의는 없었다. 돌무는 손수레 옆으로 바짝 다가서며 금방 주운 빈 병 하나를 손수레 위에 던져놓으며 말했다.

"강원도에서 왔는데요."

"강원도에서 뭐 했는데?"

"숯을 구워 파는 숯장이 아저씨를 도우며 살았어요."

돌무의 입에서는 자연스럽게 아저씨라는 말이 나왔다. 숯장이 허달만은 돌무에게 있어서 아버지가 아니었다. 열 살까지 키워준 고마운 아저씨도 아니었다. 그냥 숯장이 아저씨일 뿐이었다. 숯장이 아저씨를 도우며 살았다는 돌무의 말에 소년은 갑자기 킥킥거리며 웃었다.

"아직도 숯을 사용하는 사람이 있냐? 집집마다 곤로가 있고, 연탄도 있고 그러는데. 아, 알겠다! 숯장이라는 그 아저씨가 너를 데리고 일을 시키면서 밥은 먹여주었는데 숯이 팔리지 않으니까 너 밥 먹이기도 어려워지니까 널 쫓아냈군!"

소년의 추리력은 대단했다. 돌무는 형뻘 되는 소년의 추리력에 놀라면서 고개를 끄덕였다. 숯장이 허달만으로부터 도망쳤다는 것보다는 쫓겨났다고 하는 게 훨씬 편했다. 또 그 이유가 적당한 것 같았다. 돌무는 고개를 끄덕이며 짧은 어조로 답했다.

"예!"

"그라문 부산에는 아는 사람이 있냐?"

"아니요."

"그라문 부산에는 우째 왔는데? 아는 사람도 없다면서?"

"좋은 아저씨 한 분이 계셨는데, 저더러 부산으로 가라고 했어요. 부산에 가 있으면 아저씨를 만날 수 있다고 했거든요."

"서울에서 김 서방 찾기군. 아무 연락처도 없이 우찌 만나노? 이 넓은 부산이 아이들 놀이터도 아니고. 공터도 아닌데?"

"연락처가 뭔데요?"

"전화번호 같은 것. 주소 같은 것. 그런 걸 알아야 연락이 되서 만나지."

"아! 전화번호!"

돌무의 머릿속에 언뜻 스치는 게 있었다. 옻진 아저씨가 흰 봉투를 상의 호주머니에 넣어주면서 말씀하셨던 전화! 옻진 아저씨는 분명히 말씀하셨다. 전화번호도 봉투 속에 있다고. 그리고 일, 이, 삼을 익혀 전화를 하면 아저씨를 만날 수 있다고.

그렇지만 생선구이 하는 그 남자는 돌무의 상의 호주머니에서 봉투를 빼앗아갔다. 제 것인 양 당당하게 빼앗아갔다. 오히려 돌무에게 도둑 누명까지 씌워서 사람들에게 몰매까지 맞게 하면서 빼앗아갔다. 돌무는 분한 마음에 주먹을 불끈 쥐고는 부들부들 떨었다.

"있었지요. 좋은 아저씨가 전화하라면서 전화번호를 적어주셨는데…"

"그런데?"

소년이 빠른 어조로 물었다. 돌무는 잠시 생각했다. 생선구이 남자는 더 이상 떠올리고 싶지도 않았고, 돈 봉투를 뺏겼다는 소리도 하고 싶지 않았다. 바보 같은 짓을 했다고 오히려 조롱만 당할 것 같았다. 돌무는 빠르게, 그리고 짧게 대답했다.

"종이 쪼가리를 잃어버렸어요. 연락처가 적힌 전화번호 종이를."

"난감하겠구나."

소년은 돌무를 쳐다보며 안됐다는 듯이 말했다. 돌무는 그를 위로
하는 듯한 형뻘인 소년을 쳐다보며 부르짖듯이 외쳤다.

"저는 커서 어른이 되면 나쁜 사람을 잡는 사람이 될 겁니다!"

숯장이 허달만도 떠오르고 선창가에서 만난 생선구이 남자도 떠
올랐다. 생선구이 남자의 아내인 듯한 여자의 얼굴도 떠올랐다. 그들
은 모두 나쁜 사람들이었다. 돌무 같은 어린아이에게 횡포를 부린
나쁜 사람들이었다. 돌무는 그런 사람이 없는 세상에서 살고 싶었
다. 그래서 그런 나쁜 사람을 잡는 사람이 되고 싶다는 마음속의 말
을 뱉어냈다. 돌무가 부르짖듯이 외치는 소리에 소년은 의외라는 듯
돌무를 지긋이 바라보았다.

"나쁜 사람을 잡는 삶을 살려면 공부를 많이 해야 하는데?"

"공부요?"

돌무는 눈을 휘둥그레 뜨며 물었다. 소년이 고개를 끄덕거렸다.

"그래, 공부! 공부를 많이 해야 경찰도 될 수 있고, 형사도 될 수
있고, 또 판사, 검사도 될 수 있지. 그런 사람이 되어야만 나쁜 사람
을 잡을 수 있는 거야!"

소년의 말에 돌무는 잠깐 혼란스러웠다. 옻진 아저씨는 밥벌이를
해야 한다고 했는데, 이 소년은 공부를 해야 한다고 한다. 공부를 해
야만 나쁜 사람을 잡을 수 있는 사람이 될 수 있다고 한다.

돌무는 물었다.

"공부는 어떻게 하는데요?"

"학교에 다녀야지!"

소년은 당연한 것을 묻는다는 듯 약간 톤이 높은 소리로 말했다.

"너 학교에 안 다니지?"

"예!"

"그러면서 어떻게 나쁜 사람을 잡는 사람이 되냐? 나쁜 사람을 잡는 사람이 된다는 건 그리 쉬운 일이 아니야. 공부도 많이 해야 하고, 싸움도 잘해야 하고, 머리도 좋아야 하고…."

소년은 푸념처럼 힘없이 늘어놓더니 갑자기 돌무를 빤히 쳐다보았다.

"사실 나도 나쁜 사람을 잡는 그런 사람이 되고 싶거든. 공부를 잘해서 경찰대학에 가고 싶은데, 돈이 없어서 공부를 포기했어! 공부한 게 없으니 직장도 들어갈 수 없고. 그래서 고물이나 주우면서 용돈 벌이를 하지. 나한테도 좋은 아저씨가 한 분 계시는데, 그 아저씨가 말씀하셔서 공장에 들어가게 되었어! 기숙사가 있는 공장이라서 기숙사에서 먹고 자면서 월급을 저축할 수 있어. 그래서 공장에 들어가기로 결심한 거야!"

"공장요?"

"응. 그렇지만 너는 안 돼! 나도 간신히 들어가게 된 거야. 겨우 열일곱 살을 넘겼으니까."

"나이가 어리면 공장에도 못 가나요?"

"미성년자가 무슨 일을 하니. 넌 미성년자잖아. 아직 열 살이 안 된."

"아니에요. 저도 열 살이에요."

"열 살로는 공장에 못 다녀."

소년의 단호한 말에 돌무는 고개를 숙이고 말았다. 돌무는 할 수 있는 게 아무것도 없었다. 아무것도 할 수 없다는 절망으로 잠시 우울해진 돌무의 심정을 이해한다는 듯 소년이 경쾌한 어조로 말했다.

"하지만 사람이 살아갈 수 있는 길은 여러 가지가 있어! 공장에 못 다니게 되면 다른 길도 있을 수 있을 거고. 공부할 여건이 안 되면 공부가 아닌 다른 길이 있기 마련이야!"

소년이 어른처럼 말했다. 돌무는 고개를 끄덕였다. 숯장이 허달만 과 옻진 아저씨를 빼고 처음으로 말을 걸고 말을 주고받았던 소년이 다. 소년은 나쁜 사람인 것 같지 않았다. 소년과 이런저런 이야기를 하면서 손수레를 끌고 왔다. 그 사이에도 소년은 열심히 고물을 주 웠고, 돌무도 소년을 도와 눈에 띄는 대로 고물을 주워 손수레에 올 려주었다.

밤이 깊었다. 소년은 돌무에게 악수를 청했다.

"꼬마야, 오늘 밤 너를 만난 것도 인연인데 우리 악수나 하고 헤어 지자."

소년이 내민 손을 잡았다. 돌무의 작은 손을 잡아주는 소년의 손 바닥에서 옻진 아저씨에게서 느꼈던 따뜻한 온기가 느껴졌다. 돌무 가 말했다.

"형은 손이 참 따뜻하네요. 형은 좋은 사람인가 봐요!"

"고맙다! 형이라고 불러줘서."

"저도 고마웠어요. 그리고 좋은 이야기 많이 들려주셔서 고맙고 요!"

"세상은 둥그니까 희망 버리지 말고 열심히 살어! 나도 공장에서 열심히 일해서 번 돈으로 포기했던 학교에 갈 거야! 그래서 꼭 경찰 대학에 갈 거란다!"

"나도 나쁜 사람을 잡는 사람이 되기 위해 열심히 살게요!"

"그 희망 버리지 말고 열심히 살어! 그러면 하늘도 도와주실 거야."

"하늘이 도와주실 마음이 생길 때까지 열심히 살게요!"

돌무는 정말 그러리라 다짐을 했다. 소년은 돌무의 어깨를 다독거리며 돌아서려다말고 뭔가 잊은 듯이 망설였다.

"왜 그래요, 형?"

돌무의 입에서 형이라고 부르는 소리가 부드럽게 나왔다. 소년의 표정도 밝았다. 형이라고 불러주는 돌무가 좋은 모양이었다.

"너, 잠잘 곳은 있어?"

"……"

돌무는 고개를 저었다.

"그럼 나랑 같이 가자. 이 고물을 받아주는 할아버지가 계시는데, 할아버지 창고에서 하룻밤 묵을 수 있어. 할아버지의 창고에서 나랑 함께 자자. 나는 내일 새벽에 공장에 들어가거든. 참, 이 손수레 너 가져라. 사실은 할아버지 드리려고 했는데, 할아버지는 자전거가 있으니까 손수레는 너 줄 게! 다음에 좋은 일 생길 때까지 고물이라도 주워서 그 할아버지에게 드리면 한 끼 밥 정도는 사 먹을 수 있을 거다!"

"이 손수레를 저 주신다고요?"

"응"

"고맙습니다! 형!"

돌무는 허리까지 바짝 숙였다.

손수레가 생기다니? 그 손수레는 돌무가 태어나서 처음으로 가져 본 재산이었다. 얼마나 좋았는지 모른다. 내일부터 공장에 들어가는 이 형에겐 필요 없는 손수레겠지만, 그 손수레를 만난 지 얼마 되지도 않은 돌무에게 넘겨준다는 것이다. 고물을 받아준다는 할아버지에게 드리고 싶었는데 할아버지에겐 자전거가 있고, 돌무에게 필요한 손수레임을 소년은 알았던 것이다. 강원도에서 왔다는 산골 아이. 숯장이 아저씨 밑에서 숯 굽는 일을 도왔을 이 어린 남자아이가 도시에 나와서 무엇을 할 수 있을까 걱정이 되었던 모양이다.

어쩌면 손수레를 팔 수도 있었을 것이다. 그러나 소년은 팔겠다는 소리는 결코 하지 않았다. 손수레를 가지라고 했고, 좋은 일이 생길 때까지 손수레를 끌고 다니며 고물을 주우라고 했다. 밥 한 끼는 사 먹을 수 있는 돈이 된다고도 했다. 그러니까 이 손수레는 밥벌이를 할 수 있는 돌무의 재산이 되는 것이다. 고마운 마음에 돌무는 눈물까지 글썽거렸다.

"형, 정말이에요!"

"우린 오늘 처음 만났지만 넌 나를 이렇게 형이라고 불러주잖아. 형이라고 부르는 아우에게 이런 손수레는 선물해도 돼. 너를 만나서 기뻤고, 그래서 주는 거야."

"형, 정말 고맙습니다!"

"이 손수레만 있으면 당장 밥은 먹고 살 수 있을 거다. 길에 널린 게 고물이니까. 종이, 깡통, 빈 병, 그런 게 돈이 된다는 것을 모르는 사람이 많아!"

쓰레기라고 여겼던 것들이 돈이 된다니. 손수레를 공짜로 주면서 그런 것까지 가르쳐 주는 형이 정말 고마웠다.

돌무는 소년을 따라갔다. 소년은 다른 고물상에 고물을 팔아도 되지만 다른 고물상에 고물을 넘기지 않는다고 했다. 늙고 시력도 약한 이 할아버지에게 고물을 맡기는 건, 이 할아버지에게 조금이라도 도움이 되기 위해서란다. 할아버지의 창고 앞에 고물을 놓아두기만 하면 화물차 기사가 고물을 실어 가면서 고물값을 치르고 가는 것이다. 소년이 굳이 그런 절차를 밟는 건, 할아버지에게 얼마간의 용돈이라도 드리고자 하는 이유 때문이었다.

그날 밤. 돌무는 그 소년과 어깨를 나란히 하고 잠자리에 들었다. 잠자리라고 해봤자 조립식 허름한 창고 안의 한쪽 구석이었다. 할아버지가 조금 위쪽에 자리를 깔고 주무시고 소년은 한쪽 모서리에서 자곤 했던 모양이다. 할아버지는 소년에게 잠 잘 곳을 제공해주었고, 소년은 잠 잘 곳을 제공받는 값으로 일을 했는지도 모른다. 중요한 건, 소년은 다른 일도 할 수 있는 건강한 몸을 가지고 있음에도 할아버지를 위해 그렇게 살아온 것 같다는 것이다. 소년은 착한 사람임에 틀림없었다. 돌무는 이런 형이라면 정말 나쁜 사람을 잡는 사람이 되어도 좋겠다는 생각이 들었다.

돌무는 잠자리에 들면서 소년에게 말했다.

"형! 형은 꼭 경찰대학에 가세요! 나쁜 사람 잡는 경찰 아저씨가 되게."

"고맙다! 너도 열심히 살아야 해! 나쁜 사람 잡는 사람이 되게."

"예! 그런데… 형 이름이 뭐예요?"

"내 이름은 서재욱이야. 잊지 마!"

소년이 웃으면서 말했다.

"재욱이 형! 제가 형 이름을 어떻게 잊겠습니까. 손수레도 주셨는데."

"참! 깜빡 잊을 뻔했구나. 손수레를 끌면서 고물을 줍더라도 밤늦게나 이른 새벽에는 고물을 주우면 안 된다!"

"왜요?"

"망태기보다 더 큰 광주리를 메고 다니는 아저씨들한테 들키면 죽을 만큼 맞든지 아주 감쪽같이 죽임을 당할지도 모르니까. 어디든지 간에 자기들 구역이라고 억지를 부리면서 말이다."

소년은 담담한 어조로 말했지만 잠깐 어깨를 부르르 떨었다.

"그들은 대한민국 전국이 다 자신들의 구역이라고 생각한단다. 특히 늦은 밤부터 이른 새벽에 널려 있는 모든 고물을 자기 것으로 여기고 그 패거리들이 주우러 다니지. 고물을 줍더라도 절대로 그들에게 들키지 말고, 특히 늦은 밤이나 새벽녘에는 고물을 주우러 다니지 마라. 알았제?"

"예!"

그러나 돌무는 그때까지만 해도 소년이 들려준 그 이야기가 그렇게 심각한 줄 몰랐다. 소년과 만난 하루는 그렇게 끝났고, 동이 트기도 전에 소년은 잠에서 깨어나 돌무를 깨웠다.

"이제부터 나는 공장에 들어간다. 다시 너를 만날 수 있을지는 모르겠지만, 아무튼 만나서 반가워! 가끔 내 생각이 나면 여기로 와! 할아버지를 만나 뵈러 내가 올 수도 있으니까."

"형! 나도 형처럼 그렇게 할 거예요. 주워온 고물을 할아버지의 창고 앞에 쌓아두고 화물차 기사 아저씨가 가져가도록 할게요. 그래서 받게 되는 돈은 할아버지께도 드리고요."

"그래! 그래 주면 할아버지에게 조금이나마 도움이 되겠지! 너무 늙고, 더구나 눈도 어두워진 할아버지에게 그렇게라도 도움이 되면 좋겠구나."

"염려 마세요! 형처럼 그렇게 하면서 살겠습니다."

"그래라! 넌 말을 들으니까 할아버지 걱정이 덜 되는구나. 참, 그런데 너 이름은 뭐냐?"

"돌무라고 부르던데요?"

"돌무? 이름도 별나다! 성은 뭔데?"

"성도 모릅니다. 그냥 돌무라고 불렸으니까요."

"알만하다. 그 숯장이 아저씨가 어떠한 사람인지는."

소년은 돌무의 어깨를 다독거리며 그 창고에서 떠났다. 잠든 할아버지 앞에서 인사도 했지만, 할아버지는 아무것도 모르는 듯 그냥 잠이 들어 있었다. 소년은 동이 트기 전 그렇게 돌무에게서 떠났다.

2.
보금자리

　우연찮게 만난 소년 덕분에 돌무의 도시 생활에 가닥이 잡혔다. 일을 할 수 있는 손수레가 생겼고, 거주할 수 있는 거주지가 생겼다. 늙고 시야가 어두운 할아버지를 보살피면서 고물을 줍고 다녔을 소년 서재욱이 했던 것을 고스란히 이어받아 열심히 일했다. 경찰이 되고 싶다던 서재욱은 정말로 착한 소년인 듯했다. 그 형을 만난 것은 돌무에게는 행운이었고, 그 형은 짧은 시간 동안 돌무에게 많은 것을 주었다. 나쁜 사람을 잡는 사람이 되려면 공부를 해야 한다는 것도 알려주었고, 불쌍한 할아버지를 돌보며 살던 그런 착한 마음도 돌무에게 전해준 것 같았다. 돌무는 정말로 그 형이 훌륭한 경찰이 되었으면 하고 바랬다. 그리고 돌무 자신도 반드시 나쁜 사람을 잡는 그런 사람이 되겠다는 다짐을 했다. 그 다짐을 바탕으로 도시 생활에 조금씩 조금씩 적응해 나가기 시작했다.

　돌무는 손수레를 힘차게 밀었다. 열 살배기 사내아이가 끌고 다니기에는 벅찬 물건이었지만, 하루, 이틀 끌다보니까 요령도 생겼고 힘도 붙었다. 손수레를 끌고 어디든 다녔다. 발바닥이 닳도록 걸었고, 눈에 보이는 대로 고물을 줍곤 했다. 서재욱 형의 말대로 고물은 널려 있었다. 길에도 널려 있었고 상가 앞에도 널려 있었다. 사람들이 쓰레기로 취급하는 그런 것들이 돈이 된다는 것을 알게 된 돌무는 고물 줍는 일을 참 열심히 했다. 밥벌이를 하는 일이었으니까. 술집에서는 빈 병들이 쏟아져 나왔고, 가겟집에서는 빈 상자들이며 고물로 팔만한 물건이 버려져 있기도 했다. 할아버지의 작은 조립식 창고 앞에는 날마다 고물이 쌓여 갔고, 고물을 실으러 오는 화물 트럭도 자주 오게 되었다. 고물을 실으러 오는 화물 트럭 아저씨는 돌무를 유심히 지켜보며 칭찬했고, 서재욱 형을 칭찬하는 것도 잊지 않았다.

"꼬마야! 너도 재욱이처럼 살아라. 재욱이처럼만 산다면 사람들에게 도움을 받으며 살 수 있을 게다. 사람들은 착한 일을 하는 사람을 금방 알아보거든."

화물차 트럭 아저씨는 재욱이 형을 칭찬하는 걸 아끼지 않았다.

"재욱이는 똑똑하고 착했어! 오갈 데 없는 할아버지를 모셔다가 이태 동안이나 보살폈지!"

"오갈 데 없는 할아버지요? 그럼, 이 창고는 할아버지 것이 아닌가요?"

"여기 계시는 할아버지는 가진 게 아무것도 없어! 재욱이가 조립식 창고를 빌려서 할아버지를 모시고 살면서 고물을 주우러 다닌 거야. 고물값도 재욱이 자신이 받는 게 아니라 할아버지를 주게 했지. 그리고 재욱이는 할아버지가 주는 대로만 받았어! 심성이 착하고 마음이 고왔지."

"형은 공부를 해서 경찰이 되고 싶다고 했어요!"

"재욱이는 입버릇처럼 그렇게 말했어! 꼭 그렇게 될 거야. 경찰이."

"······."

트럭 아저씨는 고물을 트럭에 올리면서 재욱이 형에 대해 열심히 이야기를 했다. 그리곤 혼자서 고개를 끄덕이곤 했다.

"공장에 가기로 결정한 건 잘한 것 같다! 고물을 주워서 목돈을 만드는 건 힘든 일이지만, 공장에 열심히 다니다보면 월급을 받으니 공부를 계속 할 만큼의 돈도 모을 수 있겠지. 공장에 가기로 결심을 단단히 했던 모양이야. 그러니까 어린 너한테 할아버지를 맡긴 게지!"

트럭 아저씨는 재욱이 형에 대해서는 모든 것을 알고 있는 것처럼 말했고, 재욱이 형이 하는 것을 모두 착하게 여기는 것 같았다. 돌무가 재욱이 형을 만난 것은 돌무에게만 행운이었던 것은 아닌 듯했다. 재욱이 형도 돌무를 만나게 된 것을 큰 행운으로 여겼을지 모른다. 공장에 가기로 결심하고 나서 할아버지 걱정을 얼마나 했을까? 늙고, 병들고, 눈까지 어두운 할아버지를 보살펴줄 사람이 어디 없을까 하고 말이다. 재욱이 형은 돌무가 딱 안성맞춤인 아이로 여겼을 것이다.

돌무가 할아버지를 돌봐줄 수 있다면 할아버지 걱정도 덜 수 있고, 강원도에서 숯장이 아저씨로부터 도망쳐 나왔다는 이 아이에게 거주할 곳을 마련해주는 셈이었으니까. 할아버지 걱정도 덜고 이 아이에게도 좋고. 그런 생각에 손수레를 돌무에게 선뜻 주었는지도 모를 일이다. 재욱이는 나이는 얼마 안 된 소년이었지만 사려가 깊은 사람이었다는 것을 절실히 깨달았다.

"참! 할아버지는 좀 어떠시냐?"

"밥을 영 드시지 못하세요."

"앓으신 지 오래된 것을 보면 쉽게 일어나실 병은 아닌 듯해! 그래도 잘 보살펴드려! 재욱이는 마치 자신의 아버지나 할아버지처럼 섬기며 보살피드라!"

"예! 저도 그럴게요."

"아무렴! 재욱이 동생인데. 그래, 고물도 열심히 줍고."

"예!"

트럭 아저씨는 돌무의 등을 다독여 주며 운전석에 올라탔다. 트럭은 시동이 걸리자마자 달려 나갔다. 돌무는 트럭의 뒤꽁무니가 보이지 않을 때까지 서서 지켜보았다. 트럭 아저씨도 참 좋은 아저씨였다.

그러나 안타깝게도 할아버지는 며칠을 더 살지 못하였다. 고물을 줍고 돌아와 보니 할아버지는 꼼짝을 않으셨다. 돌무는 할아버지를 깨우려고만 했다.

"할아버지! 할아버지!"

할아버지는 대답이 없었고, 몸도 꿈쩍하지 않으셨다. 돌무가 며칠간 돌봐드릴 때도 돌무를 재욱이 형으로만 생각했는지 너는 누구냐고 물어보지도 않으셨다. 돌무와 말 몇 마디 나눌 새도 없이, 할아버지는 그렇게 돌아가셨다. 돌무가 할 수 있는 일은 화물 트럭 아저씨에게 전화를 하는 것뿐이었다. 트럭 아저씨는 할아버지의 장례가 끝날 때까지 뒷일을 도맡아 해주셨다.

할아버지의 장례를 치르고 난 뒤, 돌무는 한참 동안 고물을 줍지 않았다. 할아버지와는 며칠 같이 있지 못했지만, 재욱이 형이 그렇게 정성스레 보살펴 드렸다는 할아버지가 돌무와 같이 있으면서 며칠을 넘기지 못하고 돌아가신 게 마음이 아팠고, 재욱이 형에게도 미안한 생각이 들었기 때문이다.

그리고 처음으로 마주한 사람의 죽음에 대해서도 생각해보았다. 슬펐다. 할아버지와 깊은 정이 들어서가 아니라, 할아버지가 세상을 떴다는 사실 자체가 슬펐다. 죽음은 무섭고 다시는 깨어날 수 없는 깊은 잠이기도 했지만, 사람으로서의 형체마저 사라지고 마는, 어린 돌무가 겪기에는 너무 힘든 현실이었다. 더구나 할아버지가 돌아가신 것을 서재욱 형에게 알릴 수 없었다는 사실이 안타까움을 더 크게 했다. 재욱이 형은 공장에 들어간다는 말만 했지 어디에 있는 어떤 공장인지를 통 말하지 않았던 것이다. 결국 연락할 수가 없었다. 재욱이 형이 돌보던 할아버지였지만, 정작 할아버지의 장례식에 재욱이 형이 참석하지 못했다는 것이 슬펐다. 그리고 재욱이 형은 다시 만날 수가 없었다.

햇살이 하얗게 부서지던 이른 아침이었다. 돌무는 며칠째 조립식 창고 앞에서 쭈그리고 앉아 있었다. 세상에 널려 있는 모든 고물을 주워 모을 듯이 의욕에 넘쳤던 것이 엊그제였는데 갑자기 맥이 풀리고 어떤 의욕도 일어나지 않았다. 곁에 있던 사람이 죽었다는 것도 슬펐고, 할아버지가 돌아가셨는데도 재욱이 형이 모르고 있을 거라고 생각하니 그것도 슬펐다. 며칠째 고물을 줍지 않아 조립식 창고 앞에 쌓이는 고물이 없었다. 트럭 아저씨가 걱정이 되었는지 돌무를 찾아왔다. 쭈그리고 앉아 있는 돌무 앞으로 다가와 섰다.

"돌무야!"

"아! 아저씨."

"너, 이제 고물 안 주울 거야?"

"……"

"왜 대답이 없어?"

"고물, 주울 겁니다! 그런데 너무 슬퍼요. 할아버지가 돌아가셨다는 게, 그리고 재욱이 형이 그 사실을 모르고 있다는 게요."

"언젠가 알게 되겠지. 공장에서 돈 벌기로 작정을 했나 보다. 이곳에 한 번쯤 들릴 거라 여겼는데 통 안 오는 것을 보니까."

할아버지의 장례식 때 재욱이 형이 오지 않은 것을 트럭 아저씨도 무척 서운해하셨다. 트럭 아저씨는 한참을 말없이 섰다가 돌아서면서 돌무에게 한마디 했다.

"할아버지가 돌아가시고 재욱이 형도 못 만나서 서운하겠지만, 그렇다고 하던 일을 손 놓고 있으면 안 되지! 힘내고 열심히 살아야제! 우선 고물 줍는 일이라도 해야 밥이라도 먹고 살 것 아니냐?"

트럭 아저씨는 돌무의 등을 다독거려 주면서 그렇게 말했다. 밥벌이를 해야 한다는 옻진 아저씨의 말과 똑같은 말이었다. 돌무는 정신이 번쩍 드는 듯했다. 자리에서 벌떡 일어섰다.

"아저씨, 지금부터라도 고물 주우러 나갈 겁니다. 고물이 쌓이면 가지러 오셔야 해요?"

"오냐! 그러마!"

"고마워요. 아저씨!"

"고물 열심히 주워 놓아라! 요즘에는 폐지 값이 좋아서 빈 종이박스도 돈이 된다 카드라!"

"예! 열심히 하겠습니다!"

돌무는 허리를 굽혔다. 할아버지는 세상을 떠나셨고 공장에 간다는 재욱이 형도 들르지 않는 이 조립식 창고에서 살게 되었지만, 고물을 실으러 오시는 트럭 아저씨는 돌무에게 새로운 친절한 아저씨였다.

돌무는 손수레의 손잡이를 잡았다. 손목에 힘을 꽉 주면서, 며칠 동안 쉬었던 것이 후회가 되었다. 돌무가 손수레를 끌고 다녔던 거리마다 골목마다 빈 박스와 빈 병이 널브러져 있었다. 사람들은 그런 것이 돈이 된다는 것을 정말 모르고 있는 건지 아니면 쓰레기라고 치부하고 더러워서 줍지 않는 건지…. 정말로 아무렇게나 버려져 있는 것이 고물들이었다. 돌무는 그날 몇 차례나 손수레로 고물을 실어 나르곤 했다. 해가 저물 때까지 주워놓은 고물만 해도 평소 여러 날 동안 주워 모았던 고물보다 많아 보였다.

'이렇게 매일 주워 나른다면 금방 부자가 되겠다!'

돌무는 신이 나서 중얼거렸다. 그래서 밤이 깊었는데도 손수레를 끌고 거리로 나왔다. 도시의 밤거리는 정말 화려했다. 상가에서 뿜어져 나오는 불빛으로 인해 도시는 대낮처럼 밝았고, 상가마다 사람으로 붐볐으며, 거리마다 골목마다 고물이 넘쳤다. 돌무는 정신없이 손수레를 끌고 다니며 고물을 주워 담았다. 그리고 얼마나 시간이 되었을까? 고물을 주워서 손수레가 있는 곳으로 향하고 있을 때였다.

"저놈이다!"

"저 꼬마 놈이다!"

돌무를 향해 우르르 달려오는 사람들, 영문을 몰라 어리둥절해 있는 돌무에게 우락부락하게 생긴 남자가 다가왔다.

"네 놈이냐?"

"예?"

"우리 구역에서 고물 도둑질해 간 놈이 네놈이냐고?"

우락부락하게 생긴 남자의 눈에는 살기가 가득했다. 돌무가 뭐라고 대답하기도 전이었다.

"이 새끼!"

"이 쥐새끼 같은 놈!"

여기저기서 주먹이 날아왔다. 발길질도 날아들었다. 한두 사람이 아니었다. 등에 광주리를 메고 있는 사람들이었다. 대나무로 엮은 광주리를 등에 메고 다니는 사람들이다. 사람들은 그런 사람들을 가리켜 양아치라고 했다. 등에 메고 있는 광주리의 크기는 어른 서너 명도 너끈히 들어갈 만치 컸다. 그들은 그런 큰 광주리를 메고 다니면서 무엇이든 집게로 집어서 광주리에 넣었다. 담 너머 마당에 걸려 있는 빨랫줄의 옷까지 걷어간다는 소문이 돌만큼 그들은 눈에 띄는 대로 집게로 집어 대광주리에 넣었다. 양아치들은 한두 사람이 아니라 무리를 지어 다니면서 무엇이든 주워 담았고, 훔쳐 담았다. 대한민국 어디든 그들의 구역이었다.

그때야 재욱이 형이 했던 말이 떠올랐다. 늦은 밤이나 이른 새벽에는 고물을 줍지 말라던, 돌무는 그 말을 잊고 있었다. 사실 크게 귀담아듣지 않았는지도 모른다. 고물 줍는 일을 며칠 쉬었고, 또 생각보다 많이 널브러져 있는 고물을 보고는 욕심을 부렸던 게 화를 부른 셈이었다. 양아치들에게 걸리면 죽도록 맞든지 죽임을 당한다는 재욱이 형이 했던 말은 사실이었던 것이다.

돌무는 의식을 잃었다. 아무 말도 할 수 없었고 비명도 지를 수가 없었다. 몰매를 맞고 발길질에 밟히고 짓눌리면서도 아프다는 말 한마디 못하고 그대로 의식을 잃은 것이다. 아무 이유 없이, 아무 잘못 없이 몰매를 맞고 짓밟히며 의식을 잃은 것이 두 번째였다. 돌무는 정신을 잃고 쓰러져버렸다.

3.
꿈을 향해

여기서 잠깐 한 사람을 소개하고자 한다. 오철환이라는 사람이다. 나이는 사십 대 초반의 남자다. 그의 집은 영도다리를 지나야만 하는 영도구 영선동에 있었다. 그에겐 결핵을 앓고 있는 아내와 국민학생 3학년이 된 딸 하나가 있었다. 그 두 사람이 오철환의 가족이었다.

오철환은 우락부락한 사람이 아니었다. 체격이 좋거나 힘이 센 사람도 아니다. 키는 작지 않지만 뼈대가 약하고 살점이 없어 말라 보이는 사람이었다. 눈매가 선하고 표정이 밝았으며 화를 낼 줄 모르는 사람처럼 항상 웃음 띤 얼굴을 하고 있었다.

어질고 착한 사람이었다. 오철환은 힘이 세고 체격이 좋아서 공사판에서 일할 수 있는 것도 아니고, 그렇다고 공부를 많이 한 사람도 아니었다. 그냥 마음만 착한 남자였다. 아내가 오랫동안 결핵을 앓고 있었지만 아내의 치료비도 감당하지 못하는 사람이었다. 보건소에서 주사를 맞고 보건소에서 주는 약을 먹으면서 하루하루 버티는 아내를 보면서도 아무것도 해줄 수 없는 남편이기도 했다.

상점을 내어 가게를 연다는 것도 오철환에겐 멀고 먼 이야기였다. 그는 돈도 없지만 배짱도 없었다. 언제나 조심스럽게 살고, 이웃 간에 싫은 소리 하지 않고 조용히 살아간다면 그것으로 만족하는 오철환이었다.

그런 오철환이가 조금씩 궁리를 하게 된 것은 영선동 산자락을 깎고 메워서 만든 산복도로가 생기고 나서부터였다. 산이 무너지고 땅이 넓어지면서 산복도로라는 게 생기고, 산복도로 양쪽으로 집이 한 채, 두 채 들어서고 동네가 형성되었다. 산복도로가 생기고 동네가 생기면서 오철환의 집은 사거리의 중심지가 되었고, 특히 사거리로 갈라지는 가장 중심지에 위치하게 되었다. 산복도로가 생기기 전에는 사람들이 오가는 그냥 작은 길이었는데, 산복도로가 생기게 되면서부터는 활기찬 신작로로 변하게 된 것이다. 더구나 오철환의 집은 신작로를 끼고 있었으며, 집은 허름했지만 집터는 무척 넓었다. 산복도로가 생기기 전에는 집터가 넓은 게 큰 의미가 없었지만, 산복도로가 생기고 나서는 넓은 집터가 오히려 자랑거리가 되었다. 사거리의 중심지가 된 곳이다. 거기다가 집터까지 넓다. 때문에 누구나 탐낼 만한 집이 되었다. 집터는 넓었고, 사거리를 끼고 있어 여간 조건이 좋은 집이 아니었다.

정사에 눈이 밝은 사람들은 동네 통장이나 반장 옆구리를 찔러대며 사람을 넣어 매매 의사를 독려했다. 결핵을 앓고 있는 아내가 있지만, 가장인 남편은 직업도 없었으니 살 만한 사람만 있으면 집을 쉽게 팔 거라고 여겼던 것이다. 특히 반장 배구철은 노골적이었다.

오늘 아침에도 반장 배구철이가 다녀갔다. 헛기침을 하면서 오철환의 집에 들어서는 배구철은 언제나처럼 불거진 배를 내밀고 거드름을 피우며 들어섰다.

"오 씨 있는가?"

오철환을 하대하는 말투가 진하게 섞여 있었다. 오철환은 그래도 언짢아하는 내색이 없다.

"어이구. 반장님 오셨습니까. 자, 잠깐만요. 안채는 좀…. 저 아래 채로 가시지요."

오철환은 결핵을 앓고 있는 아내와 사람들의 접촉을 피했다. 아내를 위해이기도 했지만, 다른 사람들에게 피해를 주지 않으려는 마음에서였다. 반장 배구철은 헛기침을 연신 해가며 오철환의 뒤를 따라갔다.

"이 사람, 오 씨!"

"예. 반장님."

"자네 집을 사고 싶어 하는 사람이 많아! 좋은 값을 받게 해줄 테니 이번 기회에 팔도록 하게."

집을 팔라고 독려하기 위해 배구철이가 찾아온 것도 벌써 몇 번째다. 오철환은 강하게 고개를 저었다.

"집은 팔지 않을 겁니다. 몇 번이나 말씀드리지 않았습니까?"

"좋은 값으로 쳐준다고 하지 않나? 집을 팔면 그 돈으로 병든 아내도 치료해줄 수 있고, 다른 곳에 이사도 하고…."

"싫습니다. 이 집은 제 부모님께서 제게 남겨주신 유일한 재산이며, 부모님이 살던 곳이었습니다. 다른 곳으로 이사할 생각도 없고, 집을 팔 생각은 더욱 없습니다."

"자네 아내가 오늘 내일 하는 상황에서 집도 안 팔겠다니. 아내를 죽일 셈인가?"

"집을 팔아서 치료를 하게 되면 아내 병이 낫습니까? 그렇게만 된다면야 집을 팔 수도 있겠지요. 그렇지만 집을 팔아 아내 치료를 했다 칩시다. 그래도 아내가 병석에서 일어나지 못하면, 그때는 어쩝니까? 부모님이 물려준 집과 집터도 잃고, 아내도 잃으면 그때는 어쩝니까? 싫습니다. 집은 절대 팔지 않을 겁니다!"

오철환의 대답은 의외로 단호했다. 오철환은 어질고 순한 사람이었지만, 결코 바보가 아니었다. 아내가 병석에 누운 지 오래되었다. 집을 팔고, 넓은 집터를 팔아서 아내를 살릴 수만 있다면 얼마든지 그럴 수 있었다. 그러나 아내의 병은 이미 말기에 가깝다. 죽어가는 아내를 집이 아닌 곳에서 죽게 할 수는 없었다. 사람의 목숨은 하늘의 뜻이다. 아내의 병은 이미 깊어 있었고, 그 어떤 치료로도 망가진 아내의 폐를 회복시킬 수 없다는 것은 오철환 자신이 더 잘 알고 있었다.

아내의 병이 시작되었을 때는 집을 내어놓아도 살 사람이 없었다. 그 탓에 보건소에서 나오는 주사와 약으로 지탱할 수밖에 없었다. 지금은 아내의 병이 너무 깊어진 상태였다. 이 지역에 개발 바람이 불고 땅값이며 집값이 오르고 있었지만, 아무리 땅값과 집값이 올라가도 그 돈으로 아내의 병을 고칠 수 없다는 걸 누구보다도 잘 아는 오철환이다. 오철환은 집을 팔지 않기로 결심했고, 아내의 목숨은 하늘에 맡겼다.

반장 배구철은 혀를 끌끌 찼다.

"쯔쯔쯧! 답답하긴. 사람이 왜 그렇게 답답해! 집을 팔지 않겠다고 마음을 먹었으면 건물을 짓겠다고 신청을 하든지. 지금 이곳에는 개발 붐이 일어나서 여기저기서 새 건물을 짓고 하늘 높은 줄 모르고 올리는 빌딩 짓느라 야단인데! 오 씨는 대체 무슨 생각이오? 집을 팔아주겠다고 해도 안 된다, 새 건물을 지을 수 있게 신청을 해준다고 해도 안 된다! 건물 신청을 하고 여기에다 몇 층짜리 건물을 올려 봐요. 그날로 오 씨는 이 동네 제일의 갑부라는 소리를 듣는다니까? 층마다 세를 놓아 월세 받아먹는 맛이 쏠쏠할 텐데. 그것도 싫다니? 쯔쯔쯧! 허기사 평양 감사도 지 싫다면 못하는 거지!"

배구철은 벌컥 화까지 냈다. 반장 배구철이의 눈에는 오철환이가 더없이 답답해 보였던 것이다. 지금 영도에는 개발 붐이 일고 있었다. 기존 상가들은 대출을 받아 가며 상가를 넓히고, 집을 가지고 있는 사람들은 집 담보로 대출을 내어 이층, 삼층짜리 건물을 올리느라 혈안이 되어 있었다. 정부에서 지원도 해주고 은행에서는 대출도 해준다는데 그런 지원도 안 받고, 대출 내는 것도 안 하고, 심지어 건물 올린다는 신청도 하지 않는 오철환이가 배구철에겐 답답한 사람으로 보이는 게 당연한지도 모를 일이다.

사실 그랬다. 영도에 개발 붐이 일어나 여기저기서 새 건물 올리느라 시끌벅적했다. 가는 곳마다 공사판이고, 모두 건물 올리느라 혈안이 되어 있었다. 특히 영도 영선동에서는 산을 허물어 도로를 만들어 동네가 형성되었다. 마치 새로운 큰 도시를 형성하듯 날마다 공사를 해댔다. 오철환의 집 뒤는 산복도로를 올라가는 입구가 되었고, 그 입구를 통해 공사 차량이 날마다 오르락내리락했다. 아직 비포장이라 흙먼지가 사막에서 모래 날리듯 뿌옇게 날리는 건 예사였고 공사 종사자들이 끌고 다니는 자동차도 줄을 이었다.

개발지역을 찾아다니는 투기꾼 무리도 예사롭지 않았다. 영선동 뒤쪽 산 일대가 개발된다면 그 지역의 크기도 예사롭지 않을 것이다. 오철환도 그런 것을 모르지는 않았다. 더구나 오철환의 집 뒤쪽이 산복도로로 뚫려 있고 양쪽으로 동네가 형성되고 있었으니, 오철환의 집은 산복도로와 새로 생긴 동네를 잇고 있는 셈이었다. 산복도로 바로 아래쪽 그 신작로 사거리에 집이 있는 것이다. 누가 봐도 탐나는 위치였고, 탐이 날 만한 집이었다. 거기에 몇 층짜리 건물이 들어서면 바로 상가 빌딩이 된다. 가장 좋은 위치에 있는 상가 빌딩.

그 빌딩 한 채만으로도 오철환은 남부럽지 않게 살 수 있었다. 반장 배구철의 말대로 동네 갑부라는 소리를 들을 수 있을 지도 모른다.

그런 것을 알면서도 오철환은 단호하게 거절했다. 집값을 높여서 준다는 것도 거절했고, 건물 신청을 하라는 것도 거절했다. 혀를 끌끌 차며 배구철이가 떠나고 오철환은 안채 마당에 엉덩이를 걸치고 앉아 한참을 생각에 잠겼다.

'내 아내의 병이 집 팔아서 고칠 수 있는 병이라면 내가 벌써 집을 팔았지! 여기가 개발되리라곤 아무도 몰랐던 그때는 아내의 병원비조차 빌려주지 않은 사람들이, 이제 와서 뭐? 집을 팔아서 아내를 살려야 하지 않겠느냐고? 내 아내의 병은 이미 너무 깊었고, 지금은 이 집을 빌딩으로 짓고 팔아서 번 돈으로 병원에 간다 해도 내 아내를 살려줄 의사는 없어! 그런데 이제 와서 아내 운운하면서 집을 팔라고? 나쁜 놈들…'

오철환은 그렇게 투덜거렸다. 아내가 처음 결핵 판정을 받았을 때, 오철환은 무엇이든지 해서 아내의 병을 고치려 했다. 병원에도 갔다. 그러자 요양원에 가서 치료를 받으라고 했다. 그렇게도 해보았다. 그러나 아내의 병은 차도가 없었고, 점점 심해지기만 했다. 보건소에 의지하여 주사도 맞고 약도 써보았지만 큰 효과를 보지 못했다. 도시에 있는 큰 병원으로 가보려고 했지만 여의치가 않았다. 돈이 없었다. 병원비를 빌리려고 해도 선뜻 빌려주는 사람이 없었다. 가장 노릇도 못하고 집안에서만 빌빌거리는 오철환을 보고 누가 돈을 빌려주겠는가.

공사판에서 일할 주제도 못 되는 오철환을 믿지 않았을 것이다. 어질고 순한 사람인 줄은 알지만, 착하다고 모든 게 순조롭게 돌아가는 세상은 아닌 것이다. 오철환이가 착하고 순한 사람인 줄은 알지만 경제적인 능력이 없으니 돈 받을 일이 어렵다는 건 누구나 다 아는 일이었다. 병원비도 빌리지 못하는 오철환이었다.

세월은 흐르고 아내의 병은 깊어갔다. 그 와중에 태어난 딸이 경채였다. 경채는 올해 국민학교 3학년이다. 경채는 어머니가 결핵으로 오랜 병석에 누워 있었지만 쓸쓸해 하거나 슬퍼하지 않았다. 오히려 명랑했고 씩씩했으며 어디서든지 당당하게 살아가는 경채였다. 경채는 아내가 준 보배로운 선물 같은 딸이었다. 경채가 곧 살아가는 이유인 오철환이다. 지금 오철환은 아내를 생각하고, 경채를 생각하면서 오랫동안 골몰히 생각에 잠겼다. 그리고 마루 끝에서 일어나며 중얼거렸다.

"집을 안 팔겠다고 단호하게 말해준 건 잘한 일이야! 암! 잘한 일이야!"

집을 안 팔겠다고 단호하게 대답한 게 다행이었다. 그리고 건물도 안 짓겠다고 못을 박아 말한 것도 잘한 일이라 여겼다.

'암! 잘한 일이지! 건물을 지어주고, 빌딩을 올려준다는 게 공짜는 아니잖아. 뭐? 대출? 땅 담보? 집 담보? 그런 걸로 대출을 해준다고? 대출이라는 게 빚이지, 그냥 생기는 돈인가? 대출받아서 안 갚으면 집 빼앗기고 땅 빼앗기는 거지. 그렇게 해서 망해가는 사람도 있다는데 난 그런 짓은 못해. 부모가 물려준 집과 집터를 고스란히 간직했다가 우리 경채 물려주는 게 내가 할 일이지!'

오철환은 자기 생각에 만족했고, 자신의 주장이 옳다고 결론을 내렸다. 마당으로 내려선 오철환은 마당 한쪽에 있는 작은 창고로 갔다. 톱과 합판과 망치와 못을 찾아들고는 마당 가운데에 섰다.

사실 오철환의 집은 담도 없었고 울타리도 없었고 대문도 없었다. 일자 모양의 긴 기와집이었다. 안방과 작은방, 골방, 쪽방으로 나뉘어 있었으며 대청은 넓고 길었다. 대청에도 쪽문이 있어 부엌을 드나들 수 있게 했고, 대청 앞에는 큰 주춧돌 넓이만큼만 남겨놓고 길게 여닫이 유리문이 달려있었다. 여닫이 유리문을 나오면 바로 마당이었고, 마당 오른쪽과 왼쪽에 각각 오동나무와 은행나무가 서 있었다. 오동나무와 은행나무는 오철환의 할아버지께서 심으신 나무라고 오철환의 아버지가 말씀하시곤 했는데, 그 말로 미루어 보아 이 집은 할아버지 때부터 대대로 내려온 집이라는 걸 알 수 있다. 그리고 오동나무와 은행나무를 심으신 걸 보니 마당이 꽤나 넓었던 모양이다. 그러나 오철환은 집을 측량한 적도 없었고, 마당의 경계선이 어디부터인지 정확히 모르고 있었다.

그런 오철환이 무엇인가 골몰히 생각에 잠겼다가 톱과 합판을 가지고 나온 것이다. 망치와 못도 가지고 나왔다. 우선 오동나무와 은행나무 앞에다가 긴 각목을 각각 하나씩 세웠다. 각목을 나무에 의지하여 못을 박았다. 양쪽으로 각목을 세웠다. 그리고는 합판을 그 길이만큼 톱질로 잘라냈다. 잘라낸 합판을 평상으로 가져간 오철환은 검정 뺑끼칠로 합판에다가 커다랗게 썼다.

"오철환, 고물상!"

글씨가 큼직했다. 멀리서도 또렷하게 보이는 글씨였다. 오철환은 그 합판 양쪽에 각목을 붙이고 못질을 했다. 은행나무와 오동나무는 집의 담이 되었고, 울타리가 되었다. 그리고 오철환 고물상이라고 적힌 합판은 간판이 되었다. 근사한 간판이었다. 오철환 자신이 보아도 대견한 일이었다. 오철환이가 대견한 일을 해낸 것이다.

체격도 크지 않고 체력도 튼튼하지 않았던 오철환이가 할 수 있는 유일한 일을 찾아냈다는 뿌듯함에 오철환은 무척 만족스러웠다.

'오철환 고물상, 거 괜찮구먼.'

오철환은 중얼거리며 싱긋이 웃었다. 그리곤 안채에 있는 경채를
불러댔다.

"경채야! 마당으로 좀 나와 봐라!"

"예!"

경채는 대답과 동시에 현관문을 밀쳤다. 부엌에서 저녁을 준비하
고 있었던 모양이었다.

"아버지, 왜요?"

머리를 길게 땋아 어깨까지 늘어뜨린 경채가 마당으로 나왔다. 살
결이 하얗고 통통한 몸매였다. 활짝 웃는 모습이 달덩어리 같았다.
눈빛이 총명했고 맑았다. 오철환은 간판 앞에서 경채를 향해 손짓을
했다.

"뭔데요? 아버지!"

아버지 앞에서 간판을 본 경채의 얼굴에는 놀라움, 환희, 감동으
로 어우러진 여러 가지 표정이 밝게 움직이고 있었다.

"어머나! 이거, 아버지가 만드신 거예요?"

"응."

"아버지, 여기서 고물상 하시려고요?"

"응. 우리 집이 아버지의 사업장이 되는 거지."

"와! 정말 좋은 생각이다. 아버지가 생각해 내신 거예요?"

"응. 힘도 없고, 배움도 짧은 아버지가 할 수 있는 건 이것뿐이다
생각이 들어서. 우선 간판부터 만든 게다."

"와! 우리 아버지 멋지다! 아버지 최고! 우리 아버지 최고!"

경채는 엄지를 펴 보이며 아버지를 칭찬했다. 딸 경채의 칭찬에 오
철환의 한쪽 어깨가 으쓱하며 올라간다.

"아버지! 이렇게 멋진 생각을 하셨으면 어머니에게도 보여 드려야

죠. 가만있어 봐요. 제가 어머니 모시고 나올게요!"

"아니다. 아버지가 데리고 나오마."

오철환이가 현관으로 걸어 나갔다. 그런데 뜻밖에도 아내 김 씨가 현관문을 밀고 있었다.

"밖에서 무슨 소리가 나기에."

아내가 겨우 몸을 일으켜 현관까지 나왔다. 신기한 일이었다. 아내가 스스로 몸을 일으켜 밖으로 나오는 일은 근래에 없었다. 반갑고 신기한 마음에 오철환은 아내를 껴안듯이 두 손으로 감쌌다.

"혼자 이렇게 일어나다니, 괜찮겠소?"

"괜찮아요. 그런데 집안에 좋은 일이라고 생겼어요? 경채가 좋아하는 소리가 들리기에 무슨 일인가 하고…"

"그렇잖아도 당신을 데리러 갈 참이었소! 당신에게 보여줄 게 있어서."

"그래요?"

아내 김 씨는 잔기침을 해가면서도 입으로는 옅은 미소를 지었다. 창백한 얼굴이었지만 미소는 젊고 건강했을 때처럼 고왔다. 오철환의 부축을 받으며 간판을 올려다보는 김 씨의 얼굴에 환한 웃음이 번졌다. 남편을 바라보는 눈빛이 더 할 수 없이 다정다감했다.

"정말 멋지네요. 오철환 고물상이라니. 정말 기발한 생각이네요. 당신에게 딱 어울리는 사업인 것 같아요."

"내가 고물이란 말이오?"

오철환이가 던지는 농담 한마디에 김 씨는 호호거리며 웃었다. 실로 오랜만에 들어보는 아내의 웃음소리였다.

"아니에요. 그런 뜻이 아니라…"

"나도 아오. 내가 농담 한 번 해봤소."

오철환은 아내의 웃는 모습이 좋았다. 아내가 웃는 것만 보아도 마음이 편안했다.

"이 집을 당신 사업장으로 만들 생각을 왜 진작 못했을까요. 정말, 어울리는 사업인 것 같아요. 누구든지 버리거나 가져오기만 하면 돈을 지불해주고, 우리는 더 나은 값으로 필요한 사람에게 넘기고."

"그렇소! 그게 내가 구상한 고물상의 취지요."

"좋은 생각이긴 한데, 절대 잊으시면 안 되는 게 있어요."

아내는 연신 헛기침을 해대며 한참 동안 말을 잇지 못했다. 아내의 그런 모습을 바라보는 것만으로도 안타까웠다. 아내는 한동안 말을 참았다가 오철환의 손을 꼭 잡았다.

"여보."

"응."

"고물을 주워서 파는 사람 중에 불쌍한 사람이 아닌 사람은 없을 거예요."

"그렇지."

"그러니까… 절대로 저울을 속이지 마시고 저울 금대로 돈 지불해주시는 것을 잊지 않으셨으면 해요. 저울을 속이지 않는 고물상. 그게 오철환 고물상이라는 인상을 남기도록, 그렇게 하세요."

"저울을 속이지 않는 고물상! 그거 참 좋은 정신이구려!"

오철환은 아내의 그 조언이 참 훌륭하다고 생각했다. 아내를 바라보면서 고개를 크게 끄덕거렸다.

"그러겠소! 그렇게 하리다! 당신 말대로 저울을 속이지 않는 그런 고물상의 주인이 되겠소!"

오철환은 아내의 그 말을 신조처럼 여기기로 했다.

그날 밤, 실로 오래간만에 가족이 한자리에 모여 식사를 했다. 결핵은 전염병이다 보니 가족과도 거의 격리 상태에 있던 아내도 가족과 함께 앉아서 밥을 먹게 되어 즐거웠던지 가벼운 마음으로 수저를 들었고, 공깃밥을 반이나 먹었다. 어머니는 딸인 경채에게, 아버지는 어머니에게 반찬을 올려주면서 행복한 식사를 했다.

그러나 그날 밤, 아내의 각혈은 더욱 심해졌다. 시커먼 핏덩어리가 목에서 꾸역꾸역 넘어오고 있었다.

"여보!"

놀란 오철환은 아내를 불러댔지만, 아내는 대답도 하지 못하고 몸을 늘어뜨린 채 각혈을 쏟아내고 있었다. 오철환은 아내의 턱에 요강을 받치고 있었다. 수건으로 받아내기에는 각혈의 양이 너무 많았던 것이다. 아내는 이런 무서운 일을 몇 번이나 겪어야 했다. 폐가 썩고 있는 것이다. 폐가 벌레에 먹히고 있는 것이다. 그 고통을 겪으면서 쏟아내는 시커먼 핏덩어리들. 핏덩어리들, 오철환은 한 손으로 요강을 받쳐 든 채 그 시커먼 핏덩어리를 바라본다. 죽어가는 아내를 바라보는 것 같은 고통스런 순간이었다. 아내는 손짓으로 몇 번이나 남편을 밀어냈지만, 오철환은 꼼짝하지 않았다. 아내와 함께 피를 쏟아낼 수는 없었지만 그 고통을 함께 겪고 싶은 심정이었다.

몸을 늘어뜨리고 창백한 얼굴로 각혈을 쏟아내는 아내, 오철환이 가 아내를 위해 해줄 수 있는 것은 아무것도 없었다. 그저 바라보고 함께 있어 주는 것 외에는 해줄 수 있는 것이 아무것도 없었다.

그날 밤, 아내가 쏟아낸 각혈은 사기요강의 반을 채웠다. 사람이 이러고도 살 수 있단 말인가. 모진 목숨이라더니. 오철환은 고개를 돌린 채 흐느껴 울었다. 아내는 몸을 늘어뜨린 채 고개를 떨구고 있었다. 오철환은 그런 아내를 안아서 자리에 눕히곤 요강을 들었다. 아내가 쏟아낸 각혈을 버리기 위해서 몸을 일으키는데 아내가 맥없는 소리로 불렀다.

"여보. 이제, 그런 일 시키지 않을 게."

"그래! 그러자. 이런 일 두 번 다시 겪지 않게 어서 나아야지!"

오철환은 아내가 나아지기를 희망하면서 그렇게 말했다. 그리고 뒤란으로 갔다. 뒤란에는 우물이 있었고 구멍 큰 하수구가 있었다. 요강을 비우려고 뒤란으로 온 것이다. 그리고 하수구에 시커먼 핏덩어리를 쏟아부었다. 우물물을 퍼서 하수구에 들이부었다. 시커먼 핏덩어리가 물에 씻겨서 말갛게 흘러가는 걸 바라보며 우물물을 퍼 올리고 붓고, 다시 우물물을 퍼 올리고 붓고….

그러기를 몇 번이나 반복했을까? 산 위 공터에서 이상한 소리가 들렸다. 여러 명의 남자 목소리였다. 그중 한 사람이 낮은 소리로 말했다.

"죽은 것 확인했어?"

"확인하고 말 것도 없어! 그만치 맞았는데 안 죽고 배기나?"

"그럼 여기에다 내버려두고 가면 되는 거지?"

"그래도 되지. 뭐, 죽은 놈이 어딜 도망가겠어?"

"대장은 물에 처넣으라고 했는데."

"물에 처넣든지 산복도로 공터에 버리든지. 죽은 놈이 살아서 도망치지는 않을 것 아닌가? 그대로 버려! 여긴 개발 지역이니 공터 풀숲에 버리면 시체 묻기에는 딱 좋지 뭐! 폐기물로도 덮이고, 산에서 내려오는 흙으로도 묻히고. 장례 치를 것도 없이 딱 됐지 뭐."

여러 남자가 웅성대며 저희들끼리 하는 말이었다. 우물물을 퍼 올리던 오철환은 너무나 놀라서 들고 있는 두레박을 놓았다. 숨도 죽였다. 아무런 동작도 하지 않았다. 바로 머리 위 산복도로에서 들려오는 말소리가 너무나 끔찍했던 것이다. 누군가를 죽이고 공터에 버

리러 온 모양이다. 개발 지역이니 빈 공터에 버리기만 하면 폐기물에
도 덮이고, 흙으로도 묻히고…. 그런 것을 노리고 시체를 버리러 온
사람들이다. 듣고 보니 그것도 그네들이 죽인 시체를 말이다. 오철
환은 오금이 저려오는 것을 참으며 귀를 기울였다. 한 놈이 말했다.
 "대장이 바다에 처넣으라고 했는데."
 "바다에 처넣든지, 폐기물이나 흙으로 덮든지 시체만 처리하면 되
는 거지 뭐. 염려 말고 어서 돌아들 가자고."
 "그 꼬마 놈이 정말 죽은 건 맞는 거지?"
 "허 참. 걱정도 팔자네. 사지가 늘어지도록 맞았는데 살아나겠어?
정 의심스러우면 지금이라도 자루 속에서 꺼내 보든지."
 "알았어! 알았어! 괜한 걱정으로 우리끼리 실갱이할 필요는 없지."
 "자! 어서 돌아들 가세!"
 남자들은 자기들끼리 주거니 받거니 하더니 돌아서는 모양이다.
서너 명의 발자국 소리가 바로 옆에서 들리는 듯 선명했다. 그리고
공터에서 멀어지고 있었다.
 오철환은 어질고 착한 사람이었지만 겁쟁이는 아니었다. 비겁하지
도 않았다. 무서워서 두레박 줄을 놓았던 손에 힘을 주었다. 우물
바닥으로 두레박이 떨어졌다. 오철환은 아랑곳하지 않고 몸을 돌려
마당으로 뛰쳐나왔다. 오동나무 뒤쪽으로 빠져나와 산복도로로 올
라가는 입구 쪽으로 향했다. 오철환의 집에서 산복도로로 올라가는
길은 그렇게 가파르지도 않았다.
 급한 마음으로 발걸음을 재촉했다. 무서워서 오금이 저리기는 했
지만, 그 남자들의 말처럼 행여나 자루 속 사람이 시체가 아니면, 조
금이라도 숨을 쉬고 있다면 살아있는 사람인 것이다. 더군다나 그들
은 분명히 말했다. 꼬마라고. 그러면 자루 속에 들어 있는 게 아이

라는 말이다. 아이가 죽도록 매를 맞고 자루 속에 들어 있다는 것이다. 그들이 주고받은 대화를 들어보면, 그 아이가 죽지 않고 있을 수도 있었다.

오철환은 산복도로를 급하게 올라갔다. 공터는 얼마 되지 않은 곳에 있었고, 풀이 무성하게 자라 있는 곳이다. 풀 속에 무엇을 던져 놓아도 사람들의 눈에 쉽게 띄지 않는 곳이었다. 그들 말대로 날이 밝으면 공사가 시작될 것이고, 폐기물이나 산에서 나오는 흙더미가 부어질 것이다. 움푹 팬 공터를 메우기 위해 쏟아붓는 폐기물과 흙이다. 풀 속에 버려진 자루쯤은 금방 폐기물과 흙으로 덮일 것이라 생각하니, 자루 속에 있는 아이가 죽었든 살았든 사람이 할 짓이 아닌 것 같았다.

우선 살았는지 죽었는지 확인하는 게 급선무였다. 마음이 바빠진 오철환은 숨을 할딱거리며 공터로 향했다. 공터에 무성하게 자란 풀은 오철환의 허리까지 올라와 있었다. 오철환은 풀을 헤치고 몇 발자국 성큼 걸어 들어갔다. 그때 풀 속에서 컥컥거리는 소리가 들렸다. 어린 목소리였다. 오철환은 머리끝이 쭈뼛 서는 것을 느끼며 잠시 걸음을 멈추었다. 풀 속에 허연 물체가 보였다. 허연 자루였다. 그리고 놀랍게도 자루 속에서 뭔가가 꿈틀거렸다. 꿈틀거리는 것을 보았다. 오철환이가 자루 앞으로 바짝 다가섰을 때 자루 안에서 소리가 났다.

"사, 살려주세요!"

절박한 목소리가 목을 긁는 듯한 소리로 새어 나오고 있었다. 힘 없는 목소리. 어린 사내아이의 목소리임에 틀림없었다. 오철환은 자루를 풀었다. 사내아이 하나가 버둥거리며 기어 나오고 있었다.

"살려주세요!"

열 살 쯤 되어 보이는 사내아이였다. 아이는 죽을 힘을 다해 그렇게 중얼거리곤 털썩 쓰러졌다. 오철환은 아이를 들쳐 업었다. 그리곤 집으로 향했다. 무엇에 쫓기는 사람처럼 다리를 후들거리며 뛰었다. 집으로 돌아온 오철환은 아이를 대청에 눕혔다. 그리고 아이를 살폈다. 아이는 숨은 붙어있었지만, 전신이 상처투성이였다. 사지를 늘어뜨리고 있는 것이 영락없이 송장이었다. 살려달라는 한마디를 간신히 외치고 나서 또 의식을 잃은 것 같았다. 물을 목구멍으로 흘려보냈다. 물이 조그마한 입 속으로 빨려들어 가자 아이는 숨을 내쉬었다. 살았다. 아이가 살아났다. 아니. 아이는 자루 속에서 죽은 듯이 숨을 쉬고 있었던 것이다. 남자들이 자루를 팽개치고 돌아가기를 기다리면서 숨을 죽이고. 죽은 듯이 숨을 내쉬며 그렇게 목숨을 부지하고 있었던 게 틀림없었다. 몸은 상처투성이였지만 살겠다는 의지가 아이의 목숨을 지켜낸 것 같았다.

물을 먹이고 난 뒤 아이가 게슴츠레 눈을 떴다. 아이의 눈에는 겁먹은 빛이 역력했다.

"안심하거라. 너를 해치던 사람들은 다 떠났어."

"……."

"네가 죽은 줄 알고 자루에 넣어 버리러 왔던 모양이야."

"……."

"넌. 살았어. 안심하거라. 아무 걱정 말고."

"고. 고맙습니다!"

아이는 힘들게 목소리를 내었다. 고맙다는 말과 눈에서 떨어지는 눈물이 오철환의 마음을 울컥하게 만들었다. 오철환은 상처투성이의 아이를 조심스럽게 끌어안았다.

"많이도 맞았구나. 죽지 않은 게 정말 천만다행이었구나."

"고맙습니다! 고맙습니다! 구해주셔서 고맙습니다!"

오철환에게 안겨서 눈물을 펑펑 쏟아내는 사내아이, 열 살쯤 되어 보이는 사내아이가 바로 돌무였다. 돌무의 눈에는 살았다는 안도감과 좋은 사람을 만났다는 기쁨이 넘치고 있었다. 돌무를 안아주는 오철환의 가슴이 따뜻했던 것이다. 그 따뜻함으로 오철환이 좋은 사람이라 감지한 돌무는 눈물을 펑펑 흘리며 오철환의 가슴에 얼굴을 묻었다.

그때였다. 안방 방문이 열리면서 경채가 마루로 나왔다. 무엇에 크게 놀랐는지 얼굴은 창백하고 턱이 덜덜 떨리고 있었다.

"아버지!"

울먹이는 경채의 목소리가 떨리고 있었다.

"경채야! 무슨 일이여? 여태 안 자고 있었어?"

"아버지 안방에 가봐! 엄마가 이상해! 엄마가 잠만 자!"

"엉?"

경채의 소리에 오철환은 정신이 번쩍 들었다. 아내의 얼굴이 스쳐 지나갔다. 시커먼 핏덩어리를 쏟아내던 아내, 핏기없는 얼굴로 고통스러워하던 아내의 모습에 오철환은 자리에서 벌떡 일어섰다. 안방 문을 열었다. 아내는 자는 듯이 누워 있었다. 오철환이가 눕힌 대로 그대로 누워 있었다. 두 손을 배에 올려놓고 잠자듯이 평온하게 누워 있었다.

"여보!"

그러나 아내는 대답이 없었다. 움직이지도 않았다. 그 해맑은 웃음으로 웃어주지도 않았다. 아내의 손을 잡는 순간 냉기가 오철환의 몸으로 스며왔다.

"여보!"

오철환은 격렬하게 외쳤다. 그리고 소리 내어 울었다.

아내가 떠났다. 어질고 착하기만 했던 남편으로 인해 여자로서의 호강 한 번 누리지 못한 채, 아내는 그렇게 떠났다. 이것 또한 운명이었을까? 죽어가는 한 아이를 구했고 그 아이를 구하고 있던 시간에 아내가 숨졌다. 한 사람이 오철환의 곁을 떠나고 한 아이가 오철환의 곁으로 온 것이다. 오철환은 이를 운명으로 받아들었다.

돌무에게 새로운 보금자리가 생긴 것이다. 아내가 떠나고 그녀가 떠난 자리를 채우기라도 하듯 오철환의 가족이 되어버린 돌무, 돌무는 새로운 보금자리에서 다시 태어나듯 오철환의 가족이 된 것이다. 이 아이를 살려내느라 아내의 임종도 지켜주지 못했다는 자책감이 무겁게 오철환을 짓누르는 듯했다. 그러나 이것 또한 운명이며 순리가 아닐까.

4.
행복한 사람들

참 이상한 일이었다. 오철환의 동네 아주머니들의 말을 빌리자면 참 희한한 일이었다. 오철환 고물상이라는 글이 새겨진 합판이 간판 노릇을 톡톡히 하는 건지 아니면 오철환 고물상의 위치가 좋아서인지 고물이 수시로 들어왔고, 고물을 주워오는 손수레가 줄을 이었다. 오철환 고물상이란 간판이 붙고 나서는 지나가는 사람들이 심심찮게 무언가를 휙휙 던져놓고 갔다. 고물을 모아서 가져오는 것이 아니라 집 안에 나뒹굴고 있는 쇠토막이나 찌그러진 냄비를 들고 오다가 귀찮아서 던지는 사람도 있었고, 오철환 고물상 안으로 던져 넣으려고 마음먹고 들고 와서 던져주고 가는 사람도 있었다.

오철환 고물상은 도시 신작로 사거리에 있었다. 이쪽저쪽 사방이 길로 뚫려 있었다. 사방에서 오고 가는 사람들이 많았다. 자동차는 그리 흔치 않았다. 자동차보다 걷는 사람이 더 많던 시대다. 오고 가는 사람들이 던지는 고물이 얼마나 될까 싶겠지만, 그게 그렇지 않았다. 심심해서 마실 삼아 나오는 할머니들도 빈손으로 터덕터덕 오는 게 뭐했는지 오래된 농기구 부속품을 들고 나왔고, 두 번 다시 고쳐 쓸 수 없는 낡은 호미나 끝이 나간 삽을 가져오곤 했다.

"이봐요, 오 사장! 이런 것도 고물로 받나?"

동네 할머니들은 오철환을 거침없이 오 사장으로 불렀다.

"아이구, 할머니! 오 사장이라니요? 지나가는 새가 웃겠습니다!"

어질고 착한 오철환이다. 겸손하고 순진한 오철환이다. 할머니들이 오 사장이라고 부를 때마다 오금을 펴지 못하고 부끄러워했다. 할머니들은 그런 오철환에게 손을 살래살래 흔들며 당치도 않다는 듯 대답하곤 했다.

"아이구, 무슨 소리야! 그런 소리 하지도 말게. 오 씨는 이제 어엿한 사장이구먼. 오철환 고물상 간판을 걸고 고물 장사를 하는 사장이지. 사장이고말고. 그리고 이 동네에서 이만큼 큰 집이며 넓은 집터를 가진 사람이 있으면 나와 보라고 해! 저 밑에는 열 평도 안 되는 집터에 이층을 올리고 삼층을 올린다고 법석인데, 오 사장의 집터라면 그런 집 열 채, 스무 채도 지을 걸세. 그렇게 여러 채의 집을 짓고 이층, 삼층을 올려 보래지. 우리 오 사장 만한 부자가 어디 있겠어?"

할머니의 열띤 설명에 다른 할머니들은 박수를 쳐대며 웃었다.

"암! 암! 우리 오 사장이 마음만 먹으면 이 넓은 집터에 몇 채의 집이 들어서겠지! 아니, 몇 층짜리 빌딩이 쭉쭉 올라가고도 남지!"

배구철이가 이 집터를 얼마나 탐내는지. 사람들을 만나면 오철환 집을 사게 해달라는 둥, 그 집에는 악한 기운이 있어서 여느 사람은 살 수 없고 꼭 자기만 사야 한다고 떠들고 다니는데 사람들이 콧방귀만 뀌지! 그렇게 오 사장의 집이 탐났으면 개발 붐이 일기 전에 오철환에게 돈이라도 좀 빌려주던가. 그때 돈이 있었으면 오 사장의 부인도 살릴 수 있었을 텐데. 아주머니들과 할머니들이 얼굴을 맞대고 하는 말이었다. 실은 맞는 말인지도 모른다. 저 할머니들의 말씀대로 개발 붐이 일기 전에라도…. 그러나 이제는 다 소용없는 일이다. 아내가 세상을 떠난 마당에 그런 지나간 일로 이웃과 언짢은 사이가 되고 싶지는 않았다. 오철환은 할머니에게 당부하듯 말했다.

"어머님들, 이제 그런 소리 마십시오. 모두 지나간 일입니다. 사실 이곳에 개발 바람이 불 것이라고 누가 알았겠습니까? 그 당시만 해도 썰렁한 동네였고, 썰렁하기 이를 데 없는 동내에 집터만 넓고 집만 있었지, 그 집에 사는 가장 꼬라지가 돈 한 푼 못 버는 놈팽이었는데, 그런 저에게 누가 돈을 빌려주려 했겠습니까? 그러니 누굴 탓할 일도 아니지요."

"허기사. 지금에서야 오 사장 집과 집터가 욕심이 나지, 개발 바람이 불기 전에는 쓸데없이 넓기만 한 집이었지. 개발 바람이 불어서 오 씨네 집이 이렇게 좋은 위치에 있게 되었고, 큰 집과 넓은 집터가 금싸라기 집터가 될 줄 누가 알았겠어? 알았다면 내라도 빌려주었을 텐데 말이오!"

할머니의 끝말에 좌중이 한바탕 웃음이었다.

"그러게 말입니다!"

오철환도 그렇게 맞받아 답했다. 아무도 지나간 일을 왈가왈부하는 사람이 없었다. 그냥 그랬다는 이야기로 끝났다. 할머니들이야 이 동네 터줏대감처럼 오래 살았던 분들이다. 오철환이가 아랫도리를 내놓고 걷는 것을 보신 할머니도 계셨고, 오철환이가 아버지와 어머니에게서 귀여움을 받고 사랑을 독차지하며 자랐던 아이라는 것도 다들 잘 알고 있었다. 오철환이가 어질고 착하긴 했지만 내성적인 데다가 사람들과 잘 어울리지 못하는 것이 어릴 적에 부모 사랑만 받으며 너무 귀하게 자랐던 탓이라 여겼다. 그렇게 오철환을 어릴 적부터 지켜보았던 할머니들의 눈에는 오철환 고물상이라는 간판을 걸게 된 것만으로도 오철환이가 신기하고 대견하기까지 했을 것이다.

　나이 사십이 넘은 오철환을 두고 지나간 이야기도 서슴지 않고 이러쿵저러쿵하게 되었다. 오철환은 이런 분위기가 싫지 않았다. 부모님을 알고 계시는 이 할머니들이 부모처럼 정겹기도 했고, 오철환의 어릴 적 이야기를 하면 부모님이 하시는 말 같아서 귀담아듣기도 했다. 어쩌면 이 연세 많은 할머니들에겐 오철환 고물상이 마실 나올 만한 곳으로 여겨졌는지도 모른다. 오철환의 어릴 적 이야기를 하면서 한바탕 웃기도 하고, 오철환이가 고물상을 차렸다고 칭찬도 하고. 대견해하면서 하나씩 하나씩 들고 오는 고물들, 고물 하나하나가 중요한 게 아니라, 고물이라고 하나씩 들고 와 주시는 그 마음이 고마워서 오철환은 더 행복했다.

　"늙은 할멈들이 골방이나 지킬 일이지 남의 사업장에 와서는 와이래 떠들어 쌌노? 동네 시끄럽게."

　아랫동네에서 문방구를 하고 있는 엄 씨 영감님이다. 지팡이를 짚고 오철환 고물상에 들어서면서 하는 말이었다.

　"아이구, 영감님. 오셨습니까?"

　"아직 건강하시지요."

　"별일 없으시지요."

　할머니들은 엄 씨 영감님을 보자 부스스 자리를 뜨며 한마디씩 안부를 묻는다. 엄 씨 영감님이야말로 골방이나 지키면서 긴 담뱃대를 물고 계실 나이었다. 그야말로 오래된 터줏대감이시며 동네 어르신이기도 했다. 동네 반장이나 통장, 동사무소 동장님의 말보다도 엄 영감님의 한마디가 효력이 있을 정도였다.

　오철환은 벌떡 일어나 이마가 땅에 닿도록 허리를 굽혔다.

　"어르신, 이 위에까지 어쩐 일이십니까?"

"자네가 고물상 간판을 걸었다기에 구경하러 왔어! 오철환 고물상이라. 잘했군! 잘 생각했어. 생각 참 잘했어!"

"어르신. 어르신께서 그렇게 말씀해주시니 금방 부자가 될 것 같습니다."

"암! 부자가 되어야지! 틀림없이 부자가 될 걸세. 저 아래에 내려가 봐. 새집 짓느라고 집 안에 있는 것들, 쓸 만한 것들 버린 게 엄청 많네. 쓸 만한 것들을 버렸으니 주워오면 전부 고물이 될 게 아닌가? 부지런하게만 하면 금방 부자가 되지! 자네가 고물상 간판을 건 건 정말 잘한 일이야."

"어르신 말씀을 들으니 힘이 생깁니다. 정말 잘했구나 싶기도 하고요."

"이 지역이 개발될 줄 누가 알았겠나? 이곳이 개발되면서 오철환 자네가 큰 혜택을 받는 것 같아."

엄 영감님은 나이에 비해 치아가 참 튼튼했다. 말 한마디 새지 않고 또박또박한 어조로 오철환에게 용기를 주었다. 오철환은 엄 영감님을 향해 다시 허리를 굽혀 절을 올렸다.

"어르신! 정말 감사합니다. 어르신의 말씀을 들으니 용기도 생기고 힘도 솟아납니다!"

착하고 어질기만 하던 오철환은 자신이 선택한 것에 흐뭇해했고, 정말로 힘이 솟아나는 것 같았다. 자리에서 일어나 금방 떠날 줄 알았던 할머니들도 엄 영감님 곁에서 어정거리며 섰다가 한마디씩 거들었다.

"그럼요! 오철환 고물상이 잘 되어서 철환이가 잘 되어야지요."

"철환이 부모가 어떻게 키운 아들인데 언제까지 궁상스럽게 살게 내버려 두겠습니까? 착한 아들이 잘 되기를 부모가 얼마나 바랐겠습니까? 잘 될 겁니다. 철환이가 잘 살아야 동네 사람들이 느끼는 게 있을 게 아닙니까? 착한 사람은 반드시 복을 받는다! 뭐, 그런 것 말입니다."

"그렇지! 착한 사람은 복을 받는다. 그런 생각으로 살아간다면 이 세상이 착한 사람으로 채워질 겁니다. 복 싫어하는 사람은 없으니까요."

할머니들이 주고받는 수다 속에도 진리는 있었다.

그때였다. 커다란 함지박에 쌀 튀밥을 가득 담아 할머니 앞으로 걸어오는 사내아이가 있었으니, 돌무였다. 돌무는 한 손에 함지박을 들고 한 손에는 물 주전자를 들고 걸어오고 있었다. 아이 같지 않게 의젓한 모습이다. 그러고 보니 돌무의 차림새도 확 바뀌어 있었다. 이제 막 손질해서 입은 듯한 말끔한 바지에 새 옷 같은 노란 티셔츠, 신고 있는 고무신도 이제 막 장에서 사 온 듯 새 신발이었다. 말끔한 옷차림에 새 고무신을 신은 돌무는 도시에서 오랫동안 커왔던 아이처럼 보였고 어색함이 없었다. 더벅머리로 자랐던 머리도 이발을 했는지 단정해 보였다.

말끔하고 단정한 모습의 돌무에게는 더 이상 산에서 도망치듯 내려왔던 그 모습이 없었다. 그저 말끔하고 단정한 도시 아이었다. 눈매는 선했지만 눈동자는 초롱초롱했다. 콧날이 오똑한 게 지혜로워 보였다. 갸름한 턱과 타원형의 얼굴이 여자아이처럼 곱상했다. 입언저리로 번지는 웃음이 참 행복해 보였다. 돌무는 꾸벅 절을 하며 들고 있던 함지박과 주전자를 할머니 앞에 내려놓았다.

"할머니! 어제 튀긴 쌀 튀밥이라 고소합니다. 잡수어 보이소!"
"아! 니가 오철환 집에 오게 되었다는 업동이인 게로구나!"
"예!"

"그놈 잘생겼네!"

"똑똑하게 생겼어!"

할머니들의 칭찬에 돌무의 가슴에는 보이지 않는 감동이 출렁댔다. 뜨거운 눈물이 솟구치는 듯했다. 사람들로부터 칭찬을 받다니? 잘 생겼다는 말을 듣다니? 똑똑하게 생겼다는 말도 듣다니? 난생처음 들어보는 소리였다. 그런 데다 오철환과 그의 딸 경채는 돌무를 복덩어리처럼 여겼다. 동갑내기인 경채는 자신의 생일이 제일 늦은 달인 12월에 들어 있으니 당연히 돌무가 오빠라고 우기며 돌무를 서슴없이 오빠라고 불렀다. 어질고 착한 오철환은 돌무를 어색함 없이 사랑했으며, 자상하게 돌봐 주었다. 돌무는 오철환의 고물상에서 다시 태어난 듯했다. 행복했다.

모든 사람이 돌무가 하는 일마다 칭찬을 아끼지 않았다. 돌무는 신이 났다. 숨 쉬는 것도 신이 났고, 사는 것도 신이 났다. 고물을 담아 끌고 오는 손수레를 함께 밀어주고 당겨주기도 했고, 고물을 분류하는 일도 자진해서 해냈다. 폐지는 폐지대로. 빈 병은 빈 병대로. 철근 조각은 철근 조각대로. 구리와 전기선도 따로 분리했다. 오철환이가 엄두도 내지 못했던 그런 일을 어른처럼 척척 해냈다.

"너, 어디서 이런 일을 해봤나?"

"예!"

"어디서?"

"어딘지는 잘 모르겠습니다. 길에서 만난 형이 공장으로 돈 벌러 간다면서 가지고 있던 손수레를 저에게 주셨습니다. 고물을 주워서 밥벌이를 하라고요."

"정말로 착하고 현명한 형이었구나."

"돈 벌어서 공부한데요. 나쁜 사람들 잡는 경찰이 되고 싶데요."

돌무의 그 말에 오철환은 이때다 싶었는지 얼른 말을 꺼냈다.

"너도 공부하고 싶냐?"

"예?"

돌무는 제 귀를 의심하면서 눈을 동그랗게 떴다.

"너도 공부하고 싶냐고."

오철환은 진지했다.

돌무의 대답을 기다리며 잠시 뜸을 들였다. 그리고 말했다.

"경채처럼 가방 메고 학교에 다닐래?"

"학교에요?"

"그래! 학교에! 학교에 다니면서 공부하는 거다. 학교에 다니면서 공부할래?"

오철환의 질문에 돌무는 몇 번이고 고개를 끄덕거렸다. 입이 얼은 듯 입술이 떨어지지 않았다. 공부라니? 학교라니? 서재욱 형이 말하지 않았는가? 나쁜 사람을 잡는 사람이 되려면 공부도 많이 해야 한다고. 학교에도 다녀야 한다고. 그 꿈같은 일을 자신이 하게 되다니? 고개를 몇 번이고 끄덕이는 돌무의 눈에 눈물이 그렁그렁 고였다. 그리고 불을 타고 주르륵 흘러내리는 눈물이 뜨거웠다. 울지 않겠다고 스스로 맹세했던 돌무였다. 숯장이 허달만에게 매질을 당해도 울지 않았고, 억울하게 짓밟히고 욕을 들어도 눈물을 흘리지 않았다. 그랬던 돌무였는데 볼이 뜨겁도록 눈물을 흘렸다. 오철환은 그런 돌무를 와락 껴안았다. 한마디 말도 하지 않았지만, 돌무가 흘리는 눈물 속에는 돌무가 겪었던 온갖 서러움이 담겨 있음을 알 것 같았기 때문이다.

돌무는 오철환의 가슴에 얼굴을 묻고는 울었다. 펑펑 울었다. 가슴 속에서 분수처럼 솟구치는 눈물을 다 쏟아낼 듯이 울었다. 오철환은 돌무의 머리를 쓰다듬어 주었고, 등을 다독여 주었고, 눈물 흘리는 이 아이의 깊은 슬픔을 함께 느꼈다.

오철환은 돌무의 등을 다독거리며 말했다.

"그래! 공부하자! 학교에 가자! 내가, 이 오철환이가 아버지가 되어줄란다. 네가 공부할 수 있게 뒷받침해 주는 아버지가 되어줄란다. 우리 돌무가 중학교도 가고, 고등학교도 가고, 대학에도 가게 뒷받침해 주는 아버지가 되어줄 기다!"

오철환의 말투는 진지했고 힘찼다.

이튿날, 날이 밝자 오철환은 집을 나섰다. 일찌감치 일어나 몸단장을 하고, 새 옷을 갈아입고는 시곗바늘을 지켜보았다. 오늘 아침은 유달리 시간이 안 가는 것 같았다. 동사무소 직원이 오는 시간은 아홉 시다. 직원들이 출근하는 아홉 시를 기다리는 게 몸살 날 정도로 지루하게 여겨졌다.

"그렇게 잘 가던 시간이 와 이렇게 안 가노? 누가 시곗바늘을 잡고 있나?"

마음은 조급한데 시간이 안 가는 것 같았다. 경채가 책가방을 매고 나타난 건 그때였다. 경채는 새 옷으로 단장한 오철환을 보며 놀란 기색이었다.

"아부지! 어딜 갈려고?"

"응, 동사무소에 좀 갈라꼬."

"동사무소? 동사무소는 왜?"

경채가 보통 또랑또랑한 아이가 아니었다. 아버지 오철환의 말 한마디, 동작 하나, 행동 한 가지도 놓치지 않고 살피는 경채였다. 어지간해서는 외출복을 입지 않는 아버지가 외출복으로 갈아입은 것도 이상했고, 시계를 들여다보면서 초조하게 여기는 것도 경채의 눈에는 이상했을 것이다. 경채의 물음에 오철환은 가슴을 펴며 말에 힘을 주었다.

"너그 오빠 돌무를 아버지 호적에 올리려고."

"호적이 뭐야?"

"호적은 누구의 자식이라는 걸 기재하고 이름을 붙여서 써 놓는 거야. 말하자면 사람이 태어난 기록이지. 우리 경채가 아버지 오철환의 딸이라고 기록해 놓은 것처럼."

"그라모 돌무 오빠가 진짜 우리 오빠가 되는 거야?"

"그럼! 그럼!"

"야! 신난다. 돌무 오빠가 진짜 우리 오빠가 되는 거구나. 호적으로도 우리 오빠가 되는 거네. 돌무 오빠가."

경채가 손뼉까지 쳐가며 기뻐했다. 그때 한 늙은이가 손수레를 밀고 오철환 고물상 간판 밑으로 들어 오다말고 혀를 끌끌 찼다.

"어떤 쓸개 빠진 놈이 자식 이름을 돌무라고 지어놓는단 말이야?"

벌컥 화를 내는 목소리였다. 당치도 않은 이름이라는 듯 고개까지 절절 흔들어댔다. 고물을 끌고 오던 어스름한 늙은이였다. 나이도 칠십을 넘긴 것으로 보이는 노인이었다. 고물이 잔뜩 실린 손수레를 마당 가운데에 세우더니 땟자국이 자르르 흐르는 수건으로 얼굴을 닦으며 벌레 씹은 표정을 하고 있었다. 오철환은 노인에게 다가갔다.

"돌무라는 이름이 그리 나쁩니까?"

"그게 어디 사람한테 붙일 이름인가? 돌만도 못하다는 뜻인데."

"돌무라는 이름이 그런 뜻이었소?"

오철환은 의외라는 듯 놀랐다. 손수레에 고물을 가득 싣고 온 노인은 오철환을 힐끔 쳐다보면서 몇 번이나 혀를 찼다.

"쯔쯔쯧. 애비라는 사람이 자식 이름을 돌무라고 짓다니? 무식해도 그리 무식할 수가 있나. 아니, 자식이 얼마나 밉고 귀찮았으면 그런 이름을 붙여 불렀을까?"

고물을 담은 손수레를 끌고 온 노인은 정말 이해할 수 없다는 듯 고개를 흔들어대더니 오철환을 향해 볼멘소리로 외쳤다.

"오철환 고물상에 가면 저울도 정확하게 달아주고, 금도 잘 치러 준다고 소문이 났기에 고물값이나 제대로 받을까 하고 찾아왔더니 사람이 영 형편이 없군."

노인이 손수레의 손잡이에 손을 얹었다. 다른 고물상으로 갈 태세였다. 힘껏 끌고 온 손수레를 도로 끌고 갈 태세로 손잡이에 손을 얹는 노인을 보면서 돌무가 달려왔다. 돌무는 노인 앞에 버티어 섰다.

"우리 아버지가 지어주신 이름이 아닙니다. 어쩌다가 저를 키우게 된 어떤 아저씨가 내 이름은 돌무라면서 그렇게 부른 겁니다. 그 이름이 그렇게 나쁜 이름이라면 할아버지께서 좋은 이름을 지어주십시오. 그러면 되겠네요!"

"그놈 참 똑똑하군. 그라모 이 늙은이가 지어주는 이름으로 바꿀텐가?"

노인의 말에 돌무는 고개를 끄덕였고 오철환을 바라보았다.

"아버지, 그래도 되겠지요?"

"암. 그래도 되고말고. 나쁘다는 이름을 가지고 살 필요는 없지! 그라모 영감님께서 우리 아들에게 좋은 이름으로 지어주십시오."

오철환도 정중하게 청했다. 고물을 끌고 온 노인은 그제야 손수레의 손잡이에서 손을 떼고 손수레 테두리에서 나왔다. 땟자국이 자르르 흐르는 수건으로 옷을 탁탁 털면서 여닫이 유리문 앞에 설치해 놓은 평상에 걸터앉았다.

"아가! 좋은 이름으로 지어줄 테니까 이 늙은이에게 물 한 사발만 갖다주렴."

"예! 그러겠습니다."

돌무는 우물 쪽으로 달음박질하듯 뛰어갔다. 우물물을 퍼 올려 사발에 담아 노인에게 갔다. 공손한 태도로 물 사발을 내밀었다. 노인은 돌무를 유심히 보더니 살짝 미소를 지었다.

"고맙다, 아가!"

"……."

"그런데 어디서 본 듯 낯이 익구나!"

"예! 저도 한때는 고물을 주우러 다녔거든요. 그래서 길에서 보신 모양입니다!"

"그런가? 어린 게 고물까지 주우러 다녔다니. 고생이 많았겠군."

"예! 그때는 그랬습니다만, 지금은 아니에요. 아버지가 계시고, 동생도 생겼고…. 그래서 참 행복합니다. 할아버지께서 좋은 이름을 지어주신다면 더 행복해지겠지요!"

"그래, 그래라! 이 늙은이가 지어주는 이름으로 살면서 행복하거라!"

"고맙습니다! 할아버지!"

"할아버지에게도 애인이 있었거든. 참 예쁜 색싯감이었지. 그 색시가 아이를 낳아주면 붙여주려고 소중하게 품고 있던 이름이란다. '부의.' 한문으로는 부자 할 때의 '부' 자에 의로울 '의' 자야! 부자가 되어서도 의롭게 살라고, 그렇게 지어주고 싶었는데 우리 색시가 사정이 생겨서 내 곁에서 떠난 거야. 그래서 아들도 없고 딸도 없지만, 이 이름만은 내가 소중히 여기고 있단다. 언젠가는 '부의'라는 이름으로 불리게 될 내 아이가 생기지 않을까 싶어서."

노인의 표정이 갑자기 쓸쓸해졌다. 노인은 잠시 쓸쓸한 표정을 지었지만 이내 돌무를 바라보면서 편하게 웃어 보였다.

"내게는 그런 사정이 있는 이름이었네. 허지만 그 이름으로 불릴 사람이 따로 있다면, '부의'라는 이름을 네게 주마. 그 이름으로 잘 살도록 해라."

노인의 말에 돌무는 깍듯하게 절을 올렸다.

"감사합니다. 할아버지."

옆에 있던 오철환도 고개를 끄덕였다.

"좋구나. 부르기도 좋고, 뜻도 깊고. 내 아들에게 좋은 이름을 지어주신 할아버지에게 고맙다고 정중하게 인사드려라!"

오철환의 말에 노인은 손을 저었다.

"됐습니다. 이미 아이가 준 물 한 사발로 보답이 됐습니다. 평생 내 가슴에 묻혀 있을 거라 생각한 이름인데, 이름의 임자가 나타난 것 같아서 오히려 기쁩니다."

노인은 가볍게 손을 흔들었고 돌무는 노인에게 깍듯이 절을 했다. 돌무는 숯장이 허달만이가 불러대던 이름에서 해방된 것이 좋았다. 노인은 평상에서 일어서며 말했다.

"고물들 저울질이나 잘 해주시오."

"예! 그러겠습니다. 영감님!"

"나는 진 씨요! 진 씨 영감이라 불러주시오. 매일 오리다!"

"예!"

그것으로 오철환과 진 씨 영감의 깊은 인연이 맺어졌다.

동사무소로 향하는 오철환의 발걸음이 가벼웠다.

'부의라… 이름 참 괜찮네. 우리 아들에게 부의라는 이름을 지어주신 영감님이 고맙기가 이를 데 없군. 하마터면 호적에도 그 나쁜 이름으로 올릴 뻔 했어!'

오철환은 돌무라는 이름보다도 부의라는 이름으로 새롭게 불리게 될 아들을 생각하면서 기쁜 마음으로 동사무소에 들어섰다. 돌무라는 아이가 오철환의 아들 부의로 다시 태어난 운명의 날이기도 했다.

호적정리를 하고 동사무소에서 나오다 말고 반장 배구철을 만났다. 배구철은 깜짝 놀라는 표정으로 오철환을 바라보았다.

"아니? 오 씨는 동사무소에는 웬일이오?"

"새 건물을 짓겠다고 신청하라면서요? 반장님이."

"아, 아니 난 그게 아니고…. 오 씨 집을 나한테 파시라고. 그, 그렇게."

"반장님이 내 집을 사겠다고 하신 건 아니지 않습니까? 집값을 톡톡히 줄 매매자가 있다면서요?"

"아, 그게 아니고…. 나한테 집을 팔았으면 하고."

"그럼 진즉에 그렇게 말씀하시지요. 그러면 내가 팔 수도 있었을 텐데."

"그, 그럼. 지금이라도 내게 파실 건가?"

"아, 아니지요!"

"그라모 새 건물을 올리겠다고 신청이라도 하러 왔나?"

배구철의 얼굴에는 오철환을 업신여기는 듯한 표정이 역력했다. 그리고 오철환이가 혹시 새 건물을 짓겠다고 신청을 했나 싶었는지 조급한 얼굴로 말을 붙었다.

오철환은 배구철의 속셈을 훤히 들여다본 듯 실없이 웃었다. 그리곤 야무지게 한마디했다.

"저는 새 건물을 짓겠다고 신청도 안 할 거고요, 집을 팔 생각도 없습니다. 특히 반장님한테는요!"

"그럼 동사무소에는 왜 왔나?"

"예! 제가 착하다고 하느님이 제게 업둥이를 보내주셨습니다. 튼튼한 사내아이로 말입니다. 그래서 호적정리를 하려고 왔지요!"

오철환은 의기양양해서 돌아섰다. 언제나 뻐기며 다니는 배구철 반장에게 속 시원하게 한마디하고 나니 속이 후련해지는 것 같았다. 오철환은 아들이 생겼다는 뿌듯함에 행복했고, 경채는 오빠가 생겼다고 좋아했다. 부의는 이들과 가족이 된 것에 감사하며 행복해했다. 돌무의 인생이 새롭게 펼쳐지는 시점이기도 했다.

이듬해, 부의는 초등학교에 입학했다. 동생 경채가 4학년으로 올라가는데 1학년으로 입학하는 게 처음에는 부끄럽고 어색했지만, 이내 그런 것은 아무렇지 않다는 생각이 들었다. 공부를 할 수 있고 학교에 다닐 수 있다니? 세상 모든 것이 부의의 가슴에서 펼쳐지는 듯 행복했다. 날마다 날아갈 것 같은 기분이었다. 경채는 부의를 졸졸 따라다니며 좋아했고 오빠라고 불러대며 깔깔 웃기도 했다. 학교에 갔다 오면 부의에게 열심히 공부도 가르쳤다. 부의는 경채가 가르쳐주는 것을 열심히 배웠다. 부끄러워하지도 않았고 어색해하지도 않았다. 오빠다워지려는 마음으로 열심히 배운 탓에 4학년이 되는 해에 경채와 한 학급으로 편입되어 오빠 체면을 세웠다. 경채는 부의에게 질세라 공부했고, 부의도 경채에게 질세라 공부했다.

그러는 아들과 딸을 보면서 오철환은 행복해했다.

"너그들이 열심히 공부하는 걸 보니 우리 집안에서 '박사'도 나오겠다."

오철환이가 껄껄 웃으면서 말하자 경채는 고개를 갸우뚱거렸다.

"아버지! 박사보다는 판·검사가 나을지도 몰라요."

"판·검사?"

"예! 부의 오빠는 법의를 입고 나쁜 사람을 잡는 검사가 되고 싶데요!"

"그래? 오빠가 그렇게 말했다는 거지? 부의야, 정말 그게 네가 공부하는 목표냐?"

오철환의 물음에 부의는 어색하게 웃으며 말했다.

"예! 아버지! 하지만 될는지는 모르겠습니다. 검사가 되고 싶다는 목표를 가지고 열심히 하겠습니다."

"열심히 하면 안 될 것도 없지! 초등학교 입학한 지 2년 만에 4학년으로 껑충 올라간 우리 아들 부의의 실력인데. 안 될 것 없어! 열심히 하자!"

아들 부의에게 용기와 힘을 주는 오철환이다. 옆에서 경채가 또 한마디 거들었다.

"그럼요! 오빠는 틀림없이 대한민국의 검사가 될 것 같아요. 목표가 뚜렷하니까요. 게다가 우리 부의 오빠가 얼마나 똑똑한데요."

"그라모 경채, 너는 어떤 사람이 되고 싶은데?"

오철환의 얼굴엔 즐거움이 넘쳤다. 이번에는 부의가 경채를 대변하듯 말했다.

"아버지! 경채는 의사가 되겠답니다. 어머니처럼 병을 앓는 사람들을 치료해주는 의사가 되겠다는군요."

부의와 경채는 벌써 자신들의 포부를 말하며 살아갈 정도로 친했고, 또 다정한 오누이로 살았다. 그렇게 세월이 흘렀다. 한 해, 한 해 세월이 흐르면서 부의와 경채는 사랑스러운 청소년의 모습으로 변해갔다. 어느 날 부의는 고물로 들어온 자전거 한 대를 뚝딱대더니 달릴 수 있는 자전거로 만들어냈다.

여고생이 된 경채는 조금 수줍어하고, 조금은 당돌하고, 그런가 하면 예민해지기도 하고, 가끔은 고집스럽기도 했다. 그렇게 변하는 경채를 바라보면서 부의는 웃기도 했고 장난을 걸기도 했다. 장난을 걸면 골을 내는 경채가 귀엽기도 했고, 골을 내다가도 금방 풀어지는 경채가 씩씩해 보이기도 했다.

그런 경채를 위해 부의는 자전거 한 대를 만들어냈다. 고물로 들어온 자전거를 고쳐서 달릴 수 있게 했으니 자전거 한 대를 만들어낸 셈이었다.

"경채야, 이리 와 봐."

학교에서 막 돌아온 경채를 불렀다. 의아해하는 경채의 손을 덥석 잡고 마당 한켠에 있는 창고 뒤쪽으로 갔다.

"왜? 오빠."

"오빠가 근사한 걸 만들었어!"

"근사한 거라니? 그게 뭔데?"

"놀라지 마! 자, 봐! 이게 뭔지 아니?"

"오빠, 이거 자전거잖아!"

"그럼. 자전거지! 고물로 들어온 자전거를 오빠가 고쳐서 달릴 수 있게 만든 거야. 타 볼래?"

"나! 탈래. 태워줘, 오빠!"

"그래, 알았어! 오늘은 태워주지만 다음에는 자전거 타는 것도 가르쳐 줄게. 자전거 배워서 우리 둘이 나란히 자전거로 달리는 거야! 경쟁도 하면서."

"하여튼 오빠는 경쟁 엄청 좋아해!"

"경쟁한다는 건 나쁜 게 아니야! 경쟁자가 있어야 발전할 수가 있는 거야!"

"오빠는 그럼 날 경쟁자로 보는 거야?"

"그럼. 오빠한테는 경채 네가 제일 무서운 경쟁자지! 우리 경채가 나보다 더 잘하면 어떡하나, 그렇게 걱정될 만큼."

"난 오빠 경쟁자 되기 싫어!"

"그러니까 경채 너도 오빠가 내 경쟁자다 생각하면서 공부하라고. 그런 마음으로 공부해야 훌륭한 의사 선생님이 될 수 있어! 의사 선생님이 되는 게 얼마나 힘든 목표인데."

"알았어! 오빠에겐 내가 경쟁자고, 나한테는 오빠가 경쟁자라는 것을 잊지 않고 열심히 공부할게!"

"좋아! 그런 의미로 오빠가 우리 경채 자전거에 태우고 동네 한 바퀴 빙 돌아줄게."

"정말?"

"그렇게 한다니까."

"그라모 우리, 구포다리까지 가자! 오빠!"

"구포다리?"

"응. 구포다리까지 가면 갈대가 얼마나 예쁜지 몰라. 머리끝에 하얀 왕관 같은 꽃을 피우고 하느작거리는 갈대. 오빠, 나는 그런 갈대가 참 좋더라. 사람들은 갈대꽃을 꽃으로 여기지 않는 것 같지만, 나는 세상에서 제일 예쁜 꽃이 갈대꽃이더라. 하늘을 향해 하얗게 핀 갈대꽃. 바람이 불며 춤추듯이 하느작거리는 갈대꽃. 갈대는 하나하나가 아니라 무리를 지어 자라고, 무리를 지어 피고… 그래서 갈대는 외롭지 않은 꽃 같아!"

"갈대꽃이 그렇게 좋아?"

"응. 나는 세상에서 갈대꽃이 제일 좋드라!"

"경채야."

"엉?"

"그라모. 경채 너도 갈대꽃이 되어라. 오빠는 우리 경채를 갈대꽃이라 부를게! 우리 경채는 하얀 갈대꽃이다!"

"정말?"

"그럼! 오빠가 약속할게. 우리 경채는 오빠만의 갈대이고 오빠를 위해 하얗게 피는 갈대꽃이라고, 그렇게 생각하겠다고 약속할게."

"오빠를 위해 하얗게 피어오르는 갈대꽃? 와! 정말 멋지다. 그럼 나는… 나 오경채는 오빠만의 갈대꽃이 될게! 나도 그렇게 약속할게."

"우리 경채는 갈대꽃이다! 하얀 왕관을 쓴 듯 피어나는 갈대꽃이다!"

부의는 잠깐 자전거 손잡이에서 손을 놓고 두 팔을 활짝 펴는 고도의 기술을 발휘했다. 경채는 잠시 겁이 났는지 부의의 허리를 감은 팔에 힘을 주고 있었다. 노을이 펼쳐진 하늘을 향해 갈대는 춤을 추듯 흔들리고 있었다. 하얀 갈대꽃은 더없이 순수했고, 황홀하기까지 했다.

부의는 경채를 갈대꽃 바라보듯 바라보았다. 경채는 부의에게 갈대꽃 같은 존재였다. 경채가 옆에 있어 주어 부의는 더욱 행복했다.

4章

1.
그 잔잔한 희생

누군가가 행복했을 때 그 행복을 지켜주기 위해 뒤에서 작은, 때로
는 큰 희생이 있었다는 것을 깨닫고 사는 사람은 별로 없는 듯했다.
돌무는 부의라는 이름으로 새롭게 태어났으며 또 행복하게 살아가
고 있었다. 숯장이 허달만으로부터 부의를 도망치게 도와주었던 옻
진 아저씨 문항, 여기서 잠깐 문항의 이야기를 해보려 한다.

잠에서 깨어난 허달만은 입을 쩍쩍거리며 물을 찾았다.
"물…. 물. 야, 돌무야. 물 한 사발 가져와!"
버릇처럼 돌무를 찾았다. 벌떡 일어나 부엌으로 들어가서 물 한
사발 꿀꺽꿀꺽 마실 수 있는데도 앉은 자리에서 돌무만 불러대고 있
었다.
"돌무야! 야! 이놈의 새끼야!"
"……"
"애비 목소리가 들리면 냉큼 달려와야지, 뭘 하느라고 꾸물거려?"
"……"
"돌무야! 돌무야!"
"……"

"아니, 이놈의 새끼가."

허달만은 턱을 덜덜 떨며 욕지거리를 해댔다. 술독에 빠졌다가 나온 행색이다. 눈은 빨갛게 충혈되어 있었고 콧잔등은 구멍이 숭숭 뚫린 채 불그스레 핏발이 서 있었다. 술을 얼마나 퍼마셨는지 아직까지 눈도 제대로 뜨지 못하는 상태였다. 해는 어느덧 중천에 떠 있었고, 목은 마르고 배 속에서는 전쟁이 일어난 듯 시끄럽다. 쓰리다가도 가끔 토악질이 올라오는 듯했고, 찌르르 하다가도 울렁거리는 것이 영 편치 않았다.

"그 고기 안주 때문에 술을 고래 물 마시듯이 퍼먹었으니."

스스로가 생각해도 미련하게 마셨나 싶었는지 그리 중얼거리기도 했다. 그리곤 모가지를 자라 목처럼 빼고는 또 돌무를 불러댔다.

"돌무야! 이놈, 돌무야!"

모가지를 뽑고 불러댔지만 돌무에게서는 대답이 없다. 여느 때 같으면 저 멀리 있어도 대답과 함께 달려 올 놈이었다. 그런데 대답도 없고 달려오지도 않았다.

"돌무야! 이놈 새끼, 어디 있는 거야?"

돌무를 부르다가 화가 난 허달만은 그제야 자리에서 일어나 움막의 방문을 열었다. 그때 문항은 물지게를 지고 싸리문 안으로 들어서고 있었다.

"아니, 돌무 놈은 어딜 가고 자네가 물지게를 지고 들어와?"

"돌무는 없네!"

"뭐?"

"나도 조금 전에 일어났네. 돌무를 불러도 보고 찾아보기도 했는데 돌무가 보이질 않아. 아무래도 자네에게서 달아난 것 같아!"

문항은 물지게를 지고 부엌으로 들어가면서 대수롭지 않은 듯 말했다. 그러나 허달만은 움막 툇마루에서 마당까지 뛰어내리며 벌컥 소리를 질렀다.

"아니, 돌무가 보이지 않다니? 돌무가 달아난 것 같다니! 그게 무슨 소리야?"

"무슨 소리긴. 자네, 잘 생각해봐. 어제만 해도 자네가 돌무에게 어떻게 했는지를. 돌무에게 공연히 트집을 잡고 때리고 발길질을 해댔잖아. 그러고도 뭐가 부족했는지 횡설수설하며…."

"횡설수설? 내가 뭐라고 했는데?"

"돌무 어미가 어떠니, 돌무를 떠맡았다가 귀찮기만 하다느니, 돌무라는 놈의 애비가 어떤 놈인지도 모르는데 내가 왜 돌무 저놈을 키워야 하느니… 좀 떠들어 댔어?"

"내가?"

"그럼, 자네지! 애비라고 믿고 있는 자네한테 맞아가며 살아왔던 아이였는데. 그런 돌무에게 친애비가 아니라고 떠들어댔으니 돌무가 여기에 남고 싶었겠어? 이런 깊은 산속에서 살고 싶었겠느냐고."

"아니야! 그럴 리 없어! 돌무 놈이 나를 팽개쳐놓고 도망쳤을 리가 없어! 그놈이 내 곁에서 도망질을 했다니? 그럴 리 없어! 그럴 리가 없어!"

숯장이 허달만은 거품을 물며 떠들어댔다. 벌겋게 충혈된 두 눈을 부라리며 사방을 살피는 모습이 마치 굶주린 짐승이 먹이를 찾으러 다니며 으르렁대는 모습 같았다. 숯장이 허달만은 닳아버린 고무신을 찾아 신으면서 헐떡거렸다.

"돌무 이놈을 내가 그냥 두나 봐라. 내 손에 잡히기만 하면 닭 모가지 비틀 듯이 그놈 모가지를 비틀어 버릴 거다. 숨도 못 쉬게 비틀어 버려야지!"

그리 떠들어대며 싸리문 밖으로 뛰어나갈 기세로 허둥거리는 허달만을 지켜보던 문항이 여유롭게 한마디 했다.

"자네가 허둥거리며 뛰어가도 돌무를 잡을 수는 없을 걸세."

"돌무를 잡을 수 없다니? 그놈이 언제 한 번이라도 이 산을 벗어나 본 적이 있나? 이 산을 헤매고 다니면서 길을 익히기라도 했나? 돌무 그놈은 이 움막 밖으로 나가본 적도 없는 놈이야. 그러니 산에서 헤매고 있을지도 몰라. 배때기가 납작해져서 밥 생각을 해가며 산을 헤매고 있을 거야. 내가 가서 그놈 멱살을 잡고 끌고 올 테야!"

"맞아. 자네 말이 맞아. 돌무가 이 움막을 떠났다 해도 길을 모르니까 반드시 돌아올 걸세. 그러니 자네는 나랑 아침밥이나 먹으면서 기다려보기로 하세. 허달만 자네 말대로 틀림없이 돌아올 거야. 멀리 갈 수도 없을 게 뻔하고. 아직 산속에서 헤매고 있을 게 뻔하지. 자네가 짐작한대로일 테니까 느긋하게 밥이나 먹지 뭐!"

문항은 치밀하고 계획적인 사람이다. 돌무가 이미 산을 빠져나갔다는 것을 알고 있었고, 지금쯤 부산으로 향하는 기차에 몸을 싣고 떠나고 있을 것이라는 사실도 짐작하고 있었다. 그러면서도 허달만을 막고 있었다. 돌무가 허달만에게서 더 멀리, 더 멀리 떠나가 주기를 바라면서 숯장이 허달만을 막고 있는 것이다. 허둥거리지도 않았다. 조급해하지도 않았다. 돌무는 이미 기차를 탔을 테고, 허달만은 목이 타고 배가 고픈 상태였다. 아침밥을 먹자는 문항의 말에 벌써 귀가 솔깃해진 허달만은 허리춤을 치켜올리면서 벌써 포기하는 기색이다.

"그렇지! 그렇지! 문항이 자네 말대로 돌무 그놈은 쉽게 이 산을 빠져나갈 수 있는 놈이 아니지! 허기사 그놈이 아무리 날고 뛰어봐야 내 손바닥 안일 테니까. 자네 말대로 밥이나 먹음세. 어제 저녁에

고기 안주에 술도 원 없이 마셨는데 아침이 되니까 또 배가 고파오
는군. 이 뱃속에는 대체 뭐가 들어 있는지. 히히힛!"

아침밥 먹을 생각에 숯장이 허달만은 돌무의 존재까지 잊어버린
듯했다. 참을성도 없고 단순하지만, 본능에는 집착하는 허달만이다.
배가 고프거나 화가 나는 것을 참지 못하는 허달만을 문항은 훤히
꿰뚫어 보고 있었고, 이미 숯장이 허달만을 밀가루 반죽 주무르듯
주물럭거리는 지경까지 온 문항이다. 미리 준비해 놓은 아침 밥상을
들고 움막 툇마루에 올려놓는 문항은 이미 숯장이 허달만을 막을
준비를 끝낸 상태였다.

"이봐! 달만이. 어서 앉게. 밥이나 반찬은 식으면 맛이 없는 법이
네. 따뜻할 때 먹어야지."

"어이구. 언제 이렇게 아침밥까지 준비를 했어? 하여튼 문항 자네
는 요술쟁이 같은 사람이야. 이 깊은 산에 올라오면서도 무거운 쌀이
며, 식료품을 어떻게 그리도 많이 가져올 수 있는지. 나는 숯 짐 한
짐 메고 올라오기도 힘들던데. 아무튼 고맙네. 나를 이렇게 챙겨주
는 사람은 이 세상에서 자네뿐이야! 고맙네. 정말 고맙네."

숯장이 허달만은 밥상 앞에 털썩 주저앉았다.

"어이구. 해장술도 있구먼. 흐흐흐. 해장술이라니?"

밥상 위에 올라가 있는 막걸리 병을 보고 흡족해 하는 허달만을
보면서 문항은 커다란 사발에다가 막걸리를 그득 따라 주었다.

"자! 어서 마시게. 해장술을 해야. 어젯밤에 마신 술독을 씻어낼
수 있지 않은가."

"그렇지! 그렇지! 역시 자네는 내 둘도 없는 친구야!"

사발을 들고 막걸리를 목구멍으로 넘기는 허달만은 벌써 돌무라
는 존재를 잊어버린 듯했다. 돌무가 집을 나갔는 데도 걱정하는 내

색조차 없었다. 움막을 떠나 산속에서 헤매고 있으리라 생각하면서 돌무를 걱정하는 게 아니라, 산속을 헤매다가 배가 고파지면 돌아올 거라고 여유롭게 기다리고 있을 뿐이었다. 만약 문항이가 없었다면, 문항이가 아침 밥상을 차려 주지 않았다면 돌무를 찾으러 나갈 게 뻔했다. 눈이 벌겋게 충혈된 채 화를 벌컥벌컥 내면서 산속을 살피고 다닐 게 뻔했다. 돌무의 목을 비틀 듯이 움켜쥐고 끌고 올 위인이었다. 돌무를 찾겠다고 마음먹으면 이 산속에 미련을 둘 허달만이가 아니다. 숯을 굽는 일 따위 접어버리고 돌무를 찾으러 나갈 허달만이다. 문항은 그것을 막고 싶었다. 아니, 막아야 했다.

아직 어린 돌무다. 저 단순하고 우악스런 허달만에게 돌무가 잡히기라도 한다면 돌무의 신체는 어느 한 부분도 성할 수 없을 것이다. 그야말로 돌무의 팔이나 다리 하나쯤 부수고 말 허달만이다. 어떻게 하든 숯장이 허달만이가 이 산속에서 버티고 살게 해야만 했다. 그것이 문항 자신이 해야 할 일이라는 것을 문항이는 너무나 잘 알고 있었다. 적어도 돌무가 성장해서 숯장이 허달만에게 끌려오지 않을 때까지. 허달만이가 돌무를 찾았다 해도 돌무가 끌려오지 않을 나이가 될 때까지 허달만이를 이 산속에서 꼼짝하지 않고 살게 해야 했다. 그것이 돌무를 지킬 수 있는 유일한 방책이었다.

시간을 기다린다고나 할까. 돌무가 성장할 세월을 기다린다고나 할까. 결국 돌무가 성장할 때까지 허달만이 꼼짝하지 못하게 지키고 있어야 했다. 어떤 식으로든 허달만이가 이 산을 떠나지 않게 해야 했다. 절대로 산에서 빠져나가지 못하게 해야 했다. 문항은 그렇게 결심했다. 숯장이 허달만이가 돌무를 찾겠다면서 산을 내려가는 일은 없어야 한다고. 적어도 돌무가 성장해서 허달만에게 끌려오지 않을 나이가 될 때까지 돌무의 안전을 위해 문항은 긴 세월을 희생하겠다는 각오까지 하고 있었다. 숯장이 허달만에게서 돌무를 도망치게 했던 게 문항 자신이고, 돌무가 다시는 허달만에게 잡히지 않게 지켜주어야 하는 것도 문항 자신이었다.

물론 처음에는 돌무가 그 여자의 아들이라는 생각에 지켜주고 싶은 마음이 생겼던 건 사실이었다. 여자의 모습이 흉측스럽다고 해서 얼굴을 외면해버리고 눈도 마주치지 않았던 잠깐의 실수를 문항은 후회했고, 여자에게 미안한 생각도 들었다. 그날 밤에 그 여자에게 달려가서 미안했다고 말해주고 싶을 만치 미안했다.

그런데 지금도 풀리지 않는 의문이 있었다. '말년'이라고 불리던 그 흉측스런 모습의 여자가 왜 숯장이 허달만의 움막이 있는 곳을 향해 올라오고 있었을까? 어둠 속에서 문항의 발자국 소리를 들었을 테고, 인기척과 발자국 소리를 듣고 분명 그 자리에서 멈추어 섰던 여자였다. 그리고 분명히 들었을 것이다. 미안해하는 문항의 목소리를. 그러나 그 여자는 아무런 반응을 보이지 않았다. 한마디 말도 하지 않았다. 그냥 그대로 되돌아갔을 뿐이다. 그리고 얼마 지나지 않아 다시 그 산으로 갔을 때는 숯장이 허달만이가 갓난아이인 돌무를 안고 있었다. 그 여자의 아이라고 했다. 그리고 그 여자는 빚에 떠밀려 다른 주막으로 팔려 갔다는 사실을 허달만의 입을 통해 알게 되었다.

그렇게 숯장이 허달만에게 맡겨진 돌무였다. 숯장이 허달만이가 돌무를 조금이라도 아껴주고 사랑을 베풀며 키워주었다면 구태여 허달만이에게서 돌무를 도망치게 하지는 않았을 것이다. 숯장이 허달만에게 아이를 맡긴 거라면 언젠가 아이를 찾으러 이 움막을 찾을 여자였다. 어머니가 아들을 찾으러 이 움막을 왔을 때 아들이 보이지 않는다면… 그런 낭패가 또 있을까? 문항이가 숯장이 허달만에게서 돌무를 도망치게 한 건 어떤 의미로는 어머니와 아들을 갈라놓은 일이 될지도 몰랐다. 문항으로서는 그것도 자기 탓으로 돌려야할 상황이었다. 돌무를 허달만에게서 도망치게 했던 건 그만큼 깊은죄책감이 따르는 일이기도 했다.

하지만 문항은 그런 것을 생각하면서도 돌무를 허달만으로부터도망치게 했다. 돌무의 장래를 위해서. 그리고 언젠가 어머니를 만났을 때 숯장이 허달만 아래서 숯이나 구우며 사는 산속 아이가 아니라 도시로 나가서 자유롭게 자신의 길을 선택하며 살아가는 돌무가 되었으면 했다. 그래서 문항은 돌무를 허달만으로부터 도망치게한 일을 후회하지 않았다. 오히려 숯장이 허달만에게 돌무가 잡히지않기를 바라면서 돌무가 성인이 될 때까지 허달만을 산속에 매어놓고 싶은 문항이었다. 그리고 그 일에 성공한 셈이다.

아침밥과 해장술로 배를 채운 허달만은 밥상을 물리자마자 바로그 자리에 꼬꾸라져 코를 드르렁거리기 시작했다. 머릿속에 계획이라는 것도 없고 생각이라는 것을 저장하는 사람도 아닌 허달만이다. 허달만은 먹고, 마시고, 잠자는 그 기본적인 틀만 마련된다면 그틀 속에 갇혀 살아갈 사람이다. 문항의 계획은 숯장이 허달만에게먹을 것과 마실 것과 필요한 것을 제공해주며 허달만이 산에서 내려가지 못하게 하는 것이었다. 적어도 돌무가 성인이 될 때까지. 그리고 그 세월을 숯장이 허달만과 함께 하기로 했다.

그 잔잔한 문항의 희생을 돌무는 알 리 없었다. 문항은 치밀하고세밀한 계획을 머릿속에 그리며 숯장이 허달만의 움막에서 허달만과의 동거를 시작했다.

산속 신작로까지 문항의 차가 오고 있다는 것을 꿈에도 알지 못하는 허달만이다. 문항이가 수시로 들고 오는 양식과 식료품에 세상 걱정이 없어진 허달만은 자신의 인생에서 옻진 아저씨 문항이만 있으면 걱정할 게 없다고 여겼다.

"돌무 그놈이 내 곁에서 영영 달아났다고 해도 난 걱정하지 않네. 내 곁에는 언제나 최문항! 자네가 있지 않은가. 흐흐흐."

"자네가 그렇게 생각해주니 나도 마음이 가벼워지네 그려. 도망간 돌무는 생각지 말고. 허달만 자네와 내가 이 산에서 함께 생활하는데 무서울 게 뭐 있겠나? 걱정될 것도 없을 테고."

"암! 암! 그렇지. 그렇지. 자네가 이 움막에서 나랑 같이 살아만 준다면 그 이상 바랄 게 없지! 양식 걱정할 리도 없고. 흐흐흐."

허달만은 비열하고 교활했다. 문항이가 움막에서 함께 살아준다면 양식 걱정은 없겠다 싶었다. 어디 양식뿐인가. 생활에 필요한 갖가지 식료품도 아쉬울 것 없이 물고 오는 문항이가 어린 돌무보다 백 배, 천 배나 유익한 존재가 아닌가. 허달만이의 머릿속은 그런 계산으로 꽉 차 있었다. 옻진 아저씨 문항이가 있으니 편하게 먹고 마시면 그만이라고 생각했다.

나날이 먹고 마시면서 숯을 굽는 일까지 게을리하는 허달만과는 달리 문항의 생활은 바빠졌다. 옻진을 내린다는 핑계로 이 산 저 산을 헤매고 다니는 문항은 자투리땅을 사들이기도 했고, 헐값에 나온 임야를 사두기도 했다. 옻진을 파는 것도 게을리하지 않았다. 특히 허달만의 움막이 있는 그 산의 옻진은 참 훌륭했고 질이 아주 좋은 옻진을 내는 옻나무들이 많았다. 문항에게는 욕심나는 산이었다. 망설일 게 없었다. 산 주인을 수소문해서 산 부분 부분을 사는 것에 성공했다. 다행인 것은, 그 큰 산이 한 사람의 소유가 아니라는 점이었다. 조금씩 조금씩 넓혀가면서 산을 살 수 있었기에 문항으로서는 부담될 게 없었다.

산을 매입하면 반드시 옻나무를 심었다. 옻나무 묘목을 심을 때는 신작로 아래쪽 동네 사람들을 불렀다. 남자며 여자며 가릴 것 없이 몰려들었다. 품값을 받고 일하는 건데 마다할 사람이 없었다. 함께 살고 있는 허달만 혼자 문항의 실체를 모르고 있었다. 묘목을 심으려고 산으로 몰려온 사람들은 옻진을 내리는 문항이가 이미 산의 절반 이상을 사들인 것을 알고 있었다. 문항이 임야를 사들여 묘목을 심거나 옻나무를 심으려고 사람들을 불러 모으면 저희끼리 수군거리기도 했다.

"우리 사장님이 나이는 아직 젊지만 엄청 부자라네."

"여기저기서 사들인 산이며 땅이 장난 아니게 많다며?"

"그 많은 산에다가 전부 옻나무를 심는다는군. 그 옻나무에서 내리는 옻진이 얼마나 많겠어? 그걸 금방금방 파신다 하니 돈이 저절로 들어오는 것 같지 않겠어?"

"사장님은 머리도 좋지만 치밀한 데가 있어서 실패하는 일은 안 하시는 거야. 그. 치밀한 성격이 부자가 되는 길잡이가 된 거지!"

"그러게 말이야!"

"우리 같은 사람이야, 옻나무를 보고도 그게 돈이 되는 줄 몰랐잖은가?"

"산에 가면 흔한 게 옻나무인데. 그동안 옻진 내린 게 얼마였겠어? 부자가 되어도 남지! 더군다나 이제는 자신의 산에다가 옻나무를 심고 있으니 돈 버는 게 땅 짚고 헤엄치기지."

"저 산 위에 있는 움막에 숯장이 허달만이가 살고 있는 것, 자네도 알지?"

"알고말고. 그 게으른 놈!"

"그 게으른 숯장이를 먹이고 입히면서 돌보는 게 옻진 사장님이시라니까."

"들리는 소문으로는 친구 사이라던데요? 친구는 날마다 돈을 벌어 들이고 산을 사고 헐값에 나오는 임야까지 다 사들인다는데, 그 숯 장이는 늘어지게 게으름만 피우면서 산다고 안 합니까."

"옻진 사장님이 먹여주고 입혀주는데 무슨 걱정이 있겠소?"

"그러니. 게으른 숯장이는 더 게을러지지."

저희들끼리 하는 이야기였지만 한마디도 틀린 말은 아니었다. 숯 장이 허달만은 허송세월을 보내는 것뿐만 아니라 게으름이 도를 넘 었다. 숯 굽는 일도 이미 접어버렸다. 숯 짐을 지고 도시로 나가 숯 을 파는 일도 없어졌다. 옻진 아저씨 문항이 빈틈없이 바치는 양 식에 호의호식하며 살아갔다. 그것이 자신을 망가뜨리는 줄도 모르 고 껄떡거리며 마시는 술에 인생을 걸어버린 듯한 허달만이다. 움막 이 있는 그 산까지 문항의 소유가 되었는데도 숯장이 허달만은 까맣 게 모르고 있었다.

그렇게 숯장이 허달만의 움막이 있는 그 산까지 소유하게 된 문항 은 서서히 자신의 속셈을 드러내기 시작했다.

세월은 흘렀고 돌무가 어디에 살고 있든 돌무가 스무 살을 넘긴 성인이 되어 있을 때쯤이었다. 이제 더 조바심 낼 것도 없었고, 숨길 것도 없었으며, 허달만이가 이 산에서 떠난다 해도 무서울 것도 없 었다. 다만 이 산 소유자가 문항이라는 것만큼은 숨겨야 했다. 허달 만이가 다시는 이 산에 올라오지 못하게 할 셈인 것이다. 움막에 대 한 미련도 갖지 않게 해주어야 했다.

문항은 사람을 시켜 허달만의 움막을 사게 했다. 아랫동네에 살고 있는 천 씨 아저씨는 숯장이 허달만의 움막이 허가도 없이 지어져 있는 것도 알고 있었고, 남의 산에다가 움막을 짓고 몇십 년이나 살았지만 땅세 같은 것은 생각지도 않고 살아온 것이 허달만이란 것도 알고 있었다. 때문에 움막을 사도록 하자는 문항의 말에 천 씨는 펄쩍 뛰었다.

"아니, 사장님! 움막을 사다니요. 그냥 철거해버리면 되는 것 가지고 왜 사겠다고 하십니까?"

천 씨의 말을 들으면서 문득 떠오르는 게 있었다. 아버지 최근수가 포크레인으로 민제 네 양철 지붕 집을 사정없이 철거해버리던 그날 아침의 광경이었다. 민제의 엄마를 내쫓고 집까지 철거해버린 아버지였다. 소문에 아버지의 압박에 못 이겨 민제 아버지 노 씨가 자살을 했다고 했다. 아버지 최근수가 노 씨에게 무엇으로 어떻게 압박했을까? 무슨 압박이었기에 노 씨는 자살을 선택했을까? 그리고 민제의 머리채를 잡고 팽이 돌리듯 했던 아버지가 민제를 어떻게 했을까?

문항이가 가졌던 의구심이며 의문이었다. 민제만 만나면 그런 의구심과 의문이 풀릴 줄 알았다. 그러나 민제를 찾는 일은 쉽지 않았다. 민제가 문항이를 피하고 있다는 생각이 들 만큼 민제를 찾을 길은 막막했다. 처음에는 민제가 반드시 문항이 자신을 찾아올 줄 알았다. 아버지 모르게 기별이라도 전해줄 것이라 믿었다. 그러나 그 생각은 빗나갔다. 민제는 문항이를 찾아오지도 않았고, 어떤 식으로든지 기별을 보내오지도 않았다. 학벌도 없는 민제가 일할 만한 곳을 기웃거리며 찾아봤지만 민제는 없었고, 민제를 찾는 일이 자꾸만 미궁 속으로 빠져 들고 있었다.

그러는 동안 십년의 세월이 흘렀다. 움막을 철거해버리면 된다는 천 씨의 말에 문항은 고개를 강하게 저었다.

"산속까지 들어와서 움막을 짓고 살아야 하는 숯장이의 사정이 딱하지 않습니까? 산 소유자가 문항이라는 건 꼭 숨겨야 합니다. 그 사실만 숨기면 됩니다. 그리고 산 주인이 바뀌게 되어 움막을 철거하는 거라고 전하며 움막 값이다 하고 드리세요."

문항은 뭉칫돈을 천 씨에게 건넸다. 천 씨는 어이없다는 듯 눈을 둥그렇게 뜨고 도리질을 했다.

"아니, 그냥 철거해버리면 될 것을 뭐 땜에 이렇게 많은 돈을 주시는 겁니까? 땅세를 받아내어야 할 판이 아닙니까?"

"살고 있던 움막이 헐리는데 어떻게 그냥 내보내나? 반드시 움막 값이라고 하면서 돈을 전하게. 그리고 움막 값으로 받은 돈이라는 것을 명심하게. 영수증도 받아와야 하네."

"사장님이 그 숯장이를 먹이고 입히고 했던 게 자그마치 십여 년입니다! 그건 어쩌고요."

"나는 그 숯장이 움막에서 공짜로 살았지 않나? 하하하."

문항은 통쾌하게 웃었다.

천 씨로부터 뭉칫돈을 받아 쥔 허달만은 이게 웬 떡인가 싶었는지 입은 한 바가지나 벌어졌으며, 히힛거리며 웃느라고 눈은 성냥개처럼 가늘게 찢어졌다.

"그라모, 이 뭉칫돈이 움막 값이란 말입니까?"

"왜? 그 돈으로 그동안 움막을 짓고 살았던 땅값이라도 내시겠습니까?"

"움막 값으로 이렇게 큰돈을 주시는 분이 그까짓 땅값을 받겠습니까? 새로 바뀐 산 주인이 통이 크기는 참 큰가 봅니다. 움막 값으로 이렇게 큰돈을 주시는 것을 보면. 아무튼 고맙다고 인사나 전해주시오."

"인사는 나중에 하시고. 우선 영수증이나 한 장 써 주시오. 움막 값으로 받았다는 영수증 말이오!"

"암요! 암요! 써드리고 말고요."

허달만은 시간이 지체되면 돈을 빼앗기기라도 할 것처럼 황급히 영수증을 썼다. 그리고 천 씨에게 건네면서 혼잣말처럼 중얼거렸다.

"대체 이 뭉칫돈의 액수가 얼마나 되는 건가? 생전 처음 만져보는 뭉칫돈의 촉감! 정말 좋구먼!"

천 씨에게서 뭉칫돈을 받아 쥔 숯장이 허달만은 미련 없이 산에서 내려가느라 걷고 있었다. 십여 년을 함께 기거했던 문항에게 인사 한마디 없었다. 먹이고 입혀주었던 문항에게 고맙다는 인사는 고사하고, 문항 몰래 산에서 도망치느라 걸음이 바빴다. 허달만은 두 다리에 힘을 불끈 주면서 날아갈 듯이 뛰고 있었다. 움막 값으로 받은 뭉칫돈을 들고 도시로 향해 떠나고 있는 것이었다. 몸을 뒤뚱거리며 산에서 내려가고 있는 숯장이 허달만의 등 뒤에서는 까마귀 떼가 불길하게 울어 댔다.

2.
허달만의 추락

　허달만은 마음이 바빴다. 도시에 나가기만 하면 새로운 세상이 펼쳐질 듯한 느낌이었다. 몸에서 풀풀 날리는 지독한 누린내 때문에 사람들과 섞여 살지 못했던 것은 까맣게 잊어버린 듯했다. 허달만은 천 씨가 전해준 빳빳한 지폐 뭉치를 상의 호주머니에 집어넣고는 산에서 급하게 내려가고 있었다.

　'이제 이 허달만에게도 새로운 세상이 열린다 이 말씀이야! 나라고 평생 산에서 숯이나 굽고 살아가라는 법은 없지! 흐흐흐. 남의 산에다가 움막을 짓고 살았던 게 십여 년이 지났는데 땅값 달라는 건 고사하고 움막 값까지 치러 주다니? 나한테 이런 횡재가 있으리라곤 누가 짐작이나 했겠어? 돌무 놈의 자리를 메워주듯 내 곁에 붙어살면서 수족 노릇도 해주고 양식도 대어주었던 문항 그놈이 있었기에 돌무 놈이 도망쳤다 해도 아쉬울 건 없었지. 움막 값으로 이런 뭉칫돈으로 받을 줄 알았으면 돌무 놈이 일찌감치 도망쳐버린 게 나한테는 천만다행한 일이지 뭐야? 아버지! 아버지! 하고 불러대면서 따라붙으면 어쩔 뻔했어! 아무튼 돌무 그놈이 내 곁에 붙어있지 않은 게 천만다행이야. 옻진 아저씨 문항 그놈도 떼어놓고 산에서 떠날 수 있으니 이보다 더 기분 좋은 일이 어디 있어? 흐흐흐. 이제부터 이 허달만에게도 새로운 세상이 열린다 이 말씀이야! 돈? 그것도 한두 푼이 아닌 뭉칫돈이 내 몸에 있단 말이야! 이 돈이라면 집도 살 수 있을 게고, 계집도 살 수 있을 게고, 남 못지않게 호의호식을 하며 살 수도 있다 이 말이 제. 흐흐흐. 어디 보자! 내 돈. 가만 있어 봐. 내가 이럴 게 아니지. 돈을 여기저기 나누어 넣어야지. 한곳에 넣었다가 흘리기라도 하면 안 되지!'

허달만은 뜀박질하듯 바쁘게 걷던 걸음을 멈추고 상의 윗주머니 깊숙이 넣어둔 뭉칫돈을 꺼냈다. 그리곤 대충대충 갈라서 한 뭉치는 윗주머니에, 또 한 뭉치는 바지 주머니에 그렇게 몇 군데에다가 돈을 쑤셔 넣었다.

"암! 이렇게 갈라 넣어야 마음이 든든하지! 뭉칫돈을 한꺼번에 넣어 두었다가는 잘못해서 다 잃어버릴 수도 있으니까 말이야!"

뭉칫돈을 풀어서 옷 주머니 여기저기에 쑤셔 놓고 나서야 마음이 편안한 듯 히죽거리는 허달만을 문항은 뒤에서 유심히 지켜보고 있었다.

'움막 값으로 받은 저 돈이 계기가 되어 새사람이 되면 좋으련만.'

문항은 진심으로 허달만이가 잘 되기를 바랐다. 움막 값으로 받은 돈이 계기가 되어 허달만의 삶이 안정되고, 그럼으로 해서 허달만의 마음도 너그럽고 착해지기를 바라는 마음이었다. 그러나 옆에 서 있던 천 씨는 어림없다는 듯 고개를 좌우로 흔들었다.

"허달만이가 사장님 같은 마음이라면 십여 년을 돌봐준 사장님에게 인사 한마디 없이 저렇게 떠나겠습니까? 제 생각에는 저 돈이 두어 달도 버티지 못할 걸요."

"그러면 안 되지! 살 궁리하라고 넉넉하게 챙겨준 돈인데. 저 돈으로 삶의 터전을 잡고 살아야 돌무 생각을 안 할 테지. 저 돈이 수중에서 떨어지기 전에 살아갈 터전을 잡아야 할 텐데."

문항이가 숯장이 허달만에게 움막 값으로 뭉칫돈을 주었던 건 그
만한 이유가 있었던 것이다. 숯장이 허달만이가 도시에서 새로운 터
전을 잡아 살아갈 수 있게끔 하기 위해서였다. 그것이 돌무를 위한
것이라고 생각했기 때문이다. 문항은 진심으로 허달만이가 안정된
삶을 누리며 나름대로 행복해지기를 바랐다. 그리고 다시는 돌무를
찾겠다는 생각을 잊어버기를 바랐다.

그러나 허달만은 문항의 생각과는 달랐다. 산에서 내려온 허달만
은 망설임도 없이 서울로 향하는 기차를 탔다.

'말은 제주도로 보내고 사람은 서울로 보내라는 말이 있지 않은
가? 서울에서 살아야 사람답게 산다지?'

그래도 이 땅에서 제일 큰 도시로 가고 싶었던 것이다. 수도 서울
은 얼마나 화려하고, 얼마나 살기 좋으며, 얼마나 좋은 것들이 많을
까 궁금했다. 허달만이가 생각한 것처럼 수도 서울은 화려했고, 손
으로 꼽을 수 없을 만큼 좋은 것이 많았다. 살기 좋은 도시임은 틀
림없어 보였다. 사람들은 분주하고 활발했으며 친절하기도 했다. 누
린 냄새를 풍기며 다가가는 허달만을 피해서 달아나기도 했지만, 허
달만에게 돈이 있다는 낌새를 알았는지 꽤 친절을 베풀기도 했다.
심지어 싸구려 화장품 냄새를 풍기는 여자들까지도 접근해왔다. 껌
을 쩝쩝 씹어대면서 낄낄거리고 웃기도 했다.

"아저씨! 놀다 가세요!"

기차에서 내리자마자 다가오는 여자들을 허달만은 뿌리치지 못했
다. 사내에게 놀다 가라고 외치는 여자보다 더 반가운 사람이 어디
있겠는가?

"놀다 가라고?"

허달만의 귀가 번쩍 열렸다.

"아저씨! 놀다 가요. 재미있게. 화끈하게."

분내를 풍기며 다가오는 여자는 허달만의 옷까지 잡아당겼다. 허달만은 낄낄거리며 여자가 이끄는 대로 따라갔다. 불이 벌겋게 켜진 유리문 안에는 여러 여자가 옹기종기 앉아 있었다. 한 여자를 따라가는 허달만을 힐끔힐끔 쳐다보면서 저희들끼리 낄낄거리며 웃기도 했다.

"어디까지 가는 거야?"

"이제, 다 왔어요."

여자는 허달만을 불이 벌겋게 켜진 유리문 안으로 데리고 들어갔다. 거기에서는 숯장이 허달만에게 있어 천국 같은 일이 벌어지고 있었다. 여자 천국이었다. 그리고 허달만은 알았다. 돈만 있으면 그 여자 중 누구와도 즐길 수 있다는 것을, 거기 있는 여자들은 허달만의 몸에서 풀풀 풍기는 노린내 따위는 아랑곳하지 않았다. 지폐만 집어주면 모든 게 일사천리였다. 십여 년을 손끝 하나 움직이지 않고 잘 먹고, 잘 살아온 허달만이다. 옻진 아저씨 문항의 도움으로 손끝 하나 움직이지 않아도 잘 살았던 허달만은 게으름에 익숙했다. 일을 하겠다는 생각은 애당초부터 없었다. 주머니에서 벌렁벌렁 나오고 싶어 하는 지폐도 두툼하게 있었다. 여자들이 요염하게 웃어대며 달려들었다. 세상에 이보다 더 기분 좋은 일은 없을 것이다. 사창가에서 여색을 밝히며 살아가는 동안, 숯장이 허달만은 왕이었다. 하루하루를 그렇게 보냈다.

일주일이 지나고 이주일이 지났다. 한 달도 못 가서 주머니에 있던 돈이 바닥이 났다. 요염하던 여자들의 눈총이 달라졌다. 태도가 달라졌다. 그러나 그때까지만 해도 허달만은 그 여자들이 무섭지 않았다. 무서울 리가 없었다. 여차하면 주먹질을 해서라도 한 년을 옆에 끼고 평생을 잘 궁리도 했다. 그러나 허달만의 주머니에서 돈이 떨어졌다는 사실을 허달만 자신보다도 그년들이 먼저 알아차렸다. 돈이 떨어진 낌새를 알아차린 여자들은 노골적으로 싫은 내색을 했다. 냄새가 난다는 핑계로 멀리하기 시작하더니 돈이 떨어지자 매일 세 끼 차려오던 밥상이 뚝 끊겼다.

"배고픈데. 밥상 안 들여와?"

"돈을 줘야 밥상이 들어오지!"

"뭐?"

"그럼 여기가 돈 없는 걸뱅이 놈에게도 밥 주고 하는 곳인 줄 알았어?"

"아니. 이년이? 내 돈 다 빨아 처먹고 새삼스레 무슨 돈타령이야?"

"이놈 봐라! 돈을 그냥 준 것처럼 말하네."

"뭐? 이놈?"

허달만은 자리에서 벌떡 일어났다. 여자의 머리채를 움켜잡았다. 그리고 죽일 듯이 후려쳤다. 여자의 비명이 컸다. 순간 여기저기서 몰려든 여자들이 허달만을 에워쌌다. 허달만이가 본 것은 그게 전부였다. 눈을 떠보니 옷은 갈가리 찢어져 있고 사지가 빠진 듯이 아팠다. 수중에 돈이라곤 한 푼도 없었다. 한 끼 밥 사 먹을 돈도 없이 다 털려버린 것이다. 허달만은 여자들을 쉽게 생각한 것이었다. 수중에 돈이 떨어져도 걱정 없다고 생각한 것이다. 어느 년이든 한 년 후려쳐서 옆에 끼워놓고 살 작정을 했던 것이다. 때문에 그들이 무리를 지어 행동하리라고는 생각도 못했다. 더군다나 그년들의 뒤를 봐주는 사내놈들이 있다는 건 짐작도 못한 일이었다.

여자의 비명에 몰려든 여자들과 뒤따라온 장정들. 그들은 허달만이가 무엇이라 말도 하기 전에, 한마디 입도 떼기 전에 개 패듯이 때렸다. 나름대로 힘이 센 허달만이다. 도끼로 장작 패는 일에 이력이 난 허달만의 팔 힘과 손아귀 힘은 장풍도 일으킬 수 있다고 자부해 왔던 터였다. 그러나 그런 허달만의 힘도 여러 명의 장정 앞에서는 무용지물이었다.

발붙일 곳을 잃어버린 서울이었다. 허달만은 도둑 기차를 타고 부산에 도착했다. 부산에서의 첫 밤은 길고도 험했다. 돈 한 푼 없이 거리를 방황하는 신세가 된 것이다. 움막 값으로 받은 뭉칫돈으로 집을 사고, 여편네도 사서 끼고 살겠다는 꿈은 날아갔고, 그 여자 떼거리와 장정들에게 맞은 매타작의 흔적뿐이었다. 사지는 늘어지고 전신이 아팠다. 그런 데다 배는 고팠고 돈은 한 푼도 없었다. 산속 움막에서 살았던 때가 아련하게 그리워지기 시작했다. 산속이라 땔감은 넉넉했고, 움막이었지만 편안한 집이었다. 겨울에는 뜨끈뜨끈한 방에서 온종일 뒹굴어도 누가 뭐라 할 사람도 없었다. 덕분에 숯판 돈으로 양식만 장만하면 배고플 일도 없었다. 자질구레한 일은 돌무 놈에게 시키면 되었다.

그러고 보니 돌무 놈이 도망친 세월이 십여 년이나 지났다. 이제 제법 사내 티를 낼만 한 나이였다. 무엇을 시키던 해낼 나이였고, 돈벌이도 할 나이였다.

"아! 참, 그놈. 돌무 놈. 돌무 놈을 찾아야겠구먼."

산속에서 돌무를 부리던 기억이 스멀스멀 기어 나오고 있었다. 옻진 아저씨 문항 그놈이 옆에 딱 붙어 앉아서 양식을 대어주고, 생활비도 주고, 온갖 식료품과 안주에 술까지 대접하는 바람에 까맣게 잊고 있었던 돌무였다. 돌무 그놈이 갑자기 도망친 것도 이제 와서 생각해보니 의아했고, 돌무 놈이 도망친 그날부터 옻진 아저씨 문항 그놈이 옆에 붙어 있었던 것도 지금 생각해보니 수상하기 짝이 없었다.

'혹시! 문항이 그놈이 나 몰래 돌무 놈을 빼돌린 건 아닌가?'

그런 의심이 머릿속을 가르며 획 지나갔다. 그러나 허달만은 금방 고개를 저어 버렸다.

'아니지! 그럴 리 없지. 만약 그랬다면 문항 그놈도 내 곁에서 떠났어야 할 게 아닌가? 하지만 그놈은 돌무가 떠나고 십여 년 동안 내 곁에서 떠나지 않았단 말이야! 가끔씩 옻진을 팔려고 산에서 내려갔던 때만 빼고 말이야!'

아무리 생각해도 문항의 속셈을 알 수가 없었다. 돌무를 빼내었다고 생각하는 것도 애매했고, 정녕 그렇지 않다고 단정하기에도 애매하고. 어쨌든 지금은 문항도 그의 곁에 없었고 돌무 그놈도 그의 곁에 없었다. 움막 값으로 받은 뭉칫돈도 겨울바람에 흩날리는 은행잎처럼 획 날아가 버렸다. 하지만 여체를 더듬던 손끝의 부드러움은 사라지지 않았다. 몸에서 물씬물씬 풍기는 누린내 때문에 평생 여자와 함께 잠자리도 못 할 것 같았는데, 움막 값으로 받은 뭉칫돈으로 여체를 더듬고 즐길 수 있었던 건 사람으로서, 사내로서 살아가는 즐거움을 맛보게 해주었다.

'흐흐흐. 여자란 말이야. 요물 같지만 어리석기 짝이 없는 인간이란 말이야. 돈 몇 푼이면 온몸을 들여대니. 흐흐흐. 움막 값을 날렸지만 손해 본 장사는 아니었다. 이 말이야.'

숯장이 허달만은 껄떡대며 웃어댔다. 아랫도리에서 욕정의 덩어리가 불거져 나오는 것을 애써 참으면서 웃어댔다. 그나저나 배가 고팠다. 뱃속에서는 배고프다고 아우성이다. 으르렁거리는 소리가 욕정의 덩어리만큼이나 절박했다.

'어디로 간담!'

배는 고프고, 밤은 깊었고, 길은 익숙지 않았다. 주린 배를 움켜쥐고 걸었다. 발길 닿는 대로 무턱대고 걸었다. 부산이란 곳이 서울 다음이라기에 대단히 큰 도시인 줄 알았는데, 사방은 칠흑같이 어둡고 그 흔한 자동차 한 대도 지나가지 않았다. 사방이 허허벌판이고 집 한 채도 보이지 않았다.

'대체 여기가 어디람? 내가 부산에 온 건 확실한데. 부산이 이런 데란 말인가? 아무래도 여긴 부산이 아닌가 보네. 아니야! 부산이라는 팻말이 곳곳에 있는 곳도 보았고, 상가 간판에도 부산 횟집, 부산 식당, 부산이란 말이 간판마다 붙어있는 걸 보았는데 부산이 아닐 리가 없지.'

숯장이 허달만은 길 가늠을 하지 못해서 한참을 어리둥절했다. 그도 그럴 것이 숯장이 허달만이가 내린 곳은 부산역이 아니라 부전역이었다.

도둑 기차를 탔으니 승무원들에게 들킬세라 작은 역에서 훌쩍 뛰어내렸는데 그곳이 부전역이었고, 부전역에서 온종일 걸어서 이동한 곳이 동래구의 어느 한적한 공장지대였다. 공장 부지로 사놓은 땅이었으니 아직 집이 들어서지 않았고 공장도 세워지지 않은 공장지대가 될 넓은 땅에 들어선 것이다. 사방이 캄캄하고 땅만 훤하게 넓은 곳이었다. 집이 있을 리 없고, 자동차가 질주할 만한 곳도 아니었다.

"불빛 하나 없는 이런 도시가 도대체 어디 있담!"

혼자서 투덜대는 소리도 짜증 난다. 서울과는 너무도 다른 부산에서 길을 잃은 숯장이 허달만은 영락없이 사막지대를 어슬렁거리는 하이에나 꼴이었다.

"배가 고파서 죽겠네. 제기랄. 이런 곳에서는 도둑질할 만한 곳도 없겠어."

그러나 숯장이 허달만의 중얼거림에 답변이라도 하는 듯 저만치서 불빛이 흔들리고 있는 게 보였다.

"불빛이다!"

허달만은 외치며 발걸음을 옮겼다. 뛰듯이 걸었다. 불빛이 점점 가까워졌다. 그리고 그것은 어느 자그마한 집에서 흘러나온 불빛이다.

'집이다!'

허달만은 중얼거리며 뛰었다. 불빛이 새어 나오는 곳은 산속 아래쪽에 있던 주막과 비슷한 건물이었다. 유리문으로 안을 살폈다. 안쪽 공간에는 테이블 하나와 의자가 있었다. 벽 선반에는 라면과 과자, 그리고 진열된 소주병과 막걸리. 상가임에 틀림없었다. 문을 두드려도 도둑 취급당할 곳은 아님이 확실했다.

"여보시오! 여보시오!"

여닫이 유리문을 힘차게 두드려댔다.

"사람이 없소?"

신경질적으로 외쳤다. 여차하면 문을 부서뜨려서라도 들어갈 기세였다.

"뭣 하시려고 이 야밤에 문을 두드려 대오?"

투박한 여자의 목소리였다. 산 아래 주막집처럼 손님이라면 자정을 넘긴 시간에도 문을 열어줄 것 같았다. 숯장이 허달만은 유리문에 얼굴을 바짝 붙이고 말했다.

"배가 고파서 그래요. 밥을 사 먹으려는 거요!"

"원양어선 타다가 오신 사람이오? 갑자기 그렇게 배가 고프시게."

"예? 예. 원양어선 타는 사람이요. 돈 걱정은 말고 문부터 열어주시오!"

"그럽시다! 돈이 많다니 밥값이나 두둑이 주시오."

"그야 여부가 있겠습니까?"

돈 한 푼 없는 거지꼴이었지만 허세를 부리는 허달만의 대답은 기세등등했다. 유리문이 열렸다. 테이블에 앉은 허달만은 주인 여자를 유심히 살폈다. 오십 대를 갓 넘긴 듯한 여자였다. 살점이 많고 피부가 뽀얗다. 여자 노릇을 충분히 할 여자였다. 아랫도리에서 욕정의 덩어리가 불거져 나온다. 허달만은 두 손으로 아랫도리를 누르며 소리쳤다.

"어서 밥이나 차려주시오. 배가 몹시 고프오."

"원양어선 탔다는 분이 여태 밥도 안 먹고 뭐 했소? 돈도 많을 텐데. 그라모 돈부터 내놓으시오. 근사하게 한 상 차려줄 테니까."

"주인께서 장사한 지 얼마 안 된 것 같아 보이네. 원래 사내들이란 기분에 살고 기분에 죽는 것 아니겠소? 배를 채우고 나면 술 생각이 나고, 술 생각이 나면 한 잔 술에 흥을 내고 돈도 마구 뿌리는 게 사내들 아니겠소? 그러니 우선 밥부터 내오시오."

"그 손님, 참 입담도 좋구려! 그래요! 그럽시다. 한 상 잘 올려줄 테니까 음식값이나 두둑이 주시오."

주인 여자는 살점이 많은 엉덩이를 실룩이며 주방 쪽으로 들어갔다. 밥상과 함께 술상이 제법 근사하게 나왔다. 배도 불렀고 술에 취해 취기도 올랐다. 숯장이 허달만은 의자 위에서 상체만 흔들어대고 있었다. 밥값을 받아내려는 주인 여자의 소리가 앙칼졌다.

"밥값이나 주시고 얼른 나가시오."

"예? 밥값, 밥값 말입니까? 암. 드려야지요. 드려야지!"

"어서 밥값이나 주시오. 아저씨 때문에 가게 안이 노린내로 채워지겠소!"

주인 여자가 코를 막으며 소리쳤다.

"뭐? 노린내? 이런. X년이!"

"아니, 이 도깨비 오줌 같은 놈이 누구한테 욕질이야?"

"뭐? 도깨비 오줌 같은 놈? 그래. 도깨비 오줌 같은 놈 맛이나 봐라!"

비틀거리며 일어선 허달만은 팔을 들어 여자를 밀었다.

"아이구! 이놈이 사람 치네!"

여자는 호들갑스럽게 소리치며 저만치 나동그라졌다. 쓰러지면서 치마가 아무렇게나 올라갔고 허연 허벅지가 드러났다. 배를 채운 허달만의 아랫도리에서 욕정의 덩어리가 불거졌다. 이번에는 손으로 누르지도 않았다. 덩치 큰 상체를 흔들대며 여자에게 다가갔다. 그리고 바닥에 뒹굴고 있는 여자를 덮쳤다. 여자의 비명보다 허달만의 손이 더 빨랐다. 장작을 패던 팔뚝이다. 오래 도끼를 잡은 탓에 손아귀의 힘이 강해진 손이었다. 여자를 덮치고 옷을 찢어내었다. 여자는 비명도 지르지 못했고, 숯장이 허달만은 불거진 욕정의 덩어리를 털어내고 있었다. 여자의 두 손이 허달만의 등을 칼끝처럼 긁어댔다.

"이, 이년이!'

등에서 피가 나는 것처럼 아팠다. 허달만은 여자의 목을 졸랐다. 두 손에 힘을 바짝 주고 모가지를 졸랐다. 여자의 비명, 그리고 허달만이가 뱉어대는 욕설, 허달만은 입으로는 욕설을 뱉어내고 아랫도리로는 욕정의 덩어리를 풀어냈다. 여자는 분을 참지 못하고 헉헉거렸다.

"이놈! 이, 천벌을 받을 놈!"

여자의 목소리가 높아지자 허달만은 허리를 폈다. 그리고 일어나 상점 안을 두리번거렸다. 좁은 상점 안에는 테이블 하나와 의자 하나가 있었다. 그리고 큰 항아리 두 개가 벽에 붙어 있었다. 큰 항아리로 걸어가는 허달만의 모습은 짐승처럼 섬뜩하게 보였다. 분을 삭이지 못한 여자가 소리쳤다.

"네놈이 그대로 여기서 빠져나갈 수 있을 줄 알아? 야간 일을 끝낸 봉제 아가씨들이 가게 앞으로 지나갈 텐데 네놈을 그냥 보고만 있겠어? 당장에 신고를 할 텐데!"

"아니, 저년이 아직도 아가리를 닥치지 못하네. 그래, 다시는 아가리를 놀리지 못하게 해주지!"

숯장이 허달만은 항아리 뚜껑을 집어 들었다. 그리고 가게 주인의 머리를 향해 사정없이 던졌다. 항아리 뚜껑은 여자의 머리 위에서 깨지면서 얼굴에 몇 조각 떨어졌고 여자의 입에서는 더 이상 비명도, 신음도 나오지 않았다. 여자는 숯장이 허달만에게 술상과 밥상을 바치고 목숨까지 바쳤다. 추락한 허달만의 첫 살인이었다.

숯장이 허달만에겐 이제 무서울 것이 없었다. 바닥에 널브러져 있는 여자의 시체를 끌어다가 상점 뒤쪽에 숨겼다. 그리곤 방 안으로 뛰어 들어와 이불을 꺼내서 그것으로 여자의 시체를 덮었다. 그리곤 아무 일 없다는 듯 가게 문을 잠그고 방으로 들어갔다. 배도 부르고 더러운 욕정도 채웠으며 앙앙거리던 여자의 입도 막았다. 오늘 밤만큼은 이곳에서 걱정 없이 잠을 잘 수 있다는 생각에 흐뭇하기까지 했다.

가게의 문을 걸어 잠그고 방안에 틀어박혀 앉아서 바깥을 염탐하고 있는 허달만이었다. 그가 죽인 여자의 시체가 있는 곳에서 아무렇지 않게 지내고 나서야 서서히 움직이기 시작한 허달만은 빈터를 배회하며 탐색하듯 걸었다. 동네가 생긴 것도 아니고, 집도 없고, 지나가는 사람도 없는 곳이다. 탐색하듯 걸어 다니는 허달만을 눈여겨보는 사람도 없었다.

가겟집 여자의 말대로 날이 밝자 여공인 듯한 여자들이 졸린 눈을 껌벅대며 가게 앞을 지나가고 있었다. 더러는 가겟집 유리문을 들여다보며 고개를 갸우뚱거리는 여공들도 있었다.

"아주머니가 왜 가게 문을 안 열지?"

"어디 가셨나?"

"그 아주머니가 갈 데가 어딨어? 일 년 내내 가게 문을 열어놓고 사시는 분인데."

"그럼, 어디 아프신가?"

"아프시더라도 가게 문은 열어놓고 앓으실 분이지."

여공들이 주고받는 말이었다.

가겟집 여자는 여공들과 꽤 친숙한 사이인 듯했다. 하긴 이 빈터에서 장사를 한다는 게 쉬운 일은 아니다. 동네가 형성된 것도 아니고 집이 들어선 것도 아니다. 가게에 들르는 손님이라곤 봉제 공장의 여공들 뿐이었을 것이다. 여공들을 상대하려고 벌려놓은 가게였으니 여공들과 친숙하지 않을 수가 없었다. 여공들과 친해지면서 외상도 주고 서로 속 깊은 이야기도 주고받던 사이였음을 가늠할 수 있었다.

가겟집 여자가 뇌까렸던 말처럼, 여공들은 이 가게를 예사롭게 지나치지 않는 모양이었다. 지나가다가도 유리문으로 안을 살피고 아주머니가 보이면 손이라도 흔들어 보이며 가기도 했던 모양이다. 유리문으로 들여다보는 여공들의 눈초리 때문에 좀 불안하긴 했지만, 숯장이 허달만은 아랑곳하지 않고 그곳에서 며칠 동안 지냈다.

밤에는 봉제 공장을 배회하기도 하고, 빈터로 돌아다니며 뭔가 꿍심을 부리기도 했다. 공장 일에 지쳐 귀가하는 여공들 뒤를 따라다니기도 했고, 야간 일을 하고 공장을 나서는 여공들을 눈여겨보기도 했다. 야간 일을 마치고 돌아가는 여공들의 집은 가까이 있는 모양이었다. 빈 공터를 지나면 나오는 작은 동네에 거주하고 있는 여공이 대부분인 듯했다. 공장에서 집까지 걸어갈 수 있는 거리에 집이 있는 여공들에게만 야근을 시키는 것 같았다. 숯장이 허달만은 머릿속에 그런 것들을 저장하듯 밀어 넣고 있었다.

가겟집 여자의 머리통을 장독대 뚜껑으로 내쳐서 죽인 허달만이다. 그러고도 눈 하나 깜짝하지 않고 가겟집에 틀어박혀서 며칠씩이나 지냈다. 가겟집 선반에 있는 라면이나 과자, 그런 것을 있는 대로 주워 먹고 심지어 쌀을 씻어 밥까지 해 먹으며 며칠을 지내는 동안 봉제 공장을 배회하고 빈터를 돌아다니면서 공장에서 나오는 여공들의 퇴근 시간까지 알아내고 있었다. 하루 일과를 마치고 돌아가는 여공들의 뒤를 따라가는 건 별 의미 없다는 것도 알았다. 그들은 떼를 지어 다니는가 하면, 자동차가 질주하고 사람들 왕래가 많은 거리로 나서기 때문이었다. 구태여 사람들 왕래가 많은 큰길까지 갈 필요가 없다고 느낀 허달만에겐 나름의 꿍심이 있었다.

봉제 공장은 이틀이 멀다하고 야간 근무를 하고 있었다. 야간 근무는 새벽 1시나 2시 정도에 끝났으며, 야간 근무를 하는 여공의 인원은 그리 많지 않았다. 겨우 서너 명이었고, 그들은 대부분 공장 정문 앞에서 헤어졌다. 그리고 두세 명 짝을 지어 걷다가 얼마간 걷다가 각자의 집으로 갈 때는 반드시 한 사람이 되었다. 여공 한 사람의 뒤만 쫓아갈 궁리를 했다. 집이 어느 방향에 있던지 간에 빈터를 가로질러서 가야 했고, 빈터에는 풀이 무성하고 으슥한 곳이 있었다. 그 으슥한 곳이라면 비명을 들을 사람도 없다. 허달만은 그런 것까지 계산하며 며칠을 그 빈터에서 서성거렸다.

가겟집 여자를 죽이고 며칠이 지난 뒤였다. 아랫도리에서 욕정의 덩어리가 불끈불끈, 스멀스멀 솟구치기 시작했다. 이미 여체와 접촉하고 쾌락을 즐겼던 허달만이다. 몸에서 번져 나오는 지독한 냄새 때문에 애써 참았던 욕정의 덩어리가 쾌락의 즐거움을 통해 마치 독처럼 허달만을 장악하고 있었다. 어차피 순수한 관계는 물 건너간 셈이 아닌가? 어떤 년이 누린내 풍기는 사내에게 다가오겠는가? 그러나 이미 쾌락에 중독된 듯한 허달만은 참을 수가 없었다. 욕정이 불끈불끈 솟구쳐 오는 건 허달만으로서는 참아내기 힘든 일이었다. 눈이 뒤집히고, 몸이 달아오르고, 욕정의 쾌락이 육체를 유혹하고, 정신을 놓게 만들고, 의식을 상실하게 만들고 있었다. 가겟집 여자와 관계한 후 쾌락은 엄청나게 강렬하게 다가왔다. 허달만 자신도 주체할 수 없을 만큼 강렬하게 솟구치는 욕정이었다.

허달만은 으슥한 빈터에서 오랫동안 서성거리고 있었다. 야근을 끝내고 여공들이 집으로 돌아갈 시간이다. 누군가가 이 빈터를 지나간다는 것을 허달만은 알고 있었다.

'기다리자. 기다려 보자.'

거품을 풀어내듯이 중얼거리며 서성거리는 허달만이다.

그때였다. 저만치서 여공들의 재잘거리는 소리가 들렸다.

'얼마 남지 않았다!'

허달만은 먹이를 쫓는 짐승처럼 몸을 낮추고 기다리고 있었다.

"잘 가! 내일 보자!"

"응. 내일 보자. 조심해서 들어가!"

재잘거리던 여공들이 드디어 헤어지는 모양이다. 곧이어 여공의 발자국 소리가 들렸다. 이쪽으로 향하고 있었다. 빈터를 가로질러 갈 게 뻔했다. 허달만은 으슥한 곳에서 몸을 낮추고 있었다. 무성하게 자란 풀에 싸여 있어, 이 으슥한 곳에 숨으면 아무도 눈치챌 수가 없다. 몸을 낮추고 염탐하고 있는 사람이 있으리라고는 누구도 짐작하지 못했을 것이다.

여공은 동료와 헤어지고 나서 곧장 빈터로 걸어오고 있었다. 빈터를 가로질러야만 길이 나온다. 길 어느 쪽으로 가던 이 텅 빈 빈터를 지나가야 한다는 것을 허달만은 너무도 잘 파악하고 있었다.

여공이 빈터 중간쯤 왔을 때였다. 아니, 숯장이 허달만이가 몸을 낮추고 있은 으슥한 곳까지 왔을 때였다. 허달만은 몸을 날렸다. 두 팔을 날개처럼 파닥거렸다. 그리고 여공의 멱살을 닭 모가지 움켜쥐듯 잡았다. 여공은 비명조차 지르지 못했다. 짧은 순간이었다. 번갯불 스치듯 지나간 순간이었다. 멱살이 잡힌 여공은 숨소리도 제대로 내지 못하고 컥컥거렸다.

허달만의 손이 빨라졌다. 장작을 도끼로 패느라 단련된 손아귀였다. 숨도 제대로 쉬지 못하는 여공의 옷을 찢어내듯 벗겼다. 새까만 밤이다. 어둠 속에서 여공의 살빛이 반짝거렸다. 허달만은 욕정의 중독자가 되어 미쳐가고 있었다. 여공에겐 너무나 길고 끔찍한 순간이었다. 숨을 쉬지 못하고 컥컥거리는 여공의 목을 조르는 허달만의 손끝이 떨렸다. 솟구치던 욕정이 풀리자 허달만은 손아귀에 힘을 주었다. 길고 끔찍한 순간의 끝에서 허달만은 또 다른 살인을 하고 있었다. 컥컥거리는 여공의 마지막 숨소리를 들으면서 욕정의 쾌락을 마무리하는 허달만! 그는 이미 산에서 숯을 구워내는 숯장이가 아니었다. 욕정의 쾌락에 중독되어 살인도 아무렇지 않게 생각하는 존재로 추락해 가고 있었다. 여공의 시신은 풀이 무성하게 자란 그 으슥한 곳에 내버려 두면 그만이었다. 허달만은 아랫도리를 흔들어대며 가겟집으로 향하고 있었다.

그런데 누군가가 신고를 했나 보다. 가게 문이 오랫동안 잠겨 있었고, 가겟집 여자가 보이지 않는 걸 이상하게 여긴 여공들이 신고했을 게 뻔했다. 가겟집 여자는 일 년 내내 가게 문을 열어 놓는다. 명절도 없었고 휴일도 없었다. 가족 하나 없이 살면서 가게 하나에 인생을 건 듯 살아온 여자였다. 그런 여자가 며칠씩이나 문을 잠근 채 두문불출하고 있으니 신고가 들어갈 게 뻔했다. 가게 주위에서 불빛을 비추고 가겟집 문을 부수는 경찰들을 노려보며 허달만은 몸을 낮춘 채 뒷걸음질을 쳤다. 추락의 끝이 어딘지도 모르고 도망치고 있는 허달만을 비웃듯이 어딘가에서 개가 요란하게 짖었다.

3.
꽃피는 진 씨 영감

　오철환 고물상은 이제 동네의 조그마한 고물상이 아니었다. 부의가 성장하여 법대에 입학한 것처럼, 오철환 고물상도 이제 고물상이라기보다 건축 자재는 물론 철물이나 작은 철근까지 다루는 가게로 커 가고 있었다. 직원도 두 명이나 있었다. 물건을 운반하는 화물차도 있었다. 오철환은 합판에다가 오철환 고물상이라는 글을 새겨 넣어 간판을 걸었던 고물상의 사장이 아니라 건축 자재를 다루고 철근을 다루는 어엿한 건설회사 사장이 되었다.

　그렇게 오철환 고물상이 건축 자재를 취급하는 회사로 발전한 데에는 부의의 공로가 컸다. 부의는 법관이 되겠다는 목표를 세우고 끊임없이 공부에 열중했지만, 그 와중에도 오철환 고물상의 상황을 예사로 보거나 무심하게 넘기지 않았다.

　오철환 고물상에서 고물만 취급하기에는 사회가 급변하고 있었다. 개발지역으로 지정되면서 여기저기서 개발붐이 일었고 건축 회사들이 번창했다. 날이 다르게 건물이 서고, 심지어는 십여 층짜리 빌딩까지 들어섰다. 주변이 그렇게 급변하는 것을 보면서 부의는 오철환에게 당차게 권했다.

　"아버지! 여기 이 자리는 고물상 자리가 아니라 건축 자재를 쌓아

놓고 팔아야 할 장소인 것 같습니다. 이 넓은 터에 고물은 어울리지 않아요."

"그래서?"

"그래서 건축 자재를 파는 가게로 발전시키자는 거지요."

생글생글 웃으며 의기양양하게 권하는 부의가 밉지 않았다. 밉기는커녕 든든하고 믿음직스러웠다. 늦게 얻은 아들이 그 유명한 일류 대학에 법대생으로 입학한 것도 장한 일인데, 부의가 하는 일마다 비누 거품이 일듯이 돈이 붙으니 신기할 정도였다. 옆에서 경채가 가만히 있을 리 없다.

"아버지! 그렇게 해요. 부의 오빠가 권하는 일인데 실패할 리가 있나요?"

"소극적이고 겁 많은 이 애비에게 그렇게 큰일을 시켜도 될까?"

오철환은 고개를 갸우뚱거리며 자신 없어 했다.

"아버지! 아버지는 소극적이지도 않고 겁이 많으신 것도 아닙니다. 누구보다도 용감하시고 추진력이 있으신 분입니다."

부의는 진심으로 오철환을 칭찬했다. 정말로 오철환이가 소극적인 사람이었다면, 길거리에서 고물을 줍다가 양아치들에게 걸려 죽을 뻔했던 부의를 그렇게 구해낼 수 있었겠는가. 오철환이가 겁이 많은 사람이라면 부의를 공부시키겠다는 결심도 하지 못했을 것이다. 오철환은 누구보다도 용감한 사람이었고, 추진력이 강한 사람이란 것을 부의는 알고 있었다. 만약 오철환이가 용감하지 않고 추진력도 없는 사람이라면 조그마한 동네 고물상을 시작했던 그 무렵에 어떻게 부의를 공부시킬 결심을 했을 것이며, 추진력이 없었더라면 같은 학년에 다니는 두 아이를 한꺼번에 공부시킬 결심을 할 수 있었겠느냐 말이다. 그 덕분에 부의는 법대에 지망해서 기분 좋게 합격했으며, 경채도 오빠인 부의에게 질세라 원하는 대학에 입학한 것이다.

다행히 오철환 고물상은 날로 번창했다. 저울을 속이지 않는 고물상, 고물값을 정당하게 책정해주는 고물상, 그 이미지가 오철환 고물상을 번영케 한 원동력이었다. 그리고 급변하는 주위의 변화가 오철환 고물상을 빠르게 번창하게 했다. 그 배경에는 급변하는 사회에 발 빠르게 대응하는 부의의 제안이 있었고, 그것을 받아들인 오철환의 결심이 있었다.

그리고 경채는 그 모든 것을 이루게 했던 양념 같은 존재였다. 경채는 부의 오빠의 공부를 독려했고, 경채의 그 끊임없는 재촉에 부의는 공부하기로 결심을 했다. 그 결과 법대에 합격한 오빠와 그에 지지 않을세라 의대에 합격한 경채. 그들은 가족으로서 단단히 맺어졌고, 서로의 포부를 존경하고 밀어주는 자세로 가족애를 빛냈다. 덕분에 오철환은 행복했고 그런 오철환을 아버지로 모시고 살아가는 부의와 경채는 더 행복했다.

그들의 행복을 누구보다도 부러워하는 사람이 있었으니, 바로 진 씨 영감이었다. 진 씨 영감은 오철환 고물상이 건축 자재를 취급하는 큰 회사로 발전하든 말든 아랑곳하지 않고 오철환 고물상을 찾아왔다. 팔순을 훨씬 넘긴 나이인데도 고물 줍는 일을 멈추지 않는 진 씨 영감이었다. 오철환과 부의. 경채까지도 진 씨 영감이 고물 줍는 일을 멈추게 하려고 애썼지만, 진 씨 영감은 고집을 버리지 않았다.

"나는 세상에서 눈을 감는 순간까지 이 일을 멈출 수 없네."

"왜요?"

"지금은 내 색시가 아니지만, 내 색시가 될 뻔했던 그 여자를 기다려야 하거든. 그 여자는 어쩌면 고물을 줍고 다니는 사람마다 찾아다니면서 나를 찾고 있을 거야. 우리는 아직 인연이 닿지 않아 서로 만나지 못하고 있을 뿐이네."

어느 날 진 씨 영감은 그렇게 말문을 열었다. 오철환은 옛일을 더듬듯 사색에 잠기는 진 씨 영감에게 느긋이 물었다.

"색시면 색시지, 색시가 될 뻔했던 색시였다니 그게 무슨 말씀이오?"

"내가 그 색시를 발견한 건 하수구가 흐르는 시궁창이었어! 그 여자는 오물 냄새가 진동하는 하수구에 버려져 있었어! 그야말로 하수구에서 쏟아지는 오물 냄새로 범벅이 된 그 시궁창에 버려져 있었지! 살려달라는 신음에 놀라 그 여자를 끌어냈는데, 그 미모가 얼마나 반듯했는지 어둠 속에서도 빛났지! 아주 반짝반짝 빛났어! 그런데 그렇게 아름다운 여자가 날 보더니 살려달라고 했어. 살려달라고 애걸을 했어."

"아니. 그렇게 예쁜 여자가 왜 시궁창에 빠져 있었어요?"

이번에는 부의가 물었다. 진 씨 영감은 부의를 힐끔 쳐다보면서 입가에 엷은 미소를 지었다. 진 씨 영감의 그 미소는 팔순을 넘긴 나이인데도 어린애처럼 순진했고 순수하게 보였다.

진 씨 영감은 부의를 바라보며 말했다.

"원래 예쁘고 향기 짙은 꽃에는 벌이 많이 모이는 법이고, 여자가 너무 예쁘면 사내가 많이 모이는 법이지! 그 색시의 미모가 뛰어났으니 사내가 모이는 게 당연했겠지. 그게 탈이 된 거야. 사내들에게 짓밟히고, 할퀴고, 뜯기고, 찢어진 몸으로 버려졌던 거야. 몹쓸 놈들! 여자가 죽은 줄 알고 시궁창에 버린 거야!"

"그래서 진 씨 할아버지께서 구해 드렸나요?"

"구했지! 고물 리어카! 저기 저 리어카에 실어서 내 집으로 데리고 온 게야. 목욕을 하고 옷을 갈아입고 나오는데, 눈이 부시도록 예뻤어! 정말! 참 예뻤어!"

진 씨 영감은 이야기를 하다 말고 헉헉거리며 울었다.

"그런데 그놈들이 그 여자에게 무슨 짓을 했는지 알어? 여자의 얼굴은 화상을 입어서 얼굴 전체가 물집으로 얼룩져 있었고, 시뻘건 불길이 얼굴 표면을 뚫고 안에서 타고 있는 듯했어. 그렇게 예쁜 얼굴에 말이다!"

"화상을 입은 얼굴이었는데도 그렇게 예뻤어요?"

부의는 기가 막힌다는 듯이 진 씨 영감을 바라보았다. 그 여자의 얼굴이 얼마나 예뻤으면 화상을 입은 그 얼굴이 그리도 예뻐 보였을까 싶어 진 씨 영감을 측은한 듯이 쳐다본 것이다. 그러자 진 씨 영감은 고개를 끄덕이며 말했다. 아직도 그 여자의 예쁜 얼굴을 또렷하게 기억하고 있는 듯한 표정이었다.

"암! 예뻤지! 시궁창에서 끌어냈을 때도 예뻤고. 화상을 입어 물집이 생기고 불길에 달아오른 듯한 그 시뻘건 얼굴도 예뻤지! 그런데 그 여자의 마음씨는 얼굴보다 더 예뻤어!"

"어떻게 예뻤기에."

오철환이가 조심스럽게 물었다. 그러자 진 씨 영감은 부의를 향해 손짓을 했다.

"어른들끼리 하는 이야기다! 부의야, 경채랑 함께 부엌에 가서 물이나 한 사발 떠오렴."

진 씨 영감의 눈빛은 진지했고 따사롭다. 고물을 줍는 팔순을 넘긴 영감님의 모습이 아니었다. 누군가에게 들려주고 싶었던 가슴속의 말을 풀어내기라도 할 듯이 진지하고 침착했다. 부의는 경채의 손을 잡고 일어섰다.

"경채야, 진 씨 할아버지 이야기가 많이 진지하신가 보다. 우리 물이나 한 사발 떠 드리자."

"오빠."

"응?"

"진 씨 할아버지가 고물을 줍는 일을 하고 계시지만, 사랑을 멋지
게 하신 분 같아."

"사랑에는 귀천이 없는 거야! 귀하게 태어나고 부자로 사는 사람만
이 아름다운 사랑을 하는 건 아니겠지. 진 씨 할아버지는 비록 고물
을 줍고 다니시는 분이지만 진 씨 할아버지의 마음을 채워주신 분
을 만나신 거지. 그러니 그렇게 예뻐 보이셨겠지."

"할아버지 멋지시다!"

경채는 감동한 듯 외쳤다. 부의와 경채가 부엌으로 들어가는 걸
보고 나서야 진 씨 영감은 다시 무겁게 입을 떼었다.

"그 여자와 함께한 며칠 간의 삶은 내 인생에 있어서 보석 같은 시
기였어요. 불과 한 달도 채 같이 살지 못했지만, 그 여자는 마음을
다해서 나를 따뜻하게 대해 주었지! 상처를 치료받게 해주고 갈 곳
없는 사람을 머물게 해주었다는 단순한 고마움이 아니라, 정말로 나
에게 고마워했고 은혜 잊지 않겠다고 했어!"

"함께 살자고 말해보시지 그랬어요!"

"아니오! 아니오! 그 색시는 그럴 사람이 아니었소! 그때 나이가
불과 열여덟인 어린 여자아이였어요!"

"열여덟 살밖에 안 된 그 어린 여자가 그런 험한 일을 당했다니
요?"

오철환은 안타깝다는 듯 말했다. 진 씨 영감이 엷은 미소를 지었다.

"벌써 이십여 년 전 일이지요. 그 여자는 그때도 내 손녀뻘 되는
나이였소! 내 색시가 되기에는 너무 어렸지요. 그 색시가 아무리 예

쁘다 해도 내 색시로 삼으려 했다면 내가 도둑놈이 되었겠지요. 허허허."

진 씨 영감은 눈을 지그시 감으며 웃었다. 웃음이 공허하게 퍼졌다. 오철환도 잠시 고개를 숙였고 잠시 두 노인은 숙연해졌다. 진 씨 영감은 노을빛이 붉은 하늘을 가리키며 말했다.

"그 색시는 저 노을처럼 예뻤소! 저 노을처럼 넓은 마음이었고, 저 노을처럼 붉은 열정도 있었고요."

"그런데 어떻게 헤어졌습니까?"

"어느 정도 몸에 상처가 아물고 화상 입은 얼굴에 딱지가 떨어지자 그 색시는 떠날 생각을 하더군요. 떠나려던 날 전날 밤 그 색시와의 하룻밤이 허락되었소! 참 행복했지요. 그 색시가 말하더군요. 오늘 밤의 인연으로 애기가 태어난다면 반드시 낳아서 기를 거라고. 그리 약속을 하더군요. 얼마나 고맙고 예뻤는지. 만약 그렇게 된다면 평생을 기다린다고 했더니 기다리지 말라 하더이다. 사랑하는 사람이 있다고."

"저런!"

오철환이가 아쉬운 듯 외쳤다. 진 씨 영감은 크게 고개를 끄덕거렸다.

"그 열정이 얼마나 뜨겁던지 뒷말은 할 수가 없었지요. 그러나 그 색시는 거듭 약속했답니다. 행여 아이가 생기고 아기가 태어난다면 반드시 잘 키우겠다고요. 그러나 아닌 듯합니다. 아기를 가지지 못한 듯합니다. 기별도 없고 연락도 없이 이십여 년이 훌쩍 흘러가 버렸습니다. 그 여자에게서 아이가 태어난다면 사내아이든 여자아이든 부의라는 이름을 붙여 주려 했는데."

"그래서 오랫동안 가슴에 새겨 놓으셨던 이름을 우리 아들에게 붙여주셨군요. 고맙습니다. 영감님!"

"부의에게 잘 어울리는 이름이라서 저 역시 고맙게 생각합니다."

진 씨 영감은 부의에게 그 이름을 전해준 것을 굉장히 뿌듯하게 여겼다. 주름진 눈가가 촉촉해지는데도 오철환의 얼굴을 올려다보는 표정에는 잔잔한 미소가 스며 있었다.

"부의가 법대까지 갔으니 머지않아 판·검사가 되지 않을까요? 만약 부의라는 이름으로 판·검사가 되어준다면 나한테 그보다 더 큰 영광이 어디 있겠습니까? 부의야, 반드시 법관이 되어 나쁜 사람들을 혼내주거라. 너는 나쁜 사람을 혼내주는 사람이 되고 싶다면서?"

물 사발을 들고 온 부의에게 진 씨 영감은 다짐받듯이 말했다.

"예! 그럴 겁니다. 나쁜 사람을 혼내주는 그런 사람이 될 겁니다."

그리고 부의는 또렷하게, 진심을 다한 목소리로 대답했다.

"하하하! 오 사장은 좋겠소이다."

"뭐 저만 좋겠습니까? 우리 부의에게 '부의'라는 이름을 주신 영감님께서도 뿌듯하시지 않겠습니까?"

"암요! 암요! 뿌듯하고말고요. 지금도 제 마음은 그렇습니다. 부의가 법대에 합격한 것도 뿌듯하고, 뒤떨어지지 않게 열심히 공부하는 모습을 보는 것도 뿌듯합니다!"

"고맙습니다. 영감님! 우리 부의는 제 아들이기도 하지만 영감님의 아들이기도 합니다. 우리 부의에게 '부의'라는 이름을 선사해주신 것만으로도 영감님은 부의의 아버지이십니다!"

"호! 그래요? 오 사장이 그렇게 말씀해주시니 정말 행복합니다!"

두 사람은 서로의 얼굴을 마주 보며 호탕하게 웃었다. 그 틈을 놓치지 않고 경채가 술상을 겸해서 한상 그득히 차려 왔다.

"할아버지! 우리 부의 오빠에게 좋은 이름 주셔서 제가 한턱 쏘는 겁니다. 식사도 많이 하시고 술도 한잔하시라고요!"

"호! 그래! 고맙다, 고마워! 그래. 오늘은 나도 코가 비뚤어지도록 마셔 보련다. 너그들이 책임져라!"

그날 밤, 진 씨 영감은 참 행복해 보였다. 꼭꼭 숨겨놓았던 연애 얘기도 했고, 이십여 년이 지나도록 한 번도 만날 수 없었던 색싯감의 얼굴과 모습을 그려보면서 그때의 짧은 행복도 회상하면서 잠깐이나마 행복해하는 진 씨 영감은 팔순이 넘은 나이에도 불구하고 이제 피어나기 시작하는 소년처럼 보였다. 진 씨 영감은 취기가 돌 때까지 술을 마셨지만, 기어코 집으로 돌아가겠다고 자리에서 일어섰다.

"영감님, 오늘은 저의 집에서 주무십시오. 취하신 듯합니다."

오철환이 만류했지만 진 씨 영감은 팔을 들어 손을 흔들었다.

"말은 고맙지만. 안 됩니다. 누가 압니까? 오늘 밤에라도 내 색싯감이었던 그 여자가 날 찾아올는지. 나는 그 여자가 날 찾아와주기를 이십여 년 동안 한결같이 기다렸습니다. 고물을 줍는다는 핑계로 집집마다 집 앞을 지났고, 앞으로도 골목마다 누비면서 그 예쁜 여자를 찾아다닐 겁니다. 그 여자도 분명 그럴 겁니다. 늙은 나를 불쌍히 여기면서 찾아다닐 겁니다. 그저 우리가 아직 만나지 못했을 뿐이지요. 그러니 잠시도 집을 비울 수 없지 않습니까?"

진 씨 영감은 비틀거렸다. 평소에 잘 마시지 못했던 술인지라 금방 취기가 도는 듯했다. 비틀거리면서도 빈 리어카를 향해 걸었다.

오철환 고물상이 사업 확장으로 건축 자재를 취급하고, 철근을 취급하는 큰 가게로 번창했다 해도 진 씨 영감에겐 오철환 고물상일 뿐이었다. 그것은 오철환도 마찬가지였다. 이미 고물을 취급하지 않은 지 오래되었지만, 진 씨 영감이 끌고 오는 고물 리어카는 뿌리치지 않았다. 아들에게 부의라는 이름을 붙여준 인연 때문이기도 했지만, 팔순을 넘긴 나이에도 가족 한 사람 없이 살아가는 진 씨 영감이 외로워 보였기 때문이다. 진 씨 영감을 크게 도울 수는 없지만 외로움만큼은 함께 나누고 싶어 하는 오철환의 고운 마음 때문에 그들의 인연은 끈끈하게, 그리고 친밀하게 이어져 오고 있었던 것이다.

오철환은 부의를 불렀다.

"부의야!"

"예! 아버지!"

"할아버지 고집을 보니 손수레를 끌고 집으로 꼭 가실 모양이다. 할아버지 리어카에 태워서 네가 끌고 가도록 해라. 이참에 할아버지 집도 알아놓고."

"예!"

"집까지 잘 모셔드리고 오너라!"

"예! 아버지!"

부의는 진 씨 영감을 부축했다. 비틀거리는 진 씨 영감을 부축하며 손수레에 태웠다. 진 씨 영감은 손수레 바닥에 털썩 주저앉으며 기분 좋게 웃었다.

"하하. 내 평생에 오늘처럼 근사하게 대접받은 일은 없었네! 오 사장! 고맙네! 고마워!"

"부의가 잘 모셔드릴 겁니다!"

"오 사장. 정말 고맙네! 고물만 주워 올리던 손수레에 오늘은 내가 버티고 앉았으니 새삼스럽군. 부의가 끌어주는 손수레에 앉아서 집으로 간다! 하하하! 기분이 좋군요. 기분이 좋아요!"

진 씨 영감은 손수레 테두리를 양손으로 꽉 움켜쥐면서 연신 껄껄 웃었다. 손수레의 바퀴가 움직였다. 진 씨 영감은 갑자기 뭔가 생각난 듯 손사래를 치며 말했다.

"잠깐만! 잠깐만. 부의야, 잠깐만."

"왜 그러세요? 할아버지?"

"요즘은 동래구에서 일어난 살인 사건 때문에 기운이 어수선해! 밤늦게 아낙네들이 다닐 수 없을 정도로 기운이 어수선하고 무서워!"

"동래구에서 살인 사건이 났다는 건 저희도 알고 있습니다. 가겟집 여자가 살해당하고 며칠 되지 않아서 봉제 여공이 목 졸려 죽었다는 그 사건을 말씀하시는 겁니까?"

"부의 너도 알고 있었구나. 헌데 용의자를 밝혀낼 근거가 없다는구나. 증거가 될 만한 것이 아무것도 없다니. 허! 허 참."

"사건이 미궁으로 빠지지 않았으면 좋겠습니다."

"암! 그래야지. 그런 놈을 잡지 못하면 또 다른 피해자가 생길지도 모르는데. 허허, 참. 세상이 어떻게 되려고 그런 흉악범이 생기는지!"

진 씨 영감은 고개를 절레절레 흔들었다. 손수레가 오철환 고물상의 철문을 나설 때였다. 경채가 부리나케 쫓아 나왔다.

"오빠! 나도 따라갈래!"

"안 돼. 금방 올 테니까 집에서 기다리고 있어. 잠깐만 기다리고 있으면 오빠 금방 올게."

부의가 가는 곳이라면 어디든지 따라나서는 경채였다. 자전거를 타고 구포다리를 산책할 때도, 동네 안에서 심부름할 때도, 초등학교, 중학교, 고등학교 등·하교 때도 경채는 부의와 함께 있었다. 그런 경채였지만 오늘 밤만큼은 함께 할 수가 없었다. 경채를 리어카에 태울 수도 없었고, 손수레를 끌고 가는 부의 옆에서 걷게 할 수도 없었던 것이다.

경채가 서운해했다. 입술이 뽀로통해졌다.

"왜 안 돼! 함께 가고 싶은데."

"할아버지만 태워도 손수레 밀기가 힘들거든. 그런데 경채 너까지 손수레에 타 봐! 오빠가 더 힘들어지지!"

"정말 그래? 정말 그래서 날 안 데리고 가는 거야?"

"아니야! 그건 농담이고. 어쨌든 할아버지 모셔다드리고 금방 올게! 할아버지 모셔다드리고, 손수레 넣어 드리고 나면 오빠는 맨몸으로 번개같이 달려올 수 있어. 그러니 집에서 잠깐만 기다리고 있어."

"올 때는 같이 버스를 타던지 택시를 타면 되는데."

따라오고 싶어 하는 경채를 보며 부의는 살짝 웃었다. 경채가 예쁘고 귀여워서였다. 그러나 지금은 밤이 너무 깊었다. 경채를 데리고 가는 것보다 집에서 기다리게 하는 게 경채를 위한 방법 같았다. 부의는 잠시 손수레의 손잡이를 놓고 경채에게 다가섰다.

"경채야. 밤이 너무 깊어서 그래. 버스 타거나 택시 타는 것도 번거로우니까 잠시만 집에서 기다리고 있어. 오빠 금방 갔다 올게!"

"하긴, 기다리는 것도 여자의 미덕이니까. 그래. 오빠, 기다리고 있을게. 금방 와야 해!"

"응. 금방 갔다 올게!"

부의는 경채를 향해 손을 흔들었다.

"오빠! 금방 와야 해! 얼른 다녀와!"

"알았어! 오빠 금방 갔다 올게!"

경채에게 몇 번이나 손을 흔들어주고는 손수레의 손잡이를 잡았다. 진 씨 영감이 한마디 했다.

"경채야, 할아버지가 미안하다. 할아버지가 취하지만 않았다면 혼자 갈 수 있는데…"

"아니에요. 괜찮아요! 그럼 할아버지, 안녕히 가세요."

경채는 언제나 친절했고 예의가 바르다. 부의는 손수레를 끌고 오철환의 고물상 정문으로 천천히 빠져나왔다. 오철환 고물상의 정문은 아주 튼튼한 철문으로 되어 있었다. 건축 자재를 취급하면서부터 담도 쌓았고 튼튼하게 철문도 달았다. 처음에는 동네에서 오철환이가 국유지를 침범하는 줄 알고 민원도 들어가고 했는데, 측량을 하다 보니 오히려 신작로 땅 대부분이 오철환의 소유지였다. 다행히 땅도 더 넓어졌고, 어차피 신작로로 활용된 땅은 시원하게 사용허가서를 내어줌으로써 시에서나 동네에서 칭찬을 받게 되었다. 오철환도 뿌듯해했다.

부의는 오철환 고물상의 철문 앞에서 빠른 속도로 손수레를 밀었다. 고물상 철문 앞의 길은 네 갈래로 갈라져 있었다. 바로 직진하면 신작로를 지나서 큰 대로변이 나오고, 대로변에서는 번화가로 이어진다. 부의는 직진해 신작로를 지나고 있었다. 그때 산복도로로 가는 길목에 들어선 사람이 있었다. 허름한 옷차림에 상체가 큰 사람이었다. 산복도로로 가는 길목에 들어서면서 그 사내는 손수레를 끌고 가는 청년을 보았지만, 그 사내 역시 대수롭지 않다는 듯 이내 고개를 돌렸다.

손수레를 끌고 신작로로 향하던 부의는 잠깐 코끝을 스치는 지독한 냄새를 맡았다. 익숙한 냄새라 여겼지만, 부의 역시 대수롭지 않게 여기며 손수레를 끌고 신작로로 향했다.

진 씨 영감의 집은 영도다리가 있었던 영도다리 밑에 있는 조그마한 판잣집이었다.

4.
실종

1960년대까지만 해도 오전 10시, 오후 4시만 되면 어김없이 올라가는 부산 영도다리. 철근으로 된 난간과 시멘트 바닥으로 된 그 어마어마한 영도다리가 번쩍번쩍 다리를 치켜올리고 올라가는 모습은 정말로 장관이었다. 영도다리가 올라가는 시간이 되면 다리 양쪽으로 몰려드는 사람들이 구름 떼 같았다. 여기저기서 탄성이 터지고 구경꾼들은 넋을 잃은 듯 입을 다물지 못하고 다리가 올라가는 모습을 지켜보곤 했다.

영도다리가 올라가는 그 시간에는 큰 외항선이 붕붕거리며 지나갔고, 다리 양쪽으로 몰려든 구경꾼들의 탄성이 그치지 않았다. 사람들을 현혹시키듯 올라가는 영도다리는 구경거리임에 틀림없었다. 그런 영도다리 밑에는 피난민들이 살던 판잣집이 즐비하게 늘어서서 판자촌을 이루어 살던 때도 있었다. 세월이 흐르면서 영도다리 밑도 개발되기 시작했고, 바다를 끼고 있는 영도다리 밑에 있는 판잣집이 하나둘 없어지기 시작했다. 길이 넓어지고 새로워지면서 새 건물이 올라갔고, 판잣집이 철거된 자리에도 말끔하게 새로 지은 집이 들어섰다.

그렇게 주위가 변했는데도 진 씨 영감이 기거하고 있는 집은 옛 모습 그대로인 판잣집이었다. 영도다리 밑은 바다였고, 바다를 끼고 있는 도로 한 편에 얼기설기 지어놓은 판잣집이었다. 하지만 진 씨 영감에겐 떠날 수 없는 집이었던 것이다. 옛 형태 그대로 남아 있는 판잣집에서 기거하고 있는 진 씨 영감은 색싯감이라고 여겼던 여자가 언젠가 이 판잣집으로 자신을 찾아오리라는 믿음을 가지고 살고 있었다. 그래서 판잣집을 철거하지 않았고, 새 집으로 올리지도 않았다. 초죽음이 되어 시궁창에 처박혀 있던 그 여자를 구하고 함께 살면서 처음으로 마련한 집이기도 했다. 비록 진 씨 영감에게서 떠나긴 했지만, 색싯감이라 여겼던 그 여자와 보름 동안 함께 살던 소중한 집인 이 판잣집에서 진 씨 영감은 떠날 수가 없었던 것이다.

날이 밝으면 오늘은 올까? 날이 어두워지면 오늘 밤에는 올까? 그렇게 기다리면서 이 판잣집을 지켜온 진 씨 영감이었다. 오래된 판잣집은 여기저기 낡아 있었고, 바다 특유의 갯 냄새와 쾌쾌한 냄새가 배어 있어 위생적이지 못했다. 손수레에서 내려온 진 씨 영감은 부의를 쳐다보며 미안한 듯 싱긋 웃었다.

"집이 많이 누추하제."

"이런 데서 오래 사시면 건강에도 좋지 않아요. 위생적이고 깨끗한 집으로 이사를 하셔야겠는데요."

"그럴 수는 없지! 내 색싯감이 알고 있는 집인데. 날 찾으려면 이곳으로 올 게 뻔한데 어떻게 다른 곳으로 이사를 가누?"

진 씨 영감은 고개를 저었다. 그리곤 부의에게 손짓을 했다.

"어쨌든 여기까지 데려다주어 고맙네. 참, 경채가 기다리고 있을 테니 어서 가 보게."

"그럼 전 가보겠습니다. 할아버지도 들어가서서 일찍 주무세요."

부의는 진 씨 영감이 판잣집으로 들어가는 걸 확인하고는 돌아섰다. 영도다리 밑에서 위로 올라가는 데에는 경사가 진 곳이었다. 비스듬한 경사 때문에 쉽게 오르내릴 수 있는 길은 아니었다. 젊은 부의도 오르기 좀 벅찬 길이다 싶었는지 갑자기 진 씨 영감을 걱정하기 시작했다.

'할아버지는 이렇게 경사진 곳을 어떻게 매일매일 오르내렸을까? 더군다나 손수레를 끌고 다니면서.'

진 씨 영감에 대한 동정심이었고, 걱정이었다. 진 씨 영감이 '부의'라는 이름을 선사해서가 아니라, 팔순을 넘긴 나이에도 불구하고 고물을 주우러 다니는 게 마음이 아팠다.

경사진 오르막길을 올라와서야 부의는 핸드폰을 꺼내 들었다. 집에서 기다리고 있을 경채에게 전화를 했다. 따라오겠다는 경채를 떼어놓고 온 게 미안하기도 했고 걱정이 되기도 했던 것이다. 그런데 경채는 전화를 받지 않았다. 신호 울리는 소리가 오랫동안 울렸는데도 전화를 받지 않았다. 행여 삐치지 않았나 싶었다. 그렇지 않고서야 이렇게 전화를 안 받을 리가 없었다. 부의가 전화를 걸면 벨 소리가 두 번도 울리기 전에 냉큼 전화를 받는 경채였다. 그런 경채가 전화를 받지 않았다. 두 번, 세 번 걸어도 전화를 받지 않는 게 걱정되었고 마음이 걸렸다.

'따라오지 말라고 했던 게 많이 섭섭했던 모양이네. 그렇지 않고서야 이렇게 전화를 안 받을 리 없는데. 정말 많이 삐쳤나 보네.'

부의는 걸음을 재촉했다. 아니, 뛰었다. 달리듯이 뛰었다. 마음이 바빠진 것이다. 그러나 부의가 오철환 고물상의 철문 앞까지 왔을 때도 경채는 보이지 않았다. 틀림없이 철문 앞에서 기다리고 있을 줄 알았는데? 부의는 고개를 갸우뚱거리며 철문 안으로 들어섰다.

"경채야! 오빠 왔어!"

소리치며 집 현관문을 열었는데도 경채는 뛰어나와 보지도 않았고, 대답하는 소리도 없었다. 정말로 삐쳤다고 생각했다. 삐쳐서 잠시 장난을 치는구나 여겼다.

"경채야! 미안해. 오빠가 금방 왔잖아! 경채야!"

현관문을 들어서면서 경채를 불렀지만 경채는 대답이 없었다. 갑자기 등에서 서늘한 냉기가 올라오면서 몸이 오싹해짐을 느꼈다.

"아버지! 경채, 방에 없어요?"

방문을 열면서 다급하게 물었다. 이부자리를 깔고 누웠던 오철환이가 부스스 일어났다.

"경채라면 너 따라가지 않았어? 함께 갔던 게 아니었어?"

"아니에요! 같이 안 갔어요!"

부의의 목소리가 떨리고 있었다.

"그럼 밖에서 기다리고 있을 텐데. 부의 너 기다리느라고 밖에 서 있을 경채지. 너도 안 왔는데 집에 들어와 있겠냐?"

오철환의 그 말에 부의는 오싹하게 밀려오는 두려움을 느꼈다. 경채가 전화를 안 받는 것도, 경채가 대답도 하지 않은 것도 불길하게 여겨졌다.

"경채가 집에도 없다면 어디 있단 말입니까? 이 깊은 밤에."

"밖에서도 기다리고 있지 않았냐?"

"예! 철문에서 기다리고 있으리라 여겼는데 밖에도 없습니다! 경채가 보이지 않아요!"

부의의 목소리는 떨렸다. 몸이 흔들렸다. 몸에서 힘이 쭉 나가는 것 같았다. 다리가 흔들거렸다. 경채가 보이지 않는다니? 경채가 없다니? 시커먼 터널이 앞을 가린 듯 절망적인 순간이었다. 부의는 경채가 없는 세상은 생각해 본 적이 없었다. 경채가 없다니?

"경채야!"

부의는 경채를 부르며 밖으로 뛰어나갔다. 그러나 경채는 어디에도 없었다. 경채가 신기루처럼 사라진 것이다.

"경채야!"

부의는 경채를 불러대며 신작로를 뛰어 내려갔다. 신작로 양편에 있는 집을 기웃거리면서 경채를 찾았지만, 경채는 없었다. 아무도 경채를 봤다는 사람이 없었다. 중간에 있는 가겟집에도 물어보았지만 경채를 못 봤다는 것이다.

"경채가 지나가는 걸 봤으면 내가 말이라도 붙였지. 못 봤어."

가겟집 아주머니도 고개를 저었다. 하긴 신작로 가게 앞까지 내려왔다면 경채도 그냥 지나치지 않았을 것이다. 가겟집 아주머니는 경채가 어릴 적부터 커가는 것을 지켜본 사람이다. 경채의 어머니는 병석에 누워 있었고, 그 때문에 어머니의 사랑을 깊이 받아보지 못했던 경채를 안쓰럽게 여기며 사탕 하나라도 집어주셨던 아주머니였다. 그런 아주머니였기에 신작로를 오르내릴 때 가겟집을 그냥 지나치지 않았던 경채였다. 더구나 이렇게 깊은 밤에 신작로로 내려가면서 가겟집을 들르지 않았다면, 경채가 신작로까지는 내려오지 않았을 거라는 추측이 가능했다. 부의는 신작로에서 오철환 고물상의 철문 앞으로 다시 올라오면서 경채를 불렀다.

"경채야! 오빠가 미안해! 혼자 있게 해서 미안해!"

함께 가겠다고 따라나서던 경채를 떼어놓고 떠났던 게 아무래도 불길했다. 불길한 생각이 치솟으며 가슴이 철렁철렁 내려앉는 것 같았다.

"경채야!"

오철환 고물상의 철문 앞에서 신작로까지 내려가는 길을 줄타기

하듯 오르락거리면서 경채를 불렀지만, 경채는 어디에도 없었다. 오철환 고물상의 철문 앞에서 신작로까지 내려가는 길 양쪽에는 완성되지 않은 건물이 몇 채 있었다. 개발 붐을 타고 집을 새로 짓고 올리는 사람이 많아지면서 동네가 번화가로 변하고 있었지만, 아직 완성되지 않은 콘크리트 건물은 흉물스럽기도 했다. 콘크리트 바닥에 콘크리트 기둥만 덩그러니 놓여 있는 건물은 불 없는 밤에 보기에는 정말 흉물스러웠다. 콘크리트 지붕과 기둥과 콘크리트 바닥뿐인 건물은 시커멓게 입을 벌리고 있는 흉물 스런 동굴같았다. 평소 예사롭게 보았던 그 건물이 흉물스럽게 보이자 부의의 머릿속에서 불길한 예감이 스쳐 갔다. 부의는 손 등불을 들고 그 흉물스런 건물 안쪽으로 들어갔다.

"경채야!"

경채가 그런 곳에 있을 리 없겠지만, 부의는 그 흉물스런 건물 안쪽으로 들어갔고 손등불로 여기저기 불을 밝혀 보기도 했다. 물론 그런 곳에 경채가 있을 리는 만무했다.

'내가 미쳤나? 왜 이런 곳에서 경채를 찾고 있지?'

부의는 떨려오는 마음을 가라앉히며 중얼거렸다. 그러나 심장은 방망이질을 하듯 뛰었다. 불길했고 불안했고 또 무서워졌다. 생각이라는 게 떠오르지 않을 만큼 무서움이 역습해왔다.

'대체 어딜 갔단 말인가? 이 밤에 친구 집에 갔을 리도 없고.'

부의는 중얼거렸고 허둥거렸다. 무서움이 밀려오면서 입술이 타들어 가는 것 같았다. 어린 나이에 숯장이 허달만에게서 매질을 당했을 때도 이런 두려움을 느껴보지 못했다. 숯장이 허달만이 몰래 산에서 내려올 때에도 이런 무서움은 없었다. 부산 선창가 식당에서 부부에게 돈을 빼앗겼을 때도 이만큼 무섭지는 않았다. 자신들의 구역에서 고물을 줍는다고 매질을 하던 양아치들의 손에 잡혀 있었을 때도 이렇게까지 무섭지는 않았다.

경채가 제 곁에 없다는 사실만으로 세상이 주저앉아버린 듯했다. 세상에 머물고 싶다는 생각이 눈곱만치도 들지 않을 만큼 갑자기 세상이 무서워졌다. 경채가 내 곁에서 없어졌다! 그렇게 생각만 해도 절망적이었다. 경채가 없는 부의가 있을 수 없었다.

오철환에게 구출되어 이 집에 왔던 바로 그날 밤에 경채의 어머니가 세상을 떴다. 여느 아이 같으면 그럴 때 가만히 있었을까? 과연 가만히 있었을까? 부의를 바로 받아들이려는 마음이 생겼을까? 아니다. 여느 아이 같았으면 절대 그러질 못했을 것이다. 어머니가 죽어가고 있는데 아버지는 낯선 아이를 구하려고 시간을 낭비하고 어머니의 임종도 지키지 못했다고 아버지를 원망했을 것이다. 그리고 아버지가 구해온 부의를 절대 친절하게 대하지 않았을 것이다.

그러나 경채는 그러지 않았다. 낯선 사내아이를 구해 왔다고 아버지를 원망하지도 않았고, 어머니가 죽던 날 밤에 아버지의 손에 구출된 부의를 미워할 수 있었음에도 부의를 미워하지도 않았다. 눈치를 주거나 싫어하는 내색도 하지 않았다. 처음부터 친절하지는 않았지만, 그렇다고 투덜대지도 않았다.

그리고 부의가 학교에 입학했을 때는 진심으로 기뻐해 주었다. 뒤늦게 초등학교에 입학한 부의에게 열심히 공부를 가르쳐주기도 했다. 경채의 그런 노력이 없었다면 초등학교 2학년에서 4학년으로 월반조차 힘들었을 것이다. 경채의 도움으로 4학년으로 월반하면서 경채와 같은 학년이 될 수 있었고, 서로에게 질세라 입을 앙다물고 공부했던 그들이다.

만약 부의에게 경채가 없었다면 부의가 중학교, 고등학교에 갈 수 있었을까? 법관이 되겠다는 커다란 포부를 가지고 법대에 들어갈 수 있었을까? 법관이 되겠다는 포부를 가지게 된 것도 경채의 뒷받침이 있었기 때문이었고, 이렇게 법대에 입학할 수 있었던 것도 경채가 있었기 때문이었다. 경채와 함께 서로의 포부를 밝히고 주고받으면서, 그 힘으로 법대까지 입학했다. 그리고 경채도 원하던 의과대학에 입학했다. 그들은 그렇게 각자의 포부를 세우고 공부했으며, 사회에 나가서는 각자의 자리에서 사회의 일원으로 봉사하며 살아가리라 다짐했던 젊은이었다.

그런 그들에게 이런 불행이…. 있을 수 없는 일이었다. 한 번도 상상조차 해본 적 없었던 현실이 절망의 터널처럼 부의 앞에 펼쳐졌다. 부의는 몸서리를 쳤다. 경채 없는 부의는 있을 수 없었다. 결코 경채를 잃어버릴 수 없었다. 부의는 그날 밤 미친 듯이 거리를 헤매며 경채를 찾아다녔지만, 경채는 어디에도 없었다. 경채는 그날 밤 집으로 돌아오지 않았다. 그날 밤 경채는 신기루처럼 사라졌고, 흔적이라곤 아무것도 남기지 않은 채 그들의 곁에서 사라져버렸다.

5章

1.
사람을 잃고

어둠에는 어둠의 장벽이 있고, 끈적끈적한 습기가 스멀스멀 배어 나오고 있었다. 경채가 없는 그들의 생활이 그랬다.

경채는 끝내 돌아오지 않았다. 며칠이 지나도, 몇 달이 흘러도 돌아오지 않았다. 경채는 신기루처럼 사라졌고. 오철환과 부의는 오아시스를 잃었다. 물 한 방울 만날 수 없는 사막에서 갈증을 느끼듯 우울해하고, 슬퍼했고, 불길한 끈을 움켜쥐며 떨고 있어야 했다. 반짝반짝 빛나듯이 번창하던 오철환 고물상은 철퇴를 맞은 듯이 침묵했고 이제 드나드는 사람조차 없었다. 언제나 활짝 열려 있던 철문은 굳게 닫혀 있었고 사람들은 움직임이 없어 그대로 멈추어 버린 듯했다.

경채를 찾으려고 부의는 처음 얼마 동안 방황하며 주변을 헤매고 다녔다. 하지만 시간이 갈수록 그것을 부질없는 일이라 여겼고, 이대로는 경채를 찾을 수 없다는 결론을 내렸다. 경채가 스스로 모습을 감췄다는 확신이 생겼기 때문이다. 신기루처럼 사라진 점이며, 이렇다 할 아무런 흔적도 남기지 않은 점이며, 누구도 경채를 보았거나 경채에 대해서 알고 있는 사람이 없다는 것이 점점 더 큰 불안으로 몰아가고 있었다.

경채에게 무슨 일이 있었을까? 경채가 스스로 모습을 감추고 있는 거라면 대체 무슨 일 때문에 그런 결론을 내렸던 것일까? 그러나 부의는 강하게 고개를 저었다.

'그럴 리 없어! 경채가 우리 곁에서 스스로 떠나야 하는 이유는 절대 없어! 내가 손수레를 끌고 할아버지를 모시고 갈 때까지만 해도 경채는 평소의 경채, 그 모습 그대로였어!'

부의는 경채가 스스로 모습을 감췄을 거라는 그 결론마저도 강하게 부인했다. 그렇다면 누군가에 의해서 경채가 사라진 것일까? 왜? 무슨 이유로? 누가? 그러나 아무리 궁리해도 짐작할 만한 이유도 없었고, 짐작이 가는 사람도 없었다. 왜냐하면 경채는 아직 공부하는 학생의 신분이었기 때문이다. 의사가 되겠다는 포부를 가지고 의과 대학에 입학한 의학도 지망생일 뿐이다. 사회에 발을 들여놓고 살았던 것도 아니고, 사람들과 어울려 살면서 감정에 휘말리거나 언쟁을 벌인 일도 없었다. 누구를 해코지할 경채도 아니고, 누구에게 해코지를 당할 경채도 아니었다. 순수하고 착하기만 했던 경채였다. 그런 경채가 아무 이유도 없이 실종되었다.

정말 경채 스스로 자신의 모습을 감춘 거라면 명백한 이유가 있을 것이다. 또한 아버지나 부의에게 걱정 끼칠 일을 하지 않을 경채라는 것을 부의는 너무도 잘 알고 있었다. 경채에겐 스스로 모습을 감춰야 하는 이유 따위 절대 없었다. 경채는 자신을 걱정할 아버지나 부의에게 단 한마디의 이유도 밝히지 않고 사라질 아이가 절대 아니었다. 그러나 무슨 이유가 있든 간에 경채는 돌아오지 않았고, 부의는 어둠 속에 갇힌 사람처럼 불안해하고 우울해하면서 불길한 끈을 움켜쥐고 있었다.

부의에게 경채가 없는 세상은 희망이 없는 곳이었다. 포부라는 것도 무의미했다. 희망을 잃었고 포부를 펼치겠다는 의욕도 접어버렸다.

그렇게 몇 달이 흘렀다. 창백한 얼굴로 창가에 멍하니 앉아 있는 부의를 향해 누군가가 다가왔다. 오철환이었다. 오철환은 부의를 향해 큰소리로 외쳤다.

"부의야! 정말로 이대로 모든 걸 포기 할 작정이냐?"

노기등등한 목소리에 놀라 고개를 들었다. 불길하고 불안했던 시간은 거의 공포에 가까웠다. 오철환의 얼굴이 그렇게 말해주고 있었다. 어질고 착하기만 했던 그의 평범한 얼굴에는 핏기도 없었고 살아있다는 생동감도 느껴지지 않았다. 갑자기 늙어버린 듯한 굵은 주름살이 이마와 눈언저리에 거미줄처럼 얽혀 있었다. 식음을 전폐하고 긴 어둠 속에서 스스로를 가둬두었던 흔적이었다. 거미줄처럼 얽힌 주름사이마다 걱정이 가득했고, 껌뻑이는 눈동자가는 휑하니 비어 있는 듯했다. 오철환은 그런 얼굴로 부의를 바라보며 소리치고 있었다.

"부의야! 우리, 일어나자! 경채가 없어도 경채가 있는 것처럼 일어나자. 나는 오철환 고물상의 철문을 활짝 열어 놓을 테니 부의 너는 접었던 공부에 뛰어들어라. 죽기 살기로 공부해서 나쁜 사람들을 잡는 진짜 법관이 되어라. 우리… 그러자! 그래야만 경채를 찾을 수 있어!"

"경채가 어디 있는데요…"

"나도 모르지! 그러나 한 가지 분명한 건, 경채는 죽지 않았다는 사실이다. 경채가 죽었다면 어디에서든 연락이 왔을 거다. 어떤 식으로든지 연락을 받았을 게다. 아무 데서고 연락이 없다는 건, 경채는 죽지 않고 살아 있다는 거다. 경채는 죽지 않았어…! 어디에서든 살아있는 게 분명해…"

"아버지는 그렇게 생각하십니까? 경채가 살아 있을 거라고 그렇게 확신하십니까?"

부의는 고개를 숙인 채 그렇게 말했다. 오철환은 경채를 읽은 슬픔에 어둠 속에 갇혀 있는 것처럼 보였지만, 그래도 어둠을 끌고 다니지는 않았다. 어둠을 끊어내고 싶은 작은 희망을 붙잡고 부의에게 다가온 것이다. 그것이 아버지가 가질 수 있는 힘이었을까? 부의는 좀 놀라웠다. 경채가 돌아오지 않는 한 몸을 일으키지도 않을 것 같은 오철환이었는데, 오철환은 슬픔을 떨쳐 내고 있었고 절망 속에서 두꺼워지기 시작한 그 어둠을 뚫고 나온 사람처럼 보였다.

부의는 상체를 부스스 일으켰다. 아직 한 번도 경채와 죽음을 연결시키지 않았던 부의였다. 경채가 죽었을 거라는 사실은 상상도 하지 못했다. 그런데 아버지 오철환은 경채와 죽음을 연결해 생각한 것이다. 그리고 경채는 죽지 않았다는 결론을 내리신 것이다. 경채가 신기루처럼 사라지긴 했지만 결코 죽지 않았을 거라는 그 결론이 오철환에게 희망의 끈이 된 것이다. 오철환은 말했다.

"암! 그렇게 생각하고말고! 우리 경채는 살아 있어! 절대 죽지 않았어! 경채가 어디에서든 살아있기만 한다면 반드시 이 집으로 찾아올 테고, 애비를 찾을 테고, 부의 너를 찾을 거다. 그때를 기다리면서 우리도 움직이자! 우리도 살아있는 사람으로서 움직이며 살자!"

어질고 착했던 오철환에겐 자신도 몰랐던 추진력이 있었고, 자신에겐 절대 없을 것 같았던 의욕이 꿈틀대고 있었다. 딸 경채가 실종되긴 했지만 죽지는 않았을 거라는 결론에 희망을 품은 듯했다. 그리고 그 의욕을 발판삼아 경채가 돌아왔을 때를 대비해서 살자고 생각했다. 지금 이런 상황에서 엄청난 결단력을 발휘한 셈이다.

부의는 비로소 아버지 오철환의 뜻이 이해가 되었다. 그리고 다른 어떤 것도 생각하지 않고 어디든 간에 경채가 살아있을 것이란 생각만 하자고 결심했다. 경채가 살아만 있다면… 시간이 얼만큼 흐르던, 세월이 얼마나 많이 흐르던 경채는 반드시 이 집을 찾아올 것이다. 지금 경채는 그들에게 이유를 밝히지 않은 채 실종된 상태일 뿐이다. 분명 사라져야 했던 이유가 있을 것이다. 그러나 언젠가 그 이유가 이유 같지 않을지도 모를 일이다. 반드시 그런 날이 있을 것이며 그때는 거침없이 이 집을 찾아올 것이다. 아버지 오철환의 말대로 아버지 곁으로, 부의 곁으로 돌아올 것이다. 그때를 대비해서 살아있는 사람으로서 움직이며 살자는 오철환의 말에는 힘이 있었고, 부의를 설득시키기에 충분했다.

부의는 상체를 펴고 몸을 일으켰다. 그리곤 스스로에게 말하듯, 아버지 오철환에게 다짐하듯 말했다.

"아버지! 경채가 살아있다고 생각하면 우리가 무엇을 못하겠습니까? 아무것도 주저할 게 없고 망설일 게 없지 않습니까?"

"그렇지! 부의 너도 그렇게 생각하는 거지?"

"예! 아버지!"

"그러니까 난 오철환 고물상의 철문을 활짝 열 것이고…"

"저는 학교에 다시 가겠습니다. 휴학은 오늘로 끝입니다!"

부의는 단호하게 외쳤다. 그리고 그들은 경채를 잃지 않은 것처럼 다시 일어섰다.

때는 가을이었다. 십일월로 접어든 늦가을. 구포다리 양편으로 우거진 듯 빼꼼히 서 있는 갈대가 하얀 꽃대를 세우고 흔들리고 있었다. 크고 작은 갈대는 무리를 지어 흔들렸고, 왕관 같은 하얀 꽃대는 누가 더 크고 누가 더 작은지 분간하기 어려울 만큼 비스듬히 서서 춤추듯이 흔들리고 있었다.

경채는 갈대를 닮고 싶다고 했다. 사람들은 바람에 흔들리는 갈대를 보며 변심하는 사람의 마음을 비유했지만, 갈대는 쉽게 변심하는 게 아니었다. 바람이 불면 흔들리긴 해도 절대로 꺾이지 않는 게 갈대이다. 갈대는 흰 왕관 같은 꽃을 피우면서 흔들리기는 해도, 결코 꺾이지 않았다. 경채는 그런 갈대를 닮고 싶다고 했다. 그래서 경채는 갈대를 사랑했고, 스스로 갈대이고 싶어 했다. 변심하지 않으려고 흔들리는 것이 갈대다.

부의는 흔들리는 갈대를 바라보며 목청껏 외쳤다.

"경채야! 돌아와라! 반드시 돌아와야 한다!"

"……."

"오빠는 기다린다. 경채 네가 돌아올 때까지. 경채야, 너는 반드시 돌아올 거야. 반드시 돌아와야 해!"

비록 지금은 허공을 향해 외치고 있지만, 경채가 반드시 돌아올 것이라는 확신을 가지고 부의는 외쳤다. 목이 긁히도록 외치고 또 외쳤다. 그리고 스스로 다짐했다.

"경채야! 오빠는 기다릴 것이다! 너를 만날 수 있는 그 날이 언제일지 모르지만, 그 날만을 기다리고 또 기다릴 것이다. 오빠는 널 기다릴 거다. 지금은 내 곁에는 네가 없지만, 오빠에겐 항상 경채 네가 있다고 느끼며 살고 있을 것이다. 경채야, 꼭 돌아와야 한다. 오빠가 기다리고 있다는 것 잊지 말고."

그렇게 마음을 굳힌 부의는 자리에서 분연히 일어섰다. 예전처럼 경채가 늘 곁에 있었던 것처럼 살 작정이다.

부의의 눈에는 눈물이 그렁그렁 고였다. 소낙비처럼 흘러내리는 눈물을 감출 수가 없었다. 볼을 타고 내려오는 눈물 방울방울마다 경채와의 추억이 어렸다. 초등학교 3학년이었던 그 어린 나이에도 어찌 그렇게도 의젓했는지. 거지처럼 남루한 옷차림으로 찾아왔던 부의에게 싫은 내색 한번 하지 않고 밥을 챙겨주고, 옷을 빨아주고, 신발 밑창까지 빠닥빠닥 빨아 주었던 경채였다. 학교에서 돌아오면 책과 노트를 펼쳐놓고 그날 배웠던 모든 것을 부의에게 가르치느라 그 예쁜 입술로 쫑긋쫑긋 말도 하고, 배시시 웃기도 하면서 열심히도 가르치던 경채였다. 경채의 그 열정이 아니었다면 부의가 어떻게 2학년에서 4학년으로 껑충 올라갈 수 있었을까? "오빠 공부해야 된다."라고 주문처럼 떠들어대던 경채였다. 그야말로 오누이처럼 성장하면서 중학교에, 고등학교에, 대학교에 자전거 페달 돌아가듯 진학한 그들이었다.

그런 경채를 어떻게 잃어버리고 살 수 있는가? 그러나 답은 있었다. 잃어버린 사람이지만, 죽지 않았다면 반드시 만날 수 있을 거라는 희망이 있기 때문에 경채를 잃고도 아버지 오철환은 담대하게 일어섰고 부의도 주저앉지 않았다. 희망을 안고 분연히 일어섰다.

부의는 다시 학업에 열중했고 오철환은 오철환 고물상을 다시 일으켜 세웠다. 어떨 때는 건재상이 되기도 했고, 철물점도 되었고, 철근과 조립식 판넬도 취급했다. 화물차들이 바쁘게 움직였고, 돌아온 직원들도 번창하는 오철환 고물상에서 열심히 일해 주었다. 경채를 잃었지만 경채가 돌아올 거라는 희망을 가지고 움직이는 사람들, 오철환과 부의는 각자의 자리를 지키며 굳건하게 나아가고 있었다.

어느 봄날 오전이었다. 27호 법정에서 재판이 시작되고 있었다. 피의자는 아직 용의자 신분으로 자리에 앉아 있었다. 용의자의 아내가 죽었다. 재판관과 경찰관과 형사 모두가 용의자의 아내가 자살한 것이라고 단정 짓고 있었다. 그래서 용의자는 얼굴에 핏대를 세우고 좌중을 돌아보며 소리쳤다.

"세상에 이런 법이 어디 있습니까? 아내가 죽은 것도 믿을 수가 없고, 억울하고, 그 슬픔을 억누를 수도 없을 만큼 괴로운데! 그런 사람을 붙들어놓고 마치 내가 아내를 죽인 것처럼 몰고 가고 있으니 대한민국 법은 이래도 되는 겁니까?"

용의자는 사십 대 후반의 남자였다. 본인은 아내가 죽은 게 믿을 수 없고 그 슬픔을 억누를 수 없을 정도로 괴롭다 말하고 있었지만, 그의 얼굴에서는 슬픔이라곤 전혀 느껴지지 않았다. 사십 대 후반의 남자들이 거의 다 그렇듯이 살점이 적당하게 오른 얼굴이며, 조금 번들거리는 피부며, 세상을 다 가진 것처럼 의욕이 넘치는 표정이며…. 억울하다고 소리치는 남자의 목소리는 힘이 넘쳤다. 아내가 죽었다는 슬픔을 한 조각도 느낄 수가 없는 목소리였다. 용의자를 주시하는 검사의 표정은 날카롭고 진지했다. 승소를 예감한 변호사의 표정은 용의자와 똑같이 자신감이 넘쳐흘렀다. 용의자는 외쳤다.

"내 아내는 평소 우울증에 시달려왔습니다! 가정에 충실했던 나를 믿지 못했고, 학업에 열중하고 가족의 일원으로서 잘살고 있는 아이들까지 믿지 못했으며, 가끔씩 미친 듯이 히스테리를 부리며 아이들이나 저에게 욕을 퍼붓기도 했습니다. 그리고 말끝마다 죽고 싶다는 말을 달고 살았지요! 그건 아이들도 잘 아는 사실입니다!"

용의자는 자신이 아내를 죽인 용의자가 되었다는 사실에 분노하면서 거친 소리로 말하고 있었다.

"제 말을 믿지 못하시겠다면 아이들을 데리고 와 주십시오!"

용의자는 슬하에 두 아이를 두고 있었다. 초등학교 3학년짜리 여자아이와 초등학교 5학년짜리 남자아이였다. 엄마가 죽고 싶다는 말을 달고 산다는 것을 증명하기 위해 용의자는 그 어린 아이들을 거론하고 있었다.

검사는 날카롭게 물었다.

"그럼 용의자는 그 말을 입증하기 위해 아이들을 이 법정에 세우시겠습니까?"

검사의 물음에 용의자는 고개를 끄덕거리며 큰소리로 대답했다.

"예! 세우고 말고요. 애비가 억울하게 오해를 받고 있는데, 그런 증언을 못해줄 아이들이 아니거든요."

용의자의 말에 검사는 고개를 끄떡였다. 자신의 죄를 숨길 수 있다면 자식까지도 이용할 용의자였다. 검사는 그것을 간파하고 고개를 끄떡인 것이다.

5학년짜리 남학생과 3학년짜리 어린 국민학생 여자아이가 증인석으로 나왔다. 벌벌 떨면서 용의자 석에 앉아 있는 아버지의 눈치를 슬금슬금 보고 있었다. 아이들은 마치 녹음을 하듯 말했다.

"예! 어머니는 언제나 그랬습니다. 죽고 싶다고…."

5학년짜리 오빠가 말하면, 3학년짜리 여자아이는 고개만 끄떡였다. 겁에 질린 얼굴이다. 아이들이 법정에서 나간 뒤 검사는 좌중을 돌아보며 말했다.

"사람은 흔히 어려운 일에 처하면 죽고 싶다는 말을 잘 합니다. 그러나 죽고 싶다는 말을 했다고 해서 모두 죽는 건 아닙니다. 그러나 용의자의 아내는 죽었습니다. 테이블 모서리에 머리를 부딪친 뒤 뇌출혈로 인해 죽었습니다. 그것이 자살이라는 겁니다. 평소 죽고 싶다는 말을 자주 했다는 점과 우울증이 심했다는 이유로 경찰은 자살로 단정했습니다. 게다가 용의자는 자살이라고 강하게 어필하고 있지요. 다시 묻겠습니다. 용의자는 부인의 죽음이 지금도 자살이라고 믿고 있습니까?"

"테이블 모서리에 머리를 박고 죽었다는 게 좀 생소하긴 하지만, 평소 죽고 싶다는 말을 자주 한 아내이니 그런 방법을 택했을 거라는 생각도 합니다."

"용의자는 끝까지 아내는 자살을 했다고 주장하시는군요."

검사의 질문에 용의자는 고개를 끄떡였다. 그리고 또 한 번 크게 고개를 끄떡였다. 그러자 검사는 재판관 앞으로 나아갔다.

"재판관님! 죽은 용의자의 아내는 자살을 시도하지 않았다는 것을 증언해줄 증인을 불러도 되겠습니까?"

검사의 청에 재판관이 허락한다는 의미로 고개를 끄떡였다. 증인이 나왔다. 사십 대 초반의 남자였다. 죽은 용의자의 아내의 또래로 보이는 남자였다. 남자는 재킷에서 무엇인가를 꺼내 검사에게 전했다. 그것은 뜻밖에도 해외여행권이었다. 두 장의 탑승권이었다. 한 장은 용의자의 아내 이름으로 된 탑승권이었고, 다른 한 장은 증인으로 나온 그 남자의 탑승권이었다. 그 두 장의 탑승권을 봤을 때, 두 사람은 해외여행을 가기로 했던 게 분명했다.

재판소가 한동안 술렁였다가 다시 조용해졌다. 누군가가 침 넘기는 소리까지 들릴 정도의 팽팽한 긴장감이 한참 동안 흘렀다.

검사는 두 장의 탑승권을 재판관에게 넘기며 말했다.

"여행을 떠나기로 하고 여권까지 발부받은 용의자의 아내입니다. 그런데 자살을 시도했다고요? 아닙니다. 자살로 포장한 살인이었습니다. 용의자는 평소에 아내를 폭행했고, 아내는 폭행에 시달리면서도 차마 이혼이라는 말을 꺼내지 못한 채 살아왔습니다. 그만큼 남편을 무서워했던 겁니다. 남편에게서 벗어나고 싶었던 용의자의 아내는 살아갈 길을 만들었습니다. 저기, 증언석에 앉아 계신 분과 함께 여행을 떠나기로 결심한 겁니다. 불륜이라 욕먹는 것도, 도망이라 욕먹는 것도 개의치 않을 정도로. 용의자의 아내는 자살을 하고 싶었던 게 아닙니다. 죽음을 택하고 싶을 정도의 절박한 마음으로 남편으로부터 벗어나고 싶어 했던 겁니다. 하지만 용의자는 그런 아내에게 더 심한 폭행을 가했습니다."

"……"

"폭행으로 인한 우울증으로 스스로 죽어주기를 바랐던 겁니다."

"……"

"용의자는 아내가 가지고 있는 모든 소유물을 탐냈거든요."

"……"

"집과 보험금과 아내가 가지고 있는 현금. 그 모든 것을 자기 소유로 돌려놓고 싶었던 거지요. 그러나 아내가 남편이 아닌 사람과 여행을 떠나리라고는 짐작을 못한 거지요. 자살로 포장한 살인 사건. 용의자에겐 자신의 죄를 죽을 때까지 뉘우칠 수 있는 시간이 필요한 것 같습니다. 때문에 무기징역으로 처벌하고자 합니다."

검사의 결정은 단단한 얼음처럼 차갑고 굳었다. 술렁이는 사람들 속에서 누군가가 외쳤다.

"아내도 돈으로 보고, 가족도 돈으로만 보는 저 물질적 짐승은 사형을 시켜야지! 사형선고도 아까운 놈이라고!"

아내를 죽인 용의자에게 쏟아지는 비판의 목소리들이다.

검사 오부의!

부의는 통쾌하게 용의자의 죄를 밝혀냈다. 용의자가 아내를 죽이게 된 원인과 과정을 샅샅이 파헤쳐 법정에 펼쳐 보였다. 자살을 가장한 아내 살인 사건에 대한 민첩한 추리와 빈틈없는 증거물, 그리고 확실한 증언까지. 물샐틈없이 완벽한 검증으로 살인 사건은 해결되었다.

나이가 많진 않았지만, 그 사건 덕분에 오부의 검사의 인지도는 한없이 높아졌다. 그것으로도 모자라 미제로 남을 뻔한 사건까지 맡게 되었다. 부의는 그렇게 나쁜 사람을 잡아내는 법관으로 자리매김하고 있었다.

오철환은 법정을 나오는 부의의 등을 다독거렸다.

"잘했다! 부의야! 애썼다! 부의야! 우리 오부의 검사, 훌륭했다!"

부의를 칭찬하는 오철환의 말꼬리에는 힘이 넘쳤다. 그때가 경채가 실종된 지 꼭 십 년 만이었다. 언제 지나갔는지 모를 만큼, 세월은 여운도 남기지 않고 지나갔다. 그 해는 유독 추위가 강했고 눈도 많이 내렸다. 부의는 사무실 유리창 너머 밖을 내다보았다. 잿빛으로 흐려진 하늘과 어둠이 깔리는 땅끝이 유난스레 을씨년스럽다.

경채에게선 아무 소식이 없었다. 경채가 살아있다는 확신마저 흔들릴 정도로 세월이 흐른 것이다. 부의는 옷걸이에 걸친 외투를 집어 들었다.

"검사님! 손님이 오셨는데요!"

사무장이 조심스럽게 말했다. 부의가 미처 대답도 하기 전에 사무실 문이 열리면서 키가 훤칠한 중년의 남자가 들어섰다. 부의를 향해 싱긋 웃는 얼굴이 낯설지 않았다.

"검사님! 훌륭하십니다!"

손님은 손뼉을 쳤고, 그리고 웃었다. 낯설지 않은 얼굴에서 퍼지는 웃음, 떠올랐다. 그 낯설지 않은 얼굴의 주인공이…. 그는 돌무에게 손수레를 주었던 서재욱 형이었다.

"재욱이 형!"

부의의 입에서 반가움이 터졌다.

"저를 알아봐 주시는군요. 정말 훌륭하십니다. 그리고 고맙습니다! 이렇게 훌륭한 검사님이 되셨군요!"

"형! 형은 어떻게 지내셨습니까?"

부의의 물음에 재욱은 한 장의 명함을 내밀었다. 동래구 경찰서 형사부에 근무하고 있다는 명함이었다.

"형! 형은 나쁜 사람을 잡는다더니, 정말 그런 사람이 되었군요."

"검사님에 비하면 신짝도 안 되는 처지지요."

"무슨 말씀이세요. 형사가 되신 것을 축하합니다. 정말 축하드립니다."

"검사님께 먼저 축하를 드려야지요."

두 사람은 만남이 감격스러웠던지 한참 동안 들떠 있었다. 서로 포옹도 하고, 얼굴도 마주 보면서 반가운 내색을 아끼지 않았다.

"부의 검사님의 명성이 어찌나 높으신지 연세가 많으신 베테랑 검사님이신 줄 알았습니다. 정말로, 돌무가 이렇게 훌륭한 검사가 되었을 줄은 몰랐습니다."

"이름을 바꾸었으니 더욱 모르셨겠지요? 그런데, 어떻게 저를 찾아오셨습니까?"

"저도 동래구 경찰서에 부임한 지 얼마 되지 않았는데, 의문점이 많은 미제 사건을 맡게 되었습니다."

"아! 결국 일 때문이군요. 예! 좋습니다. 어떤 사건인지요?"

"십 년 전에 있었던 살인 사건입니다. 가겟집 여자가 목이 졸린 흔적이 있는 데다 장독대 뚜껑으로 두개골을 맞아 즉사한 사건입니다."

"그 사건이 십 년 전에 있었던 사건이었던가요?"

부의가 관심을 보이면서 물었다. 십 년 전이라면 경채가 실종될 무렵이었다. 그때 경채와 부의는 각자 의대와 법대에 다니는 학생 신분이었고, 가슴에 품은 포부를 넓히며 미래에 대한 희망으로 행복해하던 시절이었다. 그리고 그 행복했던 시기의 한 지점에서 악몽처럼 부의에게 스며든 사건. 신기루처럼 경채가 사라진 그 시기였다.

부의는 잠깐 얼굴을 숙었다.

부의의 얼굴을 덮고 지나가는 고뇌 같은 슬픔. 부의는 그 슬픔을 내색하지 않으려는 듯 잠시 침묵에 빠졌다. 서재욱이가 물었다.

"검사님께서도 알고 계셨던 사건인가요?"

"아닙니다. 그렇지만 대학에 다닐 때 잠시 들은 바가 있는 사건입니다. 그런데 아직도 그 사건이 미제로 남아 있다는 말입니까?"

"예!"

서재욱이가 대답했다.

"사건은 한 사람을 살해한 것으로 끝난 게 아니었습니다. 장독대 뚜껑으로 여자를 살해한 범인은 그 근처에서 봉제 공장 여공을 성폭행하고 목을 졸라 죽였습니다. 장독대 뚜껑으로 여자를 살해하고 며칠 뒤에 말입니다!"

"성폭행? 두 개의 살인 사건 모두 성폭행 후 살인이라는 겁니까?"

"예! 그렇습니다!"

"한 지역에서 두 개의 살인사건이 있었다. 여자를 살해했다. 그리고 성폭행한 후 살해했다, 이겁니까?"

"예!"

"그런데 그런 사건이 십 년 동안이나 미제사건으로 남아 있단 말입니까?"

부의의 추궁에 서재욱은 난처한 듯 쩔쩔맸다.

"이상한 건 용의자로 지목된 사람도 없었고, 증거는커녕 용의자도 밝혀내지 못했습니다. 마치 속수무책으로 사건을 덮어버린 듯한 느낌입니다."

서재욱의 말에 부의는 눈살을 찌푸렸다.

"속수무책이란 단어는 우리가 사용할 단어는 아닌 듯합니다."

부의 검사의 말에는 법관으로서의 책임과 소신이 들어 있었다. 서재욱은 금방 고개를 떨구었다.

"예, 제가 실수를 했습니다. 속수무책이라는 말은 경찰이 할 말은 아니라고 생각합니다, 검사님."

말 실수에 미안해하는 서재욱 형사를 향해 부의는 짤막하게, 그러나 강한 어조로 말했다.

"준비하십시다!"

"예?"

"지금 당장 동래구 경찰서로 가십시다! 사건 서류를 모두 꺼내 봅시다."

"예! 예!"

서재욱은 허리까지 굽실거렸다. 미제 사건으로 영영 미궁 속으로 빠질 뻔했던 사건이었다. 서재욱은 동래구 경찰서에 부임하고 나서 미제 사건부터 끄집어냈다. 지금 당장 일어나고 있는 사건도 해결하지 못해 동동거리는 판에 미제사건이라니? 청장은 노발대발했다. 그런데 서재욱이 생각했을 때, 이 사건은 미심쩍은 데가 너무 많았다. 물론 단순 살인이다. 성폭행 후 여자를 살해한다! 그건 범죄자의 심리가 불안해졌거나 성폭행당한 여자가 범인에게 가치 없는 존재였기 때문이다. 그도 아니라면 살인을 하면서 희열을 느끼는 부류의 범죄자이거나. 어쨌든 범인의 심리가 보통 사람과는 다른 것이다. 말하자면 생명을 천시하는 부류의 사람이다. 어디서 어떤 상황을 맞이하더라도 서슴없이 살인을 저지를 심리를 가진 사람이다. 그런 범죄자가 저지른 범죄를 여태껏 묵인해왔고, 그런 범죄자가 어디에서 활개를 치고 있는 게 현실이다. 그런 생각을 하면 여태까지 그런 범인을 잡지 못했다는 건 경찰관으로서 생각해 봐도 께름직한 일이다.

왜? 왜?

부의는 그것에 관심을 가지고 깊게 생각했다. 단순한 살인자로 보이지만, 결코 단순하지 않은 살인자라 여겼다. 계속 범죄를 저지를 위험한 범인이다. 더군다나 성폭행을 하는 게 범죄의 목적이면서 성폭행 후에 거리낌 없이 살인을 저질렀다는 점에서 생명에 대한 존중이 없는 사람이라는 걸 알 수 있다. 범죄 심리이다. 만약 살해를 함으로써 희열을 느끼는 부류라면 십 년 동안 어디서 얼마나 많은 범죄를 저지르고 다닐까 싶었다. 성폭행 후 살인을 한다는 게 그놈의 범죄 유형인지도 모른다. 벌써 십여년 전에 두 여자를 풍행하고 살인까지 한 놈이다. 그런 놈이 또 다른 범행을 하지 않을 거라는 보장은 없다. 절대로 미제 사건으로 덮어 놓고 있을 수는 없었다.

그날 이후, 부의는 그 미제 사건에 매달렸다. 서재욱 형사와 사건의 실체를 처음부터 추적해보기로 했다. 동래구 봉제 공장 근처에 있던 가게는 이미 철거된 지 오래였다. 당시에 이웃도 없었고 지나가는 사람도 없었다고 본다면, 공개 수사를 해도 마땅한 자료를 찾기는 어려울 것 같았다. 동래구에서는 이 사건을 우습게 보았는지, 아니면 범인이 만만치 않다고 겁을 집어먹었는지 아예 수사조차 하지 않은 듯했다. 심지어 범인의 정액도 확보하지 않고 있었다. 성폭행 범죄자의 정액조차 확보하지 않았다는 건 사건을 너무 무심하게 처리했다는 추궁을 면치 못할 상황이었다. 봉제 여공의 살해사건과 장독대 뚜껑으로 머리를 맞아 즉사한 가겟집 여자의 살해범이 동일하다는 것도 확실하게 확인할 수 없는 상황이었다.

처음에는 난감했다. 그야말로 미궁에 빠진 듯한 사건이었다. 그러나 부의는 포기하지 않았다. 일단 사건을 접했다면 포기하지 않는 게 부의의 사건 처리법이다.

가겟집 여자 살해 사건은 현장답사도 어려웠다. 현장에 있어야 할 건물도 없었고, 시신도 이미 처리된 지 오래었다. 게다가 가겟집 여자에겐 가족이 없었다. 봉제 여공들을 상대로 가게를 꾸려 갔던 여자였다. 친척의 연락처도 없었고, 사망을 알려도 찾아오거나 조문하러 오는 사람도 없었다고 했다.

반면 봉제 공장 여공의 죽음은 애통해하는 사람이 많았다 했다. 동료 여공들이며 회사 측 사람들, 가족들과 친인척들까지. 그들은 사건 해결을 위해 적극적으로 나서기도 했다. 그러나 범인의 것이라 여겨지는 건 아무도 찾지 못했다고 했다.

부의는 서재욱 형사와 여공의 사체가 발견된 곳을 탐지해보기로 했다. 당시에는 집 한 채 없는 빈터였지만, 지금은 건물과 집이 빽빽이 들어서 있었고 공장도 여기저기 세워져 있었다. 사체가 발견된 곳을 짐작으로 찾을 수밖에 없었다. 그것도 그 당시 현장에 와 보았다는 수사관을 찾고 나서야 가능했다.

"예! 여기가 맞습니다. 그때는 숲이 우거진 으슥한 곳이었고 사체는 움푹 패인 곳에 쓰레기처럼 버려져 있었습니다. 옷은 갈기갈기 찢긴 채였고요…."

연세가 많아 보이는 수사관은 옛 빈터를 감안하면서 사체가 있었던 곳을 어렴풋이 기억해 냈고 그 당시 상황을 그렇게 설명했다. 한마디로 범인은 성폭행이 목적이었고, 생명의 존엄성이나 생명 존중이란 가치관은 아예 없는 듯했다. 옷을 벗기고. 욕정을 채우고, 그리고는 사람을 휴지처럼 버렸다. 살해의 이유는 단순한 희열을 느끼기 위함이었을 것이라 여겨졌다.

"도대체 어디서부터 시작을 해야 한단 말인가?"

부의는 난감한 듯이 고개를 저었다. 그때 부의의 머리를 스치는 게 있었으니….

부의는 조그맣게 외쳤다.

"범인은 거주지가 확실하지 않은 사람이다!"

범인에 대해 처음으로 추리한 단서의 한 조각이었다. 거주지가 정해져 있는 사람이라면 살인 현장과 그리 멀지 않은 곳에서 배회하지는 않았을 것이다. 더군다나 그 당시 이곳은 허허벌판이었고, 가겟집 여자는 봉제 공장 여공들만 상대하면서 장사를 하고 있었던 상황이다. 그 외딴곳 가게에서 가겟집 여자를 살해한 뒤에도 그 근처를 배회했다는 건, 거주지가 확실치 않은 사람일 거라는 추측을 가능케 했다. 그렇게 추측한다면 또 하나의 실마리가 풀린다. 가겟집 여자의 살해범과 봉제 공장 여공의 살해범은 동일범이라는 추론이 그것이다. 부의는 고개를 끄떡거렸다.

"동일범이야!"

동일범일 거라는 확신이 섰다. 부의는 서 형사를 불렀다.

"서 형사님! 이 사건은 두 개의 사건으로 분리해서 해결하려고 하면 안 되겠소. 일단 가겟집 여자의 살해범이 봉제 공장 여공의 살해범일 수도 있다는 전제 아래에서 수사를 시작해봅시다."

"검사님의 수사방식에 따르겠습니다!"

부의 검사와 함께 수사를 진행하게 된 서재욱은 희망적인 기분이 들었다. 우선 사건을 밖으로 꺼내 수사를 하게 된 것부터 우호적이었다. 부의는 서 형사에게 말했다.

"그 당시에는 빈터였지만 지금은 빼곡히 집이 들어선 곳입니다. 현장에서 증거를 찾아내기란 어려운 일이지만… 그래도 탐색부터 합시다. 현장 근처였던 집을 찾아보고 집주인들을 만나보고, 그래서 집을 직기 전의 땅이 어떠했는지부터 탐색해 봅시다."

부의는 미궁에 빠진 사건의 실체부터 캐내 보려는 심사였다. 성폭행 후 살해라는 단순한 범행. 하지만 단순하다고 여기는 그 살해 방법은 범인이 오직 쾌감과 희열을 느끼기 위해 벌이는 가장 잔혹한 범죄라고 할 수 있었다. 두 건의 살인을 범하고도 유유히 살아가고 있는 놈이라면, 십 년 동안 얼마나 많은 범죄를 저지르며 살고 있을지… 생각만 해도 끔찍한 일이다.

"잡아야 합니다! 그놈은 짐승만도 못한 저질적이고 잔혹한 살인범입니다!"

부의의 나직한 목소리에는 짙은 결의가 깔려있었다. 그때였다. 늙수그레한 할머니 한 분이 부의를 힐끔 쳐다보면서 부의에게로 다가왔다. 그리고 부의 앞에 서서는 한참이나 망설이는 듯했다. 뭔가 할 말이 있는 듯한 표정이었다.

"할머니? 제게 무슨 하실 말씀이라도…."

"댁이 경찰이시오?"

할머니는 부의를 조심스럽게 살피며 물었다. 서 형사가 할머니 앞으로 다가서며 말했다.

"할머니! 이분은 경찰보다 훨씬 더 높으신 분이십니다. 나쁜 사람을 잘 잡아내시는 검사님이십니다!"

서 형사의 그 말에 믿음이 갔는지 할머니는 부의에게 꾸뻑 절까지 했다.

"어이구, 그러십니까? 그라면… 이런 것도 범인을 잡는 데 도움이 되겠습니까?"

"어떤 거라도. 할머님이 알고 계시는 게 있으면 말씀해 주십시오!"

부의의 다그침에 할머니는 더 이상 망설이지 않았다.

"벌써 십 년 전 일이지만 제가 또렷하게 기억하고 있는 게 있습니다."

"무엇을 말입니까?"

부의는 할머니 앞으로 바짝 다가섰고. 서 형사도 가까이 섰다. 할머니는 대수롭지 않은 듯 말했지만, 그때의 상황을 또렷이 기억하고 있는 듯했다. 할머니는 더듬거리지도 않고 말했다.

"냄새가 지독했어요. 짐승 누린내 냄새라고나 할까? 씻지 않은 털가죽 냄새 같기도 했고 살이 썩어 가는 듯한… 아주… 고약한 냄새가 진하게 났습니다. 그날 밤 저의 집에서는 시아버지의 기일을 지냈지요. 그래서 제삿밥을 이고 다니면서 앞집, 뒷집까지 드렸는데, 당시에는 빈터였던 공터 아래쪽에 살고 있는 고모 댁에 제사 밥을 갖다 드렸습니다. 갈 때는 아무렇지도 않았는데, 집으로 올 때는 빈터 숲속에서 아주 강렬한 누린내가 났어요. 짐승이 숨어 있는 것 같아 무서워서 달음질치듯 돌아왔는데 이튿날 살인사건이 났다고 떠들썩하대요. 그리고 짐승 냄새 같은 그 누린 냄새가 났던 곳에서 여공의 시체가 발견되었다고 했는데… 저는 무서워서 말을 못했습니다!"

"냄새?"

할머니의 입에서 냄새라는 말이 터진 순간, 부의는 자신도 모르게 몸서리를 쳤다.

'냄새라면? 짐승의 냄새 같은 누린 냄새라면?'

그런 냄새를 풍기는 사람이 누구인지 부의는 잊을 수가 없었다.

'냄새, 짐승 살이 썩는 듯한 누린 냄새!'

그것은 코를 벌렁거리며 맡을 수 있는 냄새가 아니었다. 사람에게서 나는 냄새라고는 누구도 생각지 않을 그런 냄새였다. 그런 냄새를 풍기는 사람이 흔치 않다는 것도 알고 있었다. 그러나 그것만 가지고 범인이 숯장이 허달만이라고는 단정 지을 수 없었다.

2.
냄새

　부의의 기억에 숯장이 허달만은 영원한 숯장이 허달만이었다. 숯이 팔리든 안 팔리든 개의치 않고 숯을 굽고 있을 허달만으로만 여겼던 것이다. 숯장이 허달만이가 도시로 나왔으리라곤 상상조차 하지 않았다. 몸에서 풍기는 짐승 썩는 듯한 냄새 때문에 누구도 그에게 접근해오지 않았고, 행여나 허달만이 사람들 틈으로 지나가는 일이 생기면 사람들은 코를 막으며 도망치듯 피해 가곤 했다. 그래서 아예 사람들과 어울리지 않았고, 사람들을 피해 산으로 들어온 허달만이었다. 산에서 숯 굽는 일을 천직으로 여기며 살고 있을 허달만으로만 부의는 기억하고 있었다.

　그러나 두 건의 살해사건 용의자에겐 아무런 단서도 없었고, 의심해 볼 만한 증거도 없었다. 그런 와중에 천행으로 얻어들은 이야기가 냄새인 것인지도 모른다. 짐승 살이 썩는 듯한 냄새. 짐승의 털에서 비져 나오는 듯한 누린 냄새. 사람에게서 그런 냄새가 풍긴다는 건 그리 흔한 일이 아니다. 그 흔하지 않은 냄새를 풍기는 사람이 바로 허달만이다. 부의로써는 한번쯤 의심해볼 만했다.

　숯장이 허달만이가 사람들과 어울리는 것을 피하기 위해 여전히 산에서 숯을 굽고 있는 거라면 다행이지만… 산에서 살면서 어쩌다

도시로 나올 수도 있었고, 숯을 판다는 이유로 도시에 나온 때가 있었는지도 모를 일이다.

그 괴팍스런 성격의 숯장이 허달만이라면, 누군가가 그를 지나치면서 코를 막으며 냄새난다고 했을 때 참고 지나칠 리가 없다. 부의가 어렸을 때 냄새난다면서 코를 막던 순간, 숯장이 허달만은 일 초도 망설이지 않고 장작을 들어 돌무를 후려쳤다. 눈동자를 까뒤집고 입에 거품을 물면서 매질을 하던 허달만이었다. 부의는 숯장이 허달만이 괴팍스럽고 잔인했던 순간을 떠올려 보았다. 자신의 몸에서 나는 냄새를 스스로도 혐오하고 있으면서, 누군가가 그 냄새를 맡고 코를 막는다든가 달아나기라도 하면 끝까지 쫓아와서 분이 풀릴 때까지 매질을 하는 허달만이다.

그렇다면 이렇게 한번 생각해보자. 욕정을 채운 허달만이가 냄새 때문에 코를 막거나 얼굴을 찡그리거나 몸을 움츠리며 역겨워하는 모습의 여자를 보았다면. 그 숯장이 허달만이 가만히 두었을까? 그 여자가 죽이고 싶을 정도로 밉고 증오스러웠겠지. 그래서 죽이기로 결심하고, 여자를 죽인 그 순간 어이없게도 어떤 쾌감과 희열을 느꼈다면…. 그럴 경우 성폭행보다 더 잔인해질 수 있는 게 살인의 유혹일 수도 있다. 그리고 부의는 숯장이 허달만이라면 그럴 수 있다고 느꼈다.

부의는 그날 밤 한 치의 망설임도 없이 강원도로 향하는 기차를 탔다. 자동차를 이용하지 않고 기차를 탄 건 산속에서 나왔을 때의 기억을 되살려 보기 위해서였다. 기차는 제천을 지나고 원주에 닿았다.

부의는 열 살 때 기차를 타고 부산으로 향했을 때를 떠올렸다. 숯장이 허달만에게서 도망치고 있다는 불안을 느끼면서도 새로운 세계에 대한 두려움과 호기심에 빠져 있던 그때의 상황을 떠올려 보았다.

원주까지만 해도 산세가 깊고 나무들이 울창했다. 나무가 울창한 곳에 옻나무가 많은 건 기정사실이다. 옻진 아저씨가 숯장이 허달만의 움막을 해마다 찾아왔다는 건, 거기에 그만치 옻나무가 많았다는 것을 알 수 있다. 부의는 산이 높고 나무가 울창했던 원주를 기억하고 있었고, 부산으로 향하는 기차를 기다리던 곳이 원주였다는 것을 기억해냈다. 역무원이 "원주에서 부산까지 얼마나 먼데 어린 네가 혼자 가느냐?"라고 묻기도 했다. 비록 숯장이 허달만에게서 도망을 치고 있었지만, 옻진 아저씨가 준 돈으로 부의는 떳떳하게 기차표를 샀다. 그리고 그 기차표를 가지고 기차에 올랐다. 역무원이 보았을 때 어린 부의는 떳떳한 승객이었고, 그는 어린 승객에게 호감을 느껴서 그리 물었던 것이다.

그때를 떠올리며 부의는 원주역에서 내렸다. 이제 열 살 때 산에서 내려오던 기억을 되살려서 숯장이 허달만이가 있던 움막을 찾아야 했다. 물론 이십여 년 전의 기억을 되살려 움막을 찾아간다는 건 쉬운 일이 아니었다. 그러나 조금만 익숙한 것이 보여도 기억이 되살아났다. 부의는 기억을 되새기며 조심스럽게 산을 올랐다. 이십여 년 전에 노루처럼 달리고 토끼처럼 뛰었던 그 산을 기억하면서 부의는 산을 오르기 시작했다.

그런데 이상한 일이었다. 산으로 오르면 오를수록 길이 험해져야 하는데… 산길은 점점 더 넓어졌고, 심지어 경사진 산길도 아니었다. 평지 같은 산에는 옻나무가 빽빽하고 울창하게 자라 있었다. 풀이나 다른 나무는 보기 어려울 정도였다. 이상하다 싶어 주의를 더듬어 보았다. 앞산은 높고 나무는 울창하게 서 있고 산세도 험악했다. 다만 숲을 이룬 나무는 옻나무가 대부분이어서 마치 옻나무밭을 보고 있는 것 같은 느낌이었다. 주위를 돌아보았다. 옻나무만 즐비한 산이었다.

부의는 옻나무 사이로 몸을 움츠리며 걸었다.

"조심하십시오… 이… 산은 아주 옻나무들로만 **빽빽한** 곳입니다. 잘못하다간 옻이 오를 수 있으니까요."

누군가가 높은 소리로 주의를 주고 있었다. 우선 사람의 소리를 들을 수 있어 반가웠다.

"예! 감사합니다!"

부의는 큰소리로 대답부터 해주었다. 옻이 오르지 않는다는 것을 부의 자신은 잘 알고 있었던 것이다. 숯장이 허달만과 살면서 늘상 부딪친 게 나무였다. 떡갈나무, 피나무, 옻나무… 옻나무를 만져도 옻이 오른 적이 없는 부의였다. 옻이 오르지 않는다는 것만은 확신할 수가 있었다. 옻나무와 스치거나 부딪혀도 옻이 오르지 않았다는 건, 옻에 면역이 있기 때문이라고 여겼다. 저쪽에서 말하는 사람의 소리가 좀 더 가까워졌다.

"다행입니다. 옻이 오르지 않는 사람인가 봅니다!"

"예!"

부의가 대답했다.

"혹시 옻진을 내리는 사람입니까?"

"아닙니다! 그냥 누군가 궁금해서…."

옻진을 내리는 사람이냐고 묻는 순간에 부의는 얼른 옻진 아저씨를 떠올렸다. 참 고마운 사람인데 오랫동안 잊고 있었다 싶었다. 그러나 지금은 숯장이 허달만에 대해서 묻고 싶었다. 오랜 기간에 산에서 일해온 사람처럼 두툼한 작업복을 입은 남자가 부의 앞으로 다가왔다.

부의 앞으로 다가온 사람은 최 씨였다. 옻진 아저씨 문항을 주인으로 섬기고 있는 그 최 씨였다. 최 씨는 이 산을 오른 낯선 사람을 유심히 살폈다. 양복을 말끔히 차려입은 젊은 신사다. 한눈에 보아도 고생 없이 학문에만 파고들었음 직한 모습의 젊은 신사! 이런 젊은이가 무엇 때문에 이 깊은 산을 찾아온 걸까?

최 씨는 부의를 아래위로 유심히 훑어보며 말했다.

"보아하니 산에서 사람을 찾으실 분을 아닌 것 같은데…."

최 씨가 말끝을 흐리자 부의는 그때를 놓치지 않았다. 그리고 어색하지 않게 말했다.

"혹시 이곳이 옛날에 숯 굽던 곳은 아닌가 해서요!"

"숯 굽던 산이 맞습니다만…. 혹시, 누굴 찾아오셨습니까?"

"예! 이곳에서 숯 굽던 사람이 아직도 이곳에 있나 하고요. 움막을 짓고 살고 계셨는데…."

부의의 물음에 최 씨는 고개를 끄떡거렸다.

"예. 그랬지요. 그런데 그 움막이 있던 산을 소유하게 된 산 주인이 숯장이에게 움막 값을 주고 움막을 헐어냈지요. 숯장이는 움막 값을 받아서 도시로 떠났고. 움막이 헐린 곳에 새집을 지으신 건 이 산의 소유자이십니다. 저기 보이는 저 아담한 집이 움막이 있었던 곳이지요!"

최 씨가 가리키는 곳을 보았다. 최 씨가 가리키는 곳엔 조그맣고 아담한 집 한 채가 있었다. 언뜻 보아도 예쁜 집이었다. 그리고 그 조그맣고 아담한 집의 터가 움막이 있었던 곳임을 부의는 한눈에 알아보았다. 움막을 헐어내고 그 자리에 자그마하고 아담한 집을 세웠다니, 좀 놀랄 일이었다. 움막을 헐어냈으면 헐어낸 대로 둘 것이지 왜 이 자리에 다시 집을 지었을까? 궁금하고 의아했다.

부의는 조심스럽게 물었다.

"산 소유자가 누구신지 알 수 있겠습니까?"

부의의 조심스런 물음에 최 씨는 너털웃음을 지었다.

"예. 저는 이 산 소유자를 주인으로 모시고 있는 최 씨라는 사람입니다. 헌데 제 주인이 왜 그랬는지 처음에는 이유를 몰랐지요. 이 깊은 산에다가 왜 집을 지으시나 싶어서… 궁금했지요."

"돈이 무척 많으신 분이신가 봅니다."

"돈도 많고, 인정도 많으신 분이지요."

어느새 두 사람은 깊은 이야기를 하게 되었다. 부의는 그가 찾아온 이 산이 숯장이 허달만이가 살았던 움막이 있었던 산이었다는 것을 확실히 알게 되었고, 숯장이 허달만은 벌써 십여 년 전에 이 산을 떠났다는 것도 명확하게 알게 되었다. 짐승이 썩는 듯한 누린내를 풍기는 숯장이 허달만이가 도시로 나간 지 십여 년이 넘었다는 사실도 충격적이었다.

부의는 담배를 꺼냈다. 그리고 최 씨에게 전했다. 최 씨는 약간 허리를 굽히듯 하면서 담배를 받았고 부의는 얼른 다음 말을 이어 나갔다.

"산이 높고 컸는데… 온통 옻나무가 심어져 있는 걸 보아 이 산 주인께서는 옻나무와 관련된 직업이라도 가지셨는지요?"

"예! 옻진을 내리시는 분이니까… 옻나무와는 깊은 관련이 있는 분이지요."

"옻진을 내리시는 분이라니?"

부의는 잠깐 의아했다. 설마 옻진 아저씨일까 싶었다.

"예. 옻진을 내리시는 분이십니다. 사람을 찾으러 전국을 방황하시다가 옻진을 내리는 직업을 갖게 되셨다고 하셨습니다. 옻진을 내리려고 이 산… 저 산… 헤매고 다니시다가 이 산을 알게 되셨는데, 이곳의 옻진이 전국 어느 산에서 나는 옻진보다 질이 좋은 옻나무라서 여기에다가 온통 옻나무를 심는다 했습니다."

"그런데 움막을 헐고 새집을 지은 건 무슨 까닭이라도 있으셨는지?"

부의가 궁금했던 것의 핵심이었다. 최 씨라는 사람과 깊은 이야기를 하면 할수록 옻진 아저씨와 연관이 있다는 느낌을 받았던 부의였다. 최 씨를 만난 건 처음이었고 또 만남이 짧긴 했지만, 최 씨의 이야기 속에 등장하는 주인에게서 부의가 알고 있는 옻진 아저씨의 느낌이 물씬 물씬 풍겼던 것이다. 어쩌면 부의는 가슴속으로 숯장이 허달만에게서 도망치게 해주었던 그때의 옻진 아저씨를 그리워했는지 모를 일이다.

아니, 정말 그리운 사람이었다. 고맙고 다정했던 그 옻진 아저씨를 부의는 잊을 수가 없었다. 은인 같은 사람이었는데 참 오랫동안 잊고 있었다 싶었고, 만나고 싶었고, 그립기까지 했다. 부의의 질문이 심각하다 여겼는지 최 씨는 담배 연기를 길게 뿜어대면서 말했다.

"예. 까닭이 있지요. 제 주인의 말씀으로는 누군가가 이 산을 오르실 분이 있다 했습니다. 숯장이가 살았던 움막을 반드시 찾아올 사람이라 여기신 것 같습니다. 그래서 움막을 헐어내고 그 자리에 저렇게 아담하고 예쁜 집을 지어 놓으시는 거라 했습니다."

"숯장이에게 아이를 맡긴 그 여자를 위해서군요!"

부의의 소리는 떨리고 있었다.

그랬다. 옻진 아저씨는 아이의 어머니가 반드시 이 움막을 찾아오리라고 예감하고 있었던 것이다. 아이의 어머니라면 부의의 어머니이시다. 옻진 아저씨는 숯장이 허달만에게 맡긴 아들을 찾기 위해 그 어머니가 반드시 이곳을 올 것이라 예감했고, 그때를 위해 움막

대신 작고 아담한 집을 짓기로 하셨던 게 분명했다. 옻진 아저씨라
면 충분히 그럴 수 있었다.

부의는 온몸에 전율이 일어나고 있음을 느꼈다. 숯장이 허달만에
게서 도망치게 해주었던 옻진 아저씨는 부의를 생각하는 마음도 깊
었지만, 숯장이 허달만에게 아들을 맡겨야만 했던 여자의 마음도 깊
이 헤아리고 있었던 게 분명했다. 그리고 언젠가는 아들을 찾기 위
해 이곳에 오리라는 것을 예상했다.

부의를 찾으러 올 어머니를 생각해서 움막이 있던 바로 그 터에 작
고 아담한 집까지 지어 놓으셨다니? 부의는 자신을 생각해주는 옻진
아저씨의 마음이 온몸으로 전해지는 듯했다. 숯장이 허달만에게 맡
겨진 아들을 찾기 위해 그 여인이 반드시 이곳에 오리라고 믿었던
옻진 아저씨의 마음은 깊고 자상했다.

부의는 고개를 숙였다. 눈물이 뚝뚝 흘러내렸다. 옻진 아저씨에
대한 고마움을 표현한 눈물이었고, 어딘가에 살아 계실 어머니에 대
한 그리움을 담은 눈물이었다.

침묵이 흘렀다. 산바람이 흐느끼듯 지나갔다.

"혹시…"

최 씨가 의아해하며 부의를 향해 물었다. 부의는 눈물로 흥건히
고인 눈으로 최 씨를 바라보며 대답했다.

"예! 그렇습니다. 제가… 숯장이에게 맡겨진 아이였습니다!"

"아! 그렇군요. 그런데 참 훌륭하게 되신 것 같군요."

"그동안 공부하느라 옻진 아저씨를 찾아뵙지 못했습니다."

"제 주인께서는 그 아이가 숯장이에게 잡혀 올까 봐 노심초사하셨
지요. 그 아이가 숯장이에게 잡히더라도 끌려오지 않을 나이가 될
때까지 이곳 움막에서 숯장이와 함께 동고동락하면서 살았던 건 알

고 계시는지요?"

"예?"

금시초문이었다. 부의가 오철환을 만나 행복을 누릴 수 있었던 그 이면에 옻진 아저씨의 희생이 있었다는 것을 부의는 그제야 알았다. 그리고 운명처럼 여겨졌다. 옻진 아저씨와의 만남이 운명이 아니라면, 어떻게 이리도 묘하게 만나게 되고 절묘한 조화를 이루어내는 인연이 될 수 있겠는가 말이다.

오철환을 만나 행복하게 살았던 그 뒤에는 옻진 아저씨의 그런 희생이 있었다니 놀랍고도 고마운 일이었다.

3.
어머니라는 이름으로

살을 에는 듯한 바람이 휘파람 소리를 내면 사방에서 불어오고 있었다. 겨울도 깊은 십이월 말경이었다. 숯장이 허달만의 움막이 있던 산을 향해 누군가가 올라오고 있었다. 비틀거리는 듯, 절룩거리는 듯 힘들게 오르고 있었다. 행색이 초라한 여자였다. 사람이라고 여기기는 어려운 모습이었다. 여자라고 여기기에는 더 어려워 보였지만, 자세히 보면 여자임에 틀림없었다. 두 다리는 찢어 놓은 듯 벌어져 있었고 걸음걸이는 어정쩡했다. 모가지는 한쪽 어깨에 매달려 있는 듯 늘어져 있었고 팔은 어깨에서부터 뼈가 빠진 듯 늘어져 있어 언뜻 보기에는 원숭이의 긴 팔처럼 보였다. 사람의 모습이라기보다 원숭이의 몰골이었다. 게다가 추운 겨울을 이겨내기에는 너무 초라해 보이는 옷차림에 엉성하게 틀어 올린 머리는 새하얀 머리카락으로 덮여 있어 나이가 무척 들어 보이는 여자였다. 수심이 가득한 얼굴이며 불안스럽게 떨리는 눈빛이며, 추위를 이기지 못해 떨어대는 듯한 턱이며, 깊은 주름살이 뭉쳐져 있는 목이며… 여자의 모습 어디에도 편안하게 여겨질 곳은 없었다. 행색이 초라할 뿐만 아니라 세상 풍파에 시달리고 짓눌린 흔적이 모습에서 훤히 드러나 보이는 듯했다.

민제라고는 여겨지지 않는 늙은 노인네 모습이었지만, 그녀는 통영 땜장이 노 씨의 딸 민제임에 틀림없었다. 민제의 머리는 하얗게 서리가 내려앉았으며, 허리는 구부정하고 얼굴은 까칠하고 창백했다. 궁색하고 구차해 보였다. 그러나 그녀의 눈빛은 아직도 따뜻하고 열정이 담겨 있었다. 몸과 마음은 지쳐있을망정, 그녀의 눈빛만은 생명력을 담아놓은 듯 반짝거렸고 열정으로 가득 찬 듯 보였다. 노민제의 몸은 늙었지만, 민제의 정신력은 열정으로 뭉친 듯 보였다. 무엇으로 뭉친 것인지는 모르지만 그녀의 눈빛에는 분명 뜨거운 열정이 있었다. 살을 에는 듯한 바람을 헤집고 산을 향해 오르는 발걸음도 바빠 보였다.

민제, 그녀는 지금 무척 바빴다. 아들을 만날 것이라는 기대에 차 있었기 때문이다. 나전칠기장 최근수의 아들이 옻진을 팔고 다니는 옻진 아저씨로 살고 있다는 것이 생소하긴 했지만, 어떤 의미로는 그럴 수 있겠다 싶어 자연스레 받아들이기도 했다. 아버지 최근수에게 있어서 좋은 옻진만큼 소중하고 중요한 건 없었을 것이다. 나전칠기의 기본이며 필수였던 옻진이 나전칠기장에겐 그 무엇보다 소중했을 것이고, 문항은 어렸을 때부터 그런 것을 너무도 잘 알고 있었을 것이다.

어쩌면 문항이가 옻진 아저씨로 나선 게 지극히 당연한 일인지도 모를 일이다. 누린내를 풍기는 숯장이 허달만이가 술 생각이 나면 엉거주춤 내려와서 외상술을 퍼마시던 걸 민제는 보아 왔다. 몸에서 짐승 썩는 듯한 냄새를 풍기는 것도 불쾌했지만, 이미 술 중독자가 된 듯이 술에 애착을 갖는 숯장이 허달만에게 전연 관심이 없었던 민제였다. 몰골이 이미 여자로 보이지 않게 된 민제였지만, 민제는 추악해진 자신의 몰골 그 이상의 혐오와 증오를 담아 남자들을 바라보았다. 특히 외상술이라도 퍼마셔야 하는 허달만 같은 사람은 눈여겨볼 가치도 없는 남자였다. 그런데다 몸에서는 짐승 살 썩는 냄새를 풍겼고, 마음씨는 그 냄새보다 더 고약한 숯장이었다. 그런 숯장이와 인연이 있어 주막까지 찾아온 사람이 최문항이라니…. 믿을 수 없는 일이었지만 숯장이 허달만과 나란히 주막을 들어선 사람은 최문항, 그가 틀림없었다.

나전칠기장 최근수의 아들 문항이가 숯장이 허달만과 어울리고 있다는 사실 자체가 민제에겐 믿을 수 없는 일이었다. 그러나 숯장이 허달만으로 말미암아 문항을 만날 수 있다는 사실 자체가 민제에게는 기적 같은 일이었다.

문항을 만나지 말라는 최근수의 포고문이 뇌리에 박혀 있는 민재였다. 우연이라도 문항이를 만난다면 부모가 죽음을 면치 못할 것이라고 엄포를 놓았던 최근수였다. 혹시라도 아들 문항이를 만나 여자 행세를 할까 봐 민제의 몸뚱이를 시궁창에 처넣듯 서너 명의 장정에게 던져 버린 최근수였다. 민제는 그날 밤 서너 명의 장정에게 던져진 여자가 되어야 했다. 긁히고, 할퀴고, 짓밟히고, 더럽혀지고 산채로 살이 찢기는 듯한 고통을 당해야 했다. 최근수는 민제에게 그렇게 가혹한 짓을 함부로 해댔다. 그것도 모자라 민제를 최근수 자신처럼 만들어 놓았다. 최근수는 원숭이 몰골이 되어 살면서 자신이 겪은 고통을 겪어보라며 평생 따라다니는 고문과 같은 고통을 안겨주었다.

그러나 민제는 그것을 참아냈다. 최근수를 향한 분노나 보복 같은 것도 생각지 않았다. 최근수는 민제에게 있어서 분노를 터뜨릴 대상도 아니었고, 보복할 대상은 더욱 아니었다. 최근수는 민제에게 있어서 사랑하는 사람의 아버지였던 것이다. 분노할 수 없었고 보복할 수 없었던 건 사랑하는 사람의 아버지였다는 이유 때문이었다. 문항을 위해서라면 어디든 멀리 떠날 수 있었고, 나타나지 않을 수 있었고, 죽은 듯이 숨어 살 수 있었던 민제였다.

그렇게 소중했던 문항이었지만, 아들을 사랑하는 어미가 되고 보니 아들보다 더 소중한 건 없었다.

숯장이 허달만 때문에 우연처럼, 기적처럼 만나게 된 문항 앞에서 민제는 스스로를 무너뜨리려 했다. 주막을 전전하며 살아야 했던 그녀로서는 빚에 시달릴 수밖에 없었다. 주막을 전전하며 살아간다고 해도 색시 노릇을 할 처지도 아니었고, 여자로서 살아갈 몰골도 아니었다. 그저 입치레나 하면서 목숨을 지탱하는 게 전부였다.

그런 그녀에게 아이가 생겼다. 죽어가는 목숨으로 시궁창에 던져진 그녀를 구해주었던 한 남자에게 은혜를 갚을 수 있는 길이라 여겼던 것이다. 민제는 목숨을 구해준 남자에게 하룻밤의 사랑을 허락했고, 그 하룻밤의 사랑으로 아이를 가지게 됐다. 아이가 생겼다고 말할 수 없을 만큼 넉넉하지 못했던 남자. 은혜를 갚는다는 게 오히려 아이를 맡기는 일이 되는 건 아닌가 싶었다. 아이를 가지게 되었다고 그 남자에게 말할 수는 없었지만, 아이를 갖고 싶다는 욕심은 있었다. 뜨거운 모성애의 시작이었다. 민제는 자신만이 선택할 수 있는 거라 여기며 아이를 낳기로 결심했고, 아이를 키우기로 결심했다. 그러나 그것은 생각뿐이었고, 민제는 아이를 키울 만한 처지가 아니었다.

배는 나날이 불렀다. 그리고 출산일이 가까워 올 무렵, 숯장이 허달만이가 문항을 데리고 왔다. 우연처럼, 기적처럼 만나게 된 문항 앞에서 무너져버릴 것 같은 민제였다. 염치 불고하고 내 아이를 키워달라고 매달리고 싶었다. 민제는 숯장이 허달만과 함께 주막을 떠나던 문항을 지켜보았다. 눈물과 아쉬움과 그리움이 한 방울 두 방울 눈물이 되어 눈에 고였다. 그러나 문항은 모습이 변해버린 민제를 전혀 알아보지 못했다. 알아보지 못했을 뿐만 아니라 한순간 눈이 마주쳤을 때는 마치 못 볼 것을 본 거처럼 얼굴을 돌렸고 눈을 피해버렸다. 그렇게 변해버린 민제를 알아보지 못했던 건 당연한 일이었다. 그러나 그 당연한 일을 당연하다고 여기기에는 민제의 마음이 너무 아파왔다.

문항은 그녀를 민제라고 알아보지 못했을 뿐만 아니라 그런 모습의 여자를 끔찍하게 여긴 것이다. 모든 사람이 그러했듯이 문항 역시 그녀를 여자로 생각지 않았고, 여자로 보지도 않았다. 끔찍스런 모습을 하고 있는 여자라 여기면서 얼굴을 돌리고 눈을 돌렸다. 문항의 앞에 서서 내가 민제라고 외쳐도 문항이는 믿지 않았을 것이다.

결국 문항이 앞에 나설 수도 없었고, 내가 민제라고 말할 수도 없었다. 어쩌면 나전칠기장 최근수의 말이 옳았는지도 모른다. 문항과의 사랑은 그날 밤 마지막이 되어야 했는지도 모를 일이다. 아니, 그날 밤 문항이와의 사랑은 끝난 거라고 여기려 했다. 그러나 그리움은 식지 않았다. 그리움이 뜨겁게 달아오르는데 그게 사랑이 아니라고 부정할 수가 없었다. 어떤 이유를 붙이든 어떤 변명을 하든… 문항에게 향하는 그리움은 부정할 수가 없었다. 사랑이라는 말로 간직하고 싶었던 심정을 부정할 수가 없었다.

민제는 문항을 한 번이라도 더 보고 싶었다. 숯장이 허달만이가 살고 있는 산 위 움막으로 가서 문항을 한 번 더 보리라 마음먹었다. 그리고 문항에게 아이를 맡아달라고 부탁하고 싶었다. 자존심도 없었다. 부끄러움도 없었다. 문항은 내 아이를 맡겨도 좋은 사람이라는 생각뿐이었다.

그랬는데 민제 그녀가 움막을 향해 올라가고 있었을 때 문항은 주막을 향해 내려오고 있었던 것이다. 민제를 바라보자마자 얼굴을 돌린 게 미안해서였는지 그것을 사과하기 위해 주막으로 내려오고 있었던 게 분명했다. 서로가 인기척을 느꼈을 때 문항은 그 예리한 감각으로 산을 올라오는 사람이 여자라는 것을 파악했고, 그 여자가 주막에서 본 말년이라는 여자일 거라고 짐작했을 게 뻔했다. 처음 보는 사람에게 얼굴을 돌리고 눈을 피했다는 죄책감에 미안하다고 말하고 싶었던 문항이었다. 문항은 그런 사람이었다.

민제는 아이를 낳으면 문항에게 맡길 결심을 했다. 그러나 문항 앞에서는 차마 이야기할 수가 없었다. 민제는 오르던 산길을 돌아서서 다시 주막으로 돌아오고야 말았다. 숯장이 허달만을 통해서 아이를 맡길 결심이었던 것이다.

민제는 아이가 문항의 손에 키워지고 있다고 여겼다. 아이를 찾으려면 숯장이 허달만을 만나는 게 순서라고 여기고 숯장이 허달만의 움막을 향해 그녀는 힘들게 오르고 있었다. 숯장이 허달만을 만나면 문항이가 어디에 살고 있는지도 알 수 있을 것이고, 당연히 아이를 만날 수 있을 거라고 여겼다. 아들은 커서 이제 서른 살도 넘었을 나이였다. 애미로서 자식을 키우지 못했던 죄책감을 끌어안고 살아온 세월이었지만, 그나마 민제의 가슴은 셀레고 떨렸다. 입속으로 몇 번이나 몇 번이나 '내 아들!'이라고 외쳐 보기도 했다.

'아들아! 내 아들아!'

비록 가진 것도 없고 넉넉한 것도 아니었지만 자유로운 몸이 되었다는 것만으로도 아들 앞에 나설 수 있는 게 다행이라 여길 수밖에 없는 민제의 처지였다. 그래서 꿈도 생겼다. 늦게나마 아들을 만나 아들과 함께 살 수 있을 거라는 꿈이 생겼고, 살고 싶다는 욕망도 생겼다. 산을 향해 오르는 발걸음도 가벼웠다.

산에서는 불빛이 새어 나오고 있었다. 숯장이 허달만의 움막이 있었던 곳이다. 민제는 있는 힘을 다해 산으로 올랐다. 다행히도 불빛이 강하게 비추고 있었다. 움막이 있었던 곳이다. 그런데 이상하게도 움막이 있어야 할 곳에 움막은 없었다. 움막이 아니라 자그마하고 아담한 집 한 채가 움막이 있었던 곳에 자리 잡고 있었다. 민제는 사방을 두리번거렸다. 주막이 있었던 곳을 분명히 기억하는데 움막은 없고 그 자리에 자그마하고 아담한 집이 있었다. 지형이 조금 바뀌기는 했어도 분명히 숯장이 허달만이가 살았던 그 움막이 있었던 곳이 틀림없었다. 그런데 움막은 없어지고 새로 지은 듯한 아담한 집이라니?

민제는 다리가 후들거림을 느꼈다. 아들을 만날 수 없을지도 모른다는 불안감이 엄습했다. 허달만이가 없어졌다면 최문항을 어떻게 찾을 것이며, 아들은 또 어떻게 만날까 하는 불안감이었다. 최문항에게 아들을 맡기기 전에 얼마나 고민했는지 모른다. 숯장이 허달만에게 맡기는 게 아니라서 더 고민하고 더 고민했던 민제였다.

불구나 다를 바 없는 이 몸으로 주막을 전전긍긍하며 살아야 할 처지의 민제는 아이를 키울 능력도 못 되었고 그럴 처지도 아니었다.

그러나 아이를 낳았다. 하늘이 주신 선물이라 여기며 아이를 낳았다. 빚쟁이들이 언제 들이닥칠지도 모르는데 아이를 낳아야 했던 민제는 하루하루가 불안하고 초조했다. 그렇다고 숯장이 허달만에게 맡길 수는 없었다. 술 중독기가 있는 것도 문제지만, 사람됨이 성실하지 못했다. 성실하지도 못하면서 게을렀고, 거기다가 짐승 썩는 냄새를 풍기고 있는 사람이다. 그런 허달만에게 아이를 맡길 수는 없었다. 이것저것 생각하지 않고 문항에게 아이를 맡길 결심을 했지만,

문항에게 아이를 맡긴다 해도 숯장이 허달만을 통해야만 가능했다. 최문항에게 직접 아이를 맡기지 못했던 게 불안하긴 했지만, 숯장이 허달만은 아이가 귀찮아서라도 아이를 최문항에게 맡길 것이라고 민제는 믿었던 것이다. 그리고 아이가 문항에게 맡겨지기만 하면 문항이는 아이가 누구의 자식이든, 무슨 이유이든 따지지 않고 키워줄 사람이라고 민제는 믿었던 것이다.

숯장이 허달만을 통해서 아이를 문항에게 맡길 결심을 하고 민제는 수시로 숯장이 허달만의 움막을 남몰래 찾아가곤 했다. 옻진 아저씨를 하고 있다는 문항이가 움막에 와 있을지도 모른다는 기대감으로, 그렇게 숯장이 허달만의 움막을 혼자 오르곤 했던 것이다. 그러나 문항을 만날 수는 없었다. 움막이 있는 곳을 발이 닳도록 가보았지만, 두 번 다시 문항을 만날 수는 없었다. 그러는 사이에 주막집 여자는 그녀에게 들어간 돈을 찾기 위해 다른 주막집에 민제를 넘기기로 했다.

민제는 갓난아이를 끌어안고 숯장이 허달만의 움막으로 올라갔다. 밤길이고 산길이었다. 달도 비추지 않는 어두운 길을 허우적거리며 걸었다. 갓난아이를 품에 안은 민제에겐 아이를 맡길 문항이가 필요했다. 간절하게 필요했다. 숯장이 허달만을 통해서 문항에게 아이를 맡기겠다는 생각뿐이었다.

아이의 품에는 아이의 이름과 생년월일을 적은 쪽지를 넣었고, 그녀가 가지고 있던 돈 전부를 아이의 품에 넣어주었다. 아이를 부탁해야 하는 애미로서 할 수 있었던 건 그게 전부였다. 숯장이 허달만은 문항을 금방 만날 것처럼 떠벌렸다.

"이 아이를 옻진 아저씨에게 맡겨 달라, 그 말이제?"

"예! 부탁하겠습니다! 그리고 은혜 잊지 않겠습니다. 이 아이를 그

분, 옻진 아저씨에게 맡기기만 해 주십시오. 그 사람이라면 틀림없이 이 아이를 잘 키워줄 겁니다…."

"흥…. 어느새 그놈하고 붙어먹은 거야?"

숯장이 허달만은 히죽거렸다. 민제는 허달만이가 내뱉는 껄끄러운 소리도 감수하면서 들었다.

"그런 것 아닙니다. 그런 건 아니지만… 그 사람은 이 아이를 키워줄 겁니다. 그 사람의 성품이라면…."

"그래? 니년 말처럼 옻진 아저씨가 이 아이를 맡아 기르겠다고 하자. 그러면 중간 역할을 해야 하는 나한테도 뭔가를 줘야 하지 않느냐, 이말이제."

"예! 드리고말고요. 아이의 품에 아이의 이름과 생년월일이 적혀있으니 그건 옻진 아저씨에게 전해주시고, 아이의 품속에는 제가 가진 돈 전부를 넣은 봉투가 있습니다. 거기서 지폐 몇 장만 빼 쓰셔도 술값으로는 넉넉히 쓸 수가 있을 겁니다. 아니, 그 봉투를 다 가져도 좋으니 아이만 그 옻진 아저씨에게 맡겨주십시오. 부탁하겠습니다!"

"아이의 품속에 들어있는 돈 봉투는 내가 다 가져도 좋다는 거지?"

"예! 예! 아이만. 내 아이만 그 사람에게 꼭 맡겨주시기만 하면 됩니다!"

"그럼 아이는 그 옻진 아저씨에게 맡기고 돈은 내가 갖는 걸로 합니다!"

"예! 그래 주십시오. 그래 주시면 반드시 은혜를 갚겠습니다!"

"그 말, 꼭 지키시오. 은혜 갚겠다는 말!"

숯장이 허달만은 아이의 품에 들어있다는 돈 봉투에 현혹되어 아주 철떡 같이 약속을 했다. 옻진 아저씨가 오면 바로 아이를 맡기겠다는 허달만의 약속을 믿고 아이를 허달만에게 건네주고 돌아섰던 민제였다.

지금 그녀가 이 움막을 찾아온 건 숯장이 허달만을 만나기 위해서였다. 문항의 소식을 알고 있을 거라는 생각으로 허달만의 움막을 찾아왔다. 허달만이라면 문항의 근황을 누구보다도 잘 알고 있을 거라고 믿었던 것이다. 그런데 움막은 없어지고 그 자리에 새집이 들어선 것이다. 민제는 불길한 생각이 들었다. 움막집이 사라지고 새집이 들어선 게 불안했던 것이다. 숯장이 허달만은 움막을 헐고 그 자리에 새집을 지을 위인은 못 되었기 때문이었다.

아니나 다를까? 문을 밀고 나온 사람은 숯장이 허달만이가 아니었다. 인기척을 느끼고 문을 연 최 씨는 민제를 아래위로 훑어보다가 놀란 표정을 지었다.

"누구시오?"

"……."

민제는 할 말을 잃은 채 한참을 서 있었다. 숯장이 허달만이가 아니다. 숯장이 허달만이가 여기에 없다면 문항의 소식도 알 수 없거니와 아들의 소식도 알 수 없을 것이라는 불안감이 치밀어 올랐다.

"누굴 찾으러 왔소?"

최 씨는 민제에게 조심스럽게 말을 걸었고 민제는 고개를 끄떡거렸다.

"예! 여기 움막에 살던 숯장이 허달만이라는 사람을…."

민제의 말이 끝나기도 전에 최 씨는 말했다.

"숯장이 허달만은 어디로 갔는지 잘 모릅니다만."

"그러면 옻칠 아저씨를 한다는 통영사람 문항이라는 사람의 소식은 아시는지요."

"예! 그분이 이 산의 소유자이시고 이 집의 주인이십니다. 왜 그러시는지요?"

"제가… 그분에게… 제 아이를 맡겼습니다."

"숯장이 허달만에게 아이를 맡기신 게 아니고요?"

"예! 아닙니다. 옻진 아저씨, 통영 사람에게 내 아이, 내 아들을 맡겼습니다. 숯장이 허달만에게 그렇게 말했습니다. 옻진 장사 최문항에게 아이를 맡겨 달라고, 그렇게 부탁을 했습니다."

민제는 불길한 예감이 들었다. 최 씨는 민제의 위아래를 훑어보며 말했다.

"아이를 숯장이 허달만에게 맡길 때는 그렇게 말씀하셨는지 모르지만, 숯장이는 아이를 제 주인이신 옻진 장사에게 맡기지 않았습니다. 마치 자신이 맡은 것처럼 거들먹거렸지요. 아이를 맡아 기르면서 구박이 이만저만이 아니었지요. 그 아이가 열 살이 되던 해 옻진 장사이신 제 주인이 그 아이를 숯장이 허달만에게서 도망치게 도왔지요."

"그렇다면 아이는, 내 아들은 어디서 누구한테서 키워졌다는 말씀이신가요?"

"그건 잘 모르겠습니다만…."

최 씨는 말끝을 흐렸다.

"예?"

"며칠 전, 아들인 듯한 분이 여길 다녀가셨습니다. 숯장이 허달만이가 아직도 여기 살고 있는지 확인하러 온 것 같았습니다. 그리고 주인님의 근황도 알아가면서 꼭 만나겠다고 했습니다. 옻진 아저씨의 연락처를 알려 달라고 했지요."

최 씨의 말에 민제는 놀라움을 금치 못했다. 아들이 여기에 왔다

갔다니, 내 아들이 자라서 이곳까지 왔었다니, 이렇게 아들 소식을 듣다니? 민제는 떨리는 듯한 소리로 다급하게 물었다.

"내 아들이 여기까지 와서 옻진 장사 최문항 씨의 연락처를 알아 갔다는 말씀입니까?"

"예! 숯장이 허달만에게 컸다는 말을 했으니까, 그분이 아드님이 맞으실 겁니다."

"고맙습니다! 고맙습니다!"

"통영으로 가시면 옻진 아저씨도 만나실 수 있을 거고, 아드님도 만나실 있겠네요."

"통영이요?"

통영이라는 말을 입에 담는 순간 민제의 가슴은 떨렸다.

'실로 얼마 만에 입에 올려보는 고향 통영인가. 통영으로 가면 내 아들을 만날 수 있다니?'

최 씨는 민제에게 나직한 소리로 한마디 했다.

"저의 주인 최문항 씨를 만나보고 싶어 하셨잖습니까. 통영으로 가시면 만나실 수 있을 겁니다. 또한 아드님도 만나실 수 있을 거고요."

옻진 장사 최문항을 주인으로 모시고 있다는 최 씨의 말에 민제는 허리를 굽혀 인사를 했다. 아들의 소식을 전해 준 사람에 대한 고마움이었다. 아들을 만날 수 있게끔 통영으로 가라는 최 씨의 말은 민제가 이 세상에서 가장 듣고 싶었던 말이었는지도 모른다.

민제는 아들을 만날 수 있다는 일념으로 통영을 향해 걸음을 옮겼다.

4.
최근수의 죽음

바람 부는 날에는 선창에 나가서 온종일 바다만 지켜본다. 비 오는 날에는 용화산으로 올라가 발바닥이 닳도록 산을 헤맨다. 나전칠기장 최근수의 일상이었다. 한 치도 안 되는 작은 체구였지만, 가슴속은 물기 없는 터널 같았다. 온종일 선창에 나가 바다를 지켜보고 섰음에도 속 시원한 게 하나도 없었다. 통영 앞바다에 펼쳐진 저 초록빛 바닷물을 다 마셔도 가슴은 채워지지 않을 것이다. 가슴속에서는 날마다 갈증만 나고 있었다. 무엇으로도 채울 수 없는 이 까칠한 갈증에 최근수는 원숭이 같은 긴 팔을 흔들어대며 가슴을 쳤다.

아들 문항은 끝내 돌아오지 않았다. 대통령으로 만들고 싶었던 아들이었다. 누구도 내 아들 문항에겐 손끝도 댈 수 없도록 유리관이 있으면 유리관에 넣어서 키우고 싶었고, 바깥에 나가지 않아도 세상을 호령하면서 살 수 있게끔 최근수 자신이 지키고 보호하고 싶은 아들이었다. 그런 내 아들을 감히 땜장이의 딸년이 넘보다니…. 생각만 해도 분하고 치가 떨리는 일이었다.

마른 옥수숫대가 바삭거리는 밭가 농막에서 아들을 유혹하다니, 있을 수 없는 일이었다. 땜장이의 딸년이 미치지 않고서야 어떻게 내 아들 문항이를 그렇게 유혹했단 말인가? 그년이 죽으려고 환장을 했던 게지. 피가 거꾸로 솟구치는 듯한 분노였다. 땜장이의 딸년을 팽이 치듯 돌려버렸음에도 시원치가 않았다. 머리채를 잡고 땅바닥으로 빙빙 돌려 그년의 살갗이 벗겨지고 뼈마디가 으스러지도록 한다해도 분이 풀리지 않을 일이었다. 대통령으로 우뚝 섰어야 할 내 아들의 앞길을 막고 장래를 어둡게 만든 그 파렴치한 년을 어떻게 해야분이 풀릴지 몰라 원숭이 같은 몸으로 펄쩍펄쩍 뛰었던 최근수였다.

오늘 밤 당장 그년의 형체가 없어지도록 매질을 할까? 살갗이 찢기고 뼈마디가 으스러지도록 땅바닥으로 끌고 다닐까? 최근수는 분을 참지 못하고 입에 거품을 물었다. 분노로 충혈된 눈을 까뒤집었다. 최근수는 움켜쥔 땜장이 딸년의 머리채를 놓지 않았다. 원숭이처럼 작은 체구 어디에서 그런 힘이 솟구쳤는지 어른처럼 자란 땜장이의 딸년을 질질 끌었다. 땅바닥에 끌고 다녀 살갗이 찢어졌다. 머리채를 움켜쥐고 팽이 돌리듯 하면서 끌고 다녔다. 그년의 비명 따위는 들리지도 않았다. 고통스러워하는 그녀의 신음은 아무렇지도 않았다. 이대로 그년의 숨통이 막혀 버렸으면 하는 생각뿐이었다.

최근수는 통영국민학교 운동장까지 노민제를 끌고 갔다. 세병관에 세워진 어른 아름드리 팔보다 더 굵은 세병관의 기둥 밑으로 처박듯이 밀어 넣었다. 그리곤 팔과 다리를 비틀었다. 그년의 비명이 고막을 터트리듯 들렸지만, 최근수에게 그까짓 비명은 아무렇지 않았다. 그년의 비명은 최근수의 분노를 멈추게 하지 못했다. 그년의 절박한 신음으로는 최근수의 분노를 가라앉힐 수 없었다. 아들을 더럽힌 이 땜장이 딸년을 이대로 죽여 버려도 시원치 않았던 최근수였다. 땜장이 딸년의 비명은 오히려 최근수의 분노를 자극했을 뿐이었다.

팔을 비틀고 다리를 찢었다.

"원숭이처럼 키를 납작하게는 할 수 없었지만 뼈가 빠진 듯 늘어진 팔과 원숭이처럼 벌어진 다리로 살아 보라지! 네년도 나처럼 사람들의 시선을 받으며 무시당하고 조롱받고, 손가락질받으며 살아 보라지! 그렇게 사는 것이 얼마나 치욕적인지, 얼마나 견디기 어려운 수모인지. 네 년도 그런 고통을 받으며 살아보란 말이야!"

땜장이 딸년의 팔과 다리를 비틀고 찢어대며 최근수는 그렇게 중얼거리고 있었다. 사람의 형태를 갖추지 못해서 보는 사람의 손가락질을 받고 멸시와 수모를 당하면서 살았던 최근수에게 선물처럼 나타난 아들 문항이었다. 그 아들로 말미암아 최근수 자신도 건강한 모습이 된 양 의기양양했고, 사람들 앞에서도 떳떳할 수 있었다. 나 전칠기장의 대가라는 그까짓 명칭은 최근수에게 별 의미가 없었다. 남들처럼 건강하고 똑똑한 아들을 가졌다는 그 한 가지 자부심만으로 여태껏 멸시당하고 수모를 당했던 모든 일이 물거품처럼 사라졌던 최근수였다. 그런 최근수에게 아들 문항이가 얼마나 사랑스럽고 소중했을까? 그런데 최근수의 자존심을 세워준 아들 문항이를 이 계집년이 감히 유혹했다는 분노를 최근수는 삭일 수가 없었던 것이다.

열일곱 살짜리 어린 여자의 팔과 다리를 비틀고 찢었음에도 분이 풀리지 않았던 최근수는 하늘도 용서할 수 없는 죄를 범했다. 부처도 용서하지 않을 죄를 범하고 말았다. 민제를 굶주린 짐승들의 우리 안에 처넣듯이 서너 명의 장정에게 던져 넣었다. 지폐 몇 장이면 무슨 일이든 할 수 있는 노숙자 같은 장정들이었다. 그들에게 지폐 몇 장이 아니라 한 달도 넘게 살 수 있는 돈을 던져주었다. 돈만 준 게 아니다. 여자까지 던져주었다. 민제는 그렇게 농락당했다. 최근수가 저지른 악행의 희생자가 되어 더럽혀지고. 추락해 갔다.

최근수는 그것으로도 모자라 태워 죽이라는 분부를 엄하게 내렸다. 최근수는 땜장이의 딸년을 태워 죽이고 싶었다. 그리고 노숙자들은 돈에 노예가 되어 몹쓸 짓을 하고, 자신들 저지른 죄를 숨기기 위해 땜장이의 딸 민제를 죽이려 했다. 시신이 된 듯 의식을 잃어버린 민제 위에 불이 붙을 수 있는 것이라면 모조리 모아서 덮었다. 그러곤 불을 질렀다. 불꽃이 피어오르자 그들은 민제의 죽음을 확인도 하지 않고 도망을 쳤다.

그렇게 최근수는 땜장이의 딸년이 죽었다고 믿었다. 그리고 땜장이의 딸년, 그년이 없어졌으니 문항이가 그년 때문에 장래를 망칠 일은 하지 않을 거라고 믿었다. 문항이는 애비가 시키면 시키는 대로, 애비가 가리키면 가리키는 대로 따라오면서 잘 살 것이리라 믿었다. 그리고 안심했다.

허나 최근수는 땜장이 노 씨의 딸년만 죽었다 해서 분이 풀리지 않았다. 땜장이 노 씨의 집으로 향했다. 딸년을 창녀로 키웠다고 떠들어댔다. 창녀 짓으로 벌어온 돈으로 먹고 마시냐고 했다. 그렇게 목숨을 부지할 바에는 죽는 것이 낫지 않느냐고, 노 씨에게 죽어버리라는 암시의 소리까지 거침없이 해댔다. 딸이 창녀 짓을 하지 않았다 해도 이웃집 남자에게 그런 치욕적인 소리를 듣고 살 수는 없었다. 나전칠기장의 말꼬리를 잡아 내 딸년이 어떻게 창녀 짓을 하느냐고 따지고 들었어야 했는데 노 씨는 그러지 못했다. 노 씨는 나전칠기장 최근수가 퍼붓는 말에 수치심만 느꼈다. 그 수치심을 이기지 못해 스스로 목숨을 끊었다. 노 씨가 그렇게 죽기를 유도했던 최근수는 회심의 미소를 지었다. 노 씨의 여편네를 찾아 쫓아냈고, 양철 지붕의 집은 굴삭기로 흔적도 없이 밀어버렸다.

땜장이 노 씨의 딸년은 불에 태워져 죽었을 것이고, 노 씨 놈은 스스로 목숨을 끊었다. 그리고 그놈의 여편네는 쫓아버렸으며 집은 돌 하나 남기지 않고 헐어버렸다. 이만하면 노 씨의 흔적이나 노 씨 딸년의 흔적은 말끔히 지워진 셈이다. 땜장이 노 씨 때문에, 노 씨의 딸년 때문에 걸리적거릴 것은 아무것도 없다고 여겼다.

그러나 모든 것이 최근수의 뜻대로 되지는 않았다. 세상에 사람 마음먹은 대로만 되는 일이 있던가? 아들의 주위를 깨끗이 치웠다고 여겼는데, 이만하면 아들을 위해 애비가 깨끗하게 주위를 치워주었다고 여겼는데 정작 그렇게 여겨줘야 할 아들은 그렇지 않았다. 노 씨의 딸년을 찾겠다고 집을 나갔다. 애비도 버리고, 에미도 버리고 집을 뛰쳐나가더니 돌아오지를 않았다. 날이 밝으면 선창에 나가서 기다렸고 밤이 되면 집 밖을 배회하면서 아들 문항이를 기다렸다. 학교 선생들을 찾아갔고 친구들도 찾아다녔다. 문항이에게서 연락이 오면 기별이라도 넣어달라고. 그러나 아무 소용이 없었다. 문항이는 돌아오지 않았고 어디에서 연락이 오는 일도 없었다.

세월이 흘렀지만 문항이에게서는 아무런 소식이 없었다. 내 아들 문항이가 어디서 죽었을지도 모른다는 생각이 들 때마다 억장이 무너졌다.

'애비가… 내가… 내 아들을 죽게 했구나….'

잠시 그런 생각이 들 때면 최근수는 제 가슴을 치며 울부짖었다. 아들이 보고 싶은 애비의 절규였다. 아들이 그리워진 애비의 비통한 울음이었다. 그러나 아들 문항이는 돌아오지 않았다. 아들을 기다리며 언제나 열려 있는 황금빛 큰 대문만 바람 소리에, 빗소리에 놀란 듯 철거덕거리기만 했다.

노 씨의 딸년만 죽어버리면 문항이의 앞길이 다시 활짝 열릴 것이고, 대통령이 되겠다는 꿈을 안고 이 세상을 거침없이 질주하리라 믿었다. 하지만 문항이는 모든 것을 포기하고 말았다. 돌아오지 않는 아들 문항이를 기다리며 황금색 대문 앞에서 기다리는 것도 어느새 이십 년이 넘었다. 바람 소리가 날 때마다 황금색 대문은 삐걱거렸고, 비바람이 몰려오면 황금색 대문은 깡통 소리를 내며 흔들리곤 했다. 일류 목수가 달아주었던 대문이었고 황금칠을 해서 번쩍거리던 최근수의 집 황금색 대문은, 돌보지 않는 주인의 마음처럼 까칠하게 흔들리고 때로는 밑바닥까지 블쑥블쑥 튀어 오르는 것 같았다.

최근수는 그래도 황금색 대문을 떠나지 않았다. 선창에 가도 바닷물로는 목을 축일 수 없듯이, 용화산으로 올라가 발바닥이 닳도록 산을 헤매고 다녀도 휑한 가슴을 채울 수 없듯이 황금색 대문이 밑동까지 썩어가고 있어도 그 앞에서 아들을 기다리는 일을 멈출 수가 없었다.

그날도 최근수는 밑동이 썩어가는 황금색 대문 앞에서 쭈그리고 앉아있었다. 언젠가는 돌아올 아들을 기다리며 눈빛을 번뜩이며 앉아 있었다. 먹이를 찾아다니는 고양이 눈빛처럼 번뜩거리는 최근수의 눈빛은 섬뜩하기 조차했다.

밤은 깊었고 하늘에는 별 하나 뜨지 않았다. 시커먼 구름으로 가린 듯한 하늘마저 무섭게 느껴지는 그날 밤. 최근수의 황금빛 대문 앞으로 사람들이 몰려오고 있었다.

"천벌을 받을 놈!"

이빨이 갈리는 듯한 소리로 외치는 소리. 목소리. 목소리들이 아우성을 치듯 시끌벅적하게 몰려들었다. 사람들이었다. 문항이가 집을 떠나고 나서부터 사람들의 발길이 뚝 끊겼던 최근수의 집이었는데, 그 깊은 밤에 사람들이 떠들어 대며 최근수의 집 황금빛 대문 앞으로 몰려들었다. 앞장선 사람은 새터시장 입구에서 땜질도 하고 구두도 닦고 하면서 연명해가는 경수였다. 땜질을 하러 오는 사람이라곤 없던 그때, 유독 경수만이 땜질 일을 배우겠다고 노 씨 집을 찾아오곤 했다. 노 씨에게서 땜질을 배우면서 눈여겨보았던 노 씨의 딸 민제가 경수의 눈에는 그렇게 예쁠 수가 없었다. 경수의 나이에 비해서는 민제가 한참이나 어리긴 했지만, 경수는 민제를 보살펴 주고 싶을 만치 관심 있게 지켜보고 있었던 터였다.

그런 경수에게 들려오는 소문은 너무나 경악스러웠다. 민제와 최근수의 아들 문항이의 염문도 경수에겐 충격적이었지만, 아들 문항이의 장래를 위한다는 명목으로 민제에게 행한 가혹한 짓은 최근수만 알고 있는 것이 아니었던 것이다.

밤말은 쥐가 듣고 낮말은 새가 듣는다 했던가. 인간사 세상에서 눈 감고 사는 사람만 있는 것이 아니었다. 알게 모르게 엿보게 된 사람도 있었을 것이고, 민제를 짓밟았던 그 무리 중 한 놈이 입을 벌려 떠들어 댔을지도 모른다. 어쨌든 중요한 건 최근수가 민제에게 행한 그 가혹한 짓인 비밀이 아니라는 사실이었다. 그저 누구도 민제를 구해주지 못했던 것이다. 민제를 최근수의 손에서 구해주지는 못했지만, 소문은 입에서 입으로 번져나갔다. 그리고 사람들은 민제가 그때 죽었다고 믿었다. 민제는 최근수의 가혹한 횡포에 죽임을 당했고, 민제의 아버지 노 씨는 최근수가 바라는 대로 자살을 했다. 노 씨를 자살하게끔 유도한 최근수의 발상은 칼로 사람을 찌르고 피를 흘리게 해서 죽이는 것보다 더 잔인하고 악랄했으며 저질적이고 비열한 행동이었다.

땜장이 노 씨 집 가족을 그렇게 죽이고도 분이 풀리지 않았는지 노 씨의 아내를 쫓아냈다. 딸년이 창녀 짓을 했다고 떠벌리기 전에 집을 비우라는 최근수의 협박은 결코 협박으로 끝날 것이 아니었던 것이다. 노 씨의 아내는 그래서 순순히 집을 떠났다.

집은 떠났지만 갈 곳이 없어진 노 씨의 아내는 새터시장을 헤매며 미친 듯이 딸 민제와 지아비를 불러대며 정말로 미친 듯이 살고 있었다. 아니 숨이 떨어지지 않아 그냥 숨만 쉬면서 살았다 해도 과언이 아니었다. 그러면서 헐린 집터에 찾아와서 울어댔다. 땅바닥에 앉아 울어댔다.

그럴 때마다 최근수는 어떻게 했던가. 집 주위에서 어슬렁거린다고 노 씨의 아내를 쫓아내기 바빴다. 입에서 터져 나오는 욕설로 쫓아내었고, 막대 빗자루를 들고 쫓아내었고, 갈퀴를 들고 흔들어대면서 쫓아내었다. 그럴 때마다 노 씨 부인은 헉헉거리며 도망을 치곤했다. 딸을 잃고 남편을 그렇게 보내고 집까지 헐린 노 씨 부인은 그렇게 살면서 세월을 보냈다.

그 세월이 이십 년도 넘었다. 어젯밤 노 씨 부인은 도천동 앞바다에서 시체로 발견되었다. 물에 떠밀려 온 듯한 노 씨 부인의 시체를 보고 소문은 여러 갈래로 나뉘었다. 최근수가 죽여서 도천동 앞바다에 밀어 넣었다는 둥, 도천동 앞바다로 끌고 가서 바닷물에 처넣었다는 둥, 세세한 건 달랐지만 결과적으로 노 씨의 아내가 죽은 것이 최근수의 짓이라는 소문이 번져 간 것이다.

한때나마 마음속으로 민제를 예뻐했던 경수는 민제를 생각해서라도 이대로 그냥 넘길 수 없다는 생각이 들었다. 노 씨 부인을 죽인 게 최근수가 아니라 할지라도 한 번쯤은 추궁하고 싶었다. 노 씨 부인의 죽음이 최근수가 원인이었을지도 모르니까….

경수는 경찰로부터 시체를 인계받았다. 그리고 두 팔로 치켜 안았다. 별도 뜨지 않은 캄캄한 밤길을 노 씨 부인의 시체를 안고 최근수의 집으로 온 것이다. 구경하길 좋아하는 사람들이 경수의 뒤를 따랐다. 아니, 상황을 지켜보려는 사람들이기도 했다. 이것을 계기로 최근수가 천벌이라도 받았으며 하고 바랐던 사람들일지도 모른다.

밑동이 썩어가는 황금색 대문 앞에 쭈그리고 앉았던 최근수는 짐승처럼 어슬렁거리며 일어섰다. 그리곤 섬뜩하게 비추고 있는 눈알을 굴리며 소리쳤다.

"뭐 하자는 거야?"

"뭐 하자는 게 아니라… 좀 보시라고 데리고 왔습니다!"

경수가 말했다. 최근수는 눈알을 굴리고 짧은 다리를 굴러댔다.

"뭘 보라는 거야!"

"노 씨 부인이 죽었습니다. 도천동 앞바다에서 시체가 발견되었지요."

"그런데 그게 어쨌단 말이야! 나와 무슨 상관이 있다고."

최근수는 짧은 다리를 굴러대며 소리쳤다. 눈을 굴러대며 소리쳤다. 그러나 경수는 최근수의 성난 모습을 눈도 깜짝하지 않고 지켜보았다.

"최근수 당신은 노 씨 부인이 헐린 집터에서 우는 것도 용납하지 않았지요. 노 씨 부인이 헐린 집터에 와서 울고 있을 때마다 욕설로 쫓아내고 빗자루로 쫓아내고. 갈퀴로 쫓아내지 않으셨습니까? 그렇게 귀찮았던 노 씨 부인이었으니 도천동 앞바다에 밀어 넣으셨거나, 아니면 노 씨 부인이 스스로 도천동 앞바다로 뛰어들게끔 유도했는지도 모르지요. 노 씨가 스스로 목숨을 끊도록 유도했듯이 말입니다!"

"이 건방진 놈! 여기가 어디라고 와서 함부로 찌끄려 대는 거야? 난… 그년을 죽이지 않았어! 죽이지 않았다고!"

"정말입니까?"

경수는 나전칠기장 최근수를 노려보면서 말했다. 최근수는 쩍 벌어진 다리를 세우고 불거진 가슴을 앞으로 내밀며 소리쳤다.

"난 그년을 죽이지 않았어! 손끝도 대기 싫은 년인데… 내가 왜 손을 대서 그년을 죽여! 난 그년을 죽이지 않았다고."

최근수는 황금색 대문 앞에서 절구통에서 방아 올라가듯 뛰고 있었다. 경수는 그런 최근수를 바라보면서 여유 있게 말했다.

"그럼 노 씨 부인이 스스로 물에 빠지도록 유도하셨군요. 노 씨가 자살하게끔 유도했듯이. 그런 방법으로 말입니다!"

"아니야! 아니라고…!"

밑동이 썩어가고 있는 황금색 대문 앞에서 펄쩍펄쩍 뛰고 있는 최근수의 뒤에서 무언가가 부서지는 듯한 소리가 들렸다.

부지직 부지직, 부서지는 소리가 틀림없었다. 황금색 대문에 연결된 나무가 부서지고 있었다. 그리고 황금색 대문은 밑동을 밀어내었다. 썩어가고 있던 밑동이 뿌리째 뽑히면서 그 큰 황금색 대문이 주인 나전칠기장 최근수를 덮쳤다. 최근수는 비명조차 지르지 못한 채 자기 집 대문에 깔려 죽었다. 최근수의 죽음은 참혹하고 비참했다.

전날 밤, 최근수는 노 씨 부인을 보았다. 집터가 있었던 곳으로 헐레벌레 올라오면서 딸 민제를 불러대고 지아비를 불러댔다. 미친년이라고 치부하면서 그냥 두기에는 너무나 성가신 존재였다. 최근수는 노 씨 부인 앞을 가로막고 섰다.

"뉘시오…."

"나? 나를 몰라봐? 나… 나전칠기장 최근수야!"

"나리께서 어쩐 일로?"

"민제가 도천동 앞바다에서 애미를 기다린다네. 날더러 좀 데려와 달라네."

"네? 우리 민제가요?"

반가워하는 노 씨 부인을 앞세워 도천동 앞바다까지 끌고 갔다.

딸을 보겠다고 두리번거리는 노 씨 부인을 최근수는 힘껏 밀어붙였다. 바다물이 밀려오는 곳에서 밀어붙였으니 힘없이 넘어졌다. 넘어진 노 씨 부인의 머리채를 잡고 물속으로 끌고 갔다. 수심이 깊은 물속으로 처넣었다. 창녀 같은 딸년을 낳은 벌이라고 여겼던 것이다.

1.
운명 같은 인연

긴 시간을 끌어안고 흘러온 세월도 돌이켜보면 남은 게 없는 듯했다. 슬픔을 딛고 고통을 이겨낸 세월이건만, 그 깊은 세월 속에는 자신이 겪은 모든 것이 꿈인 듯 환영인 듯 기억 속에 하얗게 깔려 있을 뿐이었다.

문항은 바다를 바라보며 서 있었다. 열일곱 살에 통영을 떠났던 게 엊그제 같은데 어느새 머리카락은 희끗희끗하고 이마에는 굵은 주름이 늘어진 노인의 모습으로 변해 있는 자신의 모습에 온갖 회의감이 느껴졌다. 민제는 찾지 못했고, 민제는 돌아오지 않았다. 언젠가는 그를 찾아오리라는 기대도 이제는 세월 앞에서 유리 조각처럼 깨져 나갔다.

그날 밤 아버지가 민제의 머리채를 움켜쥐고 팽이처럼 빙빙 돌리며 끌고 갔을 때 따라가지 못했던 게 두고두고 후회스러웠다. 그러나 정 씨의 힘을 당해낼 수가 없었다. 정 씨가 그를 끌고 집으로 갔을 때 정 씨에게 매달려 보았지만, 정 씨의 귀는 철벽처럼 두껍게 닫혀 있었다. 놓아달라고 울며 애걸해도 문항이의 목소리에 귀를 닫아버린 정 씨였다. 그때 정 씨가 그를 놓아만 주었다면 민제를 끌고 가는 아버지의 뒤를 따라갔을 테고, 민제와 함께 도망질이라도 했더라면 문항이는 세월이 무심하거나 잔인하다고 느끼지 않았을 것이다.

그러나 정 씨의 힘은 너무나 셌다. 그리고 아버지의 명령 이외는 그 누구의 말에도 수긍하지 않으려는 정 씨의 태도는 정 씨에게서 느껴지는 강한 힘만큼 강렬했다.

아! 그때… 그때 아버지의 뒤를 따라가지 못했던 그 시간으로 다시 돌아간다면 무슨 방법을 쓰든 아버지의 뒤를 따라갈 것이며, 아버지에게 머리채를 잡힌 채 끌려가던 민제를 끌어안고 멀리… 멀리… 도망이라도 쳤을 것이다.

민제를 잃고 살았던 그 세월은 무의미한 시간이었을 뿐이다. 그리고 아직도 그는 어두운 터널 속에 갇혀 있는 느낌이다. 단 하루를 살아도 사랑하는 사람과 살고 싶다는 간절한 마음은 지금도 변하지 않은 문항이다.

그런데 엊그제 아버지 최근수의 죽음을 알게 되었다. 천벌을 받듯 대문에 깔려 죽었다는 소문이었다. 온몸이 오싹해졌다.

아버지 최근수는 민제에게 무슨 짓을 했더란 말인가? 사람들의 입에서 천벌을 받았다는 말이 서슴없이 나올 만큼의 일을 아버지는 민제에게 했단 말인가?

지금 생각하니 열일곱 살의 문항은 너무 바보 같았다. 무턱대고 집을 나오는 게 아니었다. 앞뒤 분간 없이 저질러야 했던 일은, 집을 뛰쳐나오는 것이 아니라 아버지에게 매달리는 것이었다. 아버지 최근수는 아들에게라면 세상을 다 내어줄 것처럼 하셨던 분이다. 그것을 이용해서 민제를 어떻게 했느냐고 물어야 했고, 민제가 어디에 있는지 악착같이 추궁해야 했다. 문항이가 해야 했던 일은 그것이었다. 아버지에게 매달려 민제의 행방을 알아내는 일이었는데, 아버지에게 죽기 살기로 매달려서 민제의 행방을 밝혀내야 했는데 그때는 왜 그 생각을 못했던 것이었을까?

아버지가 죽었다. 처음에는 비참한 죽음을 맞이한 아버지의 소식에 뼈아픈 서러움이 몰려왔다. 집을 뛰쳐나왔다는 이유로 아버지에게 죄책감도 느꼈다. 그러나 문항이의 마음속에는 아버지에 대한 죄책감보다 더 깊은 후회가 앞섰다. 끝까지 아버지 최근수를 설득하지 못했고, 아버지에게서 민제의 행방을 듣지 못했다는 그 후회가 아버지에 대한 죄책감보다 더 깊고 강했다는 것을 느꼈다.

민제에겐 아무런 잘못이 없다. 민제에게 잘못이 있다면 아들 문항이를 사랑했다는 것뿐이다. 문항이도 민제를 사랑한 죄 밖에 없었다. 그 둘의 사랑이 최근수에겐 그렇게도 용서할 수 없었던 일이었다면, 민제에게 행했던 형벌을 문항이에게도 내렸어야 하지 않은가? 아버지 최근수는 오로지 민제의 잘못으로만 돌렸다. 그리고 민제에게 무엇인가 모를 가혹한 형벌을 내렸다. 아버지가 사람들로부터 천벌을 받았다는 소리를 들을 정도로…. 민제가 아버지에게 당했던 일이 무엇인지는 모르겠지만, 그 정도로 상상을 초월한 잔인한 일임은 분명해 보였다.

발밑에서는 허옇게 바닷물이 출렁거리고 있었다. 깊은 밤에 출렁거리는 파도 소리는 사람의 마음속까지 파고드는 듯했다. 후회와 뉘우침. 회의감과 실망. 그리고 좌절과 절망…. 그 모든 것은 누구나 살아오면서 겪는 일이었다.

문항은 파도 소리를 마시듯이 음미하며 듣고 있었다. 가슴으로 파고드는 건 집을 뛰쳐나와 아버지의 가슴에 대못을 박은 것에 대한 죄책감보다 끝내 민제의 뒤를 따라가지 못했던 그때의 일에 대한 후회였다. 이렇게 절박하게 보고 싶은데 민제는 어디 있단 말인가? 민제를 잃은 수십 년의 세월이 문항이에겐 어둠이었고 터널이었다. 사랑하는 사람이 죽었는지 살았는지 모른 채 흘려보낸 세월 자체가 어둠이고 긴 터널이었다.

문항은 가슴이 찢기는 듯한 울분을 터뜨리며 울었다. 문항이의 울음은 집을 뛰쳐나와서 아버지의 가슴에 대못을 박은 것에 대한 죄책감을 담은 울음이기도 했다. 또한 사랑하는 사람을 잃고도 아무런 대책 없이 살았던 절박한 후회로 흘리는 눈물이기도 했다. 이제라도… 어떻게 해서라도 민제를 만날 수 있다면, 잃었던 시간과 세월을 보태어 사랑하리라 생각했다. 보고 싶었다. 절절하게 보고 싶었다. 그리움이 칼날처럼 날을 세워 가슴을 찢어 내는 듯했다. 그리움은 아픔이기도 했다.

"민제야! 민제야!"

문항이는 외쳤다. 출렁거리는 파도 소리를 뚫어내듯 절절한 목소리로 민제를 불러댔다. 그때였다. 민제를 불러대는 목소리에 섞여 띄엄띄엄 여자의 울음소리가 들렸다. 흐느끼는 듯, 오열하는 듯 숨죽이며 뱉어내는 울음소리가 처절하게 들렸다. 문항이는 민제를 부르던 목소리를 죽였다. 파도에 섞여 들려오는 여자의 울음소리에 귀를 기울였다. 절박하게 느껴졌다. 처절하게 느껴졌다. 세상 것을 바닷물에 다 처넣을 듯한 분노의 울음이었다. 단 한마디의 말도 없이 쏟아내는 그 분노의 울음소리에 문항은 온몸을 세웠다. 갑자기 몸이 경직되어 오는 듯한 느낌이었다. 어느 지점에 민제도 저렇게 울었을지 모른다는 생각이 들었다. 문항은 서 있던 바위에서 내려왔다. 그리고 아까보다 더 귀를 기울였다.

문항은 더듬거리며 발을 떼었다. 파도에 부딪치는 바위를 하나하나 건너뛰었다. 조금 앞에서 어렴풋이 보이기 시작한 형체… 여자였다. 아직 소녀티를 벗어 던지지 못한 어린 여자의 모습이었다. 여자는 바위 위에 서 있는 것이 아니었다. 바닷물이 들어오고 나가는 틈새에 서 있었다. 그리고 온몸을 긁어대고 있었다. 살갗을 씻어내려는 듯 그렇게 몸을 긁어대고 있었다. 손톱을 세워 살갗을 찢고 있는 것 같은 여자의 모습은 보는 문항의 마음을 오싹하게 했다.

문항이는 잠시 섬뜩한 생각이 들었다. 어려 보이는 여자가 처절하게 울어대면서 제 살갗을 찢어내듯 긁어대고 있는 것이 무서워졌다. 순간이지만 저 여자를 외면하고 싶었다. 못 본 체하고 돌아가야겠다고 생각했다. 바위와 바위 틈에 출렁거리는 물 위에 서서 제 살갗을 찢듯이 긁어내는 모습이 결코 정상적으로 보이지 않았던 것이다.

문항이는 잠시 주춤거리다가 몸을 돌려버렸다. 그리고 물에서 두어 발자국 걸어 나왔다. 바위와 바위를 건너뛰어 물 밖으로 나오려 할 때였다. 첨벙 소리와 함께 여자가 물속으로 뛰어들었다. 첨벙 소리에 놀라 뒤돌아보았을 때, 여자는 이미 물속으로 뛰어든 뒤였다. 문항이는 얼른 물속으로 뛰어들었다. 그리고 손을 뻗었다. 물에 흠뻑 젖은 여자의 옷자락을 움켜쥐고 끌어당겼다. 여자는 허우적거리며 소리쳤다.

"나를 살리고자 한다면 죽여 버릴 테니까!"

악에 복받친 듯한 소리였다. 여자는 죽기를 결심하고 물에 뛰어든 모양이었다. 바닷물에 씻어내듯 온몸을 담그고, 그리고는 살갗을 찢어내듯 손톱으로 제 살을 긁어내는 여자의 그 이상한 행동은 죽기를 각오하고 자신의 몸을 학대하는 것임에 틀림없었다. 그 여자에게 무슨 일이 있었던 걸까?

그러나 문항이는 그것이 궁금한 것이 아니었다. 아직 어려 보이는 이 여자가 죽기를 결심하고 있다는 사실이었다. 보통 사람들이라면 죽기를 각오하고 물에 뛰어들었어도 넘치게 차오르는 바닷물 앞에서는 살려달라는 말을 했을 것이다. 엉겁결에 살려달라는 말이 나올 법한데, 여자는 물속에서 허우적거리며 앙칼지고 독한 목소리로 소리쳤다.

물에 빠져 죽으려는 순간인데, 살리고자 한다면 죽여 버리겠다니. 세상에 이런 말이 어디 있담? 문항은 온 힘을 다해 그 여자를 끌어당겼다. 미친 듯이 발버둥 치는 그 어린 여자를 물속에서 끌어내었다. 끌려 나오지 않으려고 얼마나 발버둥 쳤는지, 여자는 지쳐 있었고 넋을 잃은 듯한 모습으로 문항을 노려보았다. 그리고는 몸을 일으키는가 싶더니 문항에게 덤벼들었다. 사나운 여자처럼 날을 세웠다. 두 눈에 칼끝 같은 날을 세우며 덤벼들더니 광기 부리듯 문항을 때리기 시작했다.

"나를 살리고자 한다면 죽여 버린다고 했지! 내가 죽여 버린다고 했지!"

나이도 어린 그 여자의 앙칼진 목소리는 서릿발 같았다. 정말로 문항을 죽일 것처럼 덤벼들었다. 아버지 같은 나이의 문항이었다. 그런 문항을 마치 악인인 양 덤벼들면서 때리는 여자의 행동은 무섭기도 했지만, 그 처절한 행동이 측은하게 여겨지기도 했다.

문항은 그 어린 여자가 분이 풀릴 때까지 맞았고, 그 어린 여자가 지쳐서 쓰러져 앉을 때까지 맞아주었다. 무슨 일이 저 여자를 저렇게 만들었을까? 분을 참지 못해 광기를 부려야 하는 이유가 무엇이란 말인가. 여자는 광기를 부리며 문항을 때리고 있었지만, 문항은 그녀를 측은히 여겼다. 마치 그 여자가 저렇게 분노하게끔 만든 게 자신인 양 맞아주기도 했다.

밤이 얼마나 깊어갔는지 모른다. 여자는 문항을 때리고, 할퀴고, 할퀴고 때리기를 반복하면서 지쳐가고 있었다. 절대 삭이지 못할 분

풀이를 문항에게 해댔다. 그리고는 통곡하듯 울어댔다. 하늘에 뜬 별들이 땅에 떨어질 정도의 울분이 그 어린 여자의 입에서 터져 나왔다.

문항은 기다렸다. 그 여자의 울음이 끝날 때까지 기다렸다. 그러나 여자의 울음은 쉽게 그치지 않았다. 목이 쉬도록 울었고, 목에서 피가 고이도록 컥컥거리며 울었다. 문항은 그렇게 울고 있는 여자에게 한마디 했다. 나직했지만 가슴을 파고드는 듯한 날카로운 한마디였다.

"분한 일을 당했으면 복수를 해야지! 왜 죽어? 바보처럼."

문항이 그 날카로운 한마디에 여자의 눈이 커지고 있었다.

이렇게 두 사람이 만나게 되었다. 운명 같은 인연으로 만난 두 사람. 그들은 욿진 장사 문항이었고, 갑자기 흔적도 없이 실종된 경채였다. 운명 같은 인연은 그렇게 이어졌던 것이다.

그렇게 시작되었다. 아버지와 딸 같은 인연이었다.

2.
슬픈 동냥질

    그것이 십 년 전 일이었다. 문항은 아버지가 계시지 않는 통영으로 다시 돌아왔고, 그 어린 여자는 문항을 따라서 통영으로 왔다. 복수라는 단어에 목숨을 걸겠다는 결심을 했는지, 그 어린 여자는 문항을 따라나서기로 했던 것이다.

    나전칠기장 최근수의 집은 건재했다. 주인을 덮쳤던 황금색 대문은 언제 그런 일이 있었느냐는 듯이 말짱하게 다시 세워져 여전히 황금색으로 번쩍거리고 있었다. 문항이가 황금색 대문으로 들어서자 반겨준 사람은 정 씨의 아들이었다.

    문항이가 집을 박차고 통영에서 떠나자, 최근수는 아들 문항이를 기다렸다. 그리고 기다리는 동안 점점 더 난폭해지고 잔인해져 갔다. 아들을 기다리는 절박함만큼 노 씨의 딸년을 원망했고, 아들이 돌아오지 않자 애태우는 그 마음만큼 노 씨의 딸년에 대한 증오감을 키웠던 나전칠기장 최근수였다. 그런 최근수를 보면서 정 씨는 후회하고 후회했다.

    그때 차라리 문항이를 놓아줄 것을 하는 그런 후회였다. 문항이가 애걸하듯 놓아달라고 하던 목소리가 사라지지를 않았다. 그때 문항이를 놓아주었다면 문항이는 아버지에게 머리채를 잡힌 채 끌려가던 민제를 구했을 것이다. 그리고 두 사람이 함께 통영을 떴다면 이렇게 비참한 현실을 맞이하지는 않았을 것이다. 최근수도 세월이 가면 아들의 사랑을 이해했을 것이고, 문항이도 집으로 돌아왔을 테고…. 이내 평화로운 가정으로 살아갔을 게 틀림없었다. 최근수의 말이라면 팥으로 메주를 쑨다 해도 고개를 끄떡거렸을 정 씨였다. 최근수의 명령이라면 죽는 것도 마다하지 않을 정 씨였다. 나전칠기장 최근수의 모습은 사람의 몰골이 아니었고, 그렇다고 마음 착한 사람이 아닌 것은 분명했지만, 정 씨를 살게 해준 은인임에는 틀림없었다. 병든 어린 아들을 구하기 위해 도둑질을 했고, 도둑질이 강도 행각으로 돌변하면서 정 씨는 경찰에 넘겨졌다.

어미도 없는 아들을 혼자 두고 감옥살이를 해야 했던 정 씨의 처지를 불쌍하게 여겨준 건 나전칠기장 최근수뿐이었다. 병든 아들을 보호해주었고, 지켜주었다. 정 씨가 형을 마치고 돌아왔을 때도 최근수가 맞이해 주었다. 아들과 함께 살게 해주었고, 정 씨가 밥벌이를 할 수 있게끔 자신의 집에 머물게 했다. 집안에서 일어나는 잡다한 일을 시키면서 부자(父子)를 살게 해주었던 그 은혜를 정 씨는 평생 잊을 수가 없었던 것이다. 정 씨에게는 최근수가 은인 중의 은인이었다. 최근수의 말이라면 단 한마디도 거역할 수 없었던 정 씨였다.

그러나 그때 문항을 놓아 주지 않고 힘으로 붙들고 있었던 건 돌이킬 수 없는 실수였다는 것을 뒤늦게 알았다. 문항은 끝내 돌아오지 않았고, 나전칠기장 최근수는 점점 더 이상한 사람으로 변해 갔다. 노 씨의 딸에 대한 분노와 증오심은 점점 더 커갔고, 분노와 증오심이 증폭되면서 최근수는 이성을 잃었다.

민제에게 행했던 그 가혹한 일도 뉘우치지 않았고, 노 씨를 자살하게끔 유도했던 보이지 않는 죄악에도 덤덤해져 버렸다. 집을 철거하고, 그래도 분이 풀리지 않았는지 끝내는 노 씨의 아내까지 바닷물에 처넣었다. 사람을 죽이면서도 아무 거리낌이 없어진 최근수가 무서워졌다. 그러나 최근수를 외면할 수 없었던 정 씨는 끝내 최근수의 비참한 죽음을 보아야 했다. 최근수의 죽음은 늙은 정 씨에게 삶의 의욕을 잃게 했다. 그리고 그때 문항을 놓아주지 않았다는 것에 대한 죄책감에 시달리며 시름시름 죽어갔다. 최근수가 천벌을 받고 죽어가는 모습을 보고 정 씨 자신도 죽기로 결심했던 것이라 여겨졌다.

정 씨는 아들에게 문항이가 돌아올 때까지 집을 잘 관리하라고 일렀다. 정 씨의 아들은 아버지의 유언 같은 그 말을 충실하게 지켰던 것이다. 그 어린 여자와 통영으로 돌아온 문항은 정 씨의 아들이 잘 관리해준 집을 보았지만, 집에 대한 미련은 없었다. 그래서 개발지역이면서도 소유자의 동의가 없어 헐어내지 못했던 시청의 고충을 깨끗이 덜어주었다. 문항의 동의서가 작성되고 나서야 나전칠기장 최근수의 한옥은 헐리게 되었다. 황금색 대문이 철거되는 순간, 황금색 대문을 받치고 있던 땅 밑에서 여자의 울음소리가 쩌렁쩌렁 울렸다는 소문까지 있었다.

문항은 새 모습으로 단장되는 아파트를 볼 수 있었고, 그도 말끔한 아파트에 거주지를 정했다. 그런데 이상한 일이었다. 문항이가 데리고 온 그 어린 여자가 새터시장에 나타났을 때의 일이었다. 통영 사람들 모두가 알고 있었던 건 그 어린 여자가 문항의 딸이라는 소문이었는데, 정작 새터시장에 나타난 그 여자아이는 발끝도 보이지 않는 긴 남자의 모직코트를 입고 다니면서 동냥질을 하고 있었다.

문항이가 객지에 나가서 혼자 장가를 들었는지 딸아이를 데리고 통영으로 왔다는 소문이 쫙 퍼졌는데, 그 문항의 딸이 새터시장에서 동냥질을 한다는 소문도 함께 퍼졌다. 소문으로는 문항이가 큰 돈을 벌어서 전국 곳곳에 땅을 사 두었다는 말도 있었고, 옻진 아저씨로 돈을 벌어서 현금도 수월찮게 많다는데… 그 최문항의 딸이 새터시장에서 동냥질을 한다. 나전칠기로 큰 부자가 된 최근수의 손녀가 새터시장에서 동냥질을 한다. 그 소문이 통영을 뒤덮을 듯이 퍼지고 있었다.

소문만이 아니었다. 실제 최문항의 딸이라는 그 여자아이는 거침 없이 새터시장을 누비며 동냥질을 하고 있었다. 나전칠기장 최근수가 험하게 죽임을 당하고 집 떠났던 문항이가 돌아왔는데, 문항이의 딸이라고 알려진 어린 여자가 새터시장에서 동냥질을 하는 것은 현실이었다.

최문항의 딸은 비록 긴 모직코트로 온몸을 가린듯하고 나타났지만 그 뛰어난 미모를 모직코트 속에 다 감출 수가 없었다. 그야말로 뛰어난 미모였다. 훤칠한 키에 단정한 이목구비, 곱게 자란 티가 머리끝에서 발끝까지 느껴질 만큼 곱고 고운 아가씨였다. 서글서글한 눈매에 총명한 눈빛, 그리고 조각이라도 해놓은 듯한 오똑한 코와 둥그스름한 콧등. 죽어서도 열리지 않을 것 같은 조개처럼 굳게 다물고 있는 연분홍빛 입술과 눈매. 바라만 보아도 신선한 바람이 느껴질 것 같은 시원스런 모습이 어디 한 군데 흠잡을 데 없이 곱고 예뻤다. 문항의 딸이라고 소문난 그 여자는 그렇게 예뻤다. 경채는 진주처럼 빛나고 고왔다. 그것이 경채의 모습이었다. 경채는 그렇게 옻진 장사 최문항의 딸로서 살고 있었지만, 실제로는 최문항의 딸로서 호강하며 사는 것이 아니라 새터시장 동냥꾼으로 살아가고 있었다.

세상에는 사람들이 살아가는 과정에서 생기는 어떤 법칙 같은 것이 있었다. 강자가 약자를 공격하거나 약자가 더 약한 자를 공격하는, 서로가 서로를 공격하면서 살고 있다는 법칙 같은 것이 있었다. 아니라고 말할 수 없고 딱 잘라서 정말 그렇다고 말할 수도 없지만, 분명 사람과 사람이 살아가는 테두리 안에는 공격성이 존재하고 있는 것이다. 무슨 일을 시작하든 치밀하고 세심하기 이를 데 없는 문항은 이 점을 노렸다. 그리고 문항이에게 맹수처럼 덤벼들며 자신을 살렸다고 문항을 죽이려 들었던 그 여자아이에게, 문항이가 했던 단 말은 '복수'라는 말 한마디였다. 복수를 하라는 말에 경채는 이를 악물고 살 생각을 하였다. 복수라는 단어를 생명줄처럼 움켜쥐고 살기로 결심한 경채를 문항은 조심스럽게 통영까지 데리고 왔던 것이다.

우리는 여기서 잠깐 경채에게 무슨 일이 일어나고 있는지를 알아야 했다. 그날 밤 부의를 따라가는 게 자연스러웠던 경채는 진 씨를 태운 리어카를 끌고 가는 부의를 따라가고 싶었다. 그리고 부의 오빠도 으레 그래주겠거니 생각했다. 그런데 부의 오빠는 생각지도 않게 반대를 했다. 집에서 기다리고 있으라는 말만 반복했다. 경채를 손수레에 태우기도 뭣했고, 손수레를 끌고 가는 부의가 보조를 맞추어 걷는 것도 그랬는지 그날 밤 부의 오빠는 강경한 태도로 경채가 따라오는 것을 막았다.

부의 오빠가 진 씨 영감을 태운 손수레를 끌고 신작로까지 가는 모습을 경채는 지켜보면서 오철환 고물상 앞에서 한참을 서성댔다. 부의 오빠가 돌아올 시간을 재면서 기다렸지만, 부의 오빠는 쉽게 돌아오지 않았다. 기다린 시간이 꽤 오래되었다고 느껴지자 경채는 오철환 고물상 철문 앞에서 자리를 떴다. 천천히, 천천히, 아주 천천히 신작로를 향해 걸어갔다. 밤은 깊었고 오르락내리락하면서 걸었지만 친하게 지냈던 가겟집 아주머니도 가게 문을 닫은 뒤였다. 경채는 오철환 고물상 철문 앞에서 신작로까지 몇 번이나 반복하면서 걸었다. 낮에는 예사롭게 보였던 콘크리트 건물들이 유령처럼 보였다. 완성되지 않은 건물이 그렇게 무섭게 여겨진 것은 처음이었다. 경채는 몸을 움츠리고 걸었다. 부의 오빠를 기다리면서 오철환 고물상 철문 앞에서 서성거리기도 했고, 신작로까지 걸어 내려가기도 했다. 그렇게 몇 번을 반복하면서….

그런 경채를 눈여겨보고 있는 사람이 있었으니, 그는 숯장이 허달만이었다. 허달만은 동래구 가겟집 여자를 살해하고 봉제 공장 여공을 살해했다. 그러고도 가겟집에 다시 들어가 은신하며 살아가기로 작정했지만, 이미 경찰들이 가겟집을 포위한 채 가겟집 안까지 들어가는 것을 확인하고는 삼십육계 줄행랑을 쳤다. 추락한 허달만의 도망질이 시작된 것이다. 그런 허달만의 눈에 띈 경채는 포식자의 먹잇감이었다. 산복도로를 향해 걸어가든 걸음을 멈추고 신작로로 내려와 오철환고물상 철문을 향해 도둑고양이처럼 살금살금 걷기 시작했다.

부의를 기다리며 신작로를 오르고 내리던 경채는 부의를 기다리느라 상념에 빠져 고개를 푹 숙인 채 걷고 있었다. 콘크리트 건물이 유령처럼 보이던 지점에서였다. 무엇인지 모를 날카로운 것이 갑자기 눈을 가리며 멱살을 움켜쥐었다. 숨을 쉴 수 없을 만큼 목덜미를 움켜쥔 것은 사람의 손이라고 느끼기에는 너무나 무섭고 징그러웠다. 손이 아니라 뱀 대가리를 달고 있는 갈퀴 같았다. 경채는 숨을 쉴 수 없었고, 너무 무서워서 의식을 잃었다. 경채가 기억하는 건 짐승의 살이 썩고 있는 듯한 아주 고약한 노린내였다. 그녀가 눈을 떴을 때는 입고 있던 옷은 갈기갈기 찢겨 있었고 순결하고 아름다웠던 몸과 마음은 더럽혀져 있었다. 짐승의 살이 썩는 것 같은 냄새를 풍기는 그 더러운 놈에게 경채는 어이없이 유린당한 것이었다.

집 앞에서 그런 끔찍한 일을 당했다. 총명하고 영리했던 경채였지만, 한순간에 당한 일이었다. 짐승에게 습격당한 느낌이었다. 더러움과 공포심이 그녀의 뇌리를 덮었다. 스무 살도 채 안된 경채의 자존심은 무너졌고, 꿈과 포부에 부풀어 있던 푸른 미래는 그 순간 깨지고 말았다. 그 순간 떠오른 것은 죽음이라는 절박한 선택이었다. 경채는 죽음 이외에는 아무것도 떠올리지 못했다. 죽고 싶을 정도로 자신이 더럽고 추했다. 바닷물에 뛰어들고 싶은 심정뿐이었다. 경채는 바다를 향해 달음질을 쳤다. 짠 바닷물로 몸을 씻어내고 싶었다. 더러움을 씻어내고 싶었다. 아니 더럽혀진 살갗을 찢어내고 싶었다. 손톱으로 긁고 할퀴었다. 죽어도 더럽혀진 살을 그렇게 찢어내고 나서 죽어야 했다. 그렇게 죽기를 갈망했던 경채를 막아선 사람이 문항이었다.

문항은 경채에게 복수할 것을 촉구했다. 복수라는 단어가 그렇게 경채에게 힘이 되어줄 줄은 몰랐다. 경채는 그 더러운 놈에게 복수를 하겠다는 결심을 했다.

어떤 형식으로든 복수를 해야만 했다. 어떤 형식의 복수라도 그녀가 잃은 순결의 아픔을 대신할 수는 없지만, 그 아픔의 천 배 만 배의 고통을 안겨줄 복수를 생각했다.

단서는 냄새뿐이었다. 짐승 살이 썩는 듯한 지독한 누린내. 경채가 의식을 잃으면서 맡았던 그 더러운 냄새만이 단서였다. 범인을 지목하는 증거는 냄새뿐이었는데, 문항은 그 냄새를 놓치지 않았다. 흔적도 없고 형체도 없는 냄새였지만, 문항은 그 냄새를 유일한 단서로 잡았다. 사람 중에는 가끔 진한 냄새를 풍기는 이가 있었다. 흔히 인내라고 하는데… 겨드랑이나 허벅지 사이에서 인내를 강하게 풍기는 사람도 있지만, 숯장이 허달만이처럼 짐승 살 썩는 냄새를 풍기는 사람은 그리 흔치 않았다. 그런데 경채는 그 냄새를 강하게 맡았고, 그건 그놈을 잡을 수 있는 유일한 단서가 누린내였다. 그 정도로 강하고 지독한 인내를 풍기는 사람은 그리 흔치 않다는 점에서 문항은 허달만을 지목했다.

허달만이 더 이상 숯장이 허달만으로 존재하지 않는다는 것을 문항은 파악하고 있었다. 숯장이 허달만과 자그마치 십 년을 함께 기거하면 살아왔던 문항이다. 숯장이 허달만이가 뿜어대는 짐승 살 썩는 듯한 냄새뿐만 아니라 숯장이 허달만이라면 속속들이 알고 있는 문항이다. 게으른 성품과 비열한 수단을 쓰는 행실, 굴욕적인 아부도 서슴지 않는 허달만이다. 그 허달만에게 움막 값으로 두툼하게 돈을 쥐어준 것도 그런 냄새를 풍기면서 사회에 나가 살 수 없는 허달만의 처지를 생각했기 때문이다. 그 돈으로 새 터전을 잡고 살라는 무언의 자선이기도 했다. 그러나 숯장이 허달만은 그를 꿰뚫어 보고 있는 문항보다 자신을 더 모르고 있었던 것이다.

새로운 삶을 시작하라고 건네준 움막 값으로 무엇을 했는지 안 보고도 알고 있는 문항은 경채가 내세우는 냄새라는 그 한마디에 숯장이 허달만이가 범인이라고 지목했다. 움막 값을 들고 도시로 나간 숯장이 허달만의 행적은 뻔했다. 허달만은 자신의 몸에서 나온 냄새 때문에 여자를 가까이하지도 못했다. 그런 그가 돈을 들고 도시로 나갔을 때 제일 먼저 무엇을 했을까. 여색을 탐했을 것이다. 뻔했다. 그리고 쾌락을 알게 된 허달만은 술에 중독되듯이 성욕에 중독되어 간 게 틀림없었다. 숯장이 허달만은 자신의 운명을 추락시키는 길로만 걷고 있음이 틀림없었다.

아까도 말했듯이 강자가 약자를 공격하는 법도 있겠지만, 약자가 더 약한 자를 공격하는 건 흔한 일이었다. 아이러니하게도 강자가 약자를 공격하는 것 이상으로 잔인하게 공격하는 것이 약자가 더 약한 자를 공격할 때의 심리인지도 모른다. 문항은 이 점을 노렸다. 경채를 새터시장에서 동냥질을 시킨 건 이 이유 때문이었다.

숯장이 허달만은 반드시 통영으로 온다. 그것은 확신이었다. 움막 값을 날리고. 수중에 돈은 없고. 몸은 게으름으로 무디어 있고. 생각나는 것은 그가 아무리 게으름을 피워도 탓하지 않고 양식이나 식료품을 대어주던 옻진 아저씨 문항일 것이다. 문항의 고향은 통영이며, 통영이야말로 나전칠기로 유명한 곳이다. 옻진 아저씨 문항이가 여생을 보내기에 딱 좋은 곳이 아닌가? 숯장이 허달만은 그렇게 생각할 것이다.

숯장이 허달만이가 문항을 찾으러 언젠가는 통영에 온다는 사실을 염두에 두고 경채를 동냥질하는 여자로 세운 문항의 계획이 빗나가지 않기를 빌 뿐이었다.

이렇게 사람은 생각을 하고 계획을 세우고 실행하면서 살아 가는데, 신은 가끔 사람의 운명을 가지고 장난치는 것 같았다. 그것도 웃어 넘길 수 있는 장난이 아니라 심술로 가득하고 잔인하며 가혹한 장난질로 사람의 운명을 좌지우지하는 게 신이라면, 거기에 분개할 사람이 어디 한두 사람이겠는가.

운명은 경채를 절망의 밑바닥까지 끌어 내리고 있는 것 같았다. 치를 떨면서도 오직 복수라는 그 집념의 힘으로 버티며 목숨을 부지해왔던 경채였다. 그런데 동냥질을 시작하면서 메스꺼운 증상이 나타났고, 그것이 임신의 증상이었다는 말에 경악을 금할 수가 없었다. 임신이라니? 그 일로 임신이라니! 정말로 경악을 금치 못할 일이었다. 그 순간 경채는 신이라는 존재를 부정했다.

"세상에 신은 없어! 아름다운 신은 없어!"

경채가 부르짖은 울분의 첫마디였다. 신이 있다면 그건 인간의 운명을 장난질하는 가혹하고 잔인한 신이었을 것이다.

"잔인하고 가혹한 신의 장난만 있을 뿐이야!"

경채는 부르짖으며 시퍼런 부엌칼을 들고나왔다. 그 순간만큼은 복수라는 단어로도 경채의 분노를 가라앉힐 수가 없었다. 경채는 제 몸을 향해 칼을 휘둘렀고, 칼에 찔려 군데군데에서 피가 철철 흘러내렸다. 눈은 광기로 뒤집혔고 분노를 이기지 못한 광기는 살기에 가까웠다. 문항은 경채의 그 분노를 바라보면서 역시 신은 없다고 생각했다. 신은 없으며, 아름다운 신은 더욱 없었다. 사람의 운명을 장난처럼 갖고 노는 듯한 신에 대한 배신감. 신에 대한 허무함. 문항은 경채의 분노에 동참하듯 신의 존재를 부정했다.

그러면서도 그놈을 잡아야 한다는 생각은 멈추지 않았다. 그놈을 잡기 위해서라면 그놈이 범인이라는 확실한 증거가 있어야만 했다. 냄새보다 더 확실한 증거가 필요하다. 그놈의 유전자보다 더 확실한 증거는 없다. 그렇게 생각한 문항은 아이를 낳자고 했다. 경채에게 그 말이 얼마나 잔인하게 들렸을까. 그러나 그놈을 잡기 위해서는 그놈을 잡는데 확실한 증거가 될 아이를 낳아야 했다. 복수를 위한 수단으로써 아이를 낳아야 했다. 경채는 복수를 위한 수단이라 여기며 뱀보다 더 징그러운 아이를 배 속에서 키워야만 했다.

경채는 경멸스러웠지만 아이를 낳기로 결심을 했다. 그리고 언제가 통영에 올지도 모를 냄새나는 그놈을 기다리며 기꺼이 동냥질에 나서기로 했다. 잔인한 일인 줄 알면서 문항은 경채에게 동냥질을 시켰고 아이까지 낳게 했다. 유전자로 확실한 증거를 잡자는 것이었다. 경채는 그런 계획을 단호히 받아들였다. 복수를 위해 무엇인들 못하랴 생각했다.

그리고 그들은 기다렸다. 시간이 오기를 기다렸고, 그런 때가 오기를 기다렸다.

　　경채는 사내아이를 낳았다. 그 사내아이는 동희라는 이름으로 경채를 어머니라 부르며 커 갔고 문항을 할아버지라 부르면서 무럭무럭 성장해갔다.

　　그러나 그 아이는 모른다. 그가 어머니를 어머니라 부를 때마다 어머니가 얼마나 섬뜩하게 여기고 있는지를….

　　사내아이가 자라서 열 살이 되었다. 애미가 왜 동냥질을 하고 있는지도 모르면서 동냥질하는 애미의 자식답게 날마다 구두통을 메고 통영 시내를 누비고 다녔다. "구두 닦… 으… 어…."

　　동희의 소리가 저쪽에서 들려 올 때마다 경채는 자지러지듯 놀라며 몸을 움츠렸다. 뱀에 감기는 듯한 징그러움이었다. 저 아이가 그놈의 흔적이라니? 경채에게는 또 하나의 형벌이었다. 천벌 같은 이 잔인한 벌을 왜 그녀가 감당해야 하는가 말이다. 얼마나 더 많은 시간이 필요하고, 얼마나 더 많은 세월이 흘러야 그놈을 잡을 수 있단 말인가? 형벌 같은 저 아이를 얼마나 더 보며 키워야 하며, 고문 같은 저 아이의 존재를 바라보며 살아야 하는지. 가슴을 긁어대며 살을 찢는다 해도 이보다 더 큰 고통은 아니리라. 경채는 날마다 치를 떨며 고통스럽게 살아야 했다.

　　문항은 범인이 누군지 확신하는 듯하면서도 잡으려 하지 않고 기다리기만 했다. 범인이 언젠가는 통영으로 온다는 전제로, 경채를 동냥질하는 여자로 세워놓자는 문항의 말에 경채는 어이없어했다. 몸이 살아있는 것조차 수치스럽고 치욕스럽거늘, 사람들 앞에서 동냥질까지 하게 하다니? 처음에는 못한다고 했다. 차라리 죽는 편이

낫다고 생각했다. 그러나 문항의 말에는 설득력이 있었고, 타당한 이유가 있었다.

문항은 허달만이가 언젠가는 이 통영에 오리라고 굳게 믿고 있었다. 주머니에 지폐 한 장 없는 거지꼴로 문항을 찾아오리라 굳게 믿고 있었기 때문에 서두르지도 않았다. 경채를 동냥질까지 시키면서 허달만을 기다리고 있는 이유는, 숯장이 허달만이 약자에게 접근하려는 의도가 강하다는 것을 알기 때문이었다. 그리고 문항은 자신의 이 치밀한 계획이 적중하리라고 믿고 있었다. 허달만이 언젠가 이 통영 바닥에 올 것이라는 전제 아래에서 경채를 동냥질까지 시키고 있는 문항이야말로 숯장이 허달만에 대해 속속들이 알고 있는 사람이었다.

강자가 약자를 공격하고, 약자가 더 약한 자를 공격하는 이치를 허달만은 누구보다도 잘 활용하고 있는 사람이었다. 다만 허달만이 통영을 찾는 시기가 생각보다 너무 늦어 문항도 초조하기는 마찬가지였다.

주머니에 지폐 한 장 없는 꼴로 통영에 도착한 허달만이 시장바닥에서 동냥질이나 하는 여자를 가장 적절한 표적으로 여길 건 뻔한 일이었다. 동냥질하는 여자! 이보다 더 쉽게 접근해볼 만한 상대는 없다고 여길 것이다. 허달만은 수단방법을 가리지 않고 동냥질하는 여자에게 접근해 올 것이다.

그리고 그렇게 노리고 있은 지 십 년이 넘었다. 어느새 경채도 지쳤고 문항이도 지쳤다. 그럴 무렵이었다.

3.
사건을 추적하다

숯장이 허달만을 찾아갔던 부의는 집으로 돌아와서도 불길한 예감을 떨칠 수 없었다. 이상했다. 아무리 떨쳐 내려 해도 떨쳐 버릴 수 없는 불길함이 깊숙이 파고드는 것을 어찌할 수가 없었다. 동래구 가겟집 여자 살해범. 그리고 봉제 공장 여공이 살해된 시기. 그런 것들이 합쳐지면서 범인은 동일범이라는 가능성이 커졌다. 하지만 가장 이상한 것은, 그 시기가 경채가 실종된 날짜와 맞물려 있다는 것이다. 냄새만으로 범인을 잡을 수 있다면… 냄새만 따지면 숯장이 허달만이가 범인일 가능성이 높다. 사람에게서 짐승 살 썩는 것 같은 냄새가 난다는 것은 결코 흔한 일이 아니다.

숯장이 허달만이가 아직도 그 산에서 숯을 굽고 있는 것이라면 문제가 다르지만, 숯장이 허달만은 그 산에 없다. 산을 떠난 지 벌써 십여 년이 되었다는 것이다.

옻진 아저씨가 부의를 지켜주기 위해 허달만과 동거동락했던 그 십 년 동안은 아무 일도 없었겠지만, 움막 값을 받아 도시로 나간 뒤부터 숯장이 허달만은 자유로웠을 것이다. 수중에는 돈도 있겠다, 몸에서 짐승 살 썩는 냄새는 풍기고 있긴 해도 건강한 남자였다. 그 동안 억누르고 있던 욕정을 맘껏 채우려 했을 게 뻔했다. 수중에 돈이 있을 때는 큰 위험도 없었을 게고 위험인물이라고 단정할 수 없었겠지만… 돈이 떨어진 숯장이 허달만을 상상해 보라.

가상이긴 하지만 숯장이 허달만 같으면 동래구 가겟집 여자를 살해했을 가능성이 있고, 봉제 공장 여공도 살해했을 가능성이 높다. 그리고 그 시점에 경채가 실종되었다는 게 불안하고 불길했다.

부의는 요행이라는 것을 믿고 싶었다. 숯장이 허달만이가 두 여자를 살해했다고 해도 그 시점에서 사라진 경채와는 아무런 연관이 없기를…. 절대 없기를 바랐다. 불길한 예감이 쑤석거려도 요행이라는 게 있으니까. 경채의 실종과 숯장이 허달만과는 아무런 연관이 없을 것이란 그 요행을 부의는 바라고 또 바랐다.

부의는 경채가 사라졌던 그날을 되짚어 보았다. 그날은 별도 뜨지 않은 깊은 밤이었다. 진 씨 영감을 모셔다드리고 집으로 돌아왔을 때는 신작로에 있는 가게의 문도 닫혀 있었고 사람의 왕래도 뚝 끊겼을 때였다. 그런 시간에 경채는 부의를 기다리기 위해 오철환의 고물상 철문 앞에서 기다렸을 테고… 서서 기다리기 지루했을 테니 신작로로 살금살금 걸어서 내려오기도 했을 것이다. 거기까지가 부의가 기억하는 전부였고, 추적 가능한 부분도 거기까지였다. 경채가 스스로 자취를 감추지 않고서야 별다른 위험이 없어 보였다.

그렇다면 경채가 스스로 자취를 감춘 거라 생각해보자. 하지만 경채가 가족들을 외면하고 스스로 자취를 감추었다고 생각해도 이상했다. 모든 일에 투명하고 솔직한 성격의 경채였다. 그런 경채가 갑자기 가족들을 버리고 스스로 자취를 감춘 거라면… 그럴만한 이유는 무엇이 있을까?

또 불길한 예감이 스쳤다. 행여나… 혹시라도… 숯장이 허달만에게 경채가 능욕을 당한 거라면…. 생각하기에도 끔찍하지만 혹시라도 그런 일이 있었다면, 그 수치스러움을 이기지 못해 경채가 스스로 자취를 감출 수 있었겠다 싶었다.

그러나 그런 끔찍한 일은 결코 일어나지 않았을 것이다. 하늘이 경채처럼 착하고 고운 사람을 험악한 구렁텅이에 빠트리지는 않을 것이다. 착한 사람은 하늘이 지켜줘야 하니까…. 그것이 세상이어야 하니까….

그러나 자꾸만 불안해지고 불길한 예감이 깊어지는 것은 어찌할 수가 없었다.

"그럴 리 없지! 하늘이 무심하지 않다면 정말 그럴 리 없지!"

부의는 강하게 고개를 저었다. 그러나 아니라고, 아닐 거라고 부정하면 부정할수록 밀려오는 불길한 예감을 떨쳐낼 수 없었다. 입술이 타들어 가는 듯한 긴장감이 엄습해왔다. 갑자기 몸이 경직되면서 어깨와 팔, 다리가 굳어가는 느낌이었다. 부의는 가슴을 쳤다. 불안해서 가슴만 내리쳤다. 그러면서도 "아니다! 아닐 거다!"라고 중얼거리며 가슴을 쓰다듬기도 했다. 그러나 극한 상황이 없을 거라는 보장은 없었다.

숯장이 허달만이가 동래구 살인사건의 범인이라고 가장했을 때, 경채의 실종사건과 숯장이 허달만이가 얽혔다면…. 경채도 가겟집 여자처럼, 봉제 공장 여공처럼 죽임을 당했을지도 모른다는 끔찍한 생각이 떨어지지를 않았다.

그 순간이었다. 부의의 머릿속으로 날카롭게 스쳐 가는 게 있었다. 진 씨 영감을 손수레에 싣고 신작로를 내려가고 있었을 때, 산복도로로 향하는 길목을 올라가는 사내의 모습이 얼른 떠올랐다. 그때는 대수롭지 않게 생각했는데… 지금에서야 왜 그 사내가 떠오르는가? 밤에 언뜻 본 것이지만 사내의 옷차림은 허름했고 걸음걸이는 불안했던 것 같았다. 그리고 신작로까지 내려와서야 맡게 된 흉측스런 냄새!

아! 그 냄새의 익숙함을 그때는 왜 몰랐던 걸까? 부의는 온몸을 부르르 떨며 몸을 일으켰다. 그리곤 진 씨 영감의 집을 향해 급하게 차를 몰았다.

경채가 실종되었고, 그것이 자신 때문이라고 미안해하던 진 씨 영감은 예전과 달리 오철환의 고물상을 제집 드나들듯이 하지는 않았다. 그러나 고물을 주워 오거나, 경채를 잃고 절망에 빠져 있는 오철환을 위로하는 등 가끔씩 고물상에 들러서 마주치기는 하는 진 씨 영감이었다.

그러나 오늘은 부의가 진 씨 영감을 뵙기 위해 가고 있었다. 진 씨 영감의 집은 여전히 누추했다. 곽대기나 양철 조각 같은 것으로 엉성하게 지은 집은 아니었지만, 잘린 판넬을 여기저기 이어서 지은 집이라 누추했다. 성격이 깔끔한 사람이 들어서기에는 좀 거북스런 집이긴 해도, 색싯감으로 여겼던 여자가 언젠가는 돌아와 줄 것이라 기대하면서 기다리고 있는 진 씨 영감님은 다른 곳으로 이사할 엄두도 못 내고 있었다.

"할아버지!"

부의는 조심스럽게 불렀다.

"누구야? 설마…."

진 씨 영감은 부의의 목소리를 금방 알아차렸다. 자리에서 일어나 여닫이문을 열었다. 경채가 실종되면서부터 진 씨 영감과 많이 어색해진 부의였지만, 지금은 그런 것을 따질 때가 아니었다. 진 씨 영감에게서 꼭 들어야 할 말이 있었다.

"할아버지!"

"부의 니가 웬일이냐?"

진 씨 영감의 얼굴엔 부의를 반기는 반가움이 역력했다.

"할아버지! 제가 할아버지를 손수레에 태우고 신작로로 내려올 때 말입니다…. 그때 산복도로로 향하는 길목으로 접어드는 사람, 그 사람을 보셨지요?"

뭔가를 캐내려고 묻는 부의의 목소리는 떨리고 있었다. 조심스러우면서도 날카롭고, 날카로운 것 같으면서도 절박하게 느껴지는 그런 목소리. 부의의 그 말에 진 씨 영감은 한참을 고개 숙인 채 앉았다가 무겁게 입을 열었다.

"그때 나는 술에 좀 취해 있어서 사람을 본 건 기억이 나지 않지만, 지독하게 누린 냄새를 맡았던 건 확실해."

"예?"

부의는 까무러칠 듯 놀라며 상체를 뒤로 젖혔다. 그리곤 초점 잃은 눈으로 진 씨 영감을 바라보았다. 진 씨 영감은 확실히 기억난다는 듯 고개를 끄떡거렸다.

"그렇지! 독하고 더러운 냄새였지. 그것이 사람에게서 나는 냄새라고는 믿어지지 않지만. 그랬어! 맡았어! 그 흉측스런 독한 냄새를…."

진 씨 영감이 확신하듯 힘주어 말하는 순간, 부의는 두 다리에서 힘이 풀리는 것을 느꼈다. 사람은 볼 수 없었지만 냄새는 맡았다는 진 씨 영감의 그 한마디에 불길한 예감이 현실로 치닫는 듯한 느낌을 받았다.

"그놈이다!"

부의는 부르르 떨며 외쳤다.

"숯장이 허달만! 그놈이 분명해!"

부의는 더 이상 망설이지 않았다. 사건의 전모를 맞추어야 했다.

현장검증. 탐문 수사. 증거물 확보. 그런 것이 아무것도 진행되지 않은 상태의 사건이다. 그러나 사건의 내용상 짐작으로, 그리고 냄새로 우선 범인을 잡아야 했다.

"할아버지! 다녀오겠습니다. 다음에 또 뵙겠습니다!"

부의가 일어섰다. 벽면에 걸린 이상한 사진이 눈에 들어왔다. 사람인 듯, 사람이 아닌 듯 이상한 몰골을 한 여자의 사진이었다. 부의는 그 사진에서 눈을 떼지 않고 말했다.

"할아버지! 저 액자 속의 사진은?"

부의가 묻자 진 씨 영감은 허허 웃었다. 늙고 힘들어 보이는 진 씨 영감이었지만 그 웃음 속에는 열정이 있었고, 그리움이 느껴졌으며, 그리고 무엇보다 따뜻한 온기를 품고 있었다.

"내 색싯감! 비록 내 색시는 되어주지 못했지만 내 마음속에는 언제나 내 색싯감으로 남아 있는, 예쁜 내 여자!"

"할아버지! 할아버지의 색싯감은 참 예뻤다면서요?"

부의가 어이없다는 듯 물었다.

진 씨 영감은 또 허허하고 웃었다.

"예뻤지! 참 예뻤지! 예쁘고 말고…."

그러나 부의가 봤을 때, 그 여자에게서는 예쁜 데가 한 군데도 없어 보였다. 사람의 모습이라고 하기에는 참 흉물스러웠다. 팔은 땅에 닿을 만큼 늘어져 있었고 목은 어깨에 달린 듯이 처져 있었다. 두 다리는 쩍 벌어져 있어 참으로 흉물스러웠다. 얼굴에는 화상 입은 흉터 자욱이 밀가루 뭉치를 뭉쳐놓은 듯 턱턱 오그라져 있었다. 머리 한쪽도 화상 흉터가 큼직하게 드러나 있었다. 부의는 사진 속 여자를 한참이나 바라보았다. 예뻐서가 아니라 끔찍해서 바라보았다. 진 씨 영감이 부의의 뒤에서 앉은 채 말했다.

"누구한테 맞았다고 했어! 죽을 만치 맞아서 저런 꼴이 되었다 했어!"

"맞았다고요? 맞은 흔적이라고요?"

부의는 직업적인 감정으로 놀라는 게 아니었다. 사람이 사람에게 어떤 짓을 했기에 저런 꼴이 될 수 있단 말인가? 부의가 무어라고 말하기 전이었다. 진 씨 영감이 말했다. 덤덤하게 말하는 것 같았지만, 진 씨 영감의 목소리는 피를 토하듯 절절했다.

"사랑하는 남자에게만큼은 자신의 이 모습을 보이고 싶지 않다는 말만 하더군."

"예?"

"그래서 보복할 생각도 못해보고, 복수할 생각도 없었대."

"……."

"사랑하는 남자에게 그 모습을 보이고 싶지 않다는 마음이었다고 했네."

진 씨 영감이 독백처럼 중얼거렸고 부의는 진 씨 영감이 그 여자를 사랑하는 마음이 얼마나 숭고하고 아름다운지를 깨달았다.

아! 그래서 그 여자를 그렇게도 아름다웠다고 말한 것이구나.

진 씨 영감의 마음이 충분히 이해가 되었다.

부의가 문고리를 잡고 나올 때였다. 진 씨 영감이 혼잣말처럼 조용히 중얼거리고 있었다.

"부의야."

"예."

"그런데 말이다. 그때 맡았던 그 지독한 냄새가 며칠 전부터 이곳에서 나고 있어."

섬뜩했다. 진 씨 영감이 혼잣말처럼 나직하게 전하는 순간, 부의는 가슴이 철렁 내려앉는 것을 느꼈다. 숯장이 허달만이가 이곳을 서성거리고 있다는 것이다. 숯장이 허달만, 그놈이.

부의는 부르르 떨며 한 손으로 주먹을 불끈 쥐었다.

4.
야수, 벼랑에 서다

　영도다리 밑의 판자촌이 철거되면서부터 엄청난 변화가 있었다. 새로운 집이 들어서는가 하면, 여기저기 올라오는 건물이 하늘 높은 줄 모르고 우뚝우뚝 솟아올랐다. 다리 밑이다 보니 바다에서 올라오는 짠 냄새와 바다 특유의 갯내음이야 어찌할 수 없다지만, 개발이 시작되면서 도시가 빠르게 형성됐고 놀라운 속도로 발전했다. 그러나 바다에서 올라오는 짭쪼름한 짠 냄새와 습기는 둑이나 돌벽 사이에 붙어 있는 기생충처럼 떨어지지 않았다. 거기에 아직까지 사라지지 않는 비릿한 냄새까지 진동하고 있었다.

　숯장이 허달만은 그 습지대 같은 거리를 지금 며칠째 어슬렁거리고 있었다. 짐승 살 썩는 듯한 냄새를 풍기고 있는 허달만에게는 이렇게 여러 가지 냄새가 범벅이 되어 흐르는 것 같은 구석진 곳이 편했다. 사람의 눈을 피할 수 있었고, 자신의 몸에서 뿜어져 나오는 강렬하고 지독한 누린 냄새도 조금은 덮이는 듯했기 때문인지도 모른다.

　그러나 지금은 뱃가죽이 떨릴 정도로 배가 고파서 견딜 수가 없었다. 집집마다 놓여 있는 쓰레기통을 뒤져보았지만, 먹을 만한 음식 찌꺼기라곤 하나도 없었다. 빵 부스러기나 과자 부스러기도 없었다. 야채 껍데기며 과일 깎은 껍데기마저 썩어서 만질 수 없었고, 심하게 썩은 것은 형체도 없었다. 썩은 물기와 더러운 냄새뿐이었다.

"씨벌!"

숯장이 허달만은 엉성하게 자란 턱수염 사이로 연신 욕설을 퍼내고 있었다. 며칠이나 굶었는지 얼굴은 누렇게 떠 있었고 눈빛은 독 오른 고양이처럼 날카로웠다. 땟자국이 자르르 흐르고 있는 얼굴에는 드문드문 털까지 덮여 있어서 얼굴만 쳐다보면 저게 사람인가 싶을 정도였다. 햇볕에 그을린 검은 피부와 꾀죄죄한 옷차림이 영락없이 거지꼴이다. 거기다 뱃가죽이 떨릴 정도로 배가 고팠으니 눈에 보이는 게 없었을 것이다. 생각 같으면 아무 집에라도 뛰어들고 싶었다.

대장간에 가서 날카로운 칼 한 자루 훔쳐 아무 집에나 뛰어들어가 밥을 내놓으라고 할 적정으로 보였다. 밥이나 돈을 내놓으라고 칼부림이라도 할 기세였다. 눈은 굶주린 짐승처럼 번들거렸고, 머릿속은 나쁜 생각으로 털컹거리고 있었다.

습기가 붙어 있는 담벼락에 붙어 앉아서 움츠리고 있는 허달만은 아까부터 진 씨 영감의 집을 눈을 쑤셔 넣을 듯이 하고 지켜보았다. 며칠째 염탐하듯 살펴보았지만 그 집에는 드나드는 사람이 없었다. 늙고 힘없는 늙은이 하나가 허리도 펴지 못하는 듯한 자세로 미닫이 문을 열었다가는 닫아버리고 열었다가는 닫아버리곤 했다. 집집마다 튼튼한 대문이 달린 것과 달리, 그 늙은이의 집은 튼튼한 대문이 달려 있지도 않았다. 오직 늙은이가 한 번씩 열었다가는 닫고, 닫았다가는 다시 열어 보곤 하는 여닫이문뿐이었다. 여닫이문만 열면 안방인지 주방인지, 아무튼 그런 공간이 있을 것이다. 사람이 살고 있으니 먹을 것은 있겠지 싶었다. 금방이라도 뛰어들어갈 태세였다. 눈을 부릅뜨며 움츠렸던 몸을 일으켰다. 그리고 늙은이가 열었다 닫았다 했던 여닫이문을 향해 뛰어들려고 하는 찰나였다.

윤기가 번지르르한, 정말 보기에도 눈이 부신 멋진 세단 한 대가 그 늙은이의 집 여닫이문 앞에 미끄러지듯 달려와 섰다. 허달만은 주춤했다. 저 늙은이를 찾아오는 손님은 아닐 테지 싶어서 조금 있다가 뛰어들어야지 싶었다.

그런데 번쩍거리는 세단에서 한 젊은 놈이 나왔다.

반지르르한 고급 양복에 번쩍이는 구두. 허달만은 눈을 껌뻑거렸다.

그 젊은 놈의 세단에 기가 죽었고, 그 젊은 놈의 멋진 모습에 기가 꺾었다.

사람이 어떻게 살면 저런 모습으로 살아갈 수 있을까 싶었다. 천만금, 만만금의 돈이 있다 해도 허달만 자신 같은 사람은 따라잡을 수 없는 그런 사람으로만 보이는 젊은이였다. 그러나 한 가지 분명한 것은, 숯장이 허달만 같은 사람은 약자만을 골라 공격할 뿐, 강자는 공격할 엄두도 내지 못하는 부류의 사람이라는 것이다. 부럽고. 부러운 존재이긴 했지만 공격할 엄두는 내지 못한다.

숯장이 허달만은 그 멋진 젊은이가 늙은이의 집으로 들어가는 것도 이상하게 여겨졌다. 저런 거지 같은 집에 은거하고 있는 늙은이의 아들일 리는 없을 테고, 그렇다고 친척이나 가까운 지인 사이도 아닐 터인데… 어째서 저런 멋진 젊은이가 저런 늙은이의 집을 드나드는가?

그런데 더욱 이상한 것은, 그 젊은이가 늙은이의 집 여닫이문을 열고 들어간 지가 한참이 지났는데도 나오지 않는 것이었다. 배가 고파서 뱃가죽이 떨리고 있는 허달만으로서는 미칠 지경이었다. 이 근처에서 만만한 건 저 늙은이의 집뿐인데… 저런 늙은이에게 무슨 볼일이 있다고 젊은이는 빨리 나오지 않고 있느냐 말이다. 밖에는 젊은이가 나오기를 기다리며 일각이 여삼추라고 느끼는 허달만이 있었고. 안에는 익숙한 짐승 살 썩는 듯한 냄새를 맡고 있는 부의가 있었다. 며칠 전부터 진 씨 영감이 맡았다는 이 냄새! 부의는 이 익숙한 냄새를 너무나 잘 알고 있었다. 진 씨 영감이 맡았다는 그 냄새의 원인… 숯장이 허달만이가 지금도 이 근처에서 서성거리고 있는 게 확실했다.

부의는 핸드폰을 꺼냈다.

"서 형사님! 경찰관 몇 사람을 데리고 이곳으로 출동해주십시오."

먼저 서 형사에게 전화부터 걸었다. 부의는 진 씨 영감이 위험하다는 것을 직감했던 것이다. 숯장이 허달만이가 이곳에 서성거리고 있다는 건, 가장 약자로 보이는 진 씨 영감을 표적으로 삼고 있다는 증거였다. 사람이 드나들지 않고 혼자 살고 있는 늙은이. 거기다가 대문도 없는 허술한 조립식 집…. 숯장이 허달만이는 노리고 쉬운 조건을 갖춘 집이라고 여겼을 게 분명했다. 부의는 진 씨 영감이 건네준 가방을 들고 문 앞에 서 있었다. 서 형사를 기다리며 잠깐 문 앞에 서 있는 것이다. 또한 숯장이 허달만이가 진 씨 영감의 집으로 들어올 틈을 주지 않기 위해서였다.

몇 분 되지 않아 서 형사가 왔다. 부의의 계획대로 경찰복 차림을 한 경찰들이 진 씨 영감의 집을 에워쌌다. 숯장이 허달만에게 겁주기 위한 첫 단계였다. 경찰관들이 진 씨 영감의 집을 에워싸고 나서야 부의는 움직였다. 색싯감이었던 여자에게 주겠다는 신념으로 몇십 년 동안 모았던 돈 가방을 부의에게 맡기던 진 씨 영감의 눈빛은 참 따뜻했다.

"부의야! 꼭 부탁한다. 내가 살았을 때는 만나기 힘들 것 같구나. 허지만 언젠가 만나게 되겠지… 사진 속의 그 여자. 평범한 모습이 아니라서 부의 네가 찾으려고 마음만 먹으면 찾을 수 있을 거다! 그 여자를 찾으면 꼭 전해주거라… 진 씨 영감이 준 것이라고 말하면서…"

진 씨 영감의 간절한 부탁이었다. 진 씨 영감이 준 돈 가방을 소중하게 들고 여닫이문을 열었다. 숯장이 허달만이가 아주 가까이 있다는 것을 직감했다. 짐승 살 썩는 듯한 냄새가 강하게 풍기고 있었다. 그 익숙한 냄새! 숯장이 허달만의 것이 틀림없었다. 그 익숙한 냄새에 부의는 또 한 번 몸서리쳤다. 숯장이 허달만은 변하지 않았다. 저 강렬하고 지독하며 누린 냄새처럼. 그리고 부의는 보았다. 건너편 습기 찬 담벼락에 몸을 붙이고 서 있는 숯장이 허달만을. 허달만을 잠깐 노려보다가 그냥 세단에 오르는 부의의 머릿속에는 여러 가지 생각이 빠르게 돌아가고 있었다.

이제부터였다. 숯장이 허달만은 그들의 포위망으로 제 발로 들어온 셈이다. 부의는 여러 가지 지시를 서 형사에게 하고는 집으로 돌아왔다. 숯장이 허달만은 습기 찬 담벼락에 등을 붙이고 섰다가 젊은이가 늙은이의 집에서 나오는 걸 보았고, 그 번쩍거리는 세단를 타고는 휭하니 가버리는 것을 두 눈으로 똑똑히 보았다. 그러면서도 그 말끔한 양복을 입은 신사가 돌무라는 것은 꿈에도 생각지 못했을 허달만이었다. 허달만은 번쩍거리는 세단의 뒤꽁무니까지 지켜보면서 눈을 껌뻑댔다.

"시펄! 저놈은 대체 뭐 하는 놈이야! 나이도 얼마 안 되어 보이는 젊은 놈이 얼마나 높은 자리에 앉았기에 경찰관을 제멋대로 불러들이고. 경찰관에게 깍듯이 인사도 받고. 시펄! 저런 놈의 집구석에는 금덩어리가 저그 집 돌담만큼이나 많겠지. 시펄. 세상은 이렇게 평등하지가 않다니까."

숯장이 허달만은 혼자 중얼거리면서 돌아섰다. 그 늙은이의 집 여닫이문을 박차고 들어가기는 이미 글렀다. 무슨 영문인지는 모르겠지만, 그 젊은 놈의 지시인 듯 경찰관이 늙은이의 집을 에워싸고 있으니 늙은이의 집을 들어간다는 건 몸에 휘발유를 뿌리고 불구덩이로 들어가는 셈이다. 허달만은 돌담 벽에 붙어서 슬금슬금 걸음을 옮겼다. 한걸음 한걸음 옮길 때마다 그 더러운 입에서는 연신 욕설이 터져 나왔다.

"시펄! 시펄!"

누구를 향한 욕인지도 모른다. 어쩌면 자기 자신에게 퍼부은 욕이었는지도 모를 일이었다. 그는 힘없이 걸어서 자갈치시장까지 왔다. 야단법석인 사람들. 살아있는 듯한 장사꾼들의 소리. 밀고 당기는 짐수레.

빨간 고무대야에서 펄쩍펄쩍 뛰는 생선.

시장을 메우듯이 붐비고 있는 사람들은 물건을 사러 나오는 손님인지 아니면 장사를 하러 나온 사람인지 분간하기 어려울 정도였다. 그렇게 시장바닥은 사람들로 붐비고 있었다.

숯장이 허달만은 그 속으로 들어갔다가 무슨 벌레 취급당하듯 당하면서 번영회 직원들에게 끌려 나왔다. 숯장이 허달만은 그가 먹은 나이만큼 냄새도 강하고 추했다. 지나가는 사람들이 코를 막았고 상인들은 얼굴을 찡그렸다.

"어디서 나는 냄새야?"

상인 하나가 코를 막고 얼굴을 찡그리면서 묻자 곁에 있던 상인이 사람들 속에서 어슬렁거리는 허달만을 가리켰다. 허달만은 허리를 구부정하게 굽히고 얼굴을 땅바닥에 처박듯이 하고 걷고 있었다. 그런 허달만에게 손가락질을 하자 상인은 눈을 찔끔거리며 나무라듯 말했다.

"저런 사람이 시장바닥을 설치고 다니게 하면 어떡하노? 어서 번영회에 알려야지! 자갈치시장 이미지 다 깨어버리겠네…."

"그럴까? 맞다! 번영회에 알려야지!"

상인들의 신고에 번영회 회원들이 나왔다. 번영회 회원들도 짐승살 썩는 듯한 냄새 때문에 금방 허달만을 잡아내었다.

"와 이러십니까?"

누런 이를 드러내며 반항하는 허달만의 모습에서 사람들은 빨리 떨어지고 싶어 했고, 번영회 직원들도 역겨움을 참지 못하고 얼굴을 찡그렸다.

"빨리! 빨리!"

번영회 직원들은 숯장이 허달만을 번쩍 들었다. 무슨 더러운 벌레라도 들어내는 듯했다.

"시장에 얼씬거리기만 해봐라. 경찰에 신고를 해 버릴 테다!"

번영회 직원이 쏟아내듯이 강력하게 말했다. 허달만은 눈을 실룩거렸다.

"대한민국은 국민 누구나 자유롭게 다닐 수 있는 권리가 있지 않습니까!"

눈을 실룩거리며 대드는 허달만에게 번영회 직원 한 사람이 말했다.

"이 새끼야! 너는 국민이 아니라 벌레 같은 놈이야! 그러니까 권리 운운할 자격도 없으니 아가리 닥치고 있어!"

번영회 직원은 얼굴을 찡그리며 허달만을 들었다가 시장 밖으로 내동댕이치듯 던져버렸다. 시장바닥에도 발을 붙일 수 없게 된 허달만은 사람들의 왕래가 전연 없는 한적한 곳에서 몸을 움츠리고 앉아 있었다.

산이 그리워졌다. 아침저녁이면 선물처럼 불어오는 산바람이며, 발바닥을 간지럽히듯 폭신폭신 느껴졌든 흙과 무성한 풀. 짐승 살 썩는 듯한 냄새를 풍기며 오르락거려도 언제나 그를 맞이해주었던 그 신선한 산이 그리워졌다. 몇 푼 되지 않지만 숯을 구워 팔기도 했고, 끼니 걱정은 하지 않았던 그 시절이 그리워지기도 했다.

한겨울이 되어도 양식 걱정 없이 살았던 때가 있었다. 옻진 아저씨 문항. 그놈이 곁에 붙어 있으면서 양식이니 식료품이니 그런 것들을 충분히 충당해 주었던 그런 그때도 있었다. 그런데 그놈이 왜 그렇게 친절했던 걸까? 산에서 내려가지도 않고 그 움막에 붙어살면서 갖가지 필요한 것들을 왜 아쉬움 없이 충당해주고 그랬을까?

그러고 보니 옻진 아저씨 문항, 그놈이 좀 수상하긴 했다. 생각해 보니 돌무 놈이 도망치고 나서부터였다. 혹 옻진 아저씨 문항 그놈이 돌무를 빼돌린 건 아니었을까? 그랬을지도 모른다. 그놈이 유달리 돌무 놈에게 관심을 보이기도 했으니까. 돌무를 감싸고돌기도 했고, 돌무를 구박하는 낌새를 보이면 금방 언짢아했고, 돌무에게 매질을 했을 때는 제 놈이 마치 돌무 놈의 애비나 되는 것처럼 화를 벌컥벌컥 내기도 했다.

옻진 아저씨 문항. 그놈의 얼굴이 서서히 떠올랐다. 바늘로 찔러도 피 한 방울 안 흘릴 것 같은 그놈이 십여 년이나 어떻게 제 곁에 붙어 있으면서 아까운 줄 모르고 돈을 써댔을까?

'씨펄! 그놈 짓이구먼. 내 인생을 이렇게 절구통 엎어놓은 듯 엎어버린 놈이…'

십여 년 동안 봉양 받았던 것은 까맣게 잊어버리고 오히려 원망하듯 문항을 떠올린 허달만은 연신 "시펄! 시펄!" 중얼거렸다.

그리고 돌무 놈의 얼굴도 떠올랐다. 핏덩어리 어린놈을 키웠던 건 분명 허달만 자신이었다. 뼈가 굵어지고 키도 컸던 돌무 그놈을 부려먹기 딱 좋게 세뇌를 시켜 놓은 것도 허달만 자신이었다. 그런데 가만히 생각해보니 옻진 아저씨 문항이 놈이 돌무를 빼돌린 게 틀림없어 보였다.

'시펄! 옻진 아저씨 문항이 놈의 짓이 틀림없어! 그놈이 돌무를 도망치게 했던 게야! 이것들이 쌍으로 날 골탕을 먹였구먼.'

숯장이 허달만은 거품을 물며 중얼거렸다. 움막 값을 움켜쥐고 산에서 내려갈 때는 도망쳐 버린 돌무가 홀가분하게 느껴졌던 허달만이었다. 움막 값을 받아 챙겨서 혼자 산에서 내려갈 때 도망친 돌무가 홀가분하게 느껴졌다는 것은 까맣게 잊어버리고, 늙고 오갈 데 없이 되어버린 지금에야 돌무를 떠올리며 아쉬워하는 허달만의 눈에는 열 살배기 돌무 모습이 삼삼하게 떠오를 뿐이었다.

'그렇지! 그렇지! 나한테는 돌무 놈이 있지! 그놈을 찾아야지! 돌무 그놈을 찾아야지! 흐흐흐. 내가 왜 여태껏 돌무 놈을 생각지 못했을까? 암… 돌무 그놈을 찾아야지…. 옻진 아저씨 문항을 찾아내면 돌무 놈도 찾을 수 있을 것을. 내가 왜 그 생각을 못했을까?'

허달만은 누런 이빨을 드러내며 짐승처럼 웃었다. 그리곤 자리를 떴다. 움츠리고 앉았던 자리에서 몸을 일으키며 허달만은 중얼거렸다.

'옻진 아저씨 문항. 그놈의 고향이 통영이랬지!'

시뻘겋게 충혈된 눈빛이 번쩍거렸다. 입가에 거물거물 드리워지는 웃음기가 징그럽다. 짐승 살 썩는 듯한 냄새를 풍기며 통영으로 발걸음을 옮기는 허달만의 걸음걸이는 한층 가벼워 보였다.

통영으로 향하는 여객선. 갑성호 난간에서 음울한 생각을 골똘히 하고 있는 숯장이 허달만. 그는 자신을 포위하고 소리 없이 접근하고 있는 형사들이 있으리라곤 꿈에도 알지 못했다.

통영 새터시장은 새벽부터 오전 열두 시까지가 붐비는 시간이었다. 도천동, 어문고래, 큰개에서 몰려오는 장사꾼들로 새터시장은 발 딛을 틈이 없었다. 밤새 잡아 올린 생선을 대야에 담아 오는 생선 장사며, 호박, 풋고추, 가지, 고구마순을 다발다발 묶어서 이고 오는 자루부대 장사며, 갖가지 생선들을 말려서 보기 좋게 엮어 들고 오는 남정네 등 파는 사람들로 붐비거나 싱싱한 생선을 사기 위해 몰려오는 사람들로 발 디딜 틈이 없는 게 새터시장 바닥이다. 새터시장은 사람도 많지만 시장바닥에 깔린 물건도 많은 곳이었다.

숯장이 허달만이가 선착장에 도착한 시간은 새터시장이 파한 오후 2시에서 3시 사이였다. 문항을 찾겠다고 무턱대고 통영을 온 허달만은 반나절 동안 여객선이 닿는 대합실 근처에서 서성거렸다. 배도 고프고 심신이 고달픈 상태였다. 눈을 희번덕거리며 걸음을 옮겼다. 중앙시장 포목점을 지나고 건어물 상가를 두리번거리며 걸었다. 옆으로 스쳐 가는 아낙네들이 코를 막아대며 질겁하듯 피해 가곤 했다.

'시펄.'

코를 막으며 도망치듯 피해 가는 아낙네들을 향해 눈을 흘겨댔다. 선착장을 빠져나와 상가가 즐비한 신작로까지 걸었다. 유리창 너머로 진열된 빵이며 과자봉지. 눈에 드는 것이 전부 먹거리였는데 그것을 사 먹을 돈은 한 푼도 없었다. 뱃속은 언제나 허기로 꿈틀대지만 수중엔 돈 한 푼 없다. 길거리에 버려진 빵 조각이 있을 리 없고, 누구 한 사람 그를 청해서 밥 한술 줄 사람도 없다. 낯선 도시에서 두리번거리며 걷는 숯장이 허달만. 그때 그의 눈에 비친 것은 신기한 광경이 있었다.

사람들 앞에 서면서 무언가를 동냥하고 있는 여자를 본 것이다. 발목까지 덮는 모직코트를 걸치고 사람들 앞에 서서 손을 벌리고 있는 게, 동냥하는 것이 틀림없었다.

'허… 저년 봐라?'

숯장이 허달만의 눈이 번들거렸다. 시뻘겋게 충혈된 눈에서 초점이 세워지고 있었다.

'동냥질을 하는구먼.'

숯장이 허달만에게 표적이 된 것이다.

'흐흐흐. 하늘이 날 돕는구먼.'

약자가 약자를 공격할 수 있는 절호의 기회였다. 적절한 표적이 나타난 것이다. 숯장이 허달만의 얼굴이 실룩거렸다. 살점 많은 볼과 늘어진 턱이 꿈틀꿈틀, 실룩실룩 흔들렸다.

'저년만 움켜쥐고 있으면 끼니 걱정은 안 해도 되겠구먼.'

숯장이 허달만에겐 동냥질하는 여자보다 더 적절하다고 여길 표적은 없었다. 장바닥에서 동냥질이나 하는 년에게 가족이 있을 리 만무하고, 동냥질하는 년을 보호해 줄 놈도 있을 리 만무할 것이라 여겼다.

숯장이 허달만은 동냥질을 하고 있는 년을 눈에서 놓칠세라 눈을 부릅뜨고 지켜보면서 살금살금 다가가기 시작했다.

5.
갈대의 분노

경채는 맡았다. 짐승 살 썩는 듯한 그 역한 냄새를. 갈퀴 같은 손
아귀에 목덜미를 잡히면서 맡았던 그 역한 냄새가 가까이서 풍기고
있는 것을 느꼈다. 등골이 오싹해졌다. 하지만 무섭다는 생각은 잠
깐이었다. 십 년 넘게 노리고 있던 한 마리의 짐승이 모습을 드러내
었다는 사실에 온몸에서 전율이 일었다. 등골은 오싹해지고 손과
발 마디마디가 오그라지는 듯했다. 끔찍하고 징그러운 생각에 숨이
턱 막혔다.

그놈이 나타난 것이다. 복수의 칼날을 갈아가며 기다렸던 그놈이
나타난 것이다. 생쥐 한 마리를 산 채로 잡아야 할 때처럼 조심스럽
게 주시해야 했고, 긴장하면서 몰아가야 했다. 떨면 안 된다. 무서워
해서도 안 된다. 조급해해서도 안 된다. 조심스럽게, 조심스럽게 올
가미 안으로 밀어 넣듯 해야 했다.

경채는 능청스럽게 손바닥을 벌리며 사람들 앞에서 구걸을 했다.
침착하게. 자연스럽게. 언제나처럼 동냥질에 익숙한 사람인 양 구걸
을 해야 했다. 경채는 누군가 손바닥에 동전을 던져 주면 큰소리로
깔깔대며 웃었다. 멀쩡한 년이 동냥질을 할 리는 없다. 젊고 사지가
멀쩡한 년이 동냥질을 하다니. 남이 보기에는 어색하다.

언제나 그래왔듯이 동전이 손바닥에 올라오면 헤죽헤죽 웃었다. 오늘은 큰소리로 웃었다. 깔깔대며 웃었다. 미친년으로 보여야 했으니까. 아니, 경채는 이미 자신이 미쳐있다고 생각했다. 미치지 않고 어떻게 밥을 떠먹을 수 있었을 것이며, 미치지 않고서는 어떻게 편히 잘 수가 있었더란 말인가? 더구나 지금은 그놈이 자신을 주시하고 있다. 십여 년 동안 복수의 칼날을 갈며 기다렸던 그놈이 자신을 표적으로 여기며 서서히 다가오고 있는데 미쳤다고 생각지 않고서 어떻게 이 순간을 견딜 수 있느냐 말이다.

경채는 미친 듯이 몸을 빙빙 돌려대며 걸었다. 그리곤 벙긋벙긋 웃기도 하고 깔깔거리며 웃기도 했다. 그리고 경채는 새터시장 모서리에 즐비하게 늘어선 죽집 골목에 들어섰다. 그녀를 표적으로 삼은 듯 사방을 두리번거리며 다가오는 숯장이 허달만을 유인하기 위한 방법이었다. 허기가 진 사람에게 먹을 것보다 더 좋은 약이 없다. 벌써 행색이 거지꼴이 되어 있는 저놈에게 시급한 건 먹는 일일 것이다.

새터시장 죽 골목은 좁고 짧다. 몇 집 안 되지만 나름대로 전통을 이어가고 있는 죽집들이 서 있었다. 식혜며 팥죽이며 녹두죽 맛이 일품이다. 팥을 넣어 끓인 팥칼국수는 배고픈 사람에겐 더할 나위 없는 요깃거리다. 팥칼국수를 시킨다면 시간을 벌 수도 있었다. 죽 골목에 들어서서 죽집을 피하는 사람은 없다. 배가 고프든 고프지 않든 죽 한 그릇은 먹고 싶을 만큼 죽 골목에는 고소한 냄새가 퍼지고 있었다. 거지 행색으로 떠돌고 있는 그놈이 배불러 있을 리는 없을 테니, 주린 배를 채우기 위해 죽집을 그냥 지나치지는 않을 것이다.

경채는 죽 골목에 들어섰고, 그놈이 바짝 뒤따라오고 있는 것을 보았다. 경채는 깔깔거리며 먼저 죽집 문으로 들어섰다. 통영에서 경채를 모르는 사람은 없었다. 나전칠기장 최근수의 아들인 문항의 딸로도 알려져 있고, 새터시장에서 십여 년을 동냥질하는 여자로도 알려져 있다. 비록 경채가 동냥질을 하고 있지만, 경채를 함부로 대하는 사람은 아무도 없었다.

죽집 문을 열고 들어서는 경채를 죽집 아주머니는 반갑게 맞이했다.

"어이구. 동희 애미가 배가 고팠던 게군. 어서 들어와! 죽 한 그릇 먹고 가!"

"예! 팥 칼국수 한 그릇 주세요."

"응! 그럴까?"

죽집 아주머니가 주방으로 들어가는 것을 보고 경채는 한쪽 벽에 우두커니 서 있었다. 죽집 문이 열리면서 그놈이 들어오기를 기다리는 것이다. 아니나 다를까? 그놈이 죽집으로 들어섰다. 벽에 붙어 있는 경채를 곁눈질하듯 힐끔 보고는 히죽 웃었다. 숯장이 허달만은 계획대로 되어가는 듯 싶었는지 웃었고 경채는 고개를 푹 숙인 채 죽집을 빠져나왔다. 숯장이 허달만은 이미 모든 것을 간파한 듯 여유가 있어 보였다. 동냥질하는 여자가 죽집으로 들어갔고, 그년이 죽을 주문하는 것까지 지켜보았다. 허달만에게 있어서 자기 수중에 돈이 있고 없고는 중요하지 않았다. 이미 그의 표적이 되어버린 저 거지 년에게서 죽 한 그릇을 얻어먹을 심사였다. 그년이 죽을 시키는 걸 본 그도 죽을 시켰다.

"주인아줌마. 나도 팥칼국수인가 뭔가. 그것 한 그릇 주시오!"

"아이구. 죽이고 밥이고 다 귀찮으니 우리 가게에서 좀 나가주시오. 아이구, 냄새야! 코를 벌렁거리지 못하겠네. 어서 나가요!"

죽집 여자는 코를 막으며 앙탈을 부렸다. 숯장이 허달만의 눈이 번들거렸다. 눈동자가 허옇게 뒤집히는 듯하면서 주인을 노려본다. 그리곤 거품을 물며 떠들어댔다.

"죽집에서 죽 먹으러 온 손님을 내쫓다니? 이런 법이 어디 있소?"

"죽이고 손님이고 다 귀찮으니 나가주시오. 아이구, 냄새야! 그 냄새 때문에 사람이 질식할 것 같으니 어서 나가시오!"

죽집 여자의 앙칼진 소리에 허달만은 눈살을 찌푸렸다. 턱이 털거덕거리듯 떨어댔다.

"아니. 손님을 쫓아내다니? 이런. 씨펄!"

숯장이 허달만의 입에서 험한 욕이 터져 나왔다. 죽집 여자는 얼굴을 찡그리며 두 팔을 앞으로 벌려 허달만을 밀어냈다. 여자의 힘에 밀릴 허달만이가 아니었다. 오히려 두 다리에 힘을 불끈 주면서 죽집 여자에게로 한발자국 다가갔다.

"이런. 씨팔. 죽집에서 죽만 팔면 되었지. 냄새가 나니, 더럽니 떠들어대고 있어? 이년아. 더 험한 꼴 안 보려면 냉큼 죽이나 한 그릇 내와!"

"이 더러운 놈아. 너 같은 놈에게 팔 죽은 없어! 내가 죽 끓여서 시장바닥에 쏟아붓는 한이 있어도 네놈한테는 죽 안 판다!"

죽집 여자는 앙칼지게 소리쳤고 숯장이 허달만은 죽집 여자의 멱살을 움켜쥐었다. 죽집 바닥에 내동댕이칠 기세였다.

"아이구. 사람 살려!"

죽집 여자는 허달만에게 멱살을 잡힌 채 소리쳤고, 허달만은 식식거리며 죽집 여자를 바짝 들어 올렸다. 마치 죽인 쥐새끼를 들어 올리며 의기양양해하는 꼴이었다. 허달만은 피식피식 웃어가며 중얼거렸다.

"네년이 오늘 제삿날로 정한 모양인데, 어디 죽어 봐라. 땅바닥에

코를 박고 뒤지게 해주마. 그러면 냄새 같은 건 안 맡을 수 있지. 자,
이년아. 오늘 내 손에서 한번 죽어 봐!"

죽집 여자의 멱살을 잡고 흔드는 숯장이 허달만의 표정은 악의로
일그러지고 있었다. 마치 덜 마른 콘크리트 바닥에 처박힌 얼굴 꼴
이었다.

그때였다. 죽집 문이 열렸다. 이미 죽집 앞에는 사람들이 몰려 있
었다. 모두 코를 막고 서 있었다. 그런 사람들을 뚫고 조심스럽게 죽
집에 들어서는 문항. 옻진 아저씨 문항이다. 나전칠기장 최근수의 외
아들 문항이다. 문항은 숯장이 허달만이 앞으로 천천히 다가갔다.

"허달만!"

나직했으나 노기가 퍼져 있는 엄한 목소리였다. 낯선 곳에서 제
이름이 불리자 허달만은 흠칫 놀라며 죽집 여자의 멱살을 쥐고 있
던 손에 힘을 뺐다. 아니, 스르르 힘이 빠지는 것을 느꼈다. 그리고
앞으로 다가온 사내를 눈여겨보았다. 본 듯한 얼굴인데 얼른 생각이
안 나는 모양이다.

"뉘시오?"

"나를 몰라?"

문항은 허달만 앞으로 바짝 다가서며 말했다. 허달만은 눈을 비비
고 얼굴을 갸우뚱거리다가 한참 만에 더듬거리듯 말했다.

"서, 설마."

"설마가 아니라 내가 문항이오. 옻진 아저씨 문항!"

"아하! 문항. 옻진 아저씨 문항이가 맞네."

"나를 찾으려고 이곳 통영까지 왔나?"

"그렇지! 옻진 아저씨 문항. 네놈을 찾고 말았군."

"왜? 십여 년 동안 옆에서 양식을 대주었던 공을 늦게나마 치하해

주려고 찾아다녔나?"

문항의 침착한 어조에 숯장이 허달만은 부아가 나서 못 견디겠다는 듯 발을 동동거리며 식식거렸다.

"어림없는 소리 말어! 이 여우 같은 놈! 옻진 아저씨 문항! 네놈이 나한테서 돌무를 빼돌린 게 틀림없는데. 내가 네놈한테 두 번씩이나 속지 않지. 이놈! 어서 내놓아! 돌무를 내놓으란 말이야!"

"돌무를 내어놓으라?"

"그래! 이 여우 같은 놈아! 돌무를 내놓아! 네놈이 나한테서 돌무를 빼돌리는 바람에 내 인생이 엉망이 되었단 말이다! 어서 내놓아! 나한테서 빼돌린 돌무를 어서 내놓으란 말이야!"

허달만은 거품을 물면 문항에게 대들었다. 문항은 침착하고 치밀한 사람이다. 숯장이 허달만이 같은 놈은 몇 명이 있어도 문항을 이겨내지 못할 것이다.

문항은 허달만에게 소리쳤다.

"돌무를 그렇게 소중히 여기고 키워 주었다면 돌무가 자네에게서 도망을 쳤겠나? 그리고 정녕 소중히 키웠다면 자네 인생이 이렇게 엉망으로 추락했겠나?"

"잔소리 늘어놓지 말고 어서 돌무를 내놓으란 말이야!"

문항에게 돌무를 내놓으라고 억지를 부리고 있는 숯장이 허달만. 그는 이미 눈동자가 뒤집힌 듯 흔들거렸고, 턱은 분을 이기지 못해 덜덜거렸다. 숯장이 허달만에게 남아 있던 좁쌀만 한 자존심까지 무너진 순간이었던 것이다. 숯을 구워 도시로 나갔지만, 허달만에게서 풍기는 냄새 때문에 사람들이 도망치듯 달아났을 때도 인간적인 자존심 같은 건 없었다.

"씨펄!"

욕 몇 마디 뱉어내면 그뿐이었다. 움막 값을 사창가에 털어 넣고 빈털털이로 돌아설 때도 "씨펄!" 하고 욕 몇 마디 뱉어내고 끝냈던 허달만이었다. 쓰레기를 뒤지면서 썩은 음식이라도 주워 배를 채우는 순간에도 자존심 따위는 없었다. 사람을 죽이고 욕정을 채우고 짐승처럼 히히거려도 사람으로서 못할 짓을 했다는 뉘우침도 없었고 자존심 따위는 더욱 없었다. 그러나 옻진 아저씨 문항 앞에서만큼은 자신이 얼마나 작고 얼마나 보잘것없는 인간인가 싶어 자존심이 상했다. 남자로서의 자존심이 땅바닥에 패대기를 당하는 듯한 느낌이었다.

"씨펄. 저. 빌어먹을 놈! 저놈의 친절 때문에, 저놈의 가식적인 친절 때문에 내 몸뚱이가 게으름으로 썩어가고 있었던 게야. 씨펄. 저 빌어먹을 놈의 친절 때문에!"

숯장이 허달만은 모든 것이 원망이었다. 십여 년 동안 호의호식했던 것도 문항이가 돌무를 자신에게서 빼내려 했던 계획이었을 뿐이라고 느끼자 문항에 대한 증오와 분노가 치솟았다. 짐승 살 썩는 냄새를 풍기며 문항에게 다가가는 숯장이 허달만에게 비명을 지르며 달려가는 여자가 있었으니, 바로 경채였다.

발목까지 덮는 긴 모직 코트를 입고 긴 머리카락을 휘날리며 숯장이 허달만에게 다가가는 경채는 손에 자루가 긴 도끼를 쥐고 있었다. 허달만을 죽집으로 유인해 놓고 밖으로 나온 경채는 철물점으로 달려갔고, 자루가 긴 도끼를 사 들고 허달만을 향해 돌진하듯 뛰어가고 있었다. 그녀의 입에서는 돌처럼 굳어진 분노와 증오가 입 밖으로 터져 나왔는데, 마치 비명을 연상케 했다.

"네놈 같은 놈에게 천벌이 내리지 않는다면 내가 네놈의 사지를 찢어 놓는 천벌을 내릴 테다! 혀가 있어도 말 한마디 못하게 굳어 버리게 할 거고, 두 눈을 뜨고 있어도 먼지 하나 보이지 않는 장님을 만들어줄 테다! 살덩어리가 찢어져 나풀거리는 고통도 맛보게 해 줄 테다! 이 더러운 놈!"

경채의 눈에서 불꽃이 일었다. 벌겋게 타오르는 분노의 불꽃이었다. 증오가 피멍처럼 뭉쳐서 쏟아지는 증오의 불꽃이기도 했다.

저놈의 사지를 찢어내도 시원치 않을 것 같았다. 저놈의 몸뚱어리를 박제로 만들어도 시원치 않을 것 같았다. 그것만으로는 복수를 했다고 할 수 없었다. 세상의 모든 여자가 일어나서 저놈의 몸뚱어리가 꿈틀거리지 못하게 짓밟고 또 짓밟아 온 거리에 저놈의 피가 흘러내려 하수구로 펑펑 쏟아지는 것을 보더라도 분이 풀리지 않을 것 같았다.

자루가 긴 도끼를 들고 비명을 지르듯 소리치며 허달만에게 다가가고 있는 경채. 그때 경채를 본 것은 동희였다. 사람들 틈을 헤치며 도끼를 끌면서 걸어가고 있는 어머니를 말리려고 동희는 어머니 경채에게 달려가고 있었다.

구두통을 메고 뛰어오는 열 살 정도의 사내아이. 허달만의 눈에는 그 아이가 자신에게서 도망친 돌무로 보였다. 순간 허달만의 눈이 뒤집혔다. 자신을 죽이려고 다가오는 경채에게서 도끼를 낚아채듯 빼앗아 들고는 구두통을 메고 있는 동희를 향해 미친 짐승처럼 달려갔다.

"이놈! 돌무 네 이놈! 네놈이 이 애비를 배신하고 살아남을 성싶어? 이 죽일 놈의 새끼! 이놈, 내 손에 죽어 봐라! 애비의 도끼 맛을 보란 말이다!"

말이 떨어지기가 무섭게 도끼를 내리친 허달만. 그리고 자지러지는 비명을 내지른 동희. 도끼가 쑤셔 박힌 동희의 등에서 분수처럼 피가 솟구쳤다.

이 일은 찰나의 순간에 일어났다. 누가 말리거나 막아줄 틈도 없었다. 허달만은 미친 듯이 눈을 까뒤집고는 도끼를 휘둘렀다.

"흐흐흐! 쥐새끼 같은 놈! 십여 년 동안 키워준 애비의 은혜도 모르고 도망질을 해? 내가 너 같은 놈을 살려둘 거 같으냐! 돌무, 니놈이 내 눈에 띄기만 하면 도끼로 박살을 내 죽이려 했는데 잘 되었군! 잘 되었어! 흐흐흐! 어린 송장을 어디에 쓰려고. 흐흐흐!"

허달만은 도끼를 휘두르며, 미친 듯이 껑충껑충 뛰고 소리를 지르고 있었다. 눈앞에서 제 핏줄을 받은 아들놈이 시뻘겋게 피를 흘리며 죽어 가는데 그 앞에서 덩실덩실 춤을 추는 숯장이 허달만이다. 최문항은 그런 허달만을 가로 막아섰다.

"허달만!"

최문항은 목청을 키워 큰 소리로 허달만을 불렀다. 허달만은 눈을 게슴츠레 뜨고는 최문항을 노려보았다. 아니, 비웃듯이 바라보았다.

"왜? 내가 돌무 놈을 죽여서 못마땅하냐?"

도끼를 휘두르며 낄낄거리는 허달만 앞으로 다가선 최문항은 허달만의 손에서 도끼를 우악스럽게 빼앗아 들었다. 도끼를 빼앗긴 허달만은 뒷걸음질을 치면서 비실거렸다. 사람은 무슨 일이든 강렬하게 힘을 쓰고 나면 맥이 풀리는 법이다. 눈앞에서 분수처럼 피를 쏟게 만들 정도로 사람을 잔인하게 죽인 허달만이지만 마음이 평온할 리는 없었다. 허달만은 최문항에게서 도끼를 빼앗긴 순간 갑자기 맥이 풀린 듯 주저앉았다. 최문항은 도끼를 길바닥에 내동댕이치면서 허달만에게 바짝 다가갔다.

"허달만! 자네는 하늘이 준 기회를 몇 번이나 놓친 사람이야! 하늘도 자네를 사람답게 살게 하려고 기회를 두 번, 세 번이나 주었지.

그 하나는 돌무를 맡을 수 있었던 것이었으며, 그 두 번째는 내가 자네에게 움막 값으로 준 뭉칫돈이었어! 그 돈만 자네가 잘 굴리고 살았으면 그래도 사람들과 섞여 살 수 있는 기회를 만들 수 있었을 거야. 그리고 세 번째 기회는 지금 자네가 도끼로 내리쳐 죽인 저 아이일세! 저 아이는 비정상적으로 태어났지만 자네의 아이였네! 진짜 자네 핏줄이었네. 저 아이를 키우면서 애비가 된다는 게 어떤 것인지 알게 하려 했던 것이 하늘의 뜻이었을 텐데…. 자네는 그 기회마저 자신의 손으로 무너뜨렸어!"

"돌무가 죽어 가는 걸 보드니 네놈이 미쳤군!"

"자네가 도끼로 내리쳐 죽인 저 아이는 돌무가 아니라 자네 핏줄이었네."

최문항은 짧지만 강한 어조로 또렷하게 말했다. 인간으로 태어나 제 자식을 자기 손으로 죽이고 말았다는 양심의 가책과 고통을 느끼도록 하기 위해서였다. 허달만이가 사람의 핏줄을 타고 태어난 인간이라면, 허달만에게 이보다 더 가혹한 현실은 없을 것이다. 자기 손으로 자신의 아들을 죽이다니. 죽을 때까지 죄책감에 시달려야 할 운명이 아니겠는가.

천벌이었다. 천벌을 받은 것이다. 앉은 채 비실비실 뒷걸음을 치던 숯장이 허달만. 그는 이미 정신줄을 놓아 버린 사람처럼 히죽히죽 웃었다.

"돌무가 죽는 걸 보드니, 최문항 니 놈도 미쳐가는군. 헛소리를 하는 걸 보니!"

"자네가 죽인 아이는 돌무가 아니라 자네의 핏줄이었어. 자네는 모르고 있었지만 자기 자식을 본인 손으로 죽였으니 평생 형벌을 짊어지고 살아야 할 걸세! 나는 아들을 내 손을 죽인 놈이라고, 감옥에 가서도 그렇게 떠들며 살란 말일세."

그때였다. 경채는 문항이가 던져 놓은 도끼를 다시 들어 올렸다. 제 핏줄을 죽인 도끼로 저놈의 목숨을 거두면 이보다 더 통쾌한 복수는 없을 것 같았다. 그 복수를 마무리하기 위해 경채는 도끼를 들었다. 그리고 앉은 채 뒤로 물러나고 있는 허달만을 향해 도끼로 내리치려는 순간이었다.

경채의 앞을 가로막는 사람이 있었다. 그 사람은 경채를 끌어안으며 말했다.

"경채야! 저 인간의 탈을 쓴 짐승을 죽여서 살인자가 될 작정이냐!"

부의의 목소리는 분노로 떨리고 있었다. 그는 저 짐승만도 못한 놈을 눈앞에 두고도 죽이지 못하고 참아야 하는 것에 분노를 느꼈다.

경채의 심정은 어떠할까. 저 더러운 놈에게 복수하기 위해 10년 동안 이를 갈며 살아온 경채의 심정은 어떠할까. 저놈의 아이를 배 속에서 키워야 했던 그 수치스런 순간을 견디느라 얼마나 참았겠는가. 오로지 복수를 위해, 죄를 증명하기 위해서긴 하지만, 그것은 지옥에서 받는 것보다 더 큰 고문이자 형벌이 아니었을까. 수치와 치욕을 온몸으로 느끼며 복수하겠다는 일념 하나로 살아온 10년의 세월은 무엇으로도 보상할 것이 없을 것이다. 살점을 발라 죽여 버려도 시원찮을 터인데 그것을 말려야 하는 부의도 괴롭고 고통스러웠다. 또한 경채와 똑같은 분노가 치솟는 것을 억누를 수가 없었다.

"죽여 버릴 거야! 죽여 버릴 거야! 저 짐승 같은 놈을 도끼로 찍어 죽여 버릴 거야! 저놈만 죽일 수 있다면 평생 감옥에 갇히는 신세가 되더라도 마다하지 않을 거야! 저놈만 죽일 수 있다면…!"

경채는 울부짖었다. 부의의 가슴에 안긴 채 울부짖었다. 눈에서는 피 같은 눈물이 흘러내렸다. 소리치는 입김은 분노로 달구어진 채 뜨겁게 번져가고 있었다. 부의는 경채의 그 분노를 제 가슴에 끌어안았다. 그리고 경채를 사랑하는 마음과 열정과 그리움으로 덮었다. 경채의 마음속에서 분노가 사라질 때까지 그렇게 할 작정이었다. 부의는 울부짖는 경채의 등을 다독거리며 조심스럽게 말했다.

"경채야! 이제 너는 아무것도 하지 않아도 돼! 이미 세상이 저놈의 죄를 알았으니 경체 네가 나서지 않아도, 직접 하지 않아도 저놈은 도끼에 살점이 찢기는 고통을 느끼게 될 거야! 제발 죽여 달라고 애걸할 정도로 육체적 고통과 수치와 모멸과 치욕을 매 순간 느끼며 숨을 쉬게 될 거야! 경채야! 너는 저 더러운 놈에게 희생된 게 아니라 저 더러운 놈의 죄를 세상에 밝히기 위해 세상 누구도 하지 못한 것을 이루어낸 거야! 저놈을 잡기 위해 갖은 수모를 감내하지 않았다면, 저놈의 죄는 영원히 덮였을지도 모르는 일이었어!"

부의의 한마디 한마디는 법관다운 논리였다. 어쩌면 경채의 가슴에서 영원히 사그라들지 않을 분노마저도 녹여내는 위로였을지 모른다.

진 씨 영감의 집 앞에서부터 허달만을 감시하고 미행해 왔던 부의와 사복형사들은 숯장이 허달만을 에워쌌다.

"와 이러는 거요? 내가 무슨 죄가 있다고…."

몸을 앞뒤로 흔들며 펄쩍펄쩍 뛰고 있는 허달만에게 형사들은 수갑을 채웠다.

6.
남아 있는 사람들

민제는 먼 곳에서 그 광경을 지켜보고 있었다.

그녀는 더 이상 바랄 게 없었다. 아들이 저만큼 잘 성장하고 훌륭한 모습으로 살아가게 된 것만으로도 충분히 만족했고 행복했다.

숯장이 허달만에게서 부의를 달아나게 해주고, 허달만이 부의를 찾으러 가지 못하도록 허달만과 동고동락하며 십여 년을 살았다는 최문항에게 깊은 고마움을 느꼈다.

어쩌면 그것으로 최문항은 아비의 죄를 조금씩 덜어내고 있었던 것이 아닐까. 세상의 이치는 신비롭지만, 제아무리 지혜로운 사람일지라도 그것을 깨닫는 사람은 많지 않은 게 또한 세상이었다.

민제는 온몸을 비틀거리며 앞으로 걸어갔다. 문항이는 아들을 대한민국의 대통령으로 키우고 싶다는 야망으로 가득했던 나전칠기장 최근수의 아들이었다. 그런 아들을 사랑했다는 이유로 민제는 온몸이 더럽혀지고 찢기고 밟히고 비뚤어져 짐승보다 더 흉측스러운 모습이 되었지만, 그럼에도 최근수를 용서할 수 있었던 것은 그녀가 사랑하는 사람의 아버지였기 때문이었다.

민제에겐 최문항을 사랑했던 마음이 그만큼 컸고, 그만큼 깊었고, 그만큼 넓었던 것이다. 누구를 위해서 줄 것도 없었고 빼앗길 것도 없었지만, 문항이를 사랑한다는 것만큼은 큰 의미가 있었다. 그것만이 민제가 살아가는 이유였고, 힘이었으며, 희망이었고, 미래이기도 했던 것이다.

최근수는 그녀의 살아가는 이유와 힘과 희망과 미래를 송두리째 찢어놓았다. 육신까지 찢고 밟고 비틀어 놓았지만, 그래도 최근수를 용서하고 받아들였다. 그래서 애당초부터 앙심 따위는 없었고 보복 같은 것은 생각지도 않았다. 최문항을 사랑한 죄라면 세상 모든 것을 포기할 수 있을 것 같았던 민제였다. 그런 마음 때문에 한없이 너그러워질 수 있었던 것이다. 그랬기에 최근수도 용서할 수 있었다.

그런 민제에게 숯장이 허달만은 어땠을까. 최문항에게 맡겨달라고 부탁했던 아이를 가로채서 자신이 키우고 있었던 숯장이 허달만의 속셈은 눈에 보이듯 뻔했다. 아이의 품에 들어 있는 돈을 송두리째 가로채고 싶었을 것이며, 아이를 자신이 키웠다는 생색도 내려고 했을 것이다. 아이를 제대로 키웠다면 그런 것쯤이야 용서할 수 있었고, 아이를 키웠다는 생색도 얼마든지 받아넘길 수 있었다.

그러나 숯장이 허달만은 그러지 못했다. 애당초 그럴 인물이 되지 못했다.

최문항이가 아니었으면 그 누구도 숯장이 허달만에게서 아이를 달아나게 할 엄두를 내지 못했을 것이다. 숯장이 허달만이 더 이상 그 아이를 키워선 안 된다고 판단을 한 것은 최문항이었다. 그런 판단이 없었다면 어떻게 숯장이 허달만에게서 아이를 빼내려는 결심을 할 수 있었으며, 행동할 수 있었겠는가. 최문항이 아니고서야 그 누가 아이가 성장할 때까지 허달만 같은 사람과 함께 살 수 있었을까.

그러나 최문항은 그럴 수 있는 사람이었다. 정의로운 일에, 옳은 일에 시간과 돈을 아끼지 않을 사람이었다. 민제가 알고 있는 최문항은 그런 사람이었다. 민제가 최문항을 사랑했던 바탕에는, 그를 신뢰할 수 있다는 믿음과 소신이 있었던 것이다. 민제에게 최문항에 대한 믿음과 신뢰와 소신이 없었다면 어떻게 아이를 최문항에게 맡길 엄두를 낼 수 있었을까. 민제가 최문항을 사랑하는 마음속에는, 최문항을 사랑하는 마음에 대한 믿음이 있었던 것이다. 민제가 가진 문항에 대한 사랑은 그런 것이었다.

비록 최문항이 그녀를 알아보지 못하고 흉측스러운 여자의 모습을 보자마자 금방 얼굴을 돌려버지만, 그런 자신의 행동을 용서할 수 없어 사과하기 위해 주막집으로 내려갔던 최문항이다. 최문항에게 아이를 맡기고 싶은 간절함에 숯막으로 오르던 민제. 그때 그들이 서로가 누군지 알게 되었다면, 그들의 운명은 어찌 되었을까. 두 사람의 사랑이 다시 운명처럼 다가왔을까?

민제는 고개를 저었다. 문항이 민제의 모습을 알아보고 그녀를 놓지 않으려고 안간힘을 쓴다 해도 민제가 그를 받아들이지 못했을 것이다. 여자로서의 자존심이었다. 적어도 문항이 앞에서는 여자다운 여자이고 싶다는 자존심이었다.

목소리도 내지 않았다. 그래서 최문항의 물음에 대답도 하지 않았다. 최문항에게 주막집 말년이로 기억되면 그것으로 끝인 것이다. 불쌍한 여자. 흉측스럽게 생긴 여자. 그런 여자가 빚에 몰려 마지못해 아이를 맡겼다는 그 이유만으로 아이를 키워 준 것이 최문항이라는 사실을 아는 것만으로도 민제는 충분했다. 지금 그녀의 눈앞에 서 있는 최문항에게서도 사라지고 싶었고, 아들도 어머니라는 존재를 영원히 모른 채 살아갔으면 하는 마음에 당장이라도 사라지고 싶은 민제였다.

이 통영 바닥은 그녀가 사라진다고 해서 달리질 게 없었다. 사십여 년 전에 그녀가 이 통영 바다를 떠났을 때처럼 새터시장은 여전히 사람들로 붐빌 테고, 선창에서는 진한 갯내음이 뿜어져 나올 것이다. 세병관의 기상과 충렬사의 충절이 통영의 이미지로 전해질 것이며, 나전칠기의 전통도 누군가에 의해 이어질 것이다.

아버지 최근수는 나전칠기장으로서의 명예를 지키기 못하고 험하게 죽었지만, 최근수의 아들 최문항은 자신의 인격과 천성적인 정의로운 기질로 좋은 사람으로서 이 통영에서 살아갈 것이다. 옻칠 장사 최문항으로 살아간다 해도, 자신의 존재를 훌륭하게 가꾸면서 멋지게 살 것이다.

이제 그녀는 미련 없이 통영을 떠날 수 있었다. 나전칠기장에게 죽음을 당할 일도 없고 나전칠기장 최근수에게 쫓길 일도 없겠지만, 스스로 통영을 떠나고자 했다. 사십여 년 전에는 최문항을 사랑한다는 이유로 통영을 떠나게 되었지만, 지금은 최문항이가 늦게나마 통영 바다에서 편하게 살아갈 수 있도록 떠나는 것이었다. 민제 자신도 통영을 떠나 어딘가에서 땜장이 노 씨의 딸로 평범하게 살아갈 수 있다면 그것으로 족했다. 품에 안아 키우지도 못했던 아들은 최문항의 비호로 숯장이 허달만을 피해 잘 자랐고, 앞으로 법관으로 자리매김하면서 잘 살아갈 것이다. 이것으로 노민제에겐 한 가닥의 행복이 생긴 것이다.

숯장이 허달만을 포위하며 떠나고 있는 형사들 뒤쪽에서 한 여자를 부축하여 가고 있는 아들 부의를 바라보는 노민제의 눈빛이 밝게 빛났다. 마당에서 뜀박질하고, 돌치기를 하며 혼자 술래잡기 놀이를 하던 노민제의 옛 모습처럼 해맑은 표정이었다. 눈빛은 초롱초롱 빛나고 표정은 해맑았다. 노민제의 마음이 눈빛에서도, 표정에서도 느껴졌다.

'잘 컸구나! 우리 아들. 잘 커 주었구나! 내 아들!'

노민제의 눈에서 뜨거운 눈물이 흘러내렸다. 최근수에게 가혹하고 모진 짓을 당했을 때에도 흘리지 않았던 눈물이었다. 그리고 긴 세월 동안 숱한 고통과 수치와 모멸을 당하며 살았음에도 흘리지 않았던 눈물이었다. 눈물을 흘리며 울음이라도 터뜨린다면, 그대로 주저앉은 채 숨이 막혀 죽을 것 같아서였다. 죽어버리기에는 너무 억울했던 사랑이었다. 죽어버리기에는 너무도 안타까운 사랑이었다. 살아서 피워내지 못하겠지만, 가슴속에 묻어 놓고 그 향기라도 맡고 싶었던 최문항과의 사랑이었다. 죽어버리면 가슴 깊은 곳에 남아 있을 사랑의 향기마저 사그러들까 봐 살아서 간직하고 싶은 그런 사랑이었다. 최문항과의 사랑은….

노민제는 저만치 서 있는 최문항을 바라보며 마음속으로 외쳐 보았다.

'고맙소! 참말 고맙소!'

주막집 말년이라는 여자라 해도 상관없이 도와주었던 최문항의 그 마음 씀씀이가 고마웠던 것이다. 최문항이라면 충분히 그럴 수 있을 것이라고 노민제는 믿었다. 그녀는 떨리는 어조로 입속으로 되뇌었다.

'최문항 당신은 충분히 그럴 수 있는 사람이었소!'

민제가 최문항이가 서 있는 곳을 향해 정중하게 고개를 숙였다. 그리고 선창을 뒤로하며 돌아섰을 때였다.

"이봐! 말년이!"

형사들에게 포위되어 걷고 있던 숯장이 허달만이가 수갑 찬 팔을 번쩍 들어 올리며 소리쳤던 것이다. 누런 이빨을 드러내고 히힝 거리며 소리치는 허달만이었다. 그 소리에 전기 총이라도 맞은 듯 부들

부들 떨며 그 자리에 멈추어 버린 노민제. 허달만은 구세주라도 만난 듯이 큰소리로 히힝 거리며 소리쳤다.

"이봐! 말년이! 그래, 말년이 맞구먼. 주막집 색시 말년이. 니 년은 핏덩이 갓난아이를 나한테 맡기고 빚쟁이들에게 끌려 갔었지! 니 년이 나한테 맡겼던 핏덩이 사내아이를 내가 10년 동안 거두고 먹이고 키웠는데. 키워줬는데! 이년아! 그 은공을 생각해서라도 날 구해줘야지! 핏덩이를 10년 동안 키워줬으면 그 은혜를 갚아야지, 이년아! 댓가는 치러야지! 이년아!"

입에 거품을 물고 떠들어 대는 허달만의 목소리에 놀라 사람들이 웅성거렸다. 주막집 색시 말년이라고 떠들어 대는 소리에 놀란 것은 구경꾼들만이 아니었다. 최문항은 섰던 자리에서 한참 동안 움직이지 못했다. 주막집 색시였던 말년이라는 여자가 부의 검사의 생모임을 누구보다도 최문항은 잘 알고 있었다. 만삭이 된 몸으로 주막집에 있었던 그 여자! 모습이 하도 흉측스러워서 눈이 마주칠세라 얼른 고개를 돌려버렸던 그 여자. 미안한 마음에 사과라도 하려고 주막으로 향할 때, 숯막을 향해 올라오던 그 여자. 이제야 그 이유를 알 것 같았다.

그녀는 만삭이 된 배 속의 아이를 걱정했던 것이다. 옻진 장사를 처음 본 순간 문항이라는 사실을 알아챘지만, 문항이가 민제를 알아보지 못하자 허달만의 숯막으로 올라와 문항이를 만나고 싶었던 것이다. 그러다 자신을 드러낼 수 없는 몰골 때문에 단념하고 내려갔던 것이다.

주막집 말년이라는 여자를 만나야 했다. 저 여자가 다른 곳으로 가기 전에. 지금 이 자리에서 사라지기 전에 저 여자를 만나야 했다. 눈앞에 있는 검사 영감이 당신의 아들이라는 것을 알려야 했다. 이렇게 우연히 만날 수 있다니? 아들과 어머니가 이렇게 우연히 만날 수 있다니?

최문항은 바쁘게 뛰어 말년이 앞에 멈춰 섰다. 최문항이가 눈앞으로 다가오고 있다고 생각했을 때, 노민제는 눈을 감았다. 마음 같아선 이대로 몸이 사라져 버렸으면 좋겠다고 생각했다. 최문항이가 그녀를 전혀 알아보지 못했으면 하고 바랐다. 그러나 최문항은 거침없이 그녀 앞으로 다가오고 있었다.

숯장이 허달만이가 수갑 찬 팔을 휘저으며 떠드는 소리에 구경꾼들의 시선이 하나같이 노민제에게 향했고, 몰려든 구경꾼들은 노민제를 가리키며 비웃듯이 킥킥 웃기거나 섬뜩한 그 모습에 고개를 돌리기도 했다.

"아이구. 우째 사람이 저런 모습으로 태어났을꼬? 저게 우째 사람 몰골이야! 컴컴한 데서 만나면 기겁을 하고 그 자리에 주저앉고 말겠네!"

"꼭 원숭이 같이 생겼네!"

"제게 어디 사람이야! 개·돼지도 아니고, 허허! 그래 꼭 원숭이 꼴이네, 그려! 그런데 어디서 많이 본 듯한 모습 같지 않어?"

"그래, 맞어! 저 흉측스러운 모습이 낯설지가 않네!"

"나전칠기장 최근수의 꼬라지와 닮은 것 같지 않소?"

"그래! 그래! 그러네! 그렇게 생각해보니 나전칠기장 최근수의 모습과 영락없이 같네."

"모가지가 늘어져서 어깨에 붙은 것 하며 영락없이 최근수네!"

사람들의 웅성거림은 나전칠기장 최근수의 모습을 떠올리기에 충분했다. 여기저기서 들려오는 소리는, "저 흉측스런 모습의 여자가 나전칠기장 최근수의 모습과 흡사하다."라는 것이다.

통영 사람 중 나전칠기장 최근수를 모르는 사람이 없었다. 나전칠기장으로도 유명했고, 나전칠기로 큰 부자가 되었다고 소문이 난 것으로 유명했으며, 그 모습이 하도 기이해서 원숭이 같다고 대놓고 비웃기도 했던 통영 사람들이었다. 구경꾼의 시선을 피하기 위해 몸을 웅크리고 기어가는 모습은 영락없는 원숭이 꼴이었다. 그들은 그런 시선을 받는 나전칠기장 최근수의 입장은 생각지 않았다. 비웃음을 사고 멸시를 받는 사람의 입장은 생각하지 않는 게 사람들이다. 나전칠기장 최근수는 나전칠기로 유명해지기는 했지만, 나전칠기장으로서 존경받으며 살지는 못했다.

그렇게 비웃고 조롱했던 사람들이 나전칠기장 최근수의 모습을 금방 잊을 리 없었다. 비웃고 조롱했던 사람들의 기억 속에는 원숭이 꼴 같은 나전칠기장 최근수의 모습이 그대로 남아 있었던 것이다.

"그러네! 그러고 보니 저 여자의 꼬라지가 영락없이 나전칠기장 최근수를 닮았구먼! 원숭이 같은 그 모습이 말이야!"

"하하하! 참 별일이 다 있네! 세상에 나전칠기장 최근수와 흡사한 모습을 한 사람이 또 있다니? 허허! 참 별일이야!"

사람들은 노민제 앞에서 이리저리 눈을 돌려가며 그녀를 노려보고 흘겨보았다. 혀를 끌끌 차기도 하고, 고개를 돌리며 못 볼 것을 본 것처럼 얼굴을 찡그리기도 했다.

"나전칠기장 최근수가 죽어서 이제 그런 꼬라지를 안 볼 줄 알았는데, 쯧쯧쯧! 어디서 저런 모습의 여자가 또 통영 바닥에 나타났을꼬!"

사람들이 웅성거렸다. 몰려든 구경꾼이 겹겹이 에워싸고 있었다. 얼마나 많은 사람이 몰려왔는지 발 디딜 틈이 없었다.

새터시장에 짐승 썩는 듯한 냄새를 풍기는 남자가 나타났다는 이야기며, 살인 사건이 발생했다는 거며, 동냥질하는 여자의 아들이 도끼에 맞아 죽었다는 이야기며…. 조용했던 통영 바다에 믿어지지 않는 일이 일어났으니 구경꾼들이 몰려들지 않을 수 없었다. 새터시장 바닥에 구경꾼들이 삽시간에 몰려들어 발 디딜 틈이 없었다. 그 속에서 노민제는 바들바들 떨고 있었다. 십팔 년 동안 밟은 땅, 통영이었다. 물빛도 그릴 수 있고, 산봉우리가 몇 개인지도 알 수 있었고, 바다에서는 물살이 언제쯤 세고 언제쯤 밀려드는지도 훤히 알고 있는 통영이다. 그 통영에서 자라 누군가를 사랑했고, 그 사랑이 죄가 되어 지옥 같은 형벌을 받게 된 통영이었다. 그 통영 시장 바닥에서 괴물처럼 서서 사람들의 조롱을 받고 있는 자신을 견딜 수가 없었다.

'해가 숨어 버렸으면. 사람들이 한순간 사라져버렸으면.' 하고 천행을 바랐지만, 그녀의 바람은 이루어지지 않았다. 해도 숨지 않고, 사람들도 아무 일 없었던 것처럼 사라져 주지 않았다. 그리고 노민제 자신도 형체도 없이 사라지지 않았다. 그렇게 노민제는 사람들의 시선을 받으며 떨고 있었다.

최문항은 그제야 주막집 말년이라는 여자의 모습이 자신의 아비와 같다는 것을 느꼈다. 주막집에서는 그냥 흉측스런 모습의 여자라고만 생각하고 외면했지 자세히 보지는 않았다. 그러나 지금은 아니었다. 구경꾼들이 웅성거리며 떠드는 소리에 주막집 여자 말년을 자세히 보게 되었다. 햇볕에 드러나 보인 그 여자의 모습은 최문항의 눈에도 영락없이 아버지, 최근수의 모습과 흡사했다. 목이 늘어져서 어깨에 붙어 있는 것이며, 늘어진 팔이며 쩍 벌어진 다리며….

하지만 저 여인의 모습이 왜 아버지 최근수와 닮았단 말인가.

'설마.'

아버지 최근수가 자신의 흉한 모습을 닮게 하고픈 사람이라도 있었던 걸까. 사람들에게 비웃음을 당하고, 멸시를 받으며 살아야 했던 자신의 모습으로 만들고 싶은 사람이 있었다면, 그것은 틀림없이 죽이고 싶을 정도로 미웠던 사람이었을 것이다. 아버지 최근수가 죽이고 싶을 정도로 미웠던 사람이라면, 아들의 앞길을 망쳐놓은 땜장이 노 씨의 딸이었을 것이다. 대통령으로 만들고 싶었던 아들의 장래를 망치고 아들의 앞길을 망쳐 놓은 게 땜장이 노 씨의 딸이라고 여겼던 아버지에게, 땜장이 노 씨의 딸은 죽이고 싶을 정도로 미운 대상이었을 것이다. 노 씨의 딸 노민제를 죽이고 싶었을 거고, 죽여도 분이 풀리지 않을 거라 여겼을 것이다.

그래서? 그렇다면? 저 여자가 노민제란 말인가? 저 여자가 정말 노민제라면, 아버지 최근수는 충분히 노민제를 저렇게 만들어 놓았을 것이다. 노민제를 저주하고, 죽이고 싶을 정도로 미워했던 아버지라면 노민제에게 충분히 그런 짓을 할 수 있는 사람이었다. 아버지 자신의 모습과 꼭 닮게 만들어 평생 사람들의 비웃음과 멸시를 받으며 살게 하려는 의도였을 것이다. 어쩌면 노민제를 죽이려 했을지도 모른다. 노민제는 아버지에게 죽음보다 더한 고통을 받은 것이며, 주막집 말년이라는 저 여자가 정말 노민제라면, 그녀는 아버지 최근수에게 이미 죽음보다 더한 고통을 겪었을 것이다. 아! 저 여자, 주막집 말년이가 정말 노민제라면 주막에서 최문항을 알아본 것이다.

그렇다. 저 여자는 이미 최문항을 알아본 것이다. 아! 저 여자가 노민제라니. 내가 민제를 눈앞에서 보고도 알아보지 못했다니! 흉측한 겉모습만 보고 순간 외면해 버린 최문항을 보고 얼마나 슬펐을까. 참혹한 자신의 모습에, 최문항이가 알아보지 못하는 자신의 모습에 얼마나 비참한 생각이 들었을까.

만삭이 된 몸으로 허달만의 움막을 올라오려고 결심했을 때에는 옻진 장사 최 씨가 최문항이었음을 민제는 알고 있었던 것이다. 그래서 움막으로 올라올 용기를 가졌고 그 어둠 속에서도 산길을 오르고 있었던 것이다. 노민제는 문항이 자신을 알아보지 못했음에도 자식을 부탁하려는 간절함에 그를 찾아 움막으로 올라올 용기를 가졌던 것이다. 그러면서도 목소리를 내지 않았던 것은, 자기를 몰라보는 문항이에게 자신의 모습을 들키지 않으려는 심사였을 것이다. 자신을 몰라보는 문항이 앞에서 자신을 숨겨야 하는 마음은 어땠을까. 최문항은 살이 내려앉는 듯한 후회에 몸을 떨었다. 최문항 자신의 가장 소중했던 순간을 놓쳐버린, 그 짧은 순간의 실수가 더 큰 비극을 초래했음을 뼈저리게 느끼고 있었다.

"민제야! 나는 몰랐다! 정말로, 정말로 못 알아봤다!"

최문항이가 노민제 앞에서 떨리는 소리로 한마디 했을 때, 노민제는 그 자리에 털썩 주저앉아 버렸다. 몸이 무너져 내렸다. 최문항이게만큼은 지키고 싶었던 자존심이 무너져 내렸다. 최문항 앞에 더 이상 노민제는 없었다. 소꿉친구 같던 민제는 없었고, 부드럽고, 따뜻하게 사랑을 나누던 노민제도 없었다. 열여덟 순결을 아낌없이 주고 싶었던 노민제의 사랑도 무너지고 없었다. 최문항에게만큼은 옛날의 아름다운 기억으로 남아 있기를 바랐건만, 그 희망마저 깨져 버렸다.

최문항은 땅바닥에 힘없이 주저앉아 버린 노민제에게 다가갔다. 그리고 민제의 앞에 한쪽 무릎을 꿇고 손을 내밀었다. 최문항의 손이 노민제의 눈앞에 있었다. 얼마나 잡고 싶었던 손이던가. 얼마나 간절하게 기다려 온 손길이던가. 이 손을 한 번만이라도 더 잡아 보고 싶은 마음에 자신을 이렇게 비참하게 만든 최근수를 단 한 번도 원망하지 않았다. 사랑했던 최문항의 아버지였기에. 그것으로 용서했다.

그러나 민제는 최문항의 손을 잡지 않았다. 여자로서의 자존심이 무너져버린 순간, 사랑이라는 것도 무너져버렸다. 들키고 싶지 않았던 모습이 드러났고, 지키고 싶었던 자존심도 무너지고, 그렇게 오래도록 간직하고 지켜온 사랑도 그 순간에 사라지고 말았다.

최문항은 내밀었던 손을 내렸다. 땅바닥에 주저앉아 있는 민제를 안을 생각이었다. 노민제가 잃었던 모든 것을 되돌려주고 싶은 마음으로 안아주고 싶었다. 그러나 노민제는 강하게 소리쳤다.

"가까이 오지 말아요!"

"민제야!"

"민제는 죽었습니다. 통영 바닥에서 장정 서너 명에게 폭행을 당하고, 사지가 찢기는 고통을 당하며 이런 모습으로 변해버렸습니다. 자식의 미래를 망쳐버린 죗값을, 이만하면 치른 듯합니다. 이만하면 쳐다볼 수 없는 사람을 사랑했던 죗값을 받았다고 생각합니다."

"민제야!"

"나는 당신을 모릅니다!"

"……."

민제의 눈에서는 한없이 눈물이 흘러내렸다. 사랑이란 깨지지 않는 바위처럼 단단한 것이라 여길 수도 있지만, 어느 순간에는 바닷가에 쌓아 올린 모래성처럼 덧없이 부서지고 마는 것인지도 모른다. 최문항을 사랑한다는 이유로 나전칠기장을 용서했던 민제였다. 그렇게 사랑했던 최문항 앞에 자신을 알아보지 못할 만큼 망가진 몸으로 나타날 수는 없는 것이었다. 그것은 사랑에 대한 모독이라 생각했다. 이런 모습은 감추는 것이 최문항에 대한 사랑을 지키는 것이라 생각했다. 지독한 운명 앞에서도 굽히지 않고 살아왔지만, 죽을 만큼 아픈 고통 속에서 지탱해왔지만, 문항이에게만큼은 열여덟 살의 싱그럽던 모습으로 남아 있기를 간절히 바랐다.

최문항은 그녀 앞에 무릎을 꿇었다. 아버지를 대신해서 천번 만번 용서를 청하고 싶었다. 아버지의 잔인한 행동이 결코 용서받을 수 없다는 것을 알게 되었다. 통영 사람들의 입소문으로 돌던 천벌의 의미도 알 수 있었다. 아버지 최근수는 천벌을 받아 죽었지만, 그렇다고 용서받을 수는 없는 것이다. 민제 앞에 무릎을 꿇고 앉은 최문항의 눈에서 참회의 눈물이 흘러내렸다.

"민제야! 미안하다. 미안하다. 차리라 내가 태어나지 않았더라면, 차라리 내가 민제 너를 만나지 않았더라면…!"

문항은 울부짖었다. 사랑했던 여인에게 고통을 준 죄가 자신에게 있다고 소리치는 문항의 목소리는 민제의 가슴을 후벼 파고 있었다. 노민제에게 있어 최문항은 영원한 바다였고 무너지지 않는 바위였다. 통영 선창에는 비릿한 갯내음이 진하게 퍼지고 있었다. 지켜보던 사람들도 어찌 된 영문인지 눈물을 훔치고 있었다. 두 사람의 아픈 사랑이 모두의 가슴에 스며들고 있었다.

수갑을 차고 형사들에게 연행되어 가는 숯장이 허달만은 수갑 찬 손을 치켜올리며 연신 중얼거렸다.

"씨펄! 이것들이 날 멀로 알고 이렇게 끌고 가는 거야! 내가 무슨 죄를 지었다고, 이렇게 우루루 몰려와서 날 끌고 가는 거야! 이 씨발 것들아!"

중얼거리는 허달만의 입에서는 지독한 악취가 쏟아지고 있었다.

"이 새끼야! 입 좀 다물어!"

형사 하나가 팔꿈치로 허달만의 옆구리를 가격했다. 허달만은 옆구리를 싸잡으며 폴짝폴짝 뛰면서 소리를 질렀다.

"형사 놈이 사람을 치네! 사람을 쳐!"

수갑을 차고 끌려가면서도 제 잘못을 인정하지 못하고 게거품을 물고 소리를 치고 있었다. 이때, 뒤에서 누군가 날카롭게 소리를 질렀다.

"그놈은 사람이 아닙니다! 법에 맡길 놈이 아닙니다! 그놈은 천벌로 다스려야 합니다! 천벌이 무엇인지 보여 줘야 합니다! 하늘이여! 용왕님이여! 부처님이여!"

피를 토하는 듯한 소리였다. 복수를 위해 십여 년을 이를 갈며 살아왔던 경채가 울부짖는 소리였다. 짐승만도 못한 허달만이 법정에 서게 하는 것으로도 용서할 수 없으리라. 짐승을 죽이고 살인자가 되겠느냐는 부의 말도 의미는 있었지만, 저놈을 죽일 수만 있다면 살인자가 되는 것도 마다하지 않을 경채였다. 숯장이 허달만 같은 놈이 숨 쉬고 있는 땅에서, 그놈이 숨 쉬고 있는 하늘 아래서 살 수 없다는 것이 경채의 생각이었다.

사람들은 흔히 천벌을 받을 놈이라고 말한다. 그렇다면 숯장이 허달만 같은 놈이야말로 천벌을 받을 놈이 아닌가. 천벌을 받아야 마땅한 놈이었다. 법정에 세우기 위해 형사들에게 끌려가는 것도 경채는 용납할 수 없었다.

그녀는 미친 듯이 소리쳤다. 피를 토하도록 외쳤다.

"저놈을 통해 천벌이 무엇인지 알게 해주십시오. 신이 있다면 보여 주십시오! 신이 없을 리 없습니다. 제발! 제발! 저놈에게 천벌을 내려 주십시오! 저런 놈에게 천벌을 내리셔야 합니다. 보여 주셔야 합니다!"

경채의 외침은 예리한 칼날처럼 사람들의 마음을 파고들었다. 복수를 위해 살아온 경채의 증오심과 분노가 저주로 바뀌고 있었다.

여자의 순결은 존엄한 신이 허락한 신비의 결정체이다. 생명을 잉태하게 하고, 생명을 키워 내는 신비롭고 순결한 생명의 첫 보금자리 같은 것이다. 여자의 그런 순결을 무자비하게 짓밟아버린 저런 흉악한 놈에게 천벌을 내리지 않는다면 세상에 신은 없는 것이다. 이런 상황에서 신이 침묵한다면 이 세상은 살 가치가 없는 곳일지도 모른다. 악이 판을 치는 세상, 선한 사람이 희생되는 세상에서 무엇을 믿고 살아간단 말인가.

"이 땅에 신이 있다면, 이 땅에 사는 사람을 인도하는 신이 있다면 제발! 저 흉악범에게 천벌을 내려 주십시오!"

하늘을 향해 울부짖는 경채를 지켜보던 사람들도 눈이 붉어지도록 눈물을 흘렸다. 경채의 간절한 기도 앞에 숨소리도 들리지 않는 침묵이 이어졌다. 지켜보던 사람들도 마음속으로 경채와 함께 간절한 기도를 올리며 말없이 지켜보고 있었다.

그때, 그녀의 기도에 대답이라도 하듯 까마귀 한 마리가 날아올랐다. 까마귀는 귀를 긁는 소리로 몇 번을 울었다.

"까~악! 까~~~악!"

까마귀가 허달만의 머리 위를 한참이나 맴돌았다. 무섭고 음산한 까마귀 울음소리가 사방에서 들려오고 있었다. 까마귀 한 마리가 허달만의 머리 위를 오르내리며 맴돌았다. 사람들은 비명도 지르지 못하고 지켜보고 있었다.

"이놈의 까마귀 새끼가…."

허달만은 수갑 찬 손을 들어 앞뒤로 흔들어댔다. 몸을 구부리며 팔을 휘젓고 있는 허달만을 한 마리의 까마귀가 공격한 것은 그때였다.

"아~악!"

허달만의 단말마의 비명소리가 들렸다. 날카롭고 처절한 비명소리였다. 사람들은 무서워서 신음소리도 내지 못했다.

통영에는 유달리 까마귀가 많았다. 6.25 전쟁 당시 명정도에서 큰 고개로 올라가는 등성이를 사이에 두고 양쪽 산에서 치열한 전투가 있었다. 그때 전사한 군인의 수는 헤아릴 수 없었고 아군, 적군 가릴 것 없이 시체 더미를 이루었다고 한다. 산더미처럼 쌓인 시체 더미를 덮은 것은 까마귀 떼였고, 산과 들에 시체 썩는 냄새가 진동했으며, 계곡은 핏물이 흐르는 냇물이 되었다고 했다. 시체를 새까맣게 덮은 까마귀 떼와 그 울음소리 때문에 산기슭마다 음산하고 서늘한 바람이 불었다고 했다. 난리를 겪은 후에도 까마귀 떼는 통영 전역에서 서식하고 있는 듯 아침저녁을 가리지 않고 무리 지어 날아다니곤 했다. 집집마다 긴 대나무를 세워 놓고 까마귀 떼가 몰려오면 대나무를 흔들어 대며 주문처럼 외쳐댔다고 했다.

"휘익! 후악! 저리들 가거라. 가서 너그 집에 가서 울어라!"

"우리 집에는 너그들이 데불고 갈 친구도 없다."

"휘익! 휘익, 저리 가거라, 저리 가서 느그 집에서 울어라."

까마귀 떼를 쫓아내며 외치는 소리라고 했다.

숯장이 허달만의 살을 찢는 비명소리에 사람들은 숨을 죽이고 있었다. 숯장이 허달만에게 달려든 까마귀 떼는 그 수를 헤아릴 수 없었다. 사람들은 숨을 죽이고 있었으고, 숯장이 허달만의 목소리는 더 이상 들려오지 않았다.

타~앙!

한 발의 총성이 울렸다. 허공을 향해 형사 한 사람이 총을 쏘았다. 까마귀들은 떼를 지어 날아갔고, 숯장이 허달만이 섰던 자리에는 수갑과 냄새나는 옷가지만이 갈기갈기 찢긴 채 널브러져 있었다. 숯장이 허달만의 존재는 흔적도 남지 않았다. 사람들은 혀를 차며 돌아갔다. 천벌인지 허달만의 냄새 때문에 까마귀가 공격을 했는지는 알 수 없지만, 허달만은 그렇게 경채의 눈앞에서 사라졌다.

경채는 복수심으로 이를 갈며 살아왔다. 인간의 탈을 쓴 그 짐승만도 못한 놈을 잡아 복수하겠다는 일념으로 동냥질을 하며 살아온 게 10년 세월이었다. 그놈의 표적이 되기 위해 스무 살도 안 된 어린 나이에 동냥질을 하며 시장 바닥을 누비며 살아온 것이다. 그놈의 추악한 죄를 밝히려고 그놈의 씨를 배 속에 넣고 열 달 동안 키우고 있어야 했다. 고문보다 더 끔찍한 일이었고, 지옥의 형벌 같은 잔인한 일이었다. 그놈의 아이가 자라는 것을 지켜보는 것도 고문이고 형벌이었다. 그런 고문과 형벌을 감내하며 살아온 건, 오직 그 놈에게 복수하겠다는 신념 때문이었다. 그 놈을 어떻게 죽이든 복수하겠다는 경채의 결심이었다.

경채는 울부짖었다. 분노를 감추지 않고 넋을 놓고 울부짖었다. 그 울음이 하늘에 닿았던 것이 아닐까. 한 여자의 서릿발 같은 분노가 하늘의 귀를 열게 했을까. 사람이 내릴 수 없는 벌을 천벌이라는 이름으로 하늘이 내린 것이리라. 사람들은 그렇게 믿었다. 산 허달만과 죽은 아들은 하늘을 새카맣게 덮으며 몰려온 까마귀 떼의 밥이 된 것이다. 흔적도 없이 사라진 것이다.

그것을 바라보고 있던 사람들은 경악을 금치 못했다. 천벌이라는 것이 얼마나 무서운 것인지 두 눈으로 보았다. 이 끔찍한 일은 사람들의 입에서 입으로 옮겨졌고, 날이 가고 해를 거듭하면서 전설처럼 회자되곤 했다.

그 일이 일어난 며칠 후 한 대의 승용차가 어문고개를 넘어 통영을 빠져 나가고 있었다. 운전대를 잡고 있는 부의의 표정은 그 어느 때보다도 평온해 보였다. 뒷좌석에는 평생 그리워하던 어머니와 자신의 살처럼 사랑했던 경채가 나란히 앉아 있었다.

숯장이 허달만이가 수갑을 찬 손을 들어 휘저으며 말년을 불러대고 있었고, 아들을 키워준 보답을 하라고 소리를 지르는 것을 들었을 때 부의는 알았다. 옻진 장사 최 씨에게 맡겨 달라고 했던 그 여자의 갓난아기가 바로 부의 자신이었다는 것을…. 숯장이 허달만은 옻진 장사 최 씨에게 맡겨 달라던 아이를 가로챈 것이다. 그러면서 아이를 키워준 생색을 내며 보답하라고 외치고 있었던 것이다. 여태껏 저질러 온 죄에 대해서도 티끌만큼 양심의 가책도 느끼지 않는 허달만이었다. 수갑을 차고 끌려가면서도 아이를 키워준 보답을 하라며 발악하던 허달만. 어찌 되었든 숯장이 허달만의 발악하는 소리 때문에 어머니의 존재를 알게 된 부의였다.

부의는 그 여자에게 한걸음, 한걸음 다가갔다. 숯장이 허달만이가 발악하듯 외치는 소리에 놀라 걸음을 멈춘 여자 앞으로 부의는 조심스럽게 걸어갔다. 가슴은 어머니라는 단어 하나로 설레었고, 심장은 고동치듯 뛰고 있었다.

"어머니!"

입속으로 수도 없이 불어 보았던 이름이었다. 마음속으로 어머니를 부르며 그 여자 앞으로 다가갔다. 그리고 그 여자의 모습을 본 순간, 부의는 자신도 모르게 소스라치게 놀랐다. 부의를 보자 몸을 돌리려고 하는 그 여자에게서 낯설지 않은 것을 느꼈던 것이다. 분명 처음 보는 모습인데 낯설지가 않았다. 여자의 모습은 한눈에 보아도 기이한 형상이었다. 그런데도 낯설지가 않았다. 사지가 제대로 붙어 있는 것 같지 않았고, 팔은 늘어졌으며, 목은 한쪽 어깨에 치우쳐 있어서 언뜻 보기에 어깨에 달린 큰 혹처럼 보였다. 허리는 구부정하고 두 다리는 벌어져 있었다. 얼굴에는 화상 흉터가 깊이 패여 있었다. 그런데도 친숙한 느낌이었다. 많이 본 듯한 모습이었다. 순간 부의는 알았다. 진 씨 영감님 벽에 걸린 액자 속의 여자임을. 사진으로도 기이하고 흉한 모습이었는데 진 씨 영감님은 내 예쁜 색싯감이었다고 미소 지으며 자랑하곤 했다.

아! 그 여자였다. 진 씨 영감님이 평생 기다리던 그 여자.

순간 부의는 온몸으로 퍼지는 전율을 느꼈다.

'이럴 수가! 이럴 수가!'

놀라움을 금할 수가 없었다.

'진 씨 영감님이 내 아버지였다니?'

작은 체구에 쓸쓸한 표정을 짓고 있는 진 씨 영감님의 얼굴이 떠올랐다. 내 자식에게 붙여 주고 싶었던 이름인데, 돌무 너에게 이 이름을 붙여주게 되었다면서 쓸쓸하게 웃으시던 그 날의 진 씨 영감님. 부의는 고개를 푹 숙였다.

부의는 결국 아버지로부터 제대로 이름을 불리게 된 것이다. 숯장이 허달만이 아무렇게나 붙여 불렀던 돌무라는 이름을 듣고 애비가 자식에게 붙여 부를 이름이 아니라면서 혀를 끌끌 차시던 진 씨 영감님의 모습이 선명하게 떠올랐다. 부의라는 이름은 결국 아버지 진 씨 영감이 제대로 붙여준 이름이 되었다. 눈앞에 아버지를 두고도 아버지인 줄을 몰랐던 기구한 운명이었지만, 이제라도 생부를 알게 된 것은 천만다행이었다.

진 씨 영감님의 벽에 걸렸던 액자 속의 여인, 그 사진을 보지 못했다면 이 분이 내 어머니인 줄도 모르고 지나칠 뻔하지 않았는가. 부의는 감격스러웠다. 부의에게도 아버지가 계셨고, 어머님이 살아 계셨다는 사실만으로도 감격스러웠다. 그리고 아버지 진 씨 영감님에 대한 존경심과 어머니에 대한 감정이 부의의 마음속에서 끓어오르고 있었다.

어쩌면 세상 가장 밑바닥에서 천박하게 살아왔을 두 분이 아닌가. 사람의 모습으로는 생각하기 어려운 기이한 여자를 대가 없이 구해 주었던 아버지 진 씨 영감의 용기와 진정성에 감동했다. 거기에 기이하고 흉측한 모습의 여자를 세상에서 제일 예쁜 여자로 여기며 사랑했던 아버지 진 씨 영감의 순수하고 열정적인 사랑으로 자신이 태어났다는 것도 부의로서는 감격스러웠다. 비록 두 분이 사회적으로 훌륭한 사람이거나 경제적으로 넉넉한 사람은 아니었지만, 두 분의 인연은 인간적으로 우러러 나온 진실과 서로의 배려에 의해 이어진 것이었다. 그런 부모님에게서 태어났다는 사실에 부의는 감동하고 감격해 하고 있었다.

주막집 빚에 떠밀려 떠나야 했던 여지의 빚을 갚아주기 위해 밤낮으로 고물을 줍고 돈을 모았던 진 씨 영감의 그 열정적인 사랑과 기다림을 어머니는 알고나 있을까. 궁핍하고 가난하고 늙었지만 한 여자를 사랑했던 진 씨 영감, 아니 아버지였던 것이다. 그런데 어머니는 그런 아버지에게 부의가 태어난 것을 왜 알리지 않았을까. 아버지 진 씨 영감에게 은혜를 갚고 싶었고, 어떤 식으로든 보답하고 싶었을 어머님이 왜 부의의 존재를 알리지 않았을까. 그것은 부의로서 커다란 의문이었고 의구심이 드는 일이었다. 그러나 지금은 그것이 중요한 것이 아니었다. 어머님이 내 앞에 있다는 것, 그토록 그리워했던 어머님이 지금 내 눈앞에 있다는 것이 중요했다. 실감 나는 일은 그것뿐이었다. 부의는 큰 가슴으로 어머니를 껴안았다.

얼마나 안기고 싶었던 가슴이었던가. 얼마나 그리워했던 가슴이었던가. 그러면서도 단 한 번도 안겨 보지 못했지만, 이제 부의 자신이 어머니를 안았다. 부의의 가슴으로 어머니를 끌어안았다. 눈물이 왈칵 쏟아지는 눈으로 어머니를 바라보았고 떨리는 가슴으로 어머니를 끌어안았다. 어머니의 조그마한 어깨가 그의 가슴에서 파들파들 떨고 있었다. 야위고, 작아진 가슴에서는 불처럼 강한 뜨거운 것이 꿈틀거리고 있었다. 이렇게 야위고 작은 모습으로 세상을 견디어왔을 어머니의 힘든 삶이 뜨겁게 느껴졌다.

"어머니! 어머니!"

부의는 속삭이듯 어머니를 불렀다. 애타게 그리워했고 불러보고 싶었던 어머니라는 말을 피를 토하듯 불렀다.

아들의 목소리가 귓속으로 파고들었다. 따뜻하면서 부드러운 어머니라는 소리가 노민제의 가슴을 휘몰아치고 있었다. 너무나 감미롭고 너무나 따뜻한 목소리. 내 아들의 목소리. 어머니라고 부르는 애잔한 목소리에 노민제는 어깨를 들먹거렸다. 울음을 참느라고 온몸을 움츠렸다. 아들이 부르는 소리에 '오냐.'라고 대답할 수가 없었다. 노민제는 저려오는 가슴을 참을 수가 없었다.

민제는 고개를 흔들었다.

"아입니다. 아입니다. 어머니라니요. 아입니다. 당치도 않습니다! 어머니라니요!"

부의의 가슴을 밀어내며 소리치는 노민제의 모습은 처절했다. 성한 몸도 아니면서 부의 가슴을 밀어내며 빠져나오려고 몸부림치는 노민제의 모습에서 인간이 겪어야 했던 고통의 밑바닥이 얼마나 뿌리 깊게 사람을 황폐화시키는가를 보는 듯했다. 가슴을 밀어내며 빠져나가려는 어머니를 부의는 놓지 않으려는 듯 더욱 끌어안았다. 아들은 어머니를 끌어안고, 어머니는 아들을 밀어내려고 몸부림친다. 그런 두 사람의 눈에서는 뜨거운 눈물이 흘러내리고 있었다.

그 모습을 보면서 눈시울을 적시며 서 있던 최문항은 그들 앞으로 천천히 다가섰다.

"민제야!"

"……"

"지금 너를 안고 있는 그 가슴은 민제 니가 낳은 니 아들의 가슴이야. 장성한 너의 아들이야. 잘 봐! 민제 너의 아들이야!"

최문항은 진심을 다해 말했다. 생각 같으면, 큰 목소리로 외치고 싶었다. 여리고 어렸던 처녀가 사람의 몰골이라고 할 수 없을 정도로 짓밟히고, 매질을 당하고, 사지가 뒤틀릴 정도로 폭행을 당했음에도 가해자가 사랑하는 사람의 아버지라는 이유로 원망조차 안 했던 노민제를. 그 이름을 수없이 부르며 애비를 대신해 용서를 빌고 싶은 마음을 온 천하에 말하고 싶었다.

그렇게 사랑했던 남자가 자신을 알아보지 못했고, 알아보기는커녕 흉측스럽다고 눈도 마주치지 않고 외면했을 때 그 좌절감이 어떠했을까. 슬픔은 또한 얼마나 깊었을까. 그래도 노민제는 그런 문항이마저 원망하지 않았다. 사랑했던 사람의 마음을 알고 그 사람에 대한 신뢰를 깨지 않고 있었던 것이다.

민제가 용서만 해준다면, 민제가 죄 많은 내 아버지를 용서해주고 어리석은 최문항을 용서해 준다면 백년이고 천년이고 기다리겠다고 생각했다. 이승이 아니라면 저승에서라도 못다 한 사랑을 이루고 싶었다. 그런 노민제의 행복을 위해서 최문항은 용기를 내어 말했다. 민제가 더 이상 세상 밑바닥에서 허우적거리며 살아가면 안 되니까.

그래서 아들만은 놓치지 말라고 소리치고 싶었다.

최문항은 말했다.

"갓난아이를 숯장이 허달만에게 맡겼다는 게 늘 의아했지. 왜 하필이면 저런 놈에게. 주막집에서 내가 너를 알아보았더라면… 아무리 너가 변한 모습이었다 해도 자세히 보기만 했으면 어느 한 모습에서나마 노민제임을 알아볼 수 있었을 텐데… 너의 변한 모습이 너무 처참해서 얼굴을 돌려버린 내 실수를 무엇으로 회복할 수 있겠니. 용서해라! 용서해라, 민제야! 그러나 똑똑히 알아야 할 것은 지금 너를 안고 있는 그 훌륭한 검사님이 바로 니가 낳은 니 아들이란 사실이다. 나한테 맡기라고 허달만에게 잠시 보냈던 그 간난 아기이다! 민제야! 니가 낳은 니 아들이야! 맘껏 불러 보아라!"

최문항의 목소리에 노민제는 온몸을 쓰러뜨리듯 부의의 가슴에 묻혔다. 따뜻한 가슴이다. 내 아들의 가슴이다. 눈물이 왈칵 쏟아졌다. 이 따뜻한 가슴을 지닌 남자가 내 아들이라니. 노민제는 부의의 가슴에 얼굴을 묻었다. 그리고 흐느꼈다. 가슴에서 봇물 터지듯 쏟아지는 눈물을 어찌할 수가 없었다.

"어머니!"

어머니를 부르는 부의의 목소리가 사방으로 울려 퍼졌다.

그들이 진 씨 영감의 집에 도착했을 때 진 씨 영감은 깊이 잠이 들어 있었다. 얼마나 깊이 잠이 들었는지 깨어나질 못했다.

"아버지!"

부의가 외쳤지만 깨어나지 않았다. 살아생전에 단 한 번이라도 듣고 싶었을 '아버지'란 말을 아들이 부르고 또 불렀지만, 진 씨 영감은 잠에서 깨어나지 못했다.

진 씨 영감은 가슴 위에 노민제의 사진이 담긴 액자를 올려놓고 세상에서 가장 소중한 것을 가진 사람처럼 두 손으로 그 액자를 꼭 잡은 채 잠들어 있었다. 다시는 깨어날 수 없는 깊은 잠에 빠져 있었다.

이듬해 가을이었다.

부의는 갈대숲으로 한없이 걷고 있었다. 끝없이 펼쳐진 숲 어딘가에서 경채가 불쑥 나타날 것만 같았다.

'오빠! 부의 오빠!'

해맑은 눈빛이 떠오르고 언제나 따뜻했던 미소가 떠올랐다. 동갑내기이면서도 깍듯이 오빠라고 부르던 경채, 부의의 눈짓만으로도 부의의 마음을 읽어 내고 부의의 작은 표정만으로도 부의의 생각을 가늠할 줄 알았던 경채였다.

가을이 되면 갈대가 우거진 구포 강기슭으로 갈대 보러 놀러 가자고 조르며, 발을 동동거리던 경채였다. 경채는 구포 강기슭에서 바라보는 갈대꽃을 무척 좋아했다. 색깔도 없고 무늬도 없으며 향기조차 없는 갈대꽃을 왜 그리 좋아했는지, 바람이 스쳐 가면 춤추듯 흔들리던 갈대를 바라보며 황홀해했고 마치 자신이 갈대가 되어가는 듯 바라보곤 했었다.

갈대꽃이 하얗게 피어나면 갈대가 왕관을 썼다고 좋아했었다. 그리고 자신을 갈대에 비유하기도 했다. 어쩌면 경채는 정말로 갈대가 되고 싶었는지도 모른다. 화려한 색으로 사람들을 현혹하는 꽃보다, 현란한 무늬로 사람의 관심을 끄는 꽃보다, 진한 향기로 사람의 마음을 사로잡는 꽃보다 강가에 서서 호수 저편을 향해 아우성치는 듯한 갈대꽃이 되고 싶었는지 모른다.

경채는 정말 그랬다. 욕심이 없었고, 시기심도 없었다. 경쟁심도 없었다. 약한듯하지만 부러지지 않는 갈대, 화려하지 않지만 바람과 함께 어우러지는 갈대를 유독 좋아했었다.

아니, 경체가 갈대를 닮은 것이 아니라 갈대가 경채를 닮았다고 생각했을지 모른다. 경채를 닮은 갈대, 갈대를 닮고 싶었던 경채, 바람이 불면 갈대처럼 수줍어하던 경채에게 갈대꽃 채 꺾이는 그 아픔을, 수치와 치욕으로 얼룩졌을 아픔을 무엇으로 위로하며, 무엇으로 다독거려 줄 수가 있을까.

경채는 오직 죽기만을 갈망했을 것이다. 어떤 위로가 수치스러움을 지울 수 있겠는가. 온몸으로 느꼈던 모멸감과 치욕스러움은 무엇으로도 씻어낼 수 없었을 것이다. 살아 있다는 것 자체가 굴욕이었을 것이다.

복수라는 한마디를 가슴에 인두 자국처럼 찍어 놓고 십 년 세월을 참고 살았던 것이다. 그녀의 간절함은 하늘을 움직였던 것이다. 그녀의 복수는 하늘을 대신해 까마귀들이 해주었다. 그렇다고 가슴속의 응어리는 사라지지 않았다. 날이 갈수록 깊어지는 수치심과 날이 갈수록 견디기 어려운 모멸감, 잊으려고 하면 할수록 되살아나는 치욕스러움이 병이 되었다. 어떤 약으로도 고칠 수 없는 깊은 병이 되었다.

경채는 부산으로 돌아와서도 시름시름 앓았다. 아버지 오철환을 보고도 반가워할 수 없었다. 눈물로 한숨으로 아버지를 바라보아야 했던 경채는 그 고통마저도 참기 어려운 일이었다. 경채는 하루가 멀다 하고 수척해졌다. 창백한 얼굴로 시들어갔다. 하얗게 백지장처럼 박제가 되어가듯 말라갔다.

경채는 어느 날 창가에 앉은 채 눈을 감았다. 의자에 기댄 채 두 눈을 꼭 감았다. 그리고는 다시는 그 의자에서 일어서지 않았다. 경채는 수많은 갈대가 부르는 소리에 갈대숲으로 떠났다. 갈대로 살다가 갈대가 된 것이다.

부의는 구포 강기슭을 걸었다. 갈대꽃이 핀 늦가을, 구포 강둑에는 갈대가 끝없이 펼쳐져 있었다.

"경채야!"

부의는 목이 터져라 경채를 불렀다. 보고 싶은 마음을 억누를 수 없었다. 손잡고 무슨 얘기라도 나누고 싶다. 속삭이고 싶다. 바람이 불자 갈대의 물결이 파도를 친다.

"사랑한다! 사랑한다! 경채야!"

바람이 불었다. 갈대끼리 스치는 소리와 함께 부의의 목소리는 갈대숲 속으로 사라졌다. 메아리도 들리지 않았다.

그때였다. 경채의 대답인 듯 발목을 간지럽히는 한 포기의 갈대를 부의는 보았다. 줄기도 잎도 약해 보이는 갈대 한 포기, 뿌리에서부터 꽃대까지 붉은 갈대였다. 석양에 비친 꽃은 핏빛보다 더 붉었다.

붉은 갈대, 붉은 갈대였다. 상처가 깊어 온몸을 붉게 물들인 붉은 갈대, 차마 아니기를, 아니기를 바랐건마는 붉은 갈대였다. 그 붉은 갈대는 사랑을 이루지 못한 채 피어난 갈대꽃이었다. 경채의 넋을 안고 피어난 붉은 갈대라고 생각하였다.

붉은 갈대 옆에서 부의는 석상이 되어가듯 서 있었다.